LA MONTAGNE TERRIBLE

MICHEL PEYRAMAURE

Les Dames de Marsanges

* *

LA MONTAGNE TERRIBLE

roman

ÉDITIONS ROBERT LAFFONT
PARIS

ISBN 2-221-05601-9 (édition complète)
ISBN 2-221-05940-9 (tome 2)

Adieu ! Meymac-Montagne, terrible montagne !

M. Thomas, curé de Meynac, au moment de son départ pour l'assemblée des Etats généraux

1.

NEIGES DE PRINTEMPS

Printemps 1792 :
plateau de Millevaches, en Limousin.

La montagne digérait patiemment ses vieilles neiges. Il en restait encore quelques plaques dans les endroits abrités du soleil, le long du Riou, sur les champs froids et les chaumes pourris. En ce début d'avril, la terre n'était pas libérée de l'hiver ; elle livrait une ultime bataille.

Diane aperçut le visiteur alors qu'elle venait de déposer les premières violettes sur les tombes d'Estelle et d'Ambroise de Marsanges situées derrière le château, à la limite des espaces de bruyères — deux petits monticules qui s'enfonçaient lentement dans la terre spongieuse. Incommodée par les premières chaleurs, elle s'avança vers lui, titubant comme ces perdrix soûles qui s'évadent des pièces de chanvre avant la moisson.

L'inconnu semblait l'attendre. Adossé au mur de l'ancienne porcherie, sa cravache sous le bras, il s'entretenait avec le régisseur, Valentin Lafaye, qui portait à la main son large chapeau brun. Comme il ne paraissait pas avoir remarqué sa présence, Diane resta un moment à l'observer. Sa toilette — culotte de peau plongeant raide dans des bottes à revers jaune, petit frac et chapeau rond, cravate stricte — dénonçait un aristocrate.

Elle se dirigeait sans s'arrêter vers la porte donnant sur le couderc lorsque, après un signe de la pointe de sa cravache, l'inconnu ôta son chapeau et s'avança vers elle. C'était un homme dans la quarantaine, aux traits lisses et délicats, avec dans sa chevelure quelques ondes grises et, dans son allure, une raideur militaire. Il s'inclina, prit la main de Diane pour la porter à ses lèvres.

— Pardonnez-moi, dit-elle en rougissant, je n'attendais pas de visite et...

Il sourit, fit signe que cela n'avait aucune importance et dit :

— C'est à moi de me faire pardonner mon intrusion. Comte Jean-Hyacinthe d'Ussel. Nous nous sommes rencontrés il y a deux ans à Tulle, place de l'Aubarède. Vous teniez un pistolet et arboriez la cocarde tricolore. Si l'on ne vous avait pas retenue, c'est vous qui auriez assassiné le capitaine Massey. J'étais surpris que la fille de mon vieil ami Ambroise de Marsanges eût des convictions révolutionnaires d'une telle violence.

Diane protesta. Elle portait la cocarde pour ne pas attirer la suspicion de la populace, et le pistolet qu'elle brandissait visait l'agresseur du capitaine. M. d'Ussel sourit, lui prit le bras.

— Calmez-vous, mon enfant. Je tenais à ce que vous confirmiez mes doutes. Pour tout dire, je n'avais guère de sympathie pour la victime. Un provocateur insolent et maladroit.

Présent sur les lieux à quelques pas de Diane, M. d'Ussel n'avait pu intervenir pour éviter le drame. L'attentat consommé, la foule s'était retirée, ivre de fureur, abandonnant le corps à la tête fracassée, au ventre crevé d'un coup de baïonnette. Quelques heures plus tard, un officier de police faisait couler de la cire sur son front pour y apposer le sceau municipal.

M. d'Ussel fouetta l'herbe de sa cravache qu'il arrondit en arceau avant d'ajouter d'une voix douce et profonde :

— Si vous le permettez, j'aimerais me recueillir quelques instants sur la tombe de mon vieil ami. Nous avons eu rarement l'occasion de nous rencontrer car nos passes d'armes philosophiques étaient rudes, mais nous avions tous deux la fibre libérale, l'horreur des excès et des violences. Les circonstances de sa mort n'ont jamais été élucidées, n'est-ce pas ?

— Elles ne le seront sans doute jamais.

Il resta quelques minutes en méditation devant la tombe liserée de givre et de glace. Deux initiales et deux dates grossièrement gravées sur une pierre de lauze, quelques fleurs, une croix de bois... Il parut respirer dans l'air vif quelque lointain souvenir, désigna du bout de sa cravache la tombe voisine en demandant qui reposait là.

— Estelle, dit Diane. Elle était la compagne de mon frère Hyacinthe. Il comptait l'épouser dès son retour d'émigration. Elle est morte quelques mois avant mon père, dépecée par les loups, près de Chavanac. Mais... Qu'avez-vous ?

— Mon Dieu... murmura le comte, vacillant, les mains sur les yeux.

Il ajouta brusquement, en prenant le bras de Diane :
— Mon enfant, il faut que je vous parle.

Dans l'attente du retour improbable de ses frères, François et Hyacinthe, dont on n'avait pas de nouvelles, Diane avait mis de l'ordre dans la pièce qui servait de cabinet de travail à son père et s'y était installée, laissant à ses sœurs le reste du rez-de-chaussée, les pièces supérieures n'étant que rarement occupées. Libérés de leur crasse, les portraits de famille avaient retrouvé un air de jeunesse ; les panoplies indiennes, délivrées de leur poussière, s'épanouissaient dans leur orgueil barbare ; la table de travail en chêne massif, les sièges rafistolés, les coffres bourrés de livres et de paperasses occupaient l'espace laissé libre par le canapé défoncé, la vaste bibliothèque et le lit.

— Mon père, dit Diane, ne se plaisait qu'ici. Il y vivait comme un escargot dans sa coquille. Il était maniaque, certes, mais quelle passion n'a pas ses manies ?

— Je me souviens. Aussi passionné de Voltaire que de Rousseau, il ne supportait pas que l'on attaquât l'un ou l'autre. Je crois qu'il était heureux dans les mouvements contradictoires de ses goûts et de ses passions. Il refusait de se laisser enfermer dans des certitudes. Il me dit un jour : « Les contradictions nous exaltent et les certitudes nous étouffent. »

M. d'Ussel ajouta :

— J'aurais eu plaisir à saluer votre frère et vos sœurs, mais je ne vois personne.

Louis-Amour rendait visite à ses abeilles ; Marion faisait la petite école aux enfants du village ; Virginie, chassée de la communauté des dames de Nevers, dissoute par décret de l'Assemblée, nettoyait les levades pour les pluies du printemps ; la cadette, Julie, vagabondait à son habitude. Diane invita son visiteur à s'asseoir et prit place près de lui.

— J'ai reçu, dit-il, des nouvelles de Hyacinthe. Sans doute le croyez-vous à Coblence, à Londres ou à Milan, comme tant d'autres jeunes fous qui ont accepté de pactiser avec l'ennemi. Il n'en est rien. Hyacinthe est un « émigré de l'intérieur », comme on dit. Il vit à Paris, et bien semble-t-il.

Quelques jours auparavant, le comte avait reçu la visite d'un personnage qui se disait chargé d'activer dans les provinces l'acquisition des biens d'Église par les municipalités. C'était en fait un agent du duc d'Orléans, Philippe, cousin du roi [1]. Il apportait des nouvelles verbales de Hyacinthe, une lettre risquant à l'occasion d'un contrôle de compromettre le destinataire, l'envoyeur et le porteur.

— Ces nouvelles, ajouta le comte, s'adressaient à sa compagne. J'ai transcrit les propos du messager sur ce billet. Lisez-le et détruisez-le par prudence.

Le message disait : « *Mon Estelle, il faut être patiente. Je t'aime plus que jamais. Dès que possible, tu me rejoindras et nous vivrons heureux comme par le passé. Ni les événements ni les hommes ne pourront nous séparer.* »

Pour cacher son émotion, Diane alla tisonner la tourbe et jeter le billet dans l'âtre. Elle entendit dans son dos la voix de M. d'Ussel :

— Je ne vous cache pas ma perplexité. Que faire ? Prévenir votre frère de la mort de son amie ? Lui laisser ses espoirs ?

— Nous ne devons rien lui révéler, trancha Diane. A quoi bon le priver d'illusions qui peut-être l'aident à vivre ? Laissons faire le temps.

Discrètement le visiteur s'informa de la situation matérielle de la famille. Diane haussa les épaules en revenant prendre place sur le canapé. On vivait modestement, mais la région avait retrouvé son calme depuis les troubles qui avaient occasionné la mort d'un paysan et celle du comte Ambroise. Quelques jours après que l'on eut ramené le corps de ce dernier, Sauviat s'était présenté au château, la mine compatissante, pour se disculper de la responsabilité de ce drame, proclamer sa haine de la violence et promettre qu'on retrouverait le meurtrier. On l'avait écouté, puis on lui avait tourné le dos.

— Comment pourrions-nous oublier que tous nos malheurs viennent de lui ? Il n'aura de cesse, avec les lois dont on nous menace, de nous dépouiller de nos biens. Nous sommes toujours sur le qui-vive et nous demandons quelle mauvaise action il médite. Ses ambitions n'ont pas de limites, alors qu'il vit dans l'opulence et nous dans la gêne. Il ne règle plus ses rentes depuis belle lurette et refuse de nous les racheter. Il sera bientôt maître du château et du domaine et nous ne pourrons rien y faire. Il connaît les lois mieux que nous.

M. d'Ussel tira de son frac une pipe de porcelaine et se leva pour l'allumer aux tisons. Les bras croisés sur la poitrine, il resta quelques

1. Le futur Philippe-Égalité.

instants muet, à contempler le portrait naïf de Gabrielle de Fontloube, l'épouse d'Ambroise de Marsanges, épanouie dans un bouquet de dentelles rosées et de joyaux dont la plupart, il le savait, paraient à présent les bras et la gorge de cette Manon, devenue l'égérie des révolutionnaires du haut pays. Le comte de Marsanges, de l'autre côté de la panoplie indienne, avait belle prestance, le buste droit dans un décor américain.

Diane se dit que M. d'Ussel avait encore toutes les apparences de la jeunesse. Ses attitudes semblaient étudiées, ses propos élaborés, mais ce n'était ni artifice ni souci de paraître ; plutôt le signe d'un naturel façonné par des siècles de bonne noblesse. Ce seigneur libéral était un parfait honnête homme, militaire dans l'âme, soit, mais par sens de l'honneur et du devoir plus que par ambition ou goût pour la guerre. Ancien maire d'Ussel, procureur général du département depuis peu (un poste occupé jadis par Jacques Brival), il se proposait de reprendre du service dans les armées de la République où s'illustraient ses fils.

Il ajouta en se retournant :

— Mon enfant, votre situation m'inquiète. Au train où vont les événements, je crains que nos députés ne décrètent la mise sous séquestre des biens des émigrés, en attendant leur vente pure et simple, comme ceux de l'Église, en vous laissant juste de quoi ne pas mourir de faim. L'État a besoin d'argent pour la guerre qui menace et il le prendra où qu'il se trouve. Je regrette de n'avoir pas su conseiller votre père et d'avoir tardé à vous rencontrer après sa mort. A l'idée de vous imaginer dans un état proche de la gêne, je...

Diane le coupa sèchement. C'était « son affaire ». Il eut un petit rire.

— Aussi fière que mon vieux compagnon ! dit-il. Vous préféreriez mourir plutôt que de recevoir l'aide d'un ami...

— Je vous répète que nous ne sommes pas dans l'état d'être secourus.

— Dieu merci ! Pourtant, si j'en crois Valentin, cela ne tardera guère. Ce ne sont pas les quelques « brébialles » de votre troupeau, le miel et les tisanes de Louis-Amour qui vous permettront de subsister dans les temps terribles qui se préparent. Quant au père de votre enfant, ce Brival franc comme un mulet d'Espagne, il est trop pris par ses ambitions politiques pour s'intéresser à votre condition.

Diane s'apprêtait à riposter quand M. d'Ussel la devança avec rudesse.

— Je sais, dit-il. Ces problèmes ne me concernent en rien, mais je tenais à vous dire le fond de ma pensée. Je suis prêt à vous aider. La suppression des rentes a amputé mes revenus mais, Dieu merci, mon épouse et moi avons de quoi subvenir à nos besoins avec les produits de nos modestes domaines du Bech et de Châteauvert. Acceptez mon aide.

Il évoqua sa jeunesse, les épreuves endurées : sa mère morte en mettant au monde son dix-huitième enfant, son père tué en duel à Versailles, l'existence près d'une aïeule tyrannique, les années spartiates au Collège des Doctrinaires de Brive, sa vie de page à la grande écurie de Versailles où il avait plongé dans les « marécages pestilentiels de la Cour ». L'armée, enfin...

— Je vous ressemblais dans ma jeunesse, dit-il. J'étais fier, ombrageux, répugnant à toute assistance. Cette attitude, je l'ai payée cher, mais j'étais seul à assumer les conséquences de ce travers. Vous, Diane, vous n'êtes pas seule...

Il s'assit, prit ses mains qu'elle lui abandonna sans réticence.

— Si vous avez quelque pouvoir, dit-elle, faites que ces messieurs du tribunal criminel cessent de nous harceler.

Elle avait reçu une nouvelle convocation à se rendre à Tulle dans les huit jours. Pourquoi ? Pour s'entendre poser les mêmes questions qu'à Ussel, à propos de la mort de M. de Marsanges. Le comte soupira :

— Toute démarche de ma part serait suspecte et inutile. J'ai perdu de mon crédit et les robins de Tulle m'ignorent. J'interviendrai pourtant.

Il se leva comme à regret, reprit chapeau et cravache.

— Vous savez désormais à quelle porte frapper en cas de nécessité. Elle vous sera ouverte le temps que je resterai en Corrèze, ce qui ne durera guère. Je préfère la guerre à ces pièges que l'on tend sous nos pas, à la suspicion dont on nous accable. Je ne l'aime pas, cette mégère, mais au moins, avec elle, on peut parler franc.

Il refusa le verre d'hydromel que lui offrait Diane et ajouta en se retirant :

— A Tulle, prenez garde. On y vit dans un état permanent d'emeute entre Jacobins et contre-révolutionnaires, entre bonnets rouges et bonnets blancs. Soyez plus prudente que pour l'affaire Massey et laissez vos pistolets à l'auberge.

Tandis qu'il s'éloignait par l'allée de hêtres, chevauchant un peu déhanché à cause d'une ancienne blessure, elle regrettait d'avoir repoussé avec tant de hauteur le secours qu'il lui proposait. Une poignée de louis aurait permis à la famille de subsister quelque temps. Cela faisait des semaines que l'on n'avait pas entendu le tintement du numéraire. Louis-Amour avait rapporté d'une foire à Bugeat un paquet d'assignats crasseux sur lequel brillait un écu de six livres beau comme un soleil ; elle l'avait frotté avec son mouchoir, caressé en imaginant en quelles mains il avait pu passer avant de se poser, pépite lumineuse, sur cette croûte grisâtre. Interrogé sur l'origine de ce miracle, Louis-Amour avait fini par avouer qu'il avait négocié avec un ci-devant de Tarnac un ouvrage de Restif de La Bretonne, *Sara,* illustré de gravures lestes, dérobé à la bibliothèque de son père. Diane avait regimbé : on s'était promis de ne rien dissiper du patrimoine, surtout de la bibliothèque.

— Je ne m'y suis résigné qu'à contrecœur, dit Louis-Amour. Comment pourrions-nous vivre en attendant la vente des moutons et de la laine ?

Il avait ramené des tourtes de pain de seigle et une demi-carcasse de veau que Marion s'était empressée de saler. La promesse, Diane en convint, était difficile à observer. On était à la mi-février. L'écu s'était envolé de même que les assignats. On se sustentait de raves, de châtaignes pourries, d'un pain fait de vieilles farines charançonnées mélangées à de la poudre de gland, de soupes d'orties et parfois d'un lièvre pris au collet par Florent ou d'un sanglier abattu par le régisseur. Les secours de Brival se faisaient rares. On avait renoncé aux rentes, les requêtes de Valentin demeurant vaines : parlait-il de saisir la justice, on lui riait au nez ; insistait-il, on décrochait le fusil.

Un jour que Diane lui reprochait son manque d'autorité, il avait menacé de quitter Marsanges pour s'établir avec sa famille dans le Midi où il avait de la famille, à Brive où l'on demandait des ouvriers pour les tissages de M. Le Clere, ou de reprendre du service dans l'armée. Il ajoutait :

— Vous n'avez aucun recours contre les preneurs. Traînez-les au tribunal, vous serez déboutés. Les terres que vous avez affermées ne vous appartiennent plus. Essayez de les vendre, mais vous n'en tirerez pas grand-chose. Vos paysans préfèrent attendre qu'on vous en dépossède, ce qui ne tardera guère si j'en crois les rumeurs. Il ne vous reste que deux issues : l'émigration, mais cela coûte cher pour beaucoup de risques, ou la vente du château. Il ferait le bonheur de quelque bourgeois d'Ussel ou de Tulle enrichi dans la fourniture aux armées.

Diane avait senti une bouffée de colère lui brûler le visage. Plutôt la misère à Marsanges que l'aisance ailleurs. L'hiver avait été difficile ; le printemps venu, on aviserait. On pourrait organiser un potager, acquérir les premiers éléments d'une basse-cour, envisager d'élever un ou deux porcs...

Elle dressait des plans sur la comète.

Le potager auquel on s'attela était l'affaire d'Angélique.

Elle était revenue une semaine après la mort de son père, seule, à pied, son baluchon au bras, maigre, elle qui, deux ans auparavant, avait quitté Marsanges rayonnante de santé pour le couvent d'Uzerche. De ses explications laconiques et embrouillées on avait déduit que, les religieuses dispersées, la supérieure, Marie Besse, l'avait confiée à Sansiot, l'aubergiste des « Trois Marchands », qui l'avait employée par bonté d'âme à de gros travaux, puis congédiée. Elle avait repris le chemin de Marsanges, en compagnie d'un colporteur d'images saintes qui, après avoir abusé d'elle, l'avait abandonnée près de Treignac après l'avoir délestée de son maigre baluchon et d'une bague qu'elle tenait de son père. Son retour n'avait pas suscité un débordement d'effusion. De par son impuissance congénitale à comprendre et à partager les préoccupations de ses proches, elle n'occupait dans la famille que l'espace de sa présence ; en revanche on ne lui reprochait ni son silence ni sa gloutonnerie car elle ne rechignait jamais aux plus rudes travaux.

La mort de son père ne lui avait arraché qu'une larme furtive. Elle avait été beaucoup plus sensible aux privations qu'à l'ennui distillé par les heures interminables occupées à ramasser du bois mort, à déblayer la cour de la neige que la nuit suivante y ramènerait, à dormir dans la bergerie, parfois en compagnie de Florent qui, dans le fil de lumière tombant du fenestron libéré de son bouchon de paille, lisait les ouvrages empruntés à la bibliothèque du comte. Ils s'entendaient bien, dans ce domaine partagé : le silence ; l'une, incapable de s'exprimer ; l'autre n'en éprouvant ni le goût ni la nécessité.

Le séjour d'Angélique chez les sœurs d'Uzerche avait développé en elle une propension aux travaux de jardinage et elle s'y donnait avec passion. Elle ne pouvait se trouver devant un carré de terre vierge sans éprouver le besoin de le retourner pour y faire des semis, comme si elle découvrait dans cet acte un écho confus de sa nature et de ses impulsions. Enfermée dans la prison d'Uzerche, en attendant que l'on eût statué sur son sort, elle avait retourné à la bêche un espace jonché de détritus et se proposait de l'ensemencer, mais on l'avait libérée.

Lorsque Angélique et Florent, enfermés dans leur cocon de pénombre et de silence, voyaient surgir le vagabond Picharou, c'était une fête. Il lui suffisait de montrer sa barbe broussailleuse, ses yeux rouges sous le large chapeau verdâtre, de faire tonner sa voix (« Salut les amoureux ! ») pour que le rythme du temps s'accélère et que l'espace et le silence volent en éclats.

Autant Florent avait le goût du silence, autant le vagabond aimait parler. Le sujet importait peu. L'événement le plus insignifiant déclenchait en lui une logorrhée, s'amplifiait, prenait une portée universelle, menaçait de changer la marche du monde. Passant du quotidien à la fable, il vivait dans un univers d'orages où il était difficile de le suivre. Un personnage croisé en chemin devenait, selon son humeur, un brigand, un riche marchand, un émigré ou un fantôme ; il lui inventait un itinéraire, une motivation, une destinée ; d'une poussière de mica il faisait une pépite. « C'est un poète », songeait Florent. « C'est un fou et un ivrogne », rectifiait Diane qui supportait mal ses délires et ses odeurs sauvages, sans le détester, tant il restait attentif aux soucis de la famille.

— Salut, les amoureux !

Il entrait dans la bergerie, auréolé d'une lumière d'hiver, secouait l'épaule d'Angélique somnolente, frictionnait d'une rude poigne la tignasse de Florent, poussait un râle de plaisir en se laissant tomber sur la litière. Florent et Angélique salivaient en le regardant caresser sa besace et cligner de l'œil.

— Le Père Bombance a pensé à vous, mes petits !

Son errance du jour était un compromis entre l'Odyssée et la quête de la Toison d'Or. Il ramenait de Colchides imaginaires trois ou quatre pommes de terre, une rave à moitié gelée, un os de jambon, un quignon de pain et, les jours fastes, une chopine de piquette. C'étaient, disait-il, les reliefs d'un dîner auquel on l'avait convié, un fantastique balthazar digne des bourgeois de Tulle. Il montrait un estomac tendu à craquer, tirait de sa carcasse gavée un rot éloquent ou un vent majestueux avant de sortir de sa besace, avec des mines gourmandes et des mystères de magicien, les fruits dérisoires de ses rapines. On dégageait un coin de muraille pour faire un feu discret et laisser cuire sous la cendre les patates et les raves. Avec une attitude de grand seigneur fastueux il refusait parfois sa part du festin en s'écriant :

— Mangez, mes agneaux ! Tout ça c'est pour vous !

Ils ne se faisaient pas prier, Angélique surtout qui, affectée par la frugalité des repas de Marsanges, n'avait pas repris ses formes et ses couleurs. Picharou les contemplait d'un œil attendri, sans un mot, avec cette délicatesse des humbles qui contrastait avec son allure d'épouvantail, les laissait apaiser leur fringale, les encourageait, mêlant la langue du pays à un français approximatif, veillait à ce que le labrit de Florent eût sa part des agapes.

Parfois Picharou sortait de sa chemise un pli graisseux qu'il tendait à Florent en lui demandant de le lui lire. C'était une lettre de ses deux fils partis volontaires dans le premier bataillon de la Corrèze ; ils cantonnaient aux frontières du Nord, crevant de faim, de froid, de maladie et de peur face aux armées impériales. Florent protestait :

— Je te l'ai déjà lue trois ou quatre fois.

— Te fâche pas, petit. Pour me faire plaisir...

Il écoutait en hochant la tête, essuyait les larmes qui coulaient dans sa barbe, grattait sa vermine, confondait dans ses invectives le Directoire de la Corrèze, les « Prussiens », les généraux félons ou incapables, les députés véreux, la reine Marie-Antoinette qu'il appelait la « Marissou », à laquelle il vouait une haine tenace.

Quand il avait vidé à la fois sa besace et sa poche de fiel, il priait Florent de lui faire un mot d'écrit pour ses fils. Il faisait mine de se recueillir, prenant un air important pour ordonner :

— Escriu, pitiot !

Il intimait aux deux volontaires l'ordre de retourner au foyer ou d'aller rejoindre les émigrés, mais, avant de partir, de trouer la peau d'un de ces officiers qui se gobergeaient avec les rations de la troupe. Florent se contentait d'écrire ce qui lui passait par la tête : des considérations sur le temps, des nouvelles exemptes de critiques sur le régime, soucieux de ne pas désigner le vagabond à la vigilance des autorités jacobines. Picharou écrasait au fond de la lettre une grosse croix tremblée et faisait promettre à Florent de l'acheminer dans le plus bref délai. Après quoi il déployait la couverture qu'il portait enroulée dans son dos, s'en recouvrait et s'endormait, son chapeau rabattu sur les yeux.

Marion remonta au château alors que tombait une étrange nuit de braises et de cendres qui donnait au ciel, en direction du mont Ventéjoux, l'apparence d'un ventre de charogne. Elle ramenait du village un panier de châtaignes, un chanteau de pain de seigle rassis. La femme du forgeron Amadieu, Eléonore, y avait ajouté une cantine de lait de vache à l'intention du petit Félix. Sa fille cadette, Félicie, confiée à Marion le temps de la saison froide, apprenait la lecture, l'écriture, le catéchisme, des matières qu'aurait dû lui enseigner le curé « jureur », Rochette, ce « prestolet » qui s'occupait davantage de politique que de religion.

Marion retroussa ses jupes devant le feu que Diane venait de ranimer d'une bourrée.

— Tu as reçu de la visite ? dit-elle. J'ai vu les traces de sabots d'un cheval dans la neige.

Diane lui relata l'entrevue avec M. d'Ussel et ajouta :

— Il s'est proposé de nous aider. J'ai refusé.

— S'il avait de bonnes intentions, tu aurais dû accepter. Nous n'avons plus le droit de faire la fine bouche. Il nous faudrait une autre monture et nos réserves de nourriture s'épuisent.

— Nous n'en sommes pas au point de mendier notre pain.

Elle vida le panier de Marion, ajouta :

— Éléonore est bien généreuse... Il y a peu, elle se réjouissait de nos épreuves. Aujourd'hui elle nous cajole. C'est étrange.

Éléonore n'était pas seule à revenir sur ses préventions. La tragique disparition du comte de Marsanges avait suscité une réaction singulière : on avait reçu au château des femmes venues spontanément s'incliner sur la tombe du défunt qu'elles avaient honni de son vivant, gémir sur l'atrocité des temps, sur cette Révolution qui faisait des hommes des loups, proposer leur aide ; on en vit pleurer dans leur devantier. Le curé Rochette s'était montré quelques jours plus tard, informé par la rumeur publique, s'excusant de son absence le jour de l'inhumation ; Diane et Marion l'avaient entendu avec stupeur faire l'éloge du défunt, brisant son débit pour faire croire à une émotion sincère, mêlant à l'onction de sa voix des toux embarrassées. Ce « prestolet », on ne savait comment le prendre : il hurlait avec les loups et bêlait avec les moutons ; pour peu qu'elles l'eussent poussé, Diane et Marion lui eussent fait vomir ses hypocrisies. Dans la paroisse, on s'en méfiait ; Sauviat était le seul à l'inviter à sa table, car, outre qu'il était bien informé des nouvelles du district et du département, le prêtre se prévalait d'une certaine influence auprès des Jacobins d'Ussel et de Tulle, qui appréciaient son dévouement à la cause révolutionnaire ; il s'était fait un ami, notamment, du nouveau vicaire épiscopal, Jean-Charles Jumel, que l'illustre abbé Grégoire, las de ses palinodies dans les journaux de Paris, avait délégué en Corrèze auprès de l'évêque constitutionnel Joseph Brival, oncle du député.

L'abbé Plazanet, lui, avait disparu.

On l'avait aperçu dans le quartier du Trech, à Tulle, repaire de contre-révolutionnaires à bonnet blanc, auxquels se mêlaient quelques prélats proscrits pour leur refus de prononcer le serment civique qui leur était imposé par l'Assemblée et de reconnaître la Constitution civile du clergé qui les ravalait au rang d'officiers d'administration.

Louis-Amour et Florent avaient repéré sa retraite, l'automne précédent, en inspectant les ruches du Longeyroux. L'œil vif de l'adolescent avait été attiré par un mouvement insensible qui se dessinait au-dessus d'un champ de molinies moucheté de gentianes bleues. Pour Louis-Amour, c'était un chien ou un loup. Florent était certain qu'il s'agissait d'un homme, qui semblait se cacher dans les ruines du village. Peu téméraire de nature, Louis-Amour n'avait accepté qu'avec réticence d'accompagner le « baïlero » jusqu'au groupe de chaumières désertées depuis des siècles et qui, pierre à pierre, se laissaient dévorer par la tourbière. Un lieu maudit qui alimentait les sources de légendes des veillées.

A travers une étendue de « tremblants », de tourbières abandonnées envahies de saules nains et de vagues mauves d'épilobes crêtées de duvet blanc, Florent partit en éclaireur. Louis-Amour perçut le bruit d'une querelle puis aperçut Florent qui lui fit signe d'avancer.

— Vous, mon père ! s'écria Louis-Amour.

Il avait reconnu Plazanet à son regard de feu et à son nez de travers ; pour le reste, il eût pu le confondre avec un vagabond : il ne restait de son habit que le rabat, et des lambeaux rafistolés avec des ficelles d'herbe. Sur le sol de terre battue et de tuiles brisées il avait installé en guise de lit une jonchée encadrée de pierres, surmontée d'un toit de branchages où s'entrelaçaient molinies et bruyères, supportée par un mur percé d'une ouverture ogivale, vestige de l'ancienne chapelle. Le prêtre était parvenu à redresser l'autel fendu en deux par le gel ou la foudre et à le sous-tendre par un entassement de moellons. Dans une vieille marmite il avait planté une croix faite de deux branches ornées de fleurs de gentiane bleue.

— Race de persécuteurs ! fulminait le proscrit. Il a fallu que vous finissiez par découvrir ma retraite ! Où faut-il que je me réfugie pour échapper à votre curiosité ? Si c'est le vieil Ambroise qui vous envoie, dites-lui qu'il tienne sa langue s'il ne veut pas risquer l'excommunication. Je sens cette fripouille de Rochette derrière ces manigances. Rochette et l'usurpateur Joseph Brival, cet antéchrist !

Louis-Amour protesta : il venait simplement visiter ses ruchers.

— Tes ruchers ! Parlons-en ! Si tu ne les transportes pas ailleurs j'y mettrai le feu. Tes sales bestioles me harcèlent comme si j'en voulais au miel des Marsanges. Dieu m'en garde ! Plutôt mourir de faim.

Il continua de vitupérer la « diablerie révolutionnaire », la « noblesse veule », la « bourgeoisie gavée des biens d'Église », les complices de cette Révolution qui « menait la chrétienté au gouffre ».

— Je vous répète que vous vous trompez, mon père, insista Louis-Amour. Nous sommes comme vous des victimes des événements. Mon père est mort, assassiné par un révolutionnaire, et mes deux frères, François et Hyacinthe, ont été contraints d'émigrer.

— Mensonges ! Vous n'aurez rien de plus pressé que de me dénoncer.

— Si telle est mon intention, que je meure sur-le-champ ! s'écria Louis-Amour. Et je me porte garant du « baïlero ».

Il n'avait jamais aimé ce prêtre dur, exigeant, inculte, injuste, qui avait toujours répondu par le mépris aux générosités de sa famille, l'attaquait sournoisement en chaire et répandait des calomnies sur son compte. Il terrorisait femmes et enfants, menaçait les hommes qui négligeaient les offices, stimulait les préfets de modestie. La haine qu'il vouait à la fois à la famille de Marsanges et au maire constitutionnel disait assez quelle folie possédait ce vestige de l'Inquisition. En apprenant que Diane avait fait baptiser Félix, le « bâtard », par un prêtre de Bugeat, il avait déliré durant des heures.

Encore suffoquant de colère, Plazanet s'assit sur une pierre et, d'une voix courte, presque honteuse, demanda à ses visiteurs s'ils avaient quelque nourriture sur eux. Louis-Amour lui tendit un quignon de pain noir et un oignon, sur lesquels le prêtre se jeta comme un chien affamé.

— Pardonnez ma curiosité, mon père, dit Louis-Amour, mais de quoi vous nourrissez-vous ?

Plazanet lui jeta un regard torve.

— Dieu pourvoit à ma subsistance. Il m'envoie en abondance de petits oiseaux, des grenouilles, des serpents et des hérissons. Les paysans de La Celle et des Maisons m'apportent quelque nourriture et le vin de mes offices. J'ai fait provision pour cet hiver de tourbe et de bois. Quand je pense à saint Antoine dans son désert, je me sens comblé par la Providence.

Il vaticina sur l'avenir de la France et du monde puis se laissa retomber sur sa pierre, les mains entre les genoux, ajoutant avec un regard chargé d'éclairs :

— Si vous révélez ma présence, Dieu vous maudira jusqu'à la dixième génération. Si l'on vous parle de moi, dites que je suis mort. Si l'on décrète que je me suis réfugié au Trech, ne démentez pas, encore qu'il me déplaise que l'on me croie capable de dire la messe pour les bourgeois et les gens de petite noblesse, ou de tremper du biscuit dans le chocolat des bigotes. Au souvenir de mon bref séjour dans cette Sodome, j'ai la nausée. Si vous le pouvez, oubliez-moi.

Quelques jours avant le voyage à Tulle, destiné à éclairer la justice sur les événements ayant provoqué la mort de son père, Diane reçut à Marsanges une délégation du Directoire départemental conduite par Léonard Sauviat, ceint pour la circonstance de l'écharpe municipale.

Les officiers de l'administration étaient au nombre de trois. L'un deux, nommé Daubech, homuncule coiffé d'un large chapeau empanaché de plumes noires qui lui conférait plus de ridicule que de majesté, sortit un papier de sa ceinture, s'éclaircit la voix et en commença la lecture.

Diane apprit que la nation, dans l'attente d'un conflit contre les souverains d'Europe, qui paraissait imminent, avait un besoin urgent d'armes et de munitions. Dans les registres de M. Pauphile, directeur de la Manufacture d'armes de Tulle, figurait la notification de vente de diverses pièces, dont une d'artillerie, au ci-devant comte de Marsanges. On venait en prendre livraison. Diane foudroya Sauviat du regard.

— Ainsi, dit-elle, non content de nous créer des ennuis, vous nous ôtez les moyens de nous défendre !

Sauviat pâlit, bredouilla qu'il n'y pouvait rien, le décret de confiscation émanant de l'Assemblée législative et la décision de perquisitionner du Directoire de la Corrèze. Il ne faisait que se conformer à la loi qui obligeait les citoyens à déposer les armes à la mairie.

— Nous procéderons discrètement, dit l'homme aux plumes noires. Il est mentionné notamment une pièce d'artillerie. Comptez-vous soutenir un siège, madame ?

— Sauviat aurait dû vous dire que nous avons été attaqués deux fois par des émeutiers et que ce canon, s'il n'a pas fait de victime, a intimidé nos agresseurs.

Elle précéda la délégation vers un coin de la cour proche de la bergerie, écarta la couverture de branches et de vieilles étoffes abritant le vestige verdâtre qui dormait sur son affût vermoulu : le joli canon « à la suédoise » que Hyacinthe avait rapporté de Tulle et qui avait rendu l'âme.

— Il est à vous, dit-elle d'un ton ironique, mais je doute qu'il puisse effrayer les armées impériales.

Daubech se gratta le menton ; les deux autres délégués cachaient un sourire derrière leur main.

— Je note, claironna Daubech : une pièce d'artillerie ancienne et apparemment hors d'usage, avec son affût. Où sont les munitions ?

— Dans la cave, mais elles sont également inutilisables.

— Nous verrons bien, dit Daubech.

Il ajouta d'une voix de sergent en se tournant vers ses adjoints :

— Perquisition ! Toi, dans la cave. Toi, dans les communs. Célérité et discrétion.

Il ajouta en s'inclinant, son chapeau sur le ventre :

— Quant à moi, je vous suis, madame. Sauviat, accompagnez-nous ! Nous allons visiter les appartements.

Soigneusement graissés, les fusils s'étageaient dans les encoches du râtelier contre un mur de l'allée. Dans un mouvement d'heureuse surprise, Daubech s'exclama :

— Diantre, que voilà du beau matériel !...

— Les munitions sont dans le coffre, dit Diane. Tout y est. Ce modeste arsenal n'attendait que votre visite.

— Je crois savoir que vous aviez aussi des pistolets, dit hypocritement Sauviat.

— Rien ne vous échappe, décidément, riposta Diane, mais, avec la permission de ces messieurs du Directoire, nous les garderons. Il passe dans nos campagnes toutes sortes de gens.

— Hum... fit le délégué, ça n'est pas très réglementaire. Il n'y a que des femmes dans cette maison ?

— Mes trois sœurs et moi. Et aussi mon frère, Louis-Amour, mais la vue d'une arme à feu lui donne des sueurs froides. Et notre berger : Florent.

Sauviat ajouta :

— Vous oubliez le régisseur : Valentin Lafaye. Il a un fusil lui aussi.

— Depuis sa jeunesse, dit ironiquement Diane, il a renoncé, pour chasser, à se servir d'une fronde ou d'un arc. Enlevez-lui son fusil et vous le réduisez, lui et les siens, à la famine.

— Hum... fit Daubech. Soit ! Nous vous laissons vos pistolets et à lui son fusil, mais il faudra me signer une décharge, avec promesse que vous ferez de ces armes un usage loyal.

— La loyauté a toujours été la règle dans notre famille, monsieur.

— Bien... Bien... Visitons, je vous prie.

Ils parcoururent le château de fond en comble. Avec une courtoisie un peu guindée, Daubech sollicitait la permission de pousser une porte, de soulever le couvercle d'un coffre, de sonder les profondeurs d'une armoire ou d'un placard... La pauvreté, le délabrement de la demeure semblaient le surprendre. Il pianotait sur sa ceinture, marchait comme sur des œufs, s'effaçait avec une courbette pour laisser passer la jeune femme qui, consciente de sa gêne, s'en amusait. Il faisait : « Hum... Bien... Hum... », s'excusait de devoir jeter un regard rapide sous les lits désaffectés de l'étage. Lorsqu'ils furent revenus à leur point de départ, Diane l'invita à visiter la cuisine ; elle souleva la trappe qui donnait accès à la cave où opérait déjà un adjoint entré par une issue extérieure, puis elle lui ouvrit la porte donnant sur le cabinet du comte et les chambres. Daubech parut impressionné par la dimension de la bibliothèque et la qualité des reliures, la table de travail, les portraits de famille, les panoplies d'armes indiennes. Diane lui dit d'un ton narquois :

— Vous vouliez des armes ? En voici ! Elles viennent d'Amérique où mon père a combattu pour la jeune République avec M. de La Fayette.

Piqué au vif, Daubech se rengorgea dans sa dignité, répliqua :

— Hum... Madame, nos volontaires ne sont pas des sauvages !

Daubech fit en sifflotant le relevé des armes figurant au râtelier et des munitions contenues dans le coffre, avant d'aller retrouver ses adjoints dans la cour : ils n'avaient découvert aucune arme, sauf les munitions et la poudre destinées au canon, mais inutilisables ; dans la cave l'un des délégués s'était trouvé en présence d'une amorce de souterrain qu'il n'avait pu explorer faute de lumière, mais qui était de toute manière comblé par un éboulement.

— Puis-je avoir votre parole, madame, dit Daubech, que cet endroit ne dissimule point une cachette ?

— Je ne m'y suis jamais hasardée, dit Diane. Une légende assure que ce souterrain relie le château au village et qu'il s'y trouve une cache contenant un trésor. Si vous voulez tenter l'aventure, je vous fournirai les chandelles...

— Inutile! grogna Daubech. Je vous fais confiance. Voici le duplicata du relevé qui accompagnera le procès-verbal. Vous constaterez que n'y figurent pas le fusil de votre régisseur et vos pistolets. Veuillez y apposer votre signature. Nous allons vous régler en assignats, suivant le barème réglementaire. La nation vous remercie.

Il fit le compte, tendit une liasse de billets crasseux à Diane, qui soupira :

— La nation n'est guère généreuse. C'est la moitié du prix que nous avons payé ces armes, et en beaux louis, encore.

— Nous ne pouvons faire mieux. Au moins, madame, aurez-vous la satisfaction de contribuer à la victoire de nos armées contre les tyrans. Il vous sera tenu compte de votre bonne volonté au cours de cette opération.

— Vous avez oublié, dans votre relevé, la pièce d'artillerie.

— Nous vous la laissons. Ce vestige des guerres de la royauté ne nous serait d'aucune utilité, et nous sommes certains que vous ne pourriez ni ne sauriez vous en servir contre le peuple. Adieu, madame!

Les délégués se retirèrent avec un chargement installé sur le dos bâté d'un cheval de somme. Arrivé au bout de l'allée de hêtres où subsistait une vieille neige, Daubech se retourna brusquement et s'écria :

— Eh bien, Sauviat! Qu'avez-vous à bougonner dans mon dos? Que dites-vous? Parlez plus clairement!

— Je dis que vous avez procédé à la légère, sauf votre respect, monsieur le délégué. J'ai la certitude que ces ci-devant cachent d'autres armes. Ce château, malgré les apparences, est un repaire de contre-révolutionnaires. Lors de la dernière émeute qui a coûté la mort d'un brave paysan de Peyrelevade, chacun, hommes et femmes, avait une ou plusieurs armes.

— Tiens... Tiens... N'avez-vous pas prétendu être étranger à cette affaire? Je vous vois parfaitement informé. Trop bien, même. Croyez-moi, Sauviat, vos excès n'ont pas échappé aux autorités et vos ambitions sont bien connues. Vous avez intérêt à vous laisser oublier.

Sauviat se rebiffa : mettrait-on en doute son patriotisme, son attachement aux institutions ?

— Certes non, Sauviat ! Pas plus, d'ailleurs, que votre rapacité et votre absence de scrupules. A bon entendeur, salut !

Daubech et ses adjoints s'étant éloignés, Diane but quelques rasades d'eau à la couade, se rendit chez Valentin qu'elle trouva près du puits.

— Merci, maîtresse, dit-il. Grâce à vous, j'ai pu conserver mon fusil et mes cartouches. Qu'ont-ils emporté ?

— Ce qui était visible : les fusils rangés sur l'étrier. J'ai craint qu'ils ne se mettent en tête de visiter le souterrain où nous avons notre cache. Je m'en suis tirée par une pirouette, et passez muscade ! Ils m'ont réglée en monnaie de singe, mais ce sera suffisant pour remplacer notre mulet. Vous m'accompagnerez à Tulle et vous traiterez vous-même le marché. Souvenez-vous qu'il nous faut aussi une carriole. La somme qu'on m'a versée devrait être suffisante.

— Amènerez-vous Félix ?

— Non. Il pourrait encore neiger en cours de route.

Grâce au lait de vache que Marion rapportait du village deux ou trois fois par semaine, Diane s'étant révélée incapable d'allaiter du fait des privations endurées, l'enfant avait poussé sans peine et ses couleurs faisaient plaisir à voir. Depuis sa naissance, en octobre de l'année précédente, il était l'objet de soins et d'attentions constants. Revenue de ses préventions, Diane avait tenu, en dépit de l'opposition manifestée par Marion et Riette, la femme de Valentin, à ce que l'enfant eût chaque semaine un bain froid en toute saison et ne fût pas lié dans son berceau comme une momie dans ses bandelettes. C'était une joie sans cesse renouvelée que de le voir agiter ses menottes dans un rayon de soleil ou la flamme d'une chandelle, gigoter à l'aise sous son drap, laisser perler un gazouillis d'oiseau lorsqu'on le langeait de linge propre. Il était devenu le cœur de la vieille bâtisse et la raison de vivre de la communauté. S'endormait-il ? Elle paraissait se tasser sur son ombre et son silence. S'éveillait-il ? Elle semblait remonter de siècles d'abandon. Pleurait-il ? Des vents se lamentaient sous les portes. Il n'était pas jusqu'à Julie et Angélique, ces deux « innocentounes », qui n'eussent conscience d'un don du ciel. Angélique s'acquittait assez bien des missions qu'on lui confiait : celle de la toilette notamment, qu'elle exécutait en chantant un air qu'elle avait appris durant son séjour chez les sœurs d'Uzerche, un vieux noël du pays, un « nadalet » :

A vous, troupe fidèle
A vous, pauvres bergers
Une grande nouvelle
Je viens vous annoncer...

— Tu n'es plus dans la chapelle des sœurs, lui disait Marion. Rien ne t'oblige à beugler comme tu le fais. Regarde, il est tout effrayé, le pauvre chérubin. Tu lui as fait peur. Il va pleurer.

Angélique reprenait, mezza-voce :

Le Messie adorable
Le fils du Tout-Puissant
Est né dans une étable
Allez-y promptement...

L'été passé, Riette avait accouché d'un garçon, son huitième enfant, mais il n'avait pas vécu. Elle examinait Félix d'un œil clinique, le tournant et le retournant, attentive à la couleur de sa peau, sondant ses urines et ses selles, le palpant sous toutes les coutures, concluant :

— Y a pas à dire : c'est un beau drôle, et vigoureux avec ça. Regardez comme il me serre le doigt, le bougre ! Et cette petite lumière dans l'œil... C'est bon signe, mes petites.

Brival était passé dans le courant de l'hiver, pressé comme à son habitude.

Il était vêtu à l'anglaise sous sa pelisse de martre, le teint frais, son embonpoint naissant comprimé par une large ceinture d'étoffe. Il avait demandé qu'on le laissât seul avec l'enfant et il était resté plus d'une heure à le regarder dormir, n'osant pas l'éveiller, se penchant pour respirer la bonne odeur de lait tiède et de poudre de violette, essuyant d'un revers de poignet une larme sur ses joues. Au milieu de la relevée, il était reparti dans la pluie et le brouillard. Diane ne lui demanda pas de ses nouvelles et, par pudeur, il s'abstint d'en donner. Avant de se retirer, il prit Diane par les épaules, l'attira vers lui, chercha ses lèvres qu'elle lui refusa, lui laissant simplement embrasser dans la paume de sa main une cicatrice, vestige d'ancienne querelle.

— Tu m'as fait un bel enfant, dit-il, et je suis un bien mauvais père. J'ai tant d'occupations, entre Tulle et Paris, je suis tellement enchaîné à ma mission, qu'il faut me pardonner. Je pense beaucoup à toi, à lui, à nous. Tu te souviens des jours que nous avons passés ensemble, de nos promenades, de notre dernière nuit à Tulle ? Moi, je n'ai rien oublié, parce que je t'aime et qu'aucune femme ne t'a remplacée dans mon cœur. Un jour viendra...

Elle se laissa aller contre sa poitrine, respira le parfum discret qui imprégnait ses vêtements, résistant à la bouffée d'émotion qui l'envahissait. S'il lui avait demandé la permission de rester, elle n'aurait pas refusé : elle le cherchait parfois, la nuit, près d'elle, et ne trouvait que le corps de ses sœurs. Il lui dit :

— As-tu des nouvelles de Charles de Sombreuil ? Il est à Londres, le sais-tu ?

Elle mentit, répondit qu'elle le savait, qu'il lui écrivait pour lui dire qu'il l'aimait et qu'il souhaitait l'épouser dès que les événements le permettraient. Félix n'était pas un obstacle à leur union ; il l'acceptait.

« Mensonges », songeait Brival. Diane lui contait des fables. Des nouvelles de Sombreuil, il en avait, lui, par Talleyrand, qui négociait à Londres avec le cabinet, afin d'inciter l'Angleterre à épouser la cause de la France face aux Impériaux. Le « petit capitaine » Charles de Sombreuil avait fait son chemin dans les milieux de l'émigration ; il était sur le point de se fiancer à Mlle de La Blache, fille d'un ancien député de la noblesse du Dauphiné.

— Ma mère a hâte de te revoir, dit-il. Ne la fais pas trop attendre. Elle souhaite toujours que tu t'installes à Tulle où elle te traiterait comme sa propre fille. Nous sommes au moins d'accord, elle et moi, sur ce point. Pour le reste, elle me cause les pires ennuis en affichant ses griefs contre la Révolution. Sans mes interventions, elle serait en prison depuis longtemps.

Il ajouta :

— J'ai une mauvaise nouvelle à t'apprendre : l'Assemblée est sur le point de voter le décret de confiscation des biens des émigrés au profit de la nation. La mise en vente devrait se faire dans le courant de l'année.

— Un décret que tu voteras, sans doute ?

— Je ne puis faire autrement sans me discréditer, et mon abstention ne changerait rien. Vous risquez d'être inquiétés, contraints de quitter Marsanges, mais il se peut que la présence de Louis-Amour qui, lui, n'a pas émigré et n'a pas d'activité contre-révolutionnaire, plaide en votre faveur. Je vous aiderai dans la mesure du possible.

Quitter Marsanges... Diane sentit ses os se glacer. Elle supportait la misère des temps, la solitude qui s'était resserrée sur la famille après la mort du comte, les menaces de nouvelles émeutes, mais la forcer de quitter ces lieux c'était l'écorcher vive. Elle dit d'un air faussement détaché :

— Rassure-toi : nous ferons face.

En le raccompagnant jusqu'au portail, elle se remémora cette journée d'il y avait trois ans, lors de la Grande Peur, où ils s'étaient si violemment disputés qu'elle s'était ouvert la main avec le poignard de Brival. C'était le début d'une passion aberrante, faite d'une succession infernale de querelles et de réconciliations, qui laissait dans sa mémoire tantôt le goût de phosphore des orages, tantôt l'odeur suave des pluies d'été.

Elle lui tendit sa main ; il se pencha pour l'embrasser et lui dit :

— Prends soin de notre enfant, ma chérie, et dis-toi que je t'aime.

L'hiver avait été impitoyable pour l'abbé Plazanet.

A diverses reprises, Louis-Amour lui avait rendu visite pour lui apporter des nouvelles du pays où l'on commençait à regretter son absence — les femmes surtout, qui toléraient mal l'arrogance et la désinvolture du nouveau « prestolet » — et déposer à son chevet quelque modeste nourriture. Il le trouvait baugé dans sa tanière, bleu de froid, maigre à faire peur, mais animé de la même vindicte et prêt à repartir dans ses vaticinations.

Les dimanches et les jours de fête, quelques paysans de La Celle, le village le plus proche du Longeyroux, lui rendaient visite pour assister aux offices qu'il célébrait : empiriques, bâclés, sans queue ni tête, entrecoupés d'invocations messianiques, sombres et sauvages fêtes de la foi qui se terminaient par des sermons effrayants, tempêtes d'images d'Apocalypse traversées d'éclairs et de vents de soufre, suscitant des images d'épouvante mêlées à de fulgurantes espérances. S'il était assuré de la présence d'un petit noyau de fidèles, en revanche plus personne ne venait à confesse depuis qu'il avait chassé à coups de bâton une pauvresse désireuse de lui confier ses péchés.

Lorsqu'il le trouvait en prière, Louis-Amour attendait que le prêtre, ayant achevé, daignât le recevoir. Dans l'immensité de neige qui recouvrait presque les ruines du village, la cabane accotée au mur de la chapelle, matelassée de blocs de tourbe, fermée par quatre planches servant de porte, se refermait sur lui comme un cocon de tiédeur fétide.

— Assieds-toi ! grognait Plazanet.

Louis-Amour prenait place du bout des fesses sur un moellon, tendait ses mains vers le feu et attendait que l'ermite l'invitât à parler, ce qui ne tardait guère. Le prêtre évitait de brusquer son visiteur, de crainte d'une retraite hâtive qui l'eût privé d'une compagnie qu'il faisait mine de trouver importune. De toute la « famille Putiphar », comme il disait avec une intonation méprisante en parlant des Marsanges, Louis-Amour était, selon lui, le moins pollué par le vice, avec cette pauvre innocente d'Angélique. Sans l'avouer, il se montrait sensible aux sollicitations de son visiteur lui suggérant de revenir s'installer à Marsanges où la population, lasse des insuffisances et des impostures de Rochette, lui ouvrirait les bras. Sauviat n'irait pas le dénoncer — il se conformerait à l'avis de sa femme, Margot, qui ne pouvait souffrir le nouveau curé.

Parfois l'ermite fronçait les sourcils.

— Pourquoi t'intéresses-tu à moi ? Quel intérêt aurais-tu à me revoir dans mon église de Marsanges ? Tu n'as jamais témoigné beaucoup d'ardeur dans la foi, que je sache...

Louis-Amour finissait par avouer que, depuis la mort d'Estelle et celle de son père, il se sentait « porté vers la religion ». Plus ému par ces événements qu'il ne l'avait laissé paraître, impuissant à trouver chez ses sœurs qui le méprisaient secrètement le secours moral qu'il aurait souhaité, déçu par ses frères qui avaient déserté leur famille et jaloux de leur témérité, il éprouvait le besoin de se raccrocher à une valeur solide, fiable, et avait senti se rouvrir, en grinçant un peu dans ses gongs, la porte longtemps close de la foi.

— La vérité, grondait l'ermite, c'est que, lorsque tu rencontres des gens qui, comme moi, ont le courage de leurs opinions et qui les assument dans le sacrifice et la souffrance, tu as honte de ta vie égoïste.

Le vieux prêtre était moins seul que Louis-Amour ne l'imaginait. Il recevait fréquemment la visite de confrères qui, comme lui, avaient refusé de prêter serment à la Constitution civile du clergé et avaient disparu plutôt que de se laisser enfermer dans une prison ou déporter au bagne de Sinamary, en Guyane. Vêtus comme des paysans, des colporteurs, des mendiants, ils menaient une vie de proscription. Hôtes des quartiers aristocratiques de Tulle, terrés dans des châteaux perdus, des chaumières, des huttes de charbonniers ou des ruines comme Plazanet, ils célébraient des offices clandestins dans des granges et des cavernes. Quant aux prêtres assermentés, virtuoses de la palinodie, ils étaient peu nombreux et ne rencontraient dans la population que scepticisme et sarcasmes. Lorsqu'ils étaient sincères avec eux-mêmes, ils s'avouaient embarrassés d'un sacerdoce insolite et d'une liturgie équivoque.

Plazanet proclamait d'une voix grinçante :

— Joseph Brival, l'« évêque de la Solane » comme on l'appelle par moquerie, traverse une crise de conscience. Il a refusé de célébrer la messe avec en guise d'attributs la pique et le bonnet rouge comme l'évêque de Périgueux, et il a renoncé à présider la société populaire. Ses sermons et ses homélies sont si tièdes que les prétendus « patriotes » commencent à se demander s'ils n'ont pas fait un mauvais choix. Quant à lui, il doit regretter le temps où il était curé de Lapleau.

Il ajoutait, l'œil allumé d'une flamme prophétique :

— Des événements graves se préparent dans notre province. Tulle est au bord d'une guerre civile entre bonnets blancs et bonnets rouges. Des villes du Midi sont en état d'insurrection. La Bretagne et la Vendée bougent dangereusement. Et je ne parle pas de ce qui se passe aux frontières du Nord et de l'Est. On ne prend pas parti contre Dieu et le Roi sans risquer de provoquer des orages.

Louis-Amour revenait de ces entretiens la tête chavirée, pleine d'élans mystiques, honteux de macérer dans un relatif bien-être, rêvant de s'intégrer à la légion mystérieuse des restaurateurs de la foi et de la royauté. Lorsque, de retour à Marsanges, il refermait la porte de sa cambuse sur l'odeur balsamique des fleurs séchant aux murs et au plafond, il lui arrivait, par esprit de sacrifice et pour se conformer à l'attitude de l'ermite, de se priver d'un repas ou de renoncer à faire du feu, mais ses velléités de macération ne duraient guère et il devait bien convenir avec tristesse que ces épreuves manquaient de conviction.

Son entrée dans le royaume des élus serait pour plus tard peut-être. Il attendait un signe.

2.

LA SEMAINE DE LA PASSION

Printemps 1792 : Tulle.

L'homme au carrick noir s'approcha de la porte, tira la sonnette à plusieurs reprises, recula de quelques pas en levant la tête vers les fenêtres de l'étage puis sonna de nouveau avec plus de force.

— Si c'est Me Jacques Brival que vous cherchez, dit une voix de femme dans son dos, renoncez : il est absent.

— Et pourtant, dit l'homme en ôtant son chapeau rond, c'est de chez lui que vous sortez, madame.

— Certes, mais c'est avec sa mère que j'avais rendez-vous. Me Brival est absent. Il doit présider le repas de la Garde nationale.

L'homme au carrick se retourna vers son compagnon.

— Mon cher Aubin, dit-il, nous aurions dû nous en douter. On trouve plus aisément Brival dans les auberges que dans son cabinet.

Il ajouta, s'adressant à Diane :

— Savez-vous où se tient ce repas, madame ?

— A l'auberge « Saint-Jacques-le-Grand ». C'est à deux pas d'ici. Je puis vous y conduire. C'est là que je demeure.

— Mille grâces, madame, dit l'homme au carrick avec une courbette. Je me nomme Bernard Lidon, avocat à Brive, et voici mon ami, Aubin Chambon.

L'ami de Lidon s'avança, chapeau bas, rejeta sur son épaule l'ample pèlerine brune qui dissimulait une tenue élégante.

— Pour vous servir, dit-il : chevalier Aubin Bigorie de Chambon.

— ... ancien député à l'Assemblée constituante, ajouta Lidon avec un sourire sous les fines moustaches brunes. Mais vous-même ?

— Diane de Marsanges. Voulez-vous me suivre ?

Elle fit signe à Valentin qui attendait à quelques pas, au milieu de la Petite-Place, les bras croisés sur sa vareuse de paysan, son fusil à l'épaule. A l'énoncé de son nom, l'expression de surprise de Lidon ne lui avait pas échappé, pas plus que le regard et le sourire qu'il avait échangés avec son compagnon ; ils devaient être au courant de l'affaire qui l'amenait à Tulle et peut-être de sa liaison avec Brival ; elle regretta sa proposition.

— Nous sommes au courant de votre affaire, dit Lidon. Nous en avons parlé avec M. de Villeneuve, président du Tribunal criminel. Il s'agit de la mort accidentelle de votre père et surtout des circonstances qui l'ont entraînée. Je crains qu'on ne découvre jamais le coupable.

— Je le crains aussi, dit Diane. C'est pourquoi je trouve insupportable cet acharnement à tâcher de me faire avouer ce que j'ignore.

— J'ai rencontré votre père, dit Chambon, alors que j'assumais les fonctions de trésorier au bureau des Finances de Limoges. Qui donc pouvait lui en vouloir au point de le tuer ? Certes, il avait un comportement singulier, une étrange façon de vivre, et...

— C'était un original, trancha Diane, si c'est ce que vous voulez dire.

Elle trébucha dans la ruelle qui menait à la place des Mazeaux, dont l'auberge était proche. Lidon la rattrapa par le bras ; elle ne le repoussa pas, sourit même en songeant à la mine que ferait Brival s'il les surprenait dans cette attitude. L'air de cette mi-avril lui parut plus léger et plus suave, avec de petites vagues de printemps qui venaient dissiper, au détour des ruelles, les odeurs méphitiques des boucheries. Le soleil rayonnait sur les collines d'un vert acide qui entouraient abruptement la ville, avec ici et là des falaises de schiste roux. Diane avait quitté Marsanges par un temps aigre, sous un ciel poli par un vent de neige, brillant d'un éclat insolite au-dessus d'une muraille de nuages couleur de plomb ; à Tulle, elle avait trouvé un temps limpide, savoureux comme du pain chaud.

Le président de Villeneuve, petit homme blafard et compassé, aux yeux de chien sous d'épais sourcils roux, lui avait dit le matin :

— Je regrette de vous avoir convoquée dans de telles circonstances. Si vous avez traversé la ville, vous voyez ce que je veux dire ? Vous me semblez très courageuse, ma petite dame. Je vais tâcher de vous retenir le moins de temps possible, d'autant que les affaires s'accumulent sur ma table. Dupuy, passez-moi le dossier Marsanges !

Il avait feuilleté rapidement la liasse en laissant chuinter un imperceptible grommelo, puis l'interrogatoire avait débuté : les mêmes questions, toujours, auxquelles elle faisait les mêmes réponses. Il n'y avait aucun élément nouveau à verser au dossier ; Diane refusait toujours de porter plainte et le Tribunal criminel n'était guère soucieux de pousser plus avant une enquête obscure et de rendre justice à des ci-devant qui n'en demandaient pas tant.

M. de Villeneuve avait refermé le dossier et, posant dessus sa main tachée de son, s'était laissé couler dans son fauteuil. On allait classer cette affaire, mais l'instruction reprendrait si quelque événement nouveau pouvait l'éclairer. Diane s'était dit que le fils Redon pouvait dormir sur ses deux oreilles : le cycle de la vengeance butait sur l'incompétence de la justice et la sagesse des Marsanges.

M. de Villeneuve avait cependant ajouté en se redressant :

— Nous sommes persuadés, madame, que vous connaissez le nom du coupable, et nous avons même quelque idée des circonstances qui ont provoqué ce meurtre, mais nous ne pouvons vous contraindre à le révéler et nous n'avons trouvé, au cours de notre enquête, que des témoins muets ou soudain privés de mémoire. C'est un assassinat politique, la chose est certaine, et la politique et la justice ont à notre époque des rapports tendus.

Profitant de ce que le secrétaire quittait le cabinet pour la salle de compagnie où attendait le public, il avait ajouté à voix basse :

— Ma tâche n'est pas facile, madame. Je suis entouré de délateurs qui attendent de ma part une défaillance ou une mansuétude suspecte pour me dénoncer aux autorités. Triste régime, vous en conviendrez... Je connais votre situation et le risque où vous êtes de voir une partie de vos biens confisquée, à la suite du décret de l'Assemblée, ce qui ajouterait à vos épreuves. Sauviat ne vous quitte pas de l'œil. Faites de même. Je suis au courant de vos rapports avec Jacques Brival. Rien de ce qui concerne l'aliénation des biens de l'Église et de la noblesse ne lui est étranger. On dit même — mais que ne dit-on pas sur son compte ? — qu'il a mis à profit son savoir pour arrondir sa fortune. N'hésitez pas à le consulter en cas de besoin, et sachez que vous avez en moi un allié attentif. Cela dit, je compte sur votre discrétion...

A la sortie du cabinet de M. de Villeneuve, Valentin l'attendait pour l'accompagner au domicile de Mme Brival. La vieille dame n'avait pas caché sa déception de ce que Diane ne lui eût pas amené « son chérubin », mais elle avait vite admis que c'eût été une imprudence, en raison des événements qui se déroulaient à Tulle où, en cette deuxième semaine de la Passion, les esprits s'étaient singulièrement échauffés. La vieille dame lui avait conseillé d'éviter des promenades en ville.

— Nous vivons une succession d'émeutes comparable à celle qui a précédé la mort du capitaine Massey. Les sans-culottes des quartiers pouilleux de la Barrière, les bandits de la Manufacture d'armes ont juré d'égorger les gens du Trech. On entend chaque jour rouler les canons, battre le tambour et sonner le tocsin. Je sais que je suis moi-même suspectée par les « Jacoquins » ; c'est pourquoi j'ai pris quelque précaution.

Elle avait tiré de son manchon un joli petit pistolet d'argent à poignet de nacre. Son « brigand de fils » avait tenté de le lui soustraire, mais elle l'avait dérobé à ses investigations.

— Promettez-moi de revenir aux beaux jours, ma fille, et amenez mon petit-fils avec vous. Souvenez-vous que cette demeure est la vôtre et qu'une chambre vous y est réservée. Mon fils n'entre ici qu'avec ma permission, mais il espace ses visites de plus en plus, car chaque fois nous nous querellons. Il a d'ailleurs décidé de changer de domicile. Il a pratiquement abandonné sa clientèle pour cette politique qui le dévorera. Ne le cherchez pas dans son cabinet : il préside le repas de la Garde nationale, à l'auberge « Saint-Jacques-le-Grand », ce repaire de gueux révolutionnaires.

Diane avait repoussé son invitation à coucher chez elle : elle ne souhaitait pas une confrontation avec Brival, dont elle savait bien comment elle risquait de se terminer.

C'est en sortant de chez Mme Brival qu'elle avait rencontré Bernard Lidon et Aubin Chambon.

— C'est ici, dit-elle.

Elle désignait du menton une opulente auberge dont le panonceau s'ornait d'un saint barbu violemment colorié, au-dessus d'une coquille de pèlerin. Une rumeur faite de chants et de rires sortait des portes ouvertes sur le soleil inondant la placette où stationnaient des chevaux et des mulets à l'attache, de petites voitures et une grosse patache militaire ornée d'insignes révolutionnaires peints de frais : faisceaux, couronnes civiques, bonnets phrygiens, devise en banderole : « La liberté ou la mort. » Une treille fatiguée commençait à verdoyer sous le balcon.

— Eh bien, dit Chambon, puisque c'est l'heure du dîner, nous allons passer à table. J'ai une faim de loup.

— Je crains, dit Diane, qu'on ne refuse de vous servir. La salle à manger est réquisitionnée pour le repas de la Garde.

— Il ferait beau voir, dit Lidon, qu'on refuse une table au commandant de la Garde nationale de Brive et à un ancien député du Tiers État et de la Constituante. Nous allons montrer patte blanche et vous serez notre invitée.

— Je ne puis accepter, dit Diane.

— Madame ! Ne me dites pas que vous êtes attendue ailleurs, vous feriez d'un coup deux malheureux. Votre présence nous aidera à supporter les flots d'éloquence primaire qui s'annoncent et dont nous sommes repus à l'avance.

— Vous oseriez dîner en tête à tête avec Diane de Marsanges, une ci-devant qui a maille à partir avec la justice révolutionnaire ?

— Mon ami Aubin et moi passons pour n'avoir pas froid aux yeux. Mais si vous-même craignez de vous compromettre en notre compagnie...

— J'accepte ! dit-elle en riant, mais je ne suis pas seule.

— Votre garde du corps sera le bienvenu. C'est Aubin qui régale.

Lidon se pencha à l'oreille de Diane, murmura :

— Il est riche comme Crésus, et généreux avec ça. Une des plus opulentes familles de la Corrèze. Sa mère est née de Chaumont et sa sœur a épousé un fils du marquis de Lubersac. C'est vous dire...

On dressa leur table dans une petite pièce réservée aux voituriers, donnant sur la salle à manger où, déjà, les convives prenaient place. Diane reconnut Brival, bien qu'il lui tournât le dos ; il était assis près du capitaine commandant la Garde, un gros homme à profil de bourgeois satisfait, sous la perruque à rouleaux d'un blanc de craie. Elle passa sans s'arrêter. Les murs de la petite salle, où l'on venait d'allumer un réchaud qui fumait et dégageait une odeur âcre de tourbe, étaient décorés d'images de colportage et de vieux calendriers. Chambon commanda du vin en bouteille à servir tout de suite, invita ses convives à prendre place sur les bancs et ferma la porte — on ne s'entendait plus, avec le tumulte venu de la grande salle.

— La ville est en état d'insurrection depuis quelques jours, dit Lidon. Hier, nous avons bien cru que le sang allait couler. Dans cette auberge, vous ne risquez rien, mais n'allez pas vadrouiller du côté du Trech.

Assis en face d'elle, l'avocat avait discrètement dégrafé le haut de son gilet bleu de roi qui contrastait avec la cravate blanche nouée négligemment. Avec sa belle taille, sa minceur juvénile, ses gestes sobres, il semblait sortir de ces *Modelmanach* qu'Estelle avait apportés dans son bagage à Marsanges. « Voilà un homme, songeait Diane, qui ne doit plus compter ses conquêtes. Qu'il parle et qu'il sourie et il est proprement irrésistible. Cependant... » Cependant elle se disait qu'un détail imperceptible faisait lézarde dans cette image un peu trop séduisante ; elle chercha et se dit, tandis qu'il parlait — et il aimait s'exprimer — que cette faille résidait peut-être dans cette perfection qui, au lieu de susciter une irrésistible attirance, établissait des frontières.

Avec Chambon, en revanche, on était de plain-pied. Aussi élégamment vêtu que son compagnon, avec même quelques recherches discrètes mais qui ne pouvaient échapper à une femme, séduisant lui aussi d'une certaine façon malgré ses yeux sans éclat et son nez un peu lourd, il donnait, par son allure gauche et fruste de gentilhomme campagnard, son élocution parfois embarrassée, sa timidité qui se traduisait par des rougeurs virginales, l'envie d'aller vers lui et de pénétrer son cœur.

— Vous vous trompez sur mon compte, dit Diane, si vous imaginez que je vais rester cloîtrée dans ma chambre. Je vis dans une contrée où l'événement est rare, où l'on ne voit pas dix visages nouveaux par an. Alors, si je peux être témoin d'une foule qui bouge, vous pensez bien que je n'irai pas manquer le spectacle. D'ailleurs, avec Valentin, mon régisseur et mon garde du corps, je ne crains rien.

— Ces événements, dit Chambon, les yeux baissés, ne constituent pas un spectacle. Ils sont plus graves que vous ne l'imaginez.

Il parut faire effort sur lui-même pour raconter ce qui s'était passé la veille.

A l'occasion de ce vendredi saint, on prêchait la Passion dans la petite église du Puy-Saint-Clair, qui dominait la ville au nord de la cathédrale. Au beau milieu de l'office, on avait vu surgir, coiffés du bonnet rouge, des « patriotes » qui semblaient pris de boisson et brandissaient des piques avec des mines menaçantes. Ils avaient interrompu le prêche, chassé les fidèles à grands cris, dispersé les femmes en train de prier dans le cimetière. De là, ils s'étaient portés à la chapelle de la Visitation où, après avoir perturbé la messe, ils s'étaient mis en devoir de saccager l'autel, quand les hommes présents dans l'assistance les avaient chassés après les avoir désarmés. « Nous reviendrons ! s'étaient écriés les émeutiers, et nous renverserons les idoles... » Jumel, le nouveau vicaire épiscopal, était parmi eux.

— Si vous étiez arrivée hier soir, poursuivit Chambon, vous auriez été aux anges : la ville était sens dessus dessous. Tout le peuple en armes rassemblé sur la place de l'Aubarède s'apprêtait à prendre d'assaut le quartier du Trech. Par bonheur, ce rassemblement tourna vite à la fête. On organisa des farandoles, et c'est le même Jumel qui en prit la tête.

— Je trouve curieux, murmura Lidon, que les émeutiers du Puy-Saint-Clair aient employé le même langage que les chrétiens qui saccageaient les temples païens au risque de mourir en martyrs, comme Martin l'Espagnol à Brive près du temple de Priape. La nature des idoles a changé, mais le sectarisme et l'intolérance demeurent. J'ai rompu quant à moi avec la superstition, mais je demeure ennemi de toute contrainte morale ou idéologique. C'est une attitude qui risque de me coûter cher, mais je tiens à lui rester fidèle, au besoin jusqu'à en mourir.

Diane se laissa porter par ces dernières paroles comme par une vague ; elle ne put s'empêcher d'ironiser :

— Quelle éloquence, maître ! Vous me voyez conquise.

Lidon eut un sourire grave qui retroussa un coin de ses moustaches avant de répondre :

— Vous vous moquez de moi. Il est vrai que je passe, sans doute à juste titre, pour un avocat sans talent et sans causes. C'est la raison pour laquelle je m'intéresse de plus en plus aux affaires : un domaine où l'on juge moins sur de belles paroles que sur l'efficacité. J'aime à sentir un sol solide sous mes pieds. Les effets de nuages et d'orages, je les laisse à des confrères mieux doués que moi pour jouer les Démosthène.

On venait de servir le vin. Lidon leva son verre ; il dit, en regardant Diane avec un sombre feu dans le regard :

— Je me réjouis de vous avoir rencontrée, madame. Permettez-moi de boire à la fin de vos épreuves et à votre bonheur.

— Vraiment ! s'exclama Diane en levant son verre à son tour. Je ne vois pas ce qui me vaut un tel hommage. Je vous en remercie néanmoins.

— Vous méritez mieux encore, ajouta Lidon. J'éprouve une sorte de jouissance à dire le fond de mes sentiments. Vous êtes une petite personne d'une qualité exceptionnelle. Si... si... D'abord vous acceptez de dîner en notre compagnie, ce qui dénote une rare liberté de comportement, surtout quand on sait que notre ami commun, Jacques Brival, est dans les lieux. De plus, vous avez la réplique aisée et directe, contrairement à la plupart des pimbêches prétentieuses et insupportables que je connais. Oserais-je dire, vous connaissant si peu, que vous êtes une femme forte ?

Tandis que Diane, mi-figue, mi-raisin, se demandait où Lidon voulait en venir, Chambon cachait derrière son verre un sourire qui semblait signifier : « Diable, il ne perd pas de temps, le bougre ! » Lui-même sentait s'établir entre lui et Diane de Marsanges les frontières qu'elle avait devinées entre elle et Lidon : cet espace vierge que l'on n'ose franchir, soit par timidité, soit par logique — la vanité de tendre vers l'inaccessible. Il se dit que le jeu de la séduction, qui était de toute évidence celui de son compagnon, valait d'être suivi en spectateur.

On apporta les légumes et les pâtés chauds de l'entrée. Diane, qui ne s'était sustentée que de brouets depuis son départ de Marsanges où la table était spartiate, sentait son estomac défaillir devant ces agapes de Lucullus. Elle fit un clin d'œil à Valentin qui répondit par un sourire. Chambon prit avec dégoût, du bout des doigts, une tranche de pain noir, mélange de paille et de son, demanda qu'on leur servît du pain blanc ; il discuta et obtint gain de cause en faisant briller quelques pièces dans sa paume.

— Nous nous passerons de bénédicité, dit-il. Bon appétit, mes amis.

Il ajouta :

— Je crois deviner vos pensées, madame. Vous vous dites que nous allons nous goberger alors que, dans les faubourgs de nos villes et dans nos campagnes, des gens meurent de faim. J'en éprouve parfois du remords, mais je prends le parti d'oublier ces scrupules. Il y aura toujours des inégalités de ce genre, dont nous ne sommes pas responsables et contre lesquelles nous sommes impuissants.

— Brival ne s'exprimerait pas autrement ni avec plus de talent ! s'exclama Lidon en touchant l'épaule de son ami. Il honore la bonne chère comme une déesse, mais il ampute chaque mois ses émoluments d'une part importante à l'intention des pauvres de la ville. Voilà un homme qui sait vivre.

Tous deux revenaient de Paris. Ils avaient constaté que les représentants du peuple, à de rares exceptions près — « quelques incurables spartiates », dit Lidon — vivaient, sinon dans l'opulence, du moins dans une aisance qui contrastait avec la misère du petit peuple.

Diane ne put cacher sa déception.

— Est-ce là l'égalité que vous avez associée au mot de liberté sur vos banderoles ? dit-elle. Vous devriez prêcher l'exemple, mes amis, et admettre que votre pain quoditien soit aussi noir que celui du peuple.

Lidon eut un geste d'agacement ; il allait riposter quand Chambon s'écria :

— Certes ! Certes ! Vous avez mille fois raison. La Révolution est en marche. Elle donnera au peuple le pain blanc qu'il est en droit d'exiger, mais ce sont des problèmes qui nous dépassent. Vous êtes comme nous animée des sentiments humanitaires qui sont à la base de notre Constitution. Je vous en félicite. Buvons donc au peuple souverain !

Diane qui en était à son deuxième verre — du vin de Saint-Chamant et non la piquette des rouliers — se sentait la tête lourde et s'excusa de la singularité de ses propos. Elle décida de parler moins et de peser ses mots. Lidon, par son calme, la qualité et la solidité de sa conversation, la distinction de son maintien, lui imposait de plus en plus et commençait même à l'indisposer. Les échanges de propos entre les deux convives lui parvenaient maintenant comme un écho assourdi, suscitaient en elle mille images folles et des reparties qu'elle contenait sagement. Elle souhaitait se trouver à cent lieues et en même temps se sentait baignée de bonheur.

Dans la salle voisine, le brouhaha s'était amplifié et faisait à travers la porte comme une rumeur d'orage. Par moments, dominant le tumulte, tonnait la voix de Brival — cette voix qui savait se faire velours, jadis, quand il laissait s'épancher dans la nuque de Diane les délicatesses de son cœur. En dépeçant du bout des doigts son pigeon rôti, elle se remémorait la dernière nuit qu'ils avaient passée ensemble, dans la chambre que Mme Brival avait mise à leur disposition, et elle fondait de plaisir au souvenir de leurs caresses et de leurs confidences, près du berceau de Félix.

Elle sentit la tendre pression d'une main sur la sienne. Lidon murmura :

— Vous pleurez, madame ? Qu'avons-nous dit, qui puisse...

— Pardonnez-moi, dit-elle en redressant son buste. Je crois que c'est ce vin. Je n'en ai pas l'habitude. Ce bruit aussi, sans doute.

— Voulez-vous vous retirer ?

Elle secoua la tête, décidée à prolonger ces instants, radieuse dans ce brouillard de mots.

— Je vous conseille de manger une pomme, dit Lidon. Vous vous sentirez mieux après.

Il lui éplucha le fruit, le lui tendit, tranche par tranche, du bout des doigts. Dans la grande salle, le tumulte avait amorcé un ressac ; on entendit discourir sur un ton de harangue une voix sourde et puissante coupée de vivats et d'applaudissements.

— Jumel... observa Chambon. C'est lui qui parle. J'exècre ce curé défroqué qui se prend pour un tyran de province sous prétexte qu'il a collaboré avec le journaliste Hébert, au *Père Duchesne,* à Paris, et que l'abbé Grégoire est de ses amis. Qui donc osera lui clouer le bec ?

— C'est impossible, dit Lidon. Autant vouloir étouffer un volcan en crachant dessus. Jumel est le seul homme qui sache parler le langage du peuple et « être lu des pauvres bougres », comme il dit. Il s'est fait une règle de la vulgarité, et sa devise pourrait être : Si vous voulez gagner le peuple, parlez son langage. Il l'a mise en pratique et, en quelques mois, il est devenu le maître de la ville et du département. Personne n'ose lui tenir tête, et je ne m'y hasarderai pas.

Ponctuée de « bougre » et de « foutre », l'éloquence torrentielle du vicaire leur parvenait par bribes. La voix de Brival lui succéda, et Diane sentit son cœur se glacer. Il louait le « citoyen Jean-Charles Jumel, modèle parfait de l'enthousiasme révolutionnaire », dont le verbe allait, disait-il, « ranimer l'ardeur patriotique du département ». Elle sentit une nausée lui monter aux lèvres.

— Pardonnez-moi, dit-elle en se levant, je dois me retirer. Le vin... la fatigue...

Valentin, qui avait fait honneur aux bouteilles, somnolait, la tête dans ses bras repliés sur la table.

— Laissez dormir votre garde du corps, dit Lidon. Je vous accompagne.

Il l'aida à enjamber son banc, la soutint fermement par la taille. Elle se sentait si faible — jambes molles et estomac chaviré — qu'elle se laissa conduire. Comme ils accédaient à l'escalier menant de la grande salle à l'étage, son regard croisa celui de Brival qui venait d'achever sa péroraison. Il jeta sa serviette sur la table, se leva à demi, se rassit, le feu aux joues.

— Brival, bredouilla Diane, vous vouliez lui parler, je crois...

— Cela peut attendre. Nous nous verrons tout à l'heure ou demain. J'ai à discuter avec lui d'une affaire assez compliquée d'aliénation de biens d'Église.

Les nuits étant fraîches, l'aubergiste avait fait monter dans la chambre un brasero qui rougeoyait dans l'ombre, entre les deux lits séparés par un paravent. Un tumulte de fanfare et de farandole montait de la place des Mazeaux : on réclamait Jumel et Brival à grands cris.

— Allez retrouver votre ami, dit Diane. Dès que Valentin sera réveillé, dites-lui de monter se coucher. Pardonnez-moi de vous avoir tenu des propos absurdes et de vous fausser compagnie aussi cavalièrement.

Trop lasse pour se dévêtir, elle se laissa tomber sur le lit et s'endormit aussitôt.

Combien de temps s'était-il passé depuis qu'elle s'était couchée ? Elle n'aurait su le dire. Une main tenait la sienne et l'enveloppait de chaleur. Croyant qu'il s'agissait de Valentin, elle faillit le prier de se coucher sans l'importuner, quand elle reconnut le parfum légèrement musqué de Bernard Lidon.

— Vous ! s'écria-t-elle, suffoquée. Vous ne manquez pas d'audace.

— J'ai voulu m'assurer que vous dormiez.

— Et vous m'avez réveillée !

— J'avais besoin de votre présence plus que vous de la mienne à ce qu'il semble. Il faut que nous nous revoyions. Je viendrai vous prendre à l'auberge demain, vers midi, et nous irons dîner ensemble, vous et moi, dans un bouchon des bords de la Corrèze, à deux pas de Tulle.

— C'est là que vous amenez les femmes que vous voulez séduire ?

— Ne soyez pas cruelle. Il n'y a plus qu'une femme : vous. Dites-moi que vous viendrez.

— Je ne puis rien vous promettre.

Il lui caressa la main, l'embrassa, gémit :

— Oh, Diane... Votre petite main, si douce...

Elle éclata de rire.

— Une main de paysanne, de souillon ! Il faut que vous ayez perdu le jugement, mon pauvre ami. Allons, laissez-moi et gardez vos galanteries pour d'autres. Je ne vous suivrai pas demain, ni jamais.

— Vous craignez la jalousie de Brival? Rassurez-vous : il n'a d'yeux que pour l'affreux Jumel.

Elle se dressa, le feu au visage.

— De quel droit me parlez-vous de Brival et le jugez-vous? C'est vous qui êtes jaloux de lui. Vous n'êtes venu me relancer que pour le narguer et faire qu'il s'égare en conjectures!

Elle sentit le poids d'une tête contre son ventre, entendit la voix grave murmurer à travers l'étoffe :

— Vous avez raison, Diane : je me conduis comme un sot. Pardonnez-moi.

Elle releva la tête à deux mains, la repoussa doucement.

— Faites-moi plaisir, dit-elle. Partez.

Elle ne le vit pas s'éloigner; elle distingua seulement sa silhouette titubante — il avait lui-même beaucoup bu — qui effaçait à demi le rai de lumière de la porte, puis elle entendit son pas à travers une bouffée de chansons montant de la salle par la porte qu'il avait, par négligence, laissée entrouverte. Un instant, elle redouta que Brival ne vînt à son tour l'importuner. En se levant pour se déshabiller et faire sa toilette, elle sentit le plancher se dérober sous elle et vomit dans son pot.

Peu après, alors qu'elle sombrait de nouveau dans le sommeil, elle entendit des pas à travers la chambre. Dans la lumière de la chandelle qu'il tenait d'une main hésitante, elle reconnut Valentin, yeux brillants dans un visage congestionné, titubant d'ivresse et de fatigue, car il avait suivi à pied, la veille, depuis Marsanges, le mulet monté par Diane. Avant de s'allonger tout habillé, il balbutia :

— Ces messieurs sont bien bons. Quel balthazar, Seigneur!

Il ajouta :

— Monsieur Brival vous fait dire qu'il vous attend demain, à dix heures, dans son cabinet. Il paraissait de fort méchante humeur...

Tandis que Valentin s'occupait à vendre le vieux mulet pour en acheter un autre plus fringant et une carriole pas trop vétuste, Diane, ayant déjeuné d'un verre d'eau, se rendit chez Brival à l'heure fixée. La salle de compagnie était déserte. Brival était dans son cabinet, en train de dicter à son secrétaire le texte d'une adresse à ses administrés. La mine rogue, il fit asseoir Diane, poursuivit son improvisation et dit en terminant :

— Apportez ce texte à Chirac et dites-lui qu'il me fasse livrer les imprimés ce soir.

La porte refermée, il s'avança vers la fenêtre donnant sur la Petite-Place. Des groupes de bonnets rouges passaient, chantant, vociférant, brandissant des piques, des gourdins, des fusils. Plus loin, le long de la Solane, en face de la cathédrale, des femmes et des enfants formaient une farandole. Il dit en se retournant, les mains dans le dos :

— Je n'ai jamais vu une telle agitation depuis l'assassinat de Massey. Après les incidents d'avant-hier, nous craignons le pire. J'ai morigéné Jumel et tenté de lui conseiller la modération. Peine perdue ! C'est le plus excité de tous, et il est intouchable. Ce fou furieux, ce sinistre histrion, est en train de mener la farandole et de chauffer à blanc les esprits qui n'ont certes pas besoin de ce stimulant.

— Tu paraissais pourtant au mieux avec lui, hier soir. Il t'a conquis par son éloquence et tu n'avais pas de mots assez flatteurs pour chanter ses louanges.

Il balaya l'objection d'un geste excédé.

— Simagrées... Tout ça n'est que basse politique, mais il faut en passer par là.

Il ajouta en se plantant devant Diane :

— Si je t'ai priée de venir, ce n'est pas pour parler de Jumel, mais de toi et de moi. Quelle mouche t'a piquée ? Que signifie cette provocation à laquelle tu t'es livrée ? Qu'espérais-tu ? Attiser ma jalousie, susciter une rixe avec ce bellâtre à moustaches ? Il a eu de la chance : sans cette assemblée qui m'entourait je lui aurais flanqué ma main sur la figure. Il ne perd rien pour attendre !

S'appuyant à l'accoudoir, son visage congestionné près de celui de Diane, il éclata :

— Tout le monde dans la salle l'a vu monter dans ta chambre avec toi et y revenir un moment plus tard. Tu sais ce que m'a dit Jumel ? « Ce bougre de Lidon joue encore les don Juan. Quelle jolie petite caille il vient de lever. Foutre ! J'aimerais bien être à sa place. Il ne va pas s'ennuyer... » Et toute l'assistance de rire autour de nous, sauf mon ami Pénières qui connaît nos rapports et qui m'observait avec un regard de commisération. J'aurais donné cher pour me trouver à cent lieues de là et tout ignorer de l'esclandre. T'a-t-il bien fait l'amour, au moins ?

Elle le gifla violemment, le bouscula en se levant, se dirigea vers la porte. Il la rattrapa par le poignet.

— Ce serait trop simple ! Tu vas t'expliquer ! Si tu as refusé l'hospitalité de ma mère, n'était-ce pas pour rejoindre cet homme ? Réponds ! Sinon...

Elle regarda cette main pataude levée au-dessus de sa tête et ne se démonta pas. Elle lui demanda posément de retirer ce propos désobligeant ; il s'exécuta en grognant.

— Tu me connais assez, dit-elle, pour savoir qu'il n'y a jamais eu dans mon lit d'autre homme que toi. Dis-moi que tu doutes de ma loyauté et je jure que tu ne me reverras plus. J'ai agi à la légère, je le reconnais. Je n'aurais pas dû accepter l'invitation de Chambon. Soit... Soit... Mais je n'avais rien prémédité.

Il fit le tour de son bureau, se laissa tomber dans son fauteuil, s'essuya le front et les joues avec le mouchoir sorti de ses manchettes.

— Bien... Bien... soupira-t-il. Je te crois. Avoue cependant que Lidon ne t'est pas indifférent.

— Cela me regarde ! répliqua-t-elle durement. T'imagines-tu avoir des droits sur moi ?

Elle se souvint de ce que le comte d'Ussel lui avait confié sur Brival et lui jeta :

— Tu mènes ta vie à ta guise, et tu vis bien, que je sache : tes affaires et la politique d'une part ; tes aventures de l'autre... T'ai-je jamais demandé de comptes ? Serais-tu jaloux ? Je crois que ta colère était motivée par une blessure d'amour-propre : tu ne tolères pas qu'on m'ait vue en compagnie d'un autre homme. Reste-t-il en toi quelque bribe de sentiment à mon égard qui puisse te faire éprouver de la jalousie ? J'en doute. S'il en était ainsi, tu l'aurais vite oubliée dans les bras de tes catins du Palais-Royal ou dans les conversations avec tes amis du café Procope.

Il fronça les sourcils en se demandant d'où elle tirait ces précisions. Pour maîtriser le flot de nervosité qui le submergeait, il prit sa petite pipe d'argent et se mit à la bourrer lentement. Jaloux, lui ? L'avouer, c'était admettre implicitement qu'il aimait toujours Diane, mais il avait en lui une telle rancœur qu'il ne pouvait lui accorder cette faveur.

— Comptes-tu le revoir ? demanda-t-il abruptement.

— Qui donc ?

— Lidon, bien entendu !

Elle lui avoua qu'il l'avait invitée à dîner dans une auberge des bords de la Corrèze, mais elle ignorait encore si elle se rendrait à ce rendez-vous. Elle convint qu'il l'avait troublée, mais Brival la connaissait suffisamment pour savoir qu'elle ne céderait pas aussi facilement aux sollicitations de ce « don Juan ».

Brival haussa les épaules d'un air excédé.

— Lidon, un don Juan ! C'est un séducteur cynique, un Lovelace. Seul compte son plaisir. Sais-tu seulement qui il est ? Il ne t'a sûrement pas tout révélé de sa petite personne méprisable.

Il alluma sa pipe, se renversa dans son fauteuil d'un air avantageux en tirant sa première bouffée. Lidon était marié et père d'une fillette. On lui connaissait une liaison solide : Marie Percas, veuve d'un horloger briviste. Il l'amenait souvent avec lui à Paris. On lui attribuait d'autres aventures, fugitives et sans conséquence. Piètre avocat, il s'était reconverti dans la création d'entreprises et trafiquait des terrains situés sur les anciens remparts de Brive. Sa fortune n'était pas négligeable à l'origine, mais il la dilapidait avec cette légèreté qui était le fond de sa nature. En amitié, il n'était pas plus fidèle qu'en amour. S'il affectait d'être très lié avec Chambon, c'est que ce dernier avait l'argent facile, des relations haut placées et qu'il se complaisait dans la compagnie de ce bellâtre, qui, disait-on, « avait les plus belles dents du monde ». Le « beau Lidon », disaient les femmes... L'ambition suprême des deux compères était d'accéder à la députation. Lui avec son charme, Chambon avec ses moyens matériels, tous deux unissant leur sens de l'intrigue, la partie semblait gagnée.

— Te voilà prévenue, ajouta Brival avec un sourire satisfait. Si tu cherchais le grand amour, c'est Charles de Sombreuil que tu aurais dû écouter et suivre en émigration. Lidon ne t'apportera que déboires et malheur.

Brival ajouta avec une voix plus sereine, nuancée d'une vague tendresse :

— Je suis prêt à oublier l'incident d'hier soir si tu me promets de ne plus revoir ce Léandre. Faisons la paix, veux-tu ? Dois-je te répéter que tu comptes seule pour moi et que j'ai renoncé à épouser une autre femme que toi ? J'éprouve un sentiment de remords lorsque je t'imagine à Marsanges, seule avec notre enfant. Je serais au comble de la félicité si tu acceptais de partager ma vie. Notre existence commune ne serait pas de tout repos, mais nous aurions de bons moments et tu cesserais de macérer entre gêne et misère.

Elle essuya une larme, se leva lentement, fit le tour du bureau et vint s'asseoir sur les genoux de Brival.

— J'aimerais partager ta vie, tu le sais, dit-elle, mais tu sais aussi que c'est impossible. Comment pourrais-je abandonner les miens ? Depuis la mort de mon père et le départ de mes frères, ils n'ont que moi sur qui se reposer. Si je les quittais, ils seraient à la dérive. Et nous, comment pourrions-nous vivre notre amour alors que nos natures sont si différentes que nous ne cessons de nous heurter ?

Elle écarta sa cravate, respira l'odeur de fatigue et de toilette négligée de ce grand corps qu'elle sentait encore palpitant de colère et d'amour, fit courir ses lèvres sur la nuque tiède, recueillit son souffle oppressé comme un don inespéré. Elle gémit en sentant la main de Brival fouiller fiévreusement sous ses jupes.

— Viens ! dit-il.

Ils passèrent dans la chambre contiguë. Le lit n'était pas défait, car Brival avait dû passer presque toute la nuit à parler avec ses amis ou à travailler, ne s'allongeant que quelques minutes, à son habitude, pour se détendre. Ils plongèrent dans les draps avec des rires d'enfants heureux. Lente à se ranimer, la virilité défaillante de Brival l'énervait, déclenchait de grosses colères de chat. Il prétexta pour s'excuser la fatigue et les soucis ; elle le rassura : l'essentiel n'était-il pas qu'ils fussent ensemble, allongés comme sur une plage déserte ? Elle sentit qu'il s'épanouissait lentement dans sa main. Il se retourna, la pénétra avec un gémissement, et tout fut comme avant, à Marsanges, dans la grande chaleur du grenier. A peine satisfait, il s'endormit dans ses bras.

Une heure plus tard, le secrétaire venait les réveiller.

On se battait en ville.

On ne se battait pas encore, mais la ville avait pris un air militaire.

Un temps noir pesait sur la vallée encadrée de falaises funèbres, roussâtres, gluantes de pluie sous des charpies de brouillard. Le tocsin s'était réveillé et ses échos se répondaient de clocher en clocher comme des appels de coqs de village. Il s'y ajoutait, venant des faubourgs de la misère, des roulements sinistres de tambours. Seuls ou en groupe, des gens couraient, propulsés en tous sens par des rumeurs qui naissaient on ne savait où et, le temps d'un souffle, embrasaient toute la ville. Les mouvements étaient plus lents, comme réfléchis, dans les faubourgs où le tissu urbain était plus lâche et où l'on s'adressait les nouvelles de maison à maison, par-dessus les jardinets, alors qu'en ville les bruits couraient comme la foudre, de bouche à oreille.

C'était entre la place de l'Aubarède et la halle du Trech que la poudre menaçait le plus dangereusement de s'enflammer. Bonnets rouges d'une part ; bonnets blancs de l'autre ; au milieu le va-et-vient pressé des notables affolés qui se faisaient injurier et lapider sur les deux bords.

De minute en minute montait une tension que nulle intervention ne semblait pouvoir apaiser, pas même la présence de compagnies de gardes nationaux qui patrouillaient sans relâche, croisant les raides et sombres escadrons de la maréchaussée. Pour ajouter à la confusion et à l'angoisse, il se mit à tomber, vers une heure de relevée, une pluie froide de giboulée.

Brival avait quitté Diane en fin de matinée. Il l'avait confiée à sa mère en la priant avec fermeté de ne pas aller « faire la folle » en ville, désireux, secrètement, qu'elle ne rencontrât pas Lidon. Elle promit du bout des lèvres de ne pas bouger, persuadée qu'elle ne résisterait pas à la curiosité et n'en ferait qu'à sa tête ; elle se sentait d'ailleurs moins désireuse de rencontrer son séducteur que de voir des gens bouger autour d'elle.

Dans la salle du Directoire départemental — qu'on appelait aussi le « Département » —, Brival trouva une ambiance délétère. Les occupants s'envoyaient à la figure d'aigres propos, des injures, des griefs et des menaces. Certains, qui se prétendaient purs patriotes, montraient un bout d'oreille monarchien ou même royaliste. Les patriotes en bonnet rouge s'étaient, disaient-ils, trop abandonnés à la provocation pour qu'on ne réagît pas sévèrement : on avait laissé le peuple s'armer et se grouper en bandes sans songer aux moyens de le maîtriser, et l'on se demandait à présent comment arrêter le torrent de colère qui l'animait.

Un jeune notable, un ci-devant, pérorait avec véhémence :

— Nous sommes revenus au temps des guerres de religion ! On pille les églises et les châteaux ! On trouble la sérénité des saints offices ! On traque les prêtres fidèles à la foi de nos pères ! Nous sommes au bord d'une nouvelle Saint-Barthélemy !

Des voix menacèrent de l'envoyer à la lanterne, lui et tous les « calotins » ; d'autres l'approuvèrent violemment. Des spectateurs dressés sur leur banc brandissaient le poing et des motions qu'ils ne parvenaient pas à lire. M. Vialle, qui venait d'apparaître, réclama la parole et s'écria :

— Messieurs, la « guerre des bonnets » vient d'éclater. Je reviens du Trech. Toute la population masculine du quartier est en armes sous la halle. La moindre étincelle risque de mettre le feu aux poudres. Je vous conjure de faire cesser cette dangereuse chienlit !

— Que reprochent les bourgeois du Trech à leurs adversaires ? demanda Brival.

— Leur irrévérence ! bredouilla M. Vialle.

Le mot déclencha l'hilarité. Vialle tenta d'expliquer que cette « irrévérence » était allée jusqu'à l'interruption des offices religieux et à des voies de fait contre les fidèles.

— Cela ne justifie pas une prise d'armes ! s'écria Brival. Nous avons jusqu'à ce jour toléré que se développe dans le cœur même de notre cité un foyer de contre-révolution, que ce quartier serve de repaire à l'écume de la subversion, mais nous ne tolérerons pas que l'on dirige contre nous les armes que l'on aurait dû livrer à la nation. La loi n'a pas été respectée ! Dans la Rome antique...

Ses références à l'histoire romaine, dont il était friand, se noyèrent dans le tumulte que fit cesser l'arrivée d'une délégation de deux bourgeois du Trech : MM. d'Auberty et Lagarde, dont les habits étaient maculés de traces de boue et d'excréments.

D'une voix tremblante et essoufflée, Lagarde déclara :

— La vie dans le Trech est devenue insupportable. Plus personne ne veille à notre sécurité.

— Plutôt mourir, ajouta d'Auberty, que de ne pas jouir de nos biens et de notre liberté !

Un beau hourvari accueillit ces propos. Dans la grande salle qu'un nuage de pluie venait d'assombrir, les altercations s'échangeaient par-dessus les deux délégués, tremblants comme des martyrs dans l'arène. Les membres du Directoire et les notables qui siégeaient à la tribune étaient eux-mêmes sur le point d'en venir aux mains quand un secrétaire surgit en hurlant :

— Ils sont là ! Ils vont enfoncer la porte !

Il expliqua qu'un groupe de bonnets blancs, ayant à leur tête un nommé Audubert, tentaient d'investir en force le « Département ». Ils grouillaient dans les jardins, dans les couloirs, dans l'antichambre, armés de fusils et de pistolets. M. Vialle fit taire les imprécations qui saluaient la nouvelle en annonçant qu'il fallait recevoir une délégation des intrus. Audubert lui laissa à peine le temps d'achever. Il pénétra dans la salle, fusil au poing, l'air rogue, accompagné de comparses qui balayaient l'assistance d'un regard de fauves. M. Vialle intima aux trublions l'ordre de se retirer. Audubert répliqua sereinement, comme si la chose était évidente :

— Donnez-nous de quoi nous battre. Nous n'avons pas assez d'armes et de munitions pour nous défendre, et il nous manque des canons.

— Vous n'êtes pas ici à l'arsenal ! glapit M. Vialle. La Garde nationale et la maréchaussée sont d'ailleurs là pour assurer votre protection. Retirez-vous !

Brival se dressa de nouveau pour rappeler que ce genre de subversion est puni de la peine de mort. Sans se démonter, Audubert répliqua :

— Subversion, mon cul, sauf votre respect, monsieur le député !

Il montra du doigt deux bonnets rouges qu'il avait un moment auparavant repérés dans la foule des émeutiers et demanda à ses compagnons de s'en saisir. Il ajouta :

— Nous vous les rendrons quand vous nous aurez donné les moyens de nous défendre contre nos agresseurs ; mettons trente fusils, des munitions et deux canons, que vous ferez déposer sous la halle. Dès que les émeutiers auront décidé de nous foutre la paix, nous vous rendrons ces deux sacs de merde.

Ce n'était pas, aussi teinté de libéralisme fût-il, un langage de ci-devant. Audubert se retira à reculons, son fusil pointé en direction du procureur-syndic. Profitant du silence qui suivait ce coup de main, Brival s'écria :

— Messieurs, l'heure est grave. La nation a besoin de tous ses fils pour faire face à l'insurrection. Imitons Rome, qui...

— Laissez Rome aux Romains, monsieur le député ! hurla M. Vialle. L'heure n'est plus aux discours mais aux actes. Transportons-nous sur les lieux.

On faisait rouler des canons que l'on disait chargés à mitraille sur la place de l'Aubarède, jusqu'à cent pas environ de la halle du Trech où les bonnets blancs formaient une masse confuse. Lorsque Diane, accompagnée de Valentin, arriva sur le lieu de l'émeute, dans le bruit du tocsin et des tambours qui rameutaient les patriotes, l'agitation était à son comble, mais on n'en était qu'aux provocations et aux injures. Conduite par Jumel brandissant son « gourdin patriotique », une farandole traversa en ondulant comme une couleuvre l'espace compris entre les deux camps, où patrouillaient mollement des gardes nationaux, bicorne sur la tête, vêtus de bleu et de blanc, qui faisaient les farauds et les jolis cœurs. On chantait la *Carmagnole* et le *Ça ira* avec des accents de colère et de haine.

Malgré les protestations de Valentin qui portait à l'épaule son fusil à deux coups, Diane poussait toujours plus avant, ivre de mouvement et de bruit. Interpellée par les uns, sollicitée par les autres de boire au goulot le « vin démocrate », bousculée de toutes parts, elle avançait comme au milieu d'une tempête, s'efforçant de ne rien perdre du spectacle et fascinée par cette fête sauvage. Elle se disait qu'elle aurait dû se trouver de l'autre côté, avec les « siens », pistolet au poing, attendant l'assaut; elle se serait portée devant les canons, se serait offerte comme cible aux révolutionnaires, mais elle connaissait suffisamment ces nobles arrogants qui régnaient sur leurs sujets comme sur une tourbe d'esclaves pour se dire qu'elle n'était pas tout à fait de leur monde et que leur combat n'était pas le sien. L'essentiel était qu'elle fût présente et attentive à l'événement. Elle s'insurgea néanmoins, comme lors de l'assassinat de Massey, lorsque deux brutes prises de vin se mirent en devoir de lui faire coiffer le bonnet rouge et de la hisser sur l'affût d'une pièce d'artillerie. Une voix autoritaire intervint dans son dos :

— Laissez-la tranquille ! Arrière !

En se retournant, elle reconnut Lidon enveloppé dans son carrick. Souriant sous sa moustache brune, il s'inclina après avoir écarté les brutes. Il ajouta en souriant d'un air narquois :

— Eh bien, madame, j'arrive au bon moment. Vous étiez en passe de devenir l'idole de la foule révolutionnaire. Que faites-vous ici? Avez-vous perdu la tête? La bataille peut éclater d'un moment à l'autre et vous voilà sur la ligne de feu !

Il lui prit la main, l'entraîna vers le petit pont qui enjambait la Solane, près du parvis de la cathédrale, où l'atmosphère était plus calme. Elle n'opposa aucune résistance et fit signe à Valentin de leur emboîter le pas. Ils s'assirent tous trois sur la murette dominant le ruisseau. Lidon lui dit d'un air de reproche :

— Je vous ai attendue pour dîner.

— Vous avez eu tort. Je ne vous ai rien promis. De toute manière, avec les événements que nous vivons, je n'ai pas le cœur à me goberger.

— ... et vous avez mille fois raison. Mes amis me disent souvent que je suis incapable de résister à la tentation, surtout lorsque la tentatrice est aussi séduisante que vous. Ce n'est que partie remise. Je vous ai retrouvée et ne vous lâche plus. Ce soir nous souperons ensemble. Mon ami Aubin Chambon est retourné à Brive porter la nouvelle de l'insurrection. Je suis seul et j'ai horreur de la solitude.

Diane fut sur le point de lui faire observer qu'entre sa femme et sa maîtresse la solitude devait lui être légère. Son sourire ironique ne put échapper à Lidon qui riposta d'un ton acerbe :

— Je sais ce que vous pensez. Vous aviez rendez-vous avec Brival et il vous a tout raconté sur mon compte. Je l'ai rencontré aussi à la sortie de la réunion du Département, et nous nous sommes querellés. Curieux travers qui consiste à garder par-devers soi l'objet dont on se désintéresse !... Si Brival tenait vraiment à vous, il vous épouserait, mais sa véritable passion est la politique et il a tant d'ambition que rien d'autre ne compte. Qu'attendez-vous de lui ?

— Et vous, qu'attendez-vous de moi ? D'être un nom de plus sur la liste de vos conquêtes ? N'y comptez pas !

Elle faillit prendre congé, mais il lui plaisait de voir ce beau poisson se débattre avec un hameçon au fond de la gorge ; lui-même avait envie de rompre cet entretien dans lequel il s'enferrait, mais il se disait que, malgré les grands airs de Diane, il ne lui était pas indifférent. Il se voulut pathétique.

— Brival, dit-il, ne vous a pas menti. Je suis très attaché à la fois à ma femme et à ma maîtresse. Voyez : je ne vous cache rien. Je suis de même sincère en vous disant que, depuis que je vous ai rencontrée, une faille s'est ouverte dans ma vie. Mon passé semble s'éloigner de moi au point que je me sens merveilleusement disponible et, en même temps, perdu dans cette liberté, prêt à m'y noyer, sauf si vous me tendez une main secourable. Je n'attends pas autre chose de la vie. Dites que vous acceptez de me revoir. Sur cette simple promesse, je vous quitterai avec l'espoir au cœur.

— J'ai l'impression, dit Diane, que vos vœux seront comblés. Peut-être sommes-nous condamnés à rester ensemble. Regardez...

Des pelotons de gendarmerie venaient de prendre position sur les ponts et aux entrées des rues donnant sur la place de l'Aubarède, tandis que le ballet des notables, parmi lesquels on reconnaissait Brival, ceinturé de tricolore, reprenait de plus belle entre les deux camps, alors que les bonnets blancs entonnaient, pour répondre aux chants révolutionnaires, le *Richard, ô mon roi.* Les canons s'étaient avancés jusqu'au cordon de gardes nationaux qui s'étiraient entre les deux camps et qui croisèrent les baïonnettes pour les arrêter. En face un groupe de bonnets blancs s'avançait en rangs serrés, arme au poing. Il fallut l'intervention d'un officier municipal proclamant que les canons n'étaient pas chargés pour que la fièvre marquât un temps de répit.

— Eh bien, dit Lidon, nous avons eu chaud. Un simple coup de feu et c'était la bataille rangée. Mais... qu'avez-vous ?

Les mains sur son visage, Diane riait éperdument.

— C'est drôle ! dit-elle entre deux hoquets. Vous me parlez d'amour et je vous écoute avec sérieux alors que nous sommes au bord d'un gouffre ! Je commence à croire que j'ai plus d'importance à vos yeux que les événements qui se déroulent devant nous. Nous sommes aussi fous l'un que l'autre !

Le drame se jouait sur une autre scène. Un bonnet blanc pris en otage par les patriotes place des Mazeaux venait d'être relâché, rossé et privé de son arme. Les gens du Trech, bousculant les forces de l'ordre, s'étaient portés sur les lieux et l'affrontement semblait inévitable lorsqu'un peloton de gendarmes avait fait barrage, l'arme au poing.

— Attendez-moi, dit Lidon, je vais aux nouvelles.

— Êtes-vous armé ?

Il ne l'était pas ; elle lui tendit le pistolet qu'elle cachait dans sa ceinture.

— Soyez prudent, dit-elle. Ne risquez pas votre vie inutilement.

Il lui embrassa la main avec effusion. Elle attendit près d'une heure, transie de froid, les cheveux collés par la bruine sous son bonnet, attentive au tumulte qui paraissait déborder du centre de la cité pour gagner les faubourgs. Des cris montaient sur la rive opposée de la Corrèze, d'une masse humaine venue on ne savait d'où. Lidon revenait en courant.

— Affaire réglée, dit-il. Le calme semble rétabli dans le centre, mais tout danger n'est pas écarté.

Alertés par le tocsin et de mystérieux émissaires, les paysans des environs, à qui l'on avait laissé espérer un pillage en règle des belles demeures du Trech, arrivaient armés, en groupes compacts, se pressaient aux portes de la ville, débordaient les gardes et les gendarmes. Le Directoire avait envoyé ses courriers aux cités voisines pour demander des renforts. La nuit risquait d'être agitée.

— C'est l'œuvre des éléments extrêmes de la municipalité, ajouta Lidon. Ces gens-là ne vivent que dans l'espoir d'une subversion générale qui favoriserait leurs ambitions. Ce sont eux qui ont fait sonner le tocsin pour alerter les campagnes.

Il rendit son pistolet à Diane, la prit par le bras.

— Rentrons, dit-il. Vous êtes trempée. J'ai retenu une chambre à votre auberge et ce soir, nous souperons ensemble. Ce sera comme une veillée d'armes...

Elle avait compté sur un message de Brival l'informant qu'il l'attendait chez lui pour la soirée et la nuit ; elle fut à la fois soulagée et contrite qu'il n'en fût rien.

Entre Lidon et Valentin, le repas fut maussade. Lidon paraissait préoccupé ; il mangeait du bout des lèvres, buvait beaucoup, observait d'un œil inquiet les convives éparpillés dans la grande salle, s'attendant à voir surgir son rival. Au contraire, Diane, sereinement, fit honneur au souper ; embarquée sur un navire démâté et sans gouvernail, elle trouvait la situation plaisante, d'autant qu'elle n'avait pas tourné au tragique.

Elle étouffa un rire profond et imagina qu'elle allait réveiller Mme Brival, qu'elle lui glissait à l'oreille : « Venez, je vous emmène ! » Mme Brival : « Mais où donc, mon enfant ? » « En promenade. La ville est en pleine révolution. Il ne faut pas manquer ça. Nous allons bien nous amuser. » « Ça peut être dangereux. » « Non, ne craignez rien : je suis armée. » « Bien, bien... Je demande à Flavie de m'habiller et je vous suis... » Elles partaient bras dessus, bras dessous, riant comme des folles, traversaient des groupes de paysans puis des attroupements de royalistes, coiffaient tour à tour le bonnet blanc et le bonnet rouge, interpellaient joyeusement les patrouilles et les postes de garde, jouaient à sonner aux portes des bourgeois du Trech pour leur faire peur, trottaient pour échapper aux gendarmes ou aux émeutiers, se cachaient dans des trous de rats, allaient trinquer dans les bouges à la santé de la nation ou du roi, pour repartir un peu ivres d'allégresse et de vin. On les retrouvait au petit matin dans les geôles du Collège...

— Pourquoi riez-vous ? demanda Lidon d'un air sévère. Êtes-vous ivre ? Alors cessez de boire. Vous aussi, Valentin ; vous dormez à moitié.

Elle lui prit la main.

— Détrompez-vous, mon cher Bernard : je jouis de toutes mes facultés et je suis heureuse. N'essayez pas de comprendre.

Elle mordit à belles dents une pomme fraîche comme une rosée de printemps et sentit une nouvelle vague de bonheur l'effleurer.

— Vous n'allez pas faire une nouvelle folie, au moins ?

— Hélas, si : je vais me coucher. Si j'étais raisonnable, je sais bien ce que je ferais, mais vous ne comprendriez pas. Ma raison et ma folie ne ressemblent pas aux vôtres.

La « folie » de Diane s'acheva à neuf heures du matin. Il fallut que Brival vînt la réveiller.

Elle était seule ; Valentin était allé prendre livraison du cheval qui devait remplacer le bardot, et du char à bancs découvert dans une remise. Le cheval, qui répondait — si l'on peut dire, car il était dur d'oreille — au nom de Socrate, était une haridelle pommelée assez indolente de nature mais solidement membrée, placide et réagissant correctement à la bouche. La voiture avait ses quatre roues en bon état et une caisse vermoulue mais d'assez belles dimensions — elle avait dû appartenir à quelque hobereau des environs, dont on avait gratté les armoiries. En comptant ce qu'on lui offrait pour le bardot, Valentin se tira du marché pour un prix raisonnable. « Certes, lui avait dit le marchand, Socrate est un peu sourd, mais ainsi il pourra passer sans broncher à travers les émeutes... »

Diane prit son petit déjeuner en compagnie de Lidon. Réveillé à l'aube, il avait parcouru la ville, s'était rendu au Directoire qui avait siégé sans désemparer toute la nuit sous la garde de la maréchaussée. Tout était calme, mais on avait eu chaud.

— Je n'ai rien entendu, dit Diane. Je dormais. Racontez-moi ce qui s'est passé.

Les paysans accourus des campagnes voisines étaient parvenus à s'infiltrer dans la ville, et notamment dans le Trech, objet de leurs convoitises. Ils avaient investi des immeubles, enfoncé des portes à coups de hache, réclamant les ci-devant et les prêtres félons pour leur briser le crâne, persuadés que chaque demeure du quartier abritait ces proscrits, déçus de ne terroriser que de paisibles bourgeois. Ils n'avaient pas opéré au hasard ; des gens de Tulle, des extrémistes qui s'étaient mêlés à eux, leur désignaient des proies faciles. On en avait vu ressortir chargés de quartiers de lard, des chapelets de saucisses et de boudins autour du cou, des bouteilles dans leur gibecière, titubant sous le poids de leur pillage et vomissant leur vin. Précédé d'un drapeau rouge, le procureur-syndic avait tenté de ramener ces barbares à la raison. Peine perdue !

— C'est un miracle, dit Lidon, que cette émeute n'ait pas fait une seule victime. Les horions qui ont été échangés n'ont fait que des blessés.

— Elle est belle, votre révolution, dit Diane en beurrant une tartine de pain blanc. Vous avez joué les apprentis sorciers et maintenant vous n'êtes plus maîtres de la situation. Une poignée de paysans mal armés saccage la ville et vous n'êtes pas capables d'en pendre quelques-uns pour l'exemple !

Lidon soupira en roulant entre ses doigts une mie de pain.

— Vous avez la partie belle, dit-il. C'est vrai : nous sommes réduits à l'impuissance devant de telles exactions, mais que faire ? Souvenez-vous des incidents tragiques de Favars et d'Allassac, il y a deux ans, et des représailles qui ont failli occasionner une guerre civile. Les représailles sévères sont dangereuses. Nous ne voulons pas risquer de nouveaux troubles. Il faut tâcher de comprendre à la fois les patriotes de la ville, excédés par la présence d'éléments factieux au sein de leur communauté, et les paysans qui souffrent de la faim et sentent menacées les conquêtes de la Révolution. Ce qui s'est passé cette nuit, c'est l'écume de la mer. Elle a éclaboussé Tulle comme elle éclabousse Paris et toute la France ; mais, derrière elle, il y a la tempête, qui va balayer les vestiges de l'ancien monde.

— Des phrases... Encore des phrases... Brival nous en abreuve, alors épargnez-moi les vôtres. Je connais la chanson. Je sais aussi qu'aujourd'hui Marsanges est à la merci d'une jacquerie ; elle éclaterait et nous abattrait avec la bénédiction des autorités, sans le moindre souci de justice et de légalité. Savez-vous qu'on nous a désarmés ?

Lidon haussa les épaules ; ses paupières parurent s'alourdir sur un regard honteux.

— Je sais, dit-il. C'est le lot commun. La nation est menacée de l'intérieur et de l'extérieur. Elle a besoin d'armes pour se défendre.

— Et elle les vole ! Demain, elle nous dépossédera de notre domaine, elle le vendra à l'encan et nous serons chassés du château où nous vivons aussi chichement que nos paysans. Et qui se rendra acquéreur de nos biens ? Les gens de Marsanges, excepté Sauviat, sont trop pauvres. Ce sont vos bourgeois à bonnet rouge qui en hériteront. Dieu sait pourtant que nous n'avons rien fait qui puisse contrarier la marche de la Révolution et que nous étions même, au début, assez favorables aux idées nouvelles.

Elle ajouta à voix basse, en repoussant son bol :

— Parfois je regrette de n'avoir pas entraîné ma famille tout entière dans l'émigration.

— Beaucoup d'autres s'y sont résolus. Pourquoi pas vous ?

— Les Marsanges n'ont jamais abandonné leur terre. C'est notre manière à nous d'être patriotes. C'est aussi notre fierté. A chacun la sienne.

Sans lever un regard vers elle, Lidon lui prit les mains, qu'elle lui abandonna sans réticence.

— Je vous comprends, dit-il, et je vous aiderai. N'hésitez pas à frapper à ma porte. Je ne puis vous en dire plus, sinon que...

Il laissa sa phrase en suspens. Lui dire qu'il l'aimait, qu'elle l'avait obligé en quelques heures à faire le triste bilan de ses affections et de ses amours ? Il ne pouvait s'y résoudre. Dans la pression de ses mains, il s'efforça de faire passer les sentiments qu'elle lui inspirait.

— Pardonnez-moi, dit-il. Je dois rentrer à Brive où je devrais être déjà. Une affaire urgente... Je vous écrirai.

Un langage qu'elle connaissait bien. Elle eut un sourire narquois en dégageant ses mains. Lorsqu'il se leva pour l'embrasser, elle constata qu'il avait des larmes dans les yeux.

Au moment de régler sa note, Diane s'aperçut que Lidon avait pris les devants. Elle courut vers l'entrée de l'auberge ; il avait disparu. « Je lui rendrai cet argent, se dit-elle. Je ne veux rien lui devoir. » Valentin l'attendait, fier comme un imperator sur son char, le sourire aux lèvres. Il avait entassé dans la caisse quelques provisions.

— Attendez-moi un moment, dit-elle. Je vais chez Brival.

La salle de compagnie commençait à se garnir, mais Brival était absent. Sa mère était entre les mains de Flavie qui lui massait le visage avec de la crème de violette. La vieille dame lui dit sur un ton de reproche :

— Eh bien, vous ne nous avez guère honorées de votre présence ! Revenez-nous vite, mais cette fois avec notre petit chérubin. Flavie a préparé un panier à son intention.

En repartant, Diane se heurta presque à un personnage qu'elle reconnut sans peine : Jean-Charles Jumel, vicaire épiscopal et trublion officiel. Il était vêtu de noir des pieds à la tête ; son visage était puissant et lourd, laid avec son menton prognathe, ses lèvres épaisses, son nez abrupt sous un regard pétillant d'intelligence et de malice. Il rectifia sa cravate noire révolutionnaire, fit faire un moulinet sans élégance à son « gourdin patriotique » et s'effaça pour la laisser passer, en soulevant son chapeau de feutre.

Il l'interpella après qu'elle eut franchi le seuil.

— Mademoiselle Marsanges, savez-vous si Jacques Brival est

présent ? Je ne me trompe pas ? Vous êtes bien l'amie de notre député ?

Elle hocha la tête.

— Fort bien. Je vous ai vue l'autre soir à l'auberge en compagnie de nos amis Lidon et Chambon. Vous avez bien choisi la date de votre voyage, citoyenne ! Vous avez pu voir la Révolution en marche, affrontée à tous les périls, le peuple de la ville et celui des campagnes en armes, décidés à riposter aux provocations des factieux. C'est une grande date dans l'histoire de notre province et, j'ose le dire, de la nation.

Elle détourna la tête pour échapper à l'haleine de poisson gâté qu'il lui soufflait au visage. Il tira de sa poche une liasse de feuillets qui sentaient encore l'encre fraîche, en tendit un à Diane.

— Je sors de chez l'imprimeur Chirac, dit-il. Voici l'adresse que j'ai rédigée au titre de président des Amis de la Constitution pour célébrer cette journée. Faites-moi l'amabilité d'en prendre connaissance. J'aimerais avoir votre avis.

Diane lut les premières lignes du libelle :

« *Braves habitants des campagnes,*

« *Il est enfin dissipé, cet orage qui grondait sur la ville de Tulle d'une manière si effrayante. C'est à vous que les patriotes doivent le calme qui règne actuellement dans la ville. Ils étaient bien convaincus de votre énergie et de votre amour pour la liberté, lorsqu'ils vous ont vus accourir à notre secours. Vous avez observé la discipline la plus exacte et vous avez répondu aux intentions des bons citoyens...* »

Renonçant à poursuivre une lecture qui lui soulevait le cœur de dégoût, elle fixa Jumel droit dans les yeux, puis, posément, elle déchira la feuille et la jeta au ruisseau.

3.

LA FOLIE MONTCHAMP

Printemps 1792 : Paris.

Hyacinthe avait reçu la nouvelle de plein fouet : Estelle tuée par les loups sur les champs de neige du plateau. Il en était resté abasourdi, puis comme mort lui-même, enfermé dans sa douleur, se cognant à des cloisons de verre qui ne lui renvoyaient que sa propre image et l'écho de ses plaintes. C'est Adélaïde de Montchamp qui lui avait appris la nouvelle qu'elle tenait d'un membre du Directoire de la Corrèze en mission à Paris et en visite de courtoisie chez le prince Louis-Philippe d'Orléans, dans ses appartements du Palais-Royal. Les conditions de cette mort atroce demeuraient mystérieuses — qu'est-ce que cette écervelée pouvait bien faire, seule, en pleine nuit, à des lieues de Marsanges ?

Hyacinthe s'était cloîtré dans sa chambre et n'en était pas sorti de trois jours. Son pistolet était placé sur sa table de nuit, mais il avait renoncé à en faire usage en se disant avec sagesse que sa mort ne ferait pas ressusciter Estelle. Il se souvenait de la lettre qu'il lui avait adressée par l'intermédiaire du comte d'Ussel : il lui racontait son odyssée, lui donnait des raisons d'espérer, lui disait son amour. Cette flamme ancienne qu'il avait attisée des heures durant, déchirant les feuillets, les reprenant, elle n'avait pas pu s'y réchauffer.

Adélaïde avait lâché d'un air indifférent, en ôtant ses gants à la descente de son phaéton bleu céleste :

— Mon ami, vous n'aurez plus de mauvais sang à vous faire pour cette fille que vous avez laissée dans vos montagnes. Elle a eu le bon goût de mourir. Ainsi elle ne vous tracassera plus.

Elle lui avait expliqué posément dans quelles circonstances elle avait appris cet accident et avait ajouté en se laissant tomber dans la bergère à oreilles, lasse comme si elle arrivait à pied de Paris :

— Épargnez-moi vos jérémiades ! Vous teniez à cette fille comme à votre première chemise. Elle était déjà morte pour vous. M'avez-vous assez répété qu'elle ne comptait plus dans votre vie que comme un banal « impédiment sentimental ». Ce sont les mots que vous avez employés. Des mots qu'une femme ne peut oublier.

Elle avait sonné Laurette, sa camériste, lui avait ordonné de préparer la chambre mauve pour M. Hyacinthe, ajoutant avec une cruelle ironie que cette couleur était celle du deuil. Jugeant qu'elle passait les bornes de l'impertinence, elle avait ajouté :

— Allez-vous reposer, mon ami. Après ce choc, vous en avez besoin. Vous resterez seul cette nuit. Personne ne viendra vous importuner.

Il était resté seul trois jours et trois nuits, refusant d'ouvrir sa porte à Laurette lorsqu'elle lui apportait un plateau, ou à Adélaïde qui le conjurait de cesser cette « comédie ». Il ne quittait sa couche que pour regarder la pluie de mai envelopper le parc profond qui commençait à verdoyer, observer les allées et venues du jardinier de la roseraie à l'orangerie, écouter la chanson de Laurette : « *Plaisir d'amour ne dure qu'un moment — chagrin d'amour dure toute la vie...* »

Si sa retraite avait duré trois jours, la véritable affliction qu'il éprouvait ne l'avait obsédé que quelques heures. Parfois, au cœur de la nuit, une rumeur venue du fond de sa mémoire l'éveillait en sursaut : la voix, les rires d'Estelle et de ses sœurs en train de se balancer à l'escarpolette ou de jouer au volant dans le couderc de Marsanges. Ces sonorités de cristal se brisaient dans l'ombre comme un miroir.

La marquise Adélaïde de Montchamp avait raison : avant d'apprendre la mort d'Estelle, Hyacinthe n'éprouvait plus pour son ancienne amie qu'un sentiment diffus où l'affection et le sens du devoir occupaient une place plus importante que l'amour. Il avait été autrement affligé par la mort de son père, au point qu'il avait failli, au risque de se faire arrêter en cours de route, quitter Paris pour Marsanges et prendre en main une situation qu'il estimait désespérée. Là encore, le froid bon sens d'Adélaïde avait prévalu : reconnu, il aurait été incarcéré comme « émigré de l'intérieur », sans profit pour personne.

Émigré de l'extérieur, il ne l'avait été que le temps de constater que, au-delà du Rhin où il avait prévu de se fixer avec François, l'alliance entre les Français et les souverains de l'Europe coalisée n'était qu'une duperie. Face aux troupes populaires sous-équipées, armées à la diable, commandées par des ci-devant suspects ou de jeunes officiers incapables, mais débordantes d'enthousiasme, la coalition hétéroclite des soldats de plomb aux uniformes chamarrés conduits par Brunswick manquait d'allant et de conviction. A la joie de retrouver son frère, sa belle-sœur Virginie et son neveu, le petit Adrien, avait succédé en Hyacinthe une profonde déconvenue : il retrouvait à Coblence, dans les milieux de l'émigration, la futilité, l'arrogance, l'incurie qui avaient fait éclater la colère du peuple et déclenché le prélude de la Révolution. Ces gens n'avaient tiré aucune leçon des événements ; ils se comportaient comme s'ils allaient sans tarder reprendre leur existence passée. Seul avantage de ce séjour de quelques mois : il avait amassé une petite fortune aux tables, ce qui lui avait permis, profitant des rapports tendus entre les deux pays, de passer en Angleterre où Charles de Sombreuil l'avait accueilli avec chaleur, puis en France, avec de faux papiers au nom de Pierre Bayle. Il avait laissé son serviteur noir, Diouf, dans la famille d'un proche de Condé. Une lettre de recommandation de Monsieur, comte de Provence, frère de Louis XVI[1], à l'intention du prince d'Orléans, resté à Paris et qui donnait furieusement dans les idées à la mode, lui avait permis de s'assurer une honnête aisance et une relative sécurité.

C'est là, dans cette marginalité politique équivoque, entre les nostalgiques de l'ordre révolu et les partisans des idées nouvelles, que Hyacinthe avait rencontré Adélaïde de Montchamp, épouse d'un barbon, ancien actionnaire de la Compagnie des Indes, à qui le prince Philippe avait confié, pour pallier ses difficultés financières, la constitution de boutiques dans les nouveaux bâtiments du Palais-Royal, hérités de son père avec une fortune colossale.

Adélaïde n'avait rien de la splendeur rayonnante et juvénile d'Estelle et ne pouvait faire oublier à Hyacinthe les courtisanes qui étalaient leurs charmes suaves dans la minuscule cour de Coblence et trompaient leur ennui dans l'intrigue amoureuse. Elle avait franchi la quarantaine d'un pas alerte, mais commençait à s'essouffler en efforts assidus pour paraître à son avantage. Elle avait encore d'assez belles épaules saupoudrées d'un semis d'éphélides, une rousseur

1. Le futur Louis XVIII.

appétissante et surtout d'admirables yeux de chatte, jaunes et profonds, qui allaient à la perfection avec sa minceur de fauve. On murmurait que M. de Montchamp l'avait pêchée dans une maison close ; en fait, elle était issue de la petite noblesse picarde dont elle avait hérité un goût très vif pour les jardins. Elle reprochait au plus proche collaborateur du duc d'Orléans, l'écrivain Choderlos de Laclos, d'avoir osé écrire dans ses *Liaisons dangereuses :* « *C'est de quarante à quarante-cinq ans que le désespoir* (des femmes) *de voir leur figure flétrir, la rage de se sentir obligées d'abandonner des prétentions et des plaisirs auxquels elles tiennent encore, les rendent presque toutes bégueules et acariâtres...* » Cependant, elle ne se sentait pas visée par ce jugement, ce qui l'autorisait à le contester en toute sérénité, ce dont elle ne se privait guère, apostrophant l'écrivain à chacune de leurs rencontres dans les cabinets du Palais-Royal et se plaisant à étaler à ses yeux les reliquats d'une vénusté encore ardente et fruitée.

Retour d'émigration et employé aux écritures dans le cabinet de M. de Montchamp, Hyacinthe avait été le témoin d'une de ces algarades entre l'écrivain et la marquise. Sommé par Mme de Montchamp, qui avait frappé son bureau de la pointe de l'ombrelle pour solliciter son attention et donner son avis, Hyacinthe avait répondu avec embarras que M. de Laclos, d'évidence, ne donnait pas son sentiment propre mais celui d'un de ses personnages et que, quant à lui, il trouvait aux femmes de cet âge un charme émouvant, fruit de l'expérience et de la sagesse. M. de Laclos avait d'ailleurs écrit : « *presque toutes* ».

Mme de Montchamp avait failli lui sauter au cou. Lorsqu'elle se fut retirée, Laclos confia à Hyacinthe :

— Eh bien, mon ami, compliments ! Vous venez de faire une conquête. Alors, si vous m'en croyez, ne perdez pas de temps. Attaquez ferme. Ne faites pas comme mes personnages des *Liaisons* qui le perdaient à s'écrire des lettres. Vous avez affaire à une personne qui ne manque ni d'intelligence ni de feu, mais qui apprécie surtout l'audace.

— Je me souviens en effet de ce que vous dites de votre personnage, Mme de Tourvel : « *Laissons le braconnier obscur tuer à l'affût le cerf qu'il a surpris : le vrai chasseur doit le forcer...* »

Entre autres aventures sentimentales, Mme de Montchamp en avait traversé une, brève mais flamboyante, avec Philippe d'Orléans.

Après la rupture, à la suite d'une intervention péremptoire de Mme de Genlis, la maîtresse attitrée du prince, elle avait éteint ce qui subsistait en elle de passion dans les bras de quelques dirigeants de clubs révolutionnaires, ce qui l'autorisait à faire figure d'égérie du nouveau régime, tout en continuant, dans sa « folie » de Saint-Cloud, à mener une existence à l'ancienne sans risquer l'irruption des sans-culottes. M. de Montchamp, très occupé de ses affaires et de ses petites passions, fermait les yeux. Entre autres manies innocentes, ce jouisseur collectionnait les chaussures féminines à talons hauts.

Mme de Montchamp avait obtenu sans peine de son époux que Hyacinthe fût affecté à son service avec le titre d'intendant du domaine de Saint-Cloud, qui occupait un espace modeste près du château princier, à la limite de Sèvres, avec vue sur la Seine d'une part, sur la forêt de l'autre. La demeure se situait au sud de la forêt, à peu de distance de la manufacture de porcelaine. La façade, de belles proportions mais d'allure sévère, dans le style de prédilection du siècle précédent, embrassait le vaste panorama de la vallée avec au loin, perdu dans ses brumes et ses fumées, Paris. Un jardin à la française faisait dévaler ses cascades d'ifs, de buis, de pelouses, de roseraies jusqu'à la berge du fleuve. Derrière, la vue se limitait aux frondaisons d'une épaisse futaie centenaire que Mme de Montchamp avait voulu conserver dans toute sa virginité, sauf à y introduire quelques éléments factices, comme une cascade copiée sur celle de Lepeautre, que l'on pouvait admirer dans le parc du château voisin, devenu domaine national après avoir été acquis par la reine Marie-Antoinette.

Diderot, Mme de Genlis, le peintre Fragonard avaient été les hôtes de cette demeure. Ce dernier y avait, avant la Révolution, effectué de fréquents séjours, crayonnant au hasard de ses promenades des coins de forêt, des entassements de rochers, des eaux vives, comme il l'avait fait au cours de ses promenades italiennes. La maîtresse de maison avait acquis une de ses œuvres, reflet poétique et nostalgique d'une fête à Rambouillet ; on y voyait des barques richement ornées transporter des disciples d'Éros au fil de l'eau, dans la brume d'eau d'une cascade, tandis que des Célimène en corolle rêvaient d'Alceste en perruque poudrée.

Du « bon Frago », plus de nouvelles : éclipsé par David, peintre de la Révolution, il avait sombré, accompagné de ses bergerades, dans l'indifférence.

Hyacinthe n'avait pas été long à deviner qu'on lui avait confié une sinécure.

Outre le sentiment de sécurité que lui offrait cette retraite, alors qu'à Paris il risquait chaque jour d'être reconnu et dénoncé, il se sentait transplanté dans un autre temps et un autre monde. Finis l'agitation de la capitale, les mouvements incontrôlés d'une populace de jour en jour plus fiévreuse, les pestilences et les embarras de la rue, le tocsin des nuits orageuses, le tumulte du Palais-Royal...

Adélaïde lui parut jouer un jeu singulier. Elle tint, dès son installation, à établir entre eux des frontières ; elle parlait haut et sec, fouettant l'air de sa badine, surveillant les comptes au sou près, sermonnant son secrétaire pour des vétilles au point que Hyacinthe se demandait s'il ne jouait pas les béjaunes pour le divertissement pervers de Laclos et de sa complice. Un mois durant il resta sur sa réserve, évitant toute initiative, s'en tenant aux consignes de la dame, soucieux de se maintenir dans la place le plus longtemps possible.

Mme de Montchamp ne dévoila ses batteries qu'au terme d'un grand souper. Le champagne lui était monté à la tête et la tabagie l'avait indisposée. Le duc d'Orléans, accompagné de son fidèle Laclos et de quelques convives de choix, s'étant retiré, M. de Montchamp somnolant dans la bergère, près de la cheminée, son épouse, laissant les derniers convives amateurs de tables aux soins d'une « veilleuse » chargée de la suppléer, s'était retirée dans sa chambre. Elle avait sonné trois coups pour réclamer son intendant. Il la trouva allongée sur sa chaise longue « brisée », le visage crispé, le regard agressif, les lèvres serrées, en train de s'éventer nerveusement le visage.

— Monsieur de Marsanges, dit-elle, j'ai le regret de vous signifier votre congé.

Il crut sentir le tapis de Kazak se dérober sous lui, s'inclina et se tut.

— Vous ne me demandez pas les motifs de cette décision ? reprit-elle. Eh bien, vous avez trahi ma confiance.

— En quoi donc, madame ?

— Ne faites pas l'innocent ! Je vous avais prévenu que je ne tolérerais pas sous mon toit des rapports licencieux entre vous et ma camériste.

Hyacinthe s'appuya du bout des doigts au secrétaire, se demandant s'il devait protester avec véhémence ou tâcher de composer. Laurette, il est vrai, ne cessait de le provoquer ; elle lui avait volé un baiser, lui fixait des rendez-vous nocturnes auxquels, par prudence, il se gardait d'obtempérer, malgré le désir qu'il éprouvait pour cette fille, ancienne pensionnaire d'une maison de tolérance — l'écrivain Restif de La Bretonne l'avait recueillie, confiée à sa protectrice, Mme de Montalembert, qui l'avait placée chez Mme de Montchamp.

— J'ignore d'où vient ce bruit, dit-il, mais je suis innocent de ce que vous me reprochez. Faites-moi la grâce de me croire, madame.

— Ce serait trop facile !

— Alors permettez-moi de me retirer pour préparer mon bagage.

Elle se leva avec vivacité, s'écria :

— Je vous l'interdis !

Elle se reprit, se mit à pétrir son mouchoir.

— Êtes-vous prêt à me jurer sur l'honneur que vous et Laurette...

— Je vous le jure, madame.

Il se souvint d'une citation de Laclos concernant la traque du « gibier » et se dit que les rôles semblaient inversés, que le chasseur, ce n'était plus lui, et il en conçut une singulière impression de bien-être : il ne lui restait plus qu'à tendre le cou ; il était prêt pour le sacrifice. Elle dit d'un ton rasséréné :

— Je vous crois, monsieur de Marsanges. Pardonnez-moi et ne parlons plus de cette affaire. Voulez-vous sonner Laurette afin qu'elle m'apprête pour la nuit ?

Elle réfléchit et, brusquement, arrêta son geste.

— Et puis non, dit-elle. Laissons-la en paix. Elle a eu une rude journée. Consentiriez-vous à faire office de camériste, monsieur de Marsanges ?

Elle se faisait chatte soudain, toutes griffes rentrées, paupières mi-closes sur ses yeux verts, la gorge nouée, la voix rauque. Il crut bon de protester faiblement :

— Madame, je ne sais... La bienséance...

Elle le brusqua :

— Allons ! Allons ! Ne faites pas de façons. D'ailleurs il est prévu dans votre contrat que je pourrais vous utiliser à diverses tâches, outre celle de l'intendance. Considérez donc cette requête comme un ordre.

— S'il en est ainsi, madame...

Les narines baignées d'exhalaisons suaves et profondes, ébloui par ces espaces de chair libérés des étoffes et des dentelles, impatient d'y poser ses mains et ses lèvres, il s'irritait contre lacets et boutons.

Alors que Mme de Montchamp ne portait plus sur elle qu'un nuage léger et transparent, il renonça à pousser plus loin son office. Elle l'y encouragea par de petits grognements d'impatience et des mouvements d'épaules. Dépouillée de l'ultime obstacle et alors qu'elle lui tournait le dos, elle se plaqua brusquement contre lui, les bras rejetés autour de ses reins, son corps animé d'un mouvement léger comme le début d'une danse. Elle sentit qu'il la désirait et pouffa de rire quand il murmura dans sa nuque :

— Madame, est-ce bien convenable ? Mon contrat ne va pas jusqu'à ce genre de service.

— Je vous libère de ce contrat pour la nuit, dit-elle. Nous aviserons demain s'il est bon de prévoir un codicille.

Elle songeait à Laclos qui lui avait dit : « Menez votre entreprise en douceur, madame. Ce petit hobereau de campagne a le caractère ombrageux. Il tolérera votre autorité dans le service mais point dans vos rapports intimes... » C'était la prévenir qu'à la moindre manœuvre maladroite elle risquait de le perdre, et elle l'avait trop observé depuis qu'il était à son service, l'avait investi, malgré ses mines autoritaires et ses exigences, de tant d'espoir, qu'elle tremblait de commettre quelque bévue. Avec un banal libertin elle n'eût pas manifesté autant d'égards ; avec Hyacinthe elle hésitait sur la conduite à tenir. Fallait-il lui faire les yeux doux ou le brusquer ? Devait-elle jouer les femmes surprises par un élan de désir au soir d'un souper fin ou lui révéler des élans plus profonds, au risque de le voir s'autoriser sur elle de quelque empire ? En femme habituée aux solutions rapides, elle se persuada qu'il fallait éviter de se perdre dans des superfluités et se cantonner à la vérité des sentiments.

— Surtout, dit-elle, n'allez pas imaginer que je suis une conquête facile ou que je suis folle de vous. Cela risquerait de vous occasionner quelques désillusions. Dans la solitude où mon époux me confine, j'ai besoin de sentir près de moi la présence d'un homme véritable. Conduisez-vous avec moi, ce soir, comme si nous étions amants depuis des lustres et que nous nous retrouvions après une longue absence. Si vous me dites que vous m'aimez, je vous jette hors du lit. Sommes-nous d'accord, monsieur de Marsanges ?

— Comment ne le serais-je pas, madame ? Vous comblez mes vœux.

Elle le retint comme il allait moucher les chandelles.

— Laisse, dit-elle dans un souffle. Je veux te regarder, ne rien perdre de nos ébats. J'ai plaisir à croire que tu vas me satisfaire pleinement. Regarde !

Elle s'agenouilla au milieu du lit « à la duchesse », à deux chevets, dont les quenouilles et le baldaquin s'ornaient de tentures de soie à rayures bleues et blanches, tira sur le cordon dissimulé dans les plis du rideau et découvrit le revers du baldaquin où s'ouvrait l'œil indiscret d'un miroir.

— Nous serons ainsi, dit-elle, pareils à deux généraux spectateurs d'un même combat.

Il se dit que ce miroir avait dû être le témoin d'un champ de bataille très fréquenté. Il la retint comme elle se rendait dans son cabinet de toilette.

— Non ! dit-il. Je te veux telle que tu es, avec toutes les odeurs de ta chair, même les plus secrètes.

— Alors, viens ! dit-elle avec feu. Nous avons assez bavardé.

Ils ne dormirent pas de la nuit, brûlèrent toutes les chandelles et alimentèrent le foyer. Après un assaut, épuisés, ils vidaient une coupe de champagne, s'allongeaient la main dans la main, le corps baigné de sueur et de nectar d'amour, se reposaient, puis leurs mains se quittaient, reprenaient leur jeu de caresses, commandaient à de nouvelles étreintes qu'ils demandaient au miroir de leur renvoyer, ce qui décuplait leur plaisir, jouaient à se tuer d'amour, mais renaissaient sans relâche à leur désir comme si, vague à vague, la marée ne dût jamais connaître de ressac.

Ils étaient encore éveillés quand l'aube dessina sa géométrie lumineuse autour des fenêtres et sur les murs. La petite pluie de printemps qui animait les frondaisons déjà lourdes et chantait aux vitres faisait délirer les oiseaux. Ils entendirent partir la voiture de M. de Montchamp qui regagnait Paris où se précisaient les bruits de guerre. Lorsque les sonnailles de l'attelage se furent éteintes au fond de l'allée descendant vers la Seine et le pont de Saint-Cloud, Adélaïde sonna Laurette ; la servante leur monta un copieux déjeuner qu'ils prirent au lit, côte à côte.

— Et maintenant, dit-elle, nous allons dormir. Je suis épuisée. Veux-tu regagner ta chambre ou préfères-tu rester près de moi ?

Il choisit de rester. Elle le regarda, nu, traverser la pièce, tirer les rideaux ; elle le trouvait beau, élégant dans sa démarche pour un petit noble de province ; c'était comme si elle le voyait pour la première fois. Lorsqu'il se fut recouché, elle le prit dans ses bras et lui dit à l'oreille :

— Serre-moi très fort, mon Hyacinthe. J'ai froid.

Elle ajouta plus bas encore :

— Je vais te dire un secret : je crois que je vais t'aimer...

Le lendemain, ils se querellaient. Hyacinthe avait repris son travail comme si de rien n'était et elle ses grands airs. Tandis qu'il taillait au canif la pointe d'une plume d'oie, elle jeta :

— Monsieur de Marsanges, vous l'ai-je assez répété : je ne veux plus que mon linge soit lavé à la Seine mais dans notre fontaine. On y respire les mauvaises odeurs de Paris. Donnez congé à la petite Lucie, notre lingère. D'ailleurs elle est enceinte, et Dieu sait de qui. C'est intolérable !

Il se leva lentement, la regarda droit dans les yeux puis promena son regard autour de lui en feignant la surprise.

— Madame, nous sommes seuls à ce qu'il semble. Alors pourquoi ce ton cassant ? Traitez-moi autrement qu'un esclave de Saint-Domingue sinon je serai au regret de quitter mon service.

Elle blêmit, s'assit, soupira :

— Pardonnez-moi, mon ami. Il est des attitudes difficiles à perdre. Suis-je sotte !

Bouleversé, il s'approcha d'elle, lui embrassa les mains, plaida pour la lingère, victime innocente, sans doute, d'un des invités aux soupers hebdomadaires de la Folie Montchamp — il savait qui. Elle se rendit à ses raisons.

— Quand je pense que j'ai failli vous perdre... dit-elle en essuyant une larme. Promettez-moi de ne pas me tenir rigueur de mes humeurs capricieuses et de mes emportements.

— Je vous le promets, madame, mais, vous-même, faites effort pour vous contenir, je vous prie.

Elle se leva d'un élan joyeux, lui demanda s'il viendrait la retrouver après le souper. Il cligna des yeux, hocha la tête, songea à ce que Laclos lui avait conseillé : « Conduis-toi avec elle, si tu le peux, comme Valmont avec la présidente de Tourvel : avec habileté et sans passion. Surtout sans passion : c'est le pire des sentiments... »

Elle le prit dans ses bras, lui couvrit le visage de baisers. Il la sentit toute soie et velours sous la douillette qui l'enveloppait.

— Tu as assez travaillé ce matin, dit-elle. J'ai envie d'une promenade à cheval. Suis-moi !

Cela devint une aimable habitude. Adélaïde surgissait à l'improviste dans le cabinet de Hyacinthe, le prenait par la main, l'entraînait vers l'écurie où les chevaux sellés et lustrés les attendaient. Malgré quelques humeurs maussades, le printemps était dans sa splendeur. La guerre, les troubles qui agitaient Paris reculaient dans le temps.

Ils s'engageaient dans l'allée menant au bassin et à la cascade, s'enfonçaient dans la forêt par des pistes aménagées sous les arbres centenaires, respiraient les bouquets d'odeurs que la dernière giboulée y avait fait éclore, s'avançaient sur une terrasse dominant le fleuve et, au loin, le sombre tapis minéral de la ville. Au retour, parfois, ils s'arrêtaient pour faire l'amour dans un pavillon de chasse abandonné.

Adélaïde chevauchait avec une aisance et une rigueur d'amazone. Hyacinthe, qui avait l'habitude des mulets et des haridelles de Marsanges, se sentait auprès d'elle un peu lourdaud. A proximité du château, ils s'arrêtaient sous une gloriette meublée de vanneries rustiques et se laissaient aller aux confidences. Elle consentit, non sans quelque réticence, à ce qu'il lui parlât d'Estelle, de leur vie commune à Marsanges ; il ne s'en privait pas, s'attachant à donner de son amie une image exacte : celle d'une fille — presque une adolescente — qu'il avait arrachée à une vie dissolue pour en faire, sinon un parangon de vertu, du moins une petite-bourgeoise assez convenable.

— Comme vous l'aimez, soupirait Adélaïde.

Il ne savait plus s'il l'aimait ; en revanche, il était certain de tenir à elle, comme Pygmalion à sa statue d'ivoire. Il regrettait de n'avoir pu lui faire parvenir des nouvelles et de l'argent plus souvent ; la seule lettre qu'il lui avait envoyée par l'intermédiaire du comte d'Ussel était restée sans réponse ; quant à faire le voyage de Marsanges, c'eût été trop risqué.

— Si elle t'aimait vraiment, ajoutait Adélaïde, elle ferait tout pour venir te retrouver.

Elle ne retrouverait jamais Hyacinthe. Il apprenait peu après sa mort tragique.

Au cours de ces entretiens dans la gloriette, il fit à Adélaïde un aveu qui lui coûtait : sa passion du jeu, qu'il contenait depuis quelques mois. Il lui raconta ses débuts dans les salons et les « brelans », avec le duc de Bouillon, ses exploits, ses déboires, son séjour à la prison d'Uzerche, sa fuite en Allemagne avec Diouf, où il avait fait valser l'or des émigrés, les envies qui le reprenaient parfois et les craintes qu'il avait de « perdre la main ». Intéressée, elle promit de le conduire chez le « Hongrois », un personnage louche qui tenait un cabaret à l'enseigne de la Transylvanie, afin qu'il pût de nouveau exercer ses talents. Il n'en espérait pas tant.

En prenant connaissance de la liste des invités à l'un des soupers de la Folie Montchamp, Hyacinthe eut une mauvaise surprise : il venait d'y lire le nom de Jacques Brival.

— J'ai de bonnes raisons, dit-il, de souhaiter ne pas rencontrer ce personnage. J'ai affaire à Paris ; laissez-moi les deux jours de congé que vous me devez, madame.

— Il n'en est pas question ! Je tiens à ce que ce repas soit une réussite et qu'on en parle dans Paris. Il n'y a guère de tables où l'on pourrait trouver côte à côte Choderlos de Laclos et Nicolas Restif de La Bretonne, que je tiens pour les meilleurs écrivains de notre temps. J'en profiterai pour vous faire rencontrer mon fils, Gustave.

— Vous souhaitez donc que tout Paris soit informé de la vie que vous menez ici, que chacun sache que vous devez à la protection du duc d'Orléans de vivre comme sous l'Ancien Régime ? Avez-vous conscience des risques que vous prenez ? Vous plairait-il que les harangères, les poissardes et les maquerelles viennent piller votre maison ?

— Qu'elles viennent ! J'écrirai à M. de La Fayette afin qu'il envoie pour me protéger une compagnie de ses gardes nationaux. Auriez-vous peur, mon ami ? Craignez-vous que l'on ne découvre votre véritable identité, vos origines, votre qualité d'émigré de l'intérieur ? Il semble que cela seul vous préoccupe. Est-ce que je me trompe ?

— Nous sommes tous deux embarqués sur la même galère, dit-il. Qu'elle sombre et nous coulons ensemble. Faisons en sorte qu'elle tienne la mer le plus longtemps possible et ne provoquons pas la colère des dieux.

Elle insista pour qu'il fût présent non à l'office, mais à la table ; il regimba, mais finit par accepter. Après tout, ce n'étaient ni Laclos ni Restif qui pourraient le dénoncer. Brival non plus, qui, malgré ses convictions et ses responsabilités, n'avait pas une âme de délateur ; il se dit d'autre part qu'il aurait peut-être par lui des nouvelles de sa province et de sa famille.

Brival arriva le premier, en voiture de louage, suivi de peu par Restif et Laclos qui avaient fait la route avec des dames invitées, dans la voiture, une berline à portes blasonnées, appartenant à l'une d'elles.

Mme de Montchamp avait fait dresser la table dans le grand salon, toutes portes et fenêtres ouvertes sur le soir de mai qu'embaumaient les odeurs de la pelouse et des essences de la forêt. A la nuit tombante on avait allumé les luminaires dont les cristaux crépitaient au plafond et sur la table. Un petit orchestre de violons et de flûtes jouait sous la gloriette des airs de Mozart, de Gluck et de Grétry, le compositeur à la mode. « Voilà un tableau de fête qui plairait à Fragonard », songea Hyacinthe, en souhaitant qu'il détourne les convives de la curiosité qu'ils risquaient de manifester à son égard.

Brival avait belle allure dans son frac bourgeois ouvert sur un gilet rayé blanc et mauve ; la cravate noire des révolutionnaires cachant les plis gras du cou donnait de la majesté à son visage en l'obligeant à le porter haut. Il ne put réprimer un mouvement de surprise en apercevant Hyacinthe venu l'accueillir à sa descente de voiture, à quelques pas derrière M. de Montchamp et son épouse. Salutations faites, il fit mine de s'extasier, avec une pointe d'ironie glacée, sur la qualité du cadre, tendit l'oreille à la musique et dit : « Haydn. » « Non, rectifia Mme de Montchamp, c'est l'ouverture des *Vendangeuses*, de Grétry. » Il ajouta :

— Puis-je faire quelques pas dans le parc, madame ? Votre intendant pourrait m'y accompagner. Comment se nomme-t-il ?

— Pierre Bayle, dit Mme de Montchamp, blême d'inquiétude.

— Eh bien, monsieur Bayle, dit Brival avec un sourire goguenard, précédez-moi dans ce jardin, je vous prie. Il n'a jamais été si beau.

Ils marchèrent en silence en direction de la cascade dont la rumeur se mêlait agréablement aux harmonies à l'italienne de Grétry, dans l'air doux et souple comme de la soie. Au-dessus de Paris, la nuit s'installait dans un nid de brumes grisâtres. On entendait tinter la cloche d'un coche d'eau descendant le fleuve.

— Monsieur de Marsanges, dit Brival en désignant un coin

d'herbe, asseyons-nous là. Je n'ai guère de goût pour les mystères. Nous savons, vous et moi, qui nous sommes et le jeu de colin-maillard entre nous serait ridicule. J'ignore comment vous êtes arrivé jusque-là, mais je devine la raison de cette retraite. Vous devriez vous trouver dans une prison au lieu de vous prélasser dans ce petit paradis. Soyez rassuré : je ne divulguerai pas votre secret, mais faites de même s'il vous arrive des ennuis, car je ne tiens pas à ce qu'on m'accuse de protéger par mon silence des ci-devant aussi compromettants que vous. Vous avez ma parole, *Pierre Bayle.* Ai-je la vôtre ?

— Vous l'avez, monsieur le député, avec ma gratitude. Avez-vous des nouvelles de ma famille ? J'ai appris la mort de mon père et celle de ma compagne. Pour le reste, je suis dans l'ignorance et j'en souffre.

Brival cueillit une herbe et la porta à ses lèvres.

— J'ai rencontré votre sœur, Diane, lors des incidents de la Semaine Sainte, à Tulle. La Corrèze bouge beaucoup, ces temps-ci, et cela me tourmente. Les esprits s'échauffent vite dans ce département et se soucient peu de logique et de justice. On en a aujourd'hui contre les prêtres réfractaires, que l'on traque comme des loups. Vous avez connu l'abbé Plazanet ? Ce pauvre fou vivait comme un sauvage dans le Longeyroux. La maréchaussée l'a arrêté ; les femmes voulaient le délivrer et cela a failli dégénérer en émeute.

— Ce n'est pas moi qui me lamenterai sur son sort. C'est un esprit étroit, violent et fanatique. Avez-vous d'autres nouvelles des miens ?

— Votre famille est en danger permanent. Je souhaite que Diane s'installe à Tulle et laisse le domaine à la garde de Valentin, mais autant tâcher de convaincre une borne. Elle et ses frère et sœurs restent accrochés à leur masure et à leurs landes comme à une terre de Canaan. J'ai proposé à Diane de l'épouser, de reconnaître notre petit Félix, mais elle est comme toutes les femmes qui acceptent le nouveau sans renoncer à l'ancien. Personne ne persuadera Diane de quitter son domaine. Pas même Lidon.

Hyacinthe sursauta.

— Qui est ce Lidon ?

Brival parut embarrassé. Il recracha son brin d'herbe et se leva.

— Je vous en parlerai plus tard, dit-il. Voici nos amis qui viennent nous rejoindre.

Le groupe joyeux des convives arriva sur la terrasse où Laclos et Restif semblaient se quereller. Ils ne daignèrent s'interrompre que pour saluer l'assemblée. Familier de Laclos, Hyacinthe n'avait jamais rencontré Restif. Il eut un mouvement de surprise en le voyant. Avec ses airs d'oiseau de nuit (on l'appelait « le Hibou », car il aimait se promener la nuit dans Paris), il paraissait s'être échappé d'une soupente poussiéreuse, avec son large chapeau noir à bord rabattu, l'ample manteau de drap brun qui l'enveloppait des épaules aux chevilles, laissant entrevoir un carcan qui contenait le long corps trapu affecté d'un léger embonpoint. Sa voix teintée d'un accent bourguignon qui faisait chanter les *r* s'infléchit en une tonalité suave lorsqu'il présenta ses hommages aux maîtres de céans. La marquise pensa lui être agréable en déclarant :

— Nous aurez-vous pardonné de vous avoir privé d'une de ces nuits de Paris dont vous nourrissez votre œuvre ?

Restif répondit, mezza-voce :

— Je ne sors plus guère la nuit, madame. Je crains trop de me faire égorger. Mon gendre, Augé, veille, et ce monstre...

Laclos l'interrompit sèchement : les histoires de famille où s'enlisait l'écrivain n'intéressaient personne et n'ajoutaient rien à son talent. On retenait surtout, pour le déclarer suspect, les propos sans retenue qu'il semait à tout vent contre le régime. Dénoncé par son gendre, il avait déjà goûté aux geôles de Paris, mais, pressé que l'on était de se débarrasser de ce trublion qui avait suffisamment de génie pour subjuguer les esprits de son siècle mais pas l'autorité nécessaire à mettre la paix dans son ménage, on l'avait promptement élargi. Il grinçait des dents quand on l'appelait le « Jean-Jacques Rousseau des Halles » ou le « Voltaire des femmes de chambre ».

A côté de lui, Choderlos de Laclos, malgré sa prestance, la froide élégance de sa tenue, son verbe châtié, paraissait fragile. La publication des *Liaisons dangereuses*, dix ans auparavant, avait assuré la notoriété et la fortune de ce faux libertin reconverti dans la politique au service du duc d'Orléans. Démocrate sincère, adepte des idées généreuses de son temps, il aidait sans réserve son protecteur de ses talents, mais sa véritable passion, outre la littérature, était l'artillerie. Après avoir battu en brèche les théories et la pratique de Vauban, il travaillait à une invention de son cru : le boulet de canon creux destiné à l'armée de terre. Il revenait d'une mission auprès du commandant en chef des armées du Nord, ce vieil imbécile de maréchal Luckner soupçonné d'incompétence et de trahison.

A peine avait-on pénétré dans le grand salon où la tiédeur du soir de mai avait attiré des nuées d'insectes qui bourdonnaient autour des luminaires, la joute entre Laclos et Restif reprenait de plus belle. Aux éclats de Restif, qui risquait de briser d'un geste maladroit le vase de Chine ou le buste romain, Laclos faisait contraste par son immobilité de récif battu par la tempête et ses ripostes sèches qui faisaient mouche. Leur entretien portait sur la guerre que la France venait de déclarer à l'empereur d'Autriche. Restif prétendait que cette guerre était nécessaire et Laclos la considérait comme une folie.

Sans cesser de surveiller de l'œil la table où les convives venaient de prendre place, Hyacinthe happait au passage quelques bribes du débat et répondit d'un haussement d'épaules indulgent aux clins d'œil complices de Brival et de Laclos. Le conseiller du duc d'Orléans connaissait bien les sentiments faussement démocrates de Restif et son attachement à la famille royale. Hyacinthe entendit Laclos déclarer de sa voix sèche, haut placée, un peu militaire :

— Cette guerre, nous n'ignorons pas pourquoi le roi lui est favorable : il a tout à y gagner. La victoire le maintiendrait sur son trône et la défaite rétablirait son autorité absolue avec l'appui des souverains étrangers. Malheureusement nous ne sommes pas prêts à affronter les armées impériales.

Il parla de la situation militaire en France : elle était catastrophique, et Brival en était bien d'accord. Équipements, armes, subsistances se faisaient attendre. Recevait-on de l'artillerie ? Il manquait les munitions. On réceptionnait dans un cantonnement un chargement de bidons et de marmites, mais rien pour les remplir. Pis encore : la discipline avait fait place à l'anarchie ; les officiers, menacés de rébellion, hésitaient à infliger des punitions. Las des privations, des fatigues, de l'ennui mortel des camps, les hommes de troupe et les officiers désertaient ; les hussards de Saxe venaient de déserter en masse.

— Je vous trouve bien pessimiste, dit Brival. L'ennemi non plus ne semble pas prêt à affronter une guerre. Brunswick, c'est Fabius Cunctator sans le génie. Au lieu de l'énergie qui lui serait nécessaire, il n'a que la prudence à nous opposer. Ses rodomontades ont cessé de nous impressionner.

Piqué au vif, Laclos redressa son buste et froissa nerveusement sa serviette. Monsieur le député oubliait-il la belle tenue des armées coalisées, leur importance numérique, la qualité de leur armement ?

— Certes, dit Brival. Mais vous oubliez, vous, les événements de Pologne. Si le tsar pousse la Prusse et l'Autriche à nous faire la guerre, c'est afin de distraire leur attention de ce pays qu'il veut s'approprier. Et, comme chacun compte sur sa part du gâteau... Songez aussi que, face à ces cohortes dignes de Carthage, tout un peuple — le nôtre — se mobilise pour la défense de ses libertés. C'est le peuple qui nous a ouvert les voies de la Révolution ; c'est par lui que nous aurons la victoire. L'exemple sera suivi par d'autres nations et un jour nous connaîtrons la paix et la liberté universelles.

Les bras levés, presque à toucher les luminaires, Restif protesta :

— Le peuple, nous savons ce qu'il faut en penser ! Celui qui a fait la Révolution, Brival, je le respecte. J'en suis d'ailleurs. Mais l'autre, la populace qui est allée chercher la famille royale à Versailles, qui l'a injuriée au retour de Varennes, qui coupe les têtes lors des émeutes, celui-là, je le hais ! Je l'ai écrit et je persiste à le proclamer : le bas peuple sans instruction est le pire adversaire de tout gouvernement. C'est à ces êtres stupides et cruels que l'agitateur s'adresse, vêtu comme eux pour mieux les manœuvrer. C'est par les excès de ce peuple-là que périra la Révolution !

M. de Montchamp le traita de Cassandre, Brival de Feuillant, Laclos de girouette ; une dame en rajouta, lui reprochant d'être démocrate un jour, royaliste le lendemain, monarchien, partisan de La Fayette puis le dénigrant. L'écrivain, figé, laissa passer la vague avant de déclarer d'une voix âpre, qui faisait ressortir les rocailles bourguignonnes :

— C'est ma passion pour la vérité et la justice qui vous irrite et que vous m'enviez, vous qui vivez de la Révolution.

— Vieux fou ! murmura Laclos.

Il se fit un lourd silence tandis qu'un extra en livrée à l'ancienne servait les entrées. Mme de Montchamp en profita, afin d'apaiser la querelle, pour interroger l'écrivain sur son *Anthropographe*, un ouvrage monumental qui indiquait les remèdes propres à résoudre tous les maux de la nation. La nuit était tombée. Les échos légers d'une ariette italienne se mêlaient au premier chant du rossignol et au murmure lointain de la cascade. On servit des matelotes, de la friture, des poulets dindes, de l'aloyau apportés par un célèbre traiteur du Palais-Royal. Un excellent bourgogne les accompagnait.

Hyacinthe participait pour la première fois au titre de convive à ces agapes. Il avait pris place entre Laclos et une ravissante créature au décolleté provocant, qui l'entretint, la politique l'intéressant fort peu, de son perroquet nommé Vert-Vert, qui chantait indifféremment *la Carmagnole* et *Richard, ô mon roi* selon la qualité de l'assistance, et qui se trompait parfois. Restif se trouvait en face de lui, entre Brival et une douairière bas-bleu qui avait parcouru quelques-uns des quarante volumes des *Contemporaines* et souhaitait qu'il ajoutât un chapitre en son honneur. Devenu muet, l'écrivain, qui tenait la place de deux convives, dévorait, saupoudrant de pellicules ses épaules à chaque mouvement de tête. Il avait dû, avant le repas, manier la presse à bras, car il sentait l'encre d'imprimerie et ses ongles portaient le deuil. Quand il eut apaisé sa fringale, il parla d'abondance de l'ouvrage auquel il travaillait depuis quatre ans : *le Thesmographe,* auquel il avait donné comme sous-titre : *Projet de règlement proposé à toutes les nations de l'Europe pour opérer une réforme générale des lois.* Il y refaisait le monde avec quelque bon sens et tout un théâtre d'utopies. Il enchaînerait avec *le Gynographe, l'Andrographe* et *le Pornographe.* Dans ce dernier ouvrage il avouait sa détestation pour le marquis de Sade, qui le lui rendait bien. Hyacinthe prenait plaisir à l'écouter évoquer un univers où l'humanité s'épanouissait sous le souffle de son génie prophétique, où Rousseau devenait une divinité, où les miasmes de l'ignorance et de la barbarie s'effaçaient dans les flots torrentiels qui balayaient les écuries d'Augias.

L'arrivée de Gustave de Montchamp interrompit Restif dans ses visions évangéliques. Le jeune homme s'excusa de son retard dû, disait-il, aux encombrements de la capitale, en fait à quelque rendez-vous galant. Il ne se montrait à Saint-Cloud que poussé par quelque nécessité : la fuite devant les exigences de ses maîtresses ou de ses créanciers, le besoin d'argent ou l'ennui des cours au Collège Royal, sous les lambris de Chalgrin.

Hyacinthe le rencontrait pour la première fois. En dépit des louanges que lui en avait faites sa mère, il lui déplut. C'était un de ces adolescents poussés trop vite, élevés en serre et jetés de bonne heure dans les tentations de la ville. Il était long et pâle, avec les admirables yeux jaune doré de sa mère et affectait un air un peu méprisant. Ses cheveux plats, noués sur la nuque par un catogan, faisaient contraste par leur couleur brune avec la pâleur évanescente du visage. Il était vêtu d'un habit bleu roi, très sobre.

Gustave s'assit à la place laissée vacante à son intention, fit claquer ses doigts pour demander qu'on le servît ; il mangea sans retenue, ne relevant la tête que pour réclamer du vin, ne répondant aux questions de son père et de sa mère que par des haussements d'épaules et des monosyllabes. A la surprise des convives, il se leva après une dernière gorgée de vin, toucha le coin de ses lèvres avec sa serviette, s'inclina sèchement et, sans le moindre mot d'excuse, se retira en sifflotant.

— Pardonnez-lui son attitude désinvolte, dit Mme de Montchamp. Gustave prend ses études trop à cœur, et elles l'épuisent. Il est ainsi : porté aux extrêmes dans toutes ses passions. Celle qui l'obsède en ce moment, monsieur de Laclos, est la guerre, mais il est encore bien jeune pour embrasser la carrière militaire, et nous n'avons d'ailleurs pas d'école digne de ce nom.

— Le gouvernement s'en préoccupe, répondit l'écrivain. Je vous tiendrai informée.

Hyacinthe profita de ce que la conversation reprenait autour des pâtisseries de Beaucousin pour aller congédier les musiciens. Lorsqu'il revint, on en était aux liqueurs et à la tabagie, dans le petit salon. Aux regards et aux sourires qu'il surprit, il devina qu'on avait tiré profit de son absence pour le mettre sur la sellette. Tandis que Jacques Brival parlait de Danton, que son compatriote, l'imprimeur corrézien Guillaume Brune[1], lui avait présenté, il fit une flambée dans la cheminée, moucha les chandelles et ferma les fenêtres sur la fraîcheur de la nuit. Laclos l'ayant invité à une partie de cartes, il prépara la table de pharaon, et les messieurs s'installèrent, sauf Restif, tandis que les dames occupaient en papotant les fauteuils et la bergère et que M. de Montchamp entamait un petit somme.

La partie terminée, Laclos, un mince sourire aux lèvres, déclara :

— On ne m'avait pas trompé, *monsieur Bayle*. Vous êtes un joueur redoutable. Il reste à trouver des partenaires dignes de vos qualités. Je m'y emploierai.

Il ajouta en prenant Hyacinthe par le bras :

— Foin des dissimulations entre nous ! Depuis que vous avez pénétré dans le cabinet de notre ami Montchamp, je connais votre identité véritable et les raisons de votre clandestinité. Rassurez-vous : il ne vous arrivera rien de fâcheux tant que je serai dans la place. Non... Non... Ne me remerciez pas. Mon seigneur et maître, Philippe d'Orléans, a besoin d'hommes tels que vous, assez compromis pour accepter des tâches ingrates, mais pas suffisamment pour renoncer à paraître en public. Nous avons besoin de vous à Paris. Il

1. Le futur maréchal.

serait dommage, aussi soucieux que vous soyez de votre sécurité, de demeurer aussi loin du Palais-Royal où se prépare l'avenir.

— Si je puis vous être utile, répondit sans conviction Hyacinthe, comptez sur moi.

Laclos le pressa contre sa poitrine avant de se retirer, en compagnie de Restif et des dames qui l'entouraient comme un essaim en lui faisant raconter des histoires salaces, vers les voitures dont on avait allumé les lanternes. Brival prit le bras de Hyacinthe et lui glissa à l'oreille :

— Eh bien, mon ami, on est au mieux avec les monarchiens à ce qu'il semble !... Prenez garde ! Le Palais-Royal, sous ses apparences jacobines et maçonniques, est un repaire de factieux qui font des sourires à la fois à la Révolution et au roi. Si l'on vous destine à quelque opération suspecte, prenez la tangente et disparaissez. Philippe se voit déjà sur le trône, souverain constitutionnel à la place de son cousin. L'ambition le perdra ; c'est un esprit léger, opportuniste, porté sur l'illusion. Si vous voulez mon avis, restez à Saint-Cloud, entre les bras de notre charmante hôtesse, et laissez passer l'orage.

Il posa sa large main sur l'épaule de Hyacinthe.

— Je vous aime bien, dit-il, malgré ce grain de folie qui est le propre des Marsanges. Mais, Dieu, que vous êtes difficiles à aimer et à protéger !

Il ajouta à voix basse :

— Lors de mon prochain voyage en Corrèze, je donnerai de vos nouvelles à votre famille, si cela vous agrée.

— Je vous en suis reconnaissant. Si vous le permettez, je leur ferai tenir une lettre et quelque argent. Je souhaite me rendre moi-même à Marsanges, mais je ne le puis, et vous savez pourquoi. Quant à faire venir les miens à Paris, j'y ai renoncé depuis longtemps.

— Je sais, dit Brival. Ils sont indéracinables.

La sonnaille du coche de louage occupé par Brival s'étant dissipée dans la nuit épaisse, Hyacinthe, harassé, se proposait de remonter à sa chambre lorsque Laurette l'informa que M. Gustave désirait lui parler. Il trouva l'adolescent en train de lire un traité militaire, négligemment allongé sur une bergère, près de la cheminée où brûlait une timide flambée de printemps.

— Eh bien, dit Gustave, approchez, monsieur Bayle ! Je n'ai que quelques mots à vous dire, mais ils sont sans appel : quittez cette maison dès que possible. Je vous préviens que je ne souffrirai pas de vous y rencontrer de nouveau.

Hyacinthe chancela et, se reprenant, une main accrochée à une quenouille du lit, demanda les raisons de cette injonction.

— Quel toupet ! riposta Gustave en jetant le livre à ses pieds. Les raisons ne sont que trop évidentes : vous vous cachez ici sous un faux nom, monsieur de Marsanges, au risque de compromettre la sécurité de ma famille. J'ajoute que l'intimité que vous partagez avec ma mère n'est pas de mon goût. Vous trompez la confiance de mon père, qui n'a eu que des bontés à votre égard.

Lancé sur ses grands chevaux, Gustave lui reprocha son impudence au cours de la soirée passée : comment avait-il osé s'asseoir à la table des invités au lieu de veiller au service comme ses fonctions l'y obligeaient ?

Comme Hyacinthe allait riposter, il s'écria :

— Pas un mot, monsieur ! Retirez-vous ! Vous sentez l'aigre comme un valet d'écurie et votre cravate n'est pas nette. Ouvrez cette fenêtre : l'air empeste votre présence...

Abasourdi, Hyacinthe regagna sa chambre, s'allongea sur son lit en se disant qu'il aurait eu plaisir à rabattre son caquet à ce petit coq. Il avait à peine achevé sa toilette que la sonnette tinta. Il savait qui l'agitait et ce que cela signifiait. Il prit son temps.

— Comme tu as été long... dit Adélaïde. Et pourquoi cette mine défaite ?

Elle tapota le bord du lit du plat de la main pour l'inviter à s'asseoir près d'elle. Il la trouva vieille et laide, avec son visage chiffonné, ses lèvres minces et décolorées, les taches de rousseur très apparentes sur ses épaules. Il préféra rester debout.

— Je suis au regret, madame, dit-il en adoptant un ton cérémonieux, de vous annoncer que je suis contraint de quitter votre service.

Il lui relata son entretien avec « monsieur Gustave ». Elle se redressa lentement, ses mains froissant les draps, le regard sombre.

— Le jeune sot ! Il ferait beau voir qu'il fît la loi dans cette maison. Je lui dirai son fait dès demain.

— N'en faites rien, madame. Il y a plus grave. Si j'en crois M. de Laclos, ma place est à Paris où je puis, dit-il, rendre des services à la cause du prince.

Elle se renversa dans son oreiller, leva les bras, les laissa retomber sous le poids de la fatalité, secoua la tête. Des larmes brillèrent dans ses yeux et il lui trouva soudain une émouvante beauté.

— Tout se ligue contre nous, soupira-t-elle, mais il nous reste notre amour, et cela, personne ne pourra nous l'enlever. M'aimeras-tu malgré ton absence ? N'iras-tu pas t'enticher d'une de ces gourgandines qui papillonnent dans l'entourage du prince ?

— Dieu m'en garde, madame ! Il n'y a que vous dans mes pensées. D'ailleurs Paris n'est pas loin et je reviendrai autant de fois que vous le souhaiterez.

Elle lui tendit les bras et il ne résista pas.

— Parle, dit-elle. Parle encore. J'ai besoin d'entendre ta voix.

Il se dit qu'ils allaient faire l'amour avec la même intensité que la première fois. C'est elle qui tira le rideau dissimulant le miroir. Ils s'aimèrent jusqu'au premier froid de l'aube.

4.

UNE FONTAINE DE BONHEUR

Début été 1792 : Marsanges.

Il est là depuis des heures, assis sur le muret de la cour, le regard absent, l'esprit en proie à la peine et à la confusion, comme prisonnier d'une cage de verre, insensible à la présence des autres qui cherchent à le consoler. Il ne les voit pas ; il ne les entend pas ; il n'a d'yeux que pour ce tas de décombres qui fut son atelier, son « royaume d'herbe », le seul endroit où il se sentît présent à lui-même, réconcilié avec un monde d'incompréhension, riche de son expérience et de ses passions, de sa solitude et de ses ambitions, comme d'autres de la foule et de ses évidences.

Ils sont venus, tous : ses sœurs, Florent, Valentin, toute la maisonnée. Ils s'approchaient discrètement, s'écartaient de cette effigie de cendres puant la fumée humide, incapables d'affronter ce bloc silencieux pétri de chagrin et refusant de répondre à leurs questions. Même Diane. Elle lui a demandé s'il avait idée de la façon dont le feu avait pris sans qu'il s'en rende compte. Il n'a rien répondu.

Louis-Amour lève la tête posée sur ses genoux repliés. Il ne reste près de lui que deux des petits Lafaye. Les mains dans le dos, la bouche ouverte, muets de stupeur. Une autre fillette est en train de gratter la cendre avec un bâton. Tout ce qu'on a pu sauver est près de la fontaine : l'alambic inutilisable, quelques gros tomes grignotés par les flammes, le petit outillage du botaniste...

— Mange au moins un peu de soupe, dit Marion.

Il secoue la tête, esquisse un geste de la main pour qu'on le laisse en paix. Angélique s'approche à son tour, enveloppe son frère de son regard humide et tendre de génisse, lui dit simplement : « Viens, mon frère... », mais il secoue la tête obstinément.

— A quoi ça t'avance de te morfondre ? ajoute Marion. Tu ne vas pas rester toute la nuit à contempler cette ruine ? Tu trouveras bien une pièce dans le château pour t'y installer. La place ne manque pas.

Il fait un temps lumineux de juin. La campagne bourdonne d'amour, du sommet du Ventéjoux sur lequel le soleil répand sa lumière bleutée, jusqu'au fond de la vallée où se tasse le village. La Saint-Jean est proche : un beau temps pour herboriser. Louis-Amour devrait être en campagne, son panier en bandoulière, sa canne à la main. L'hiver et le printemps passés, la campagne libère sa puissance et sa beauté à travers une apparence de sommeil. Les talus s'enveloppent de cardamines, de calthas, de myrtilles ; les linaigrettes se déploient en ondes neigeuses aux abords des étangs et des tourbières ; au fond des prairies, les jonquilles commencent à éteindre leurs lanternes de soufre ; canneberges et droséras ornent de leurs parures minuscules les jardins des vipères, entre les touratons des tourbières qu'empanachent les majestueuses molinies ; sur les landes à bruyère du Longeyroux, les abeilles ont repris leur travail.

Louis-Amour aurait dû se méfier.

Deux mois avant l'incendie, peu après que Diane fut revenue de Tulle, des mains inconnues ont détruit quelques-unes de ses ruches du Longeyroux : celles qui donnent le meilleur miel ; quelques jours avant cet incident, la maréchaussée est venue arrêter l'abbé Plazanet pour conduire à Túlle ce « ratichon » qui avait « tourné sauvage ». Qui l'a dénoncé ? Et qui, peu après, a détruit les ruches ? Les mêmes, sans doute. Il ne s'est pas laissé aller au découragement ; il a reconstruit ses bournats, leur a trouvé de nouveaux emplacements, mieux abrités des regards, y a installé des essaims dénichés dans des troncs d'arbres creux.

Que peut-on bien lui reprocher ? Ses visites trop fréquentes au vieux solitaire ? L'aide qu'il lui apportait sous forme de subsistances et de compagnie ? Il aurait agi de même envers n'importe quel miséreux accablé par le sort. Des femmes s'étaient groupées, contre la volonté de leur mari le plus souvent, pour s'opposer au départ du proscrit ; il avait fallu que les gendarmes mettent l'arme au poing et poussent ferme leur cheval pour se frayer un passage à travers cet attroupement véhément. « Prenez garde ! leur avait jeté le brigadier, nous pourrions bien revenir avec une compagnie, et alors, gare à vos fesses ! » Une femme s'étant informée du traitement qu'on allait infliger au curé, le brigadier avait répondu : « Les Jacobins de Tulle vont empailler ce vieux hibou ! » Il était promis, en fait, à la déportation au bagne de Sinamary, en Guyane, ou, au mieux, sur les pontons de Rochefort.

Le surlendemain, au début de la nuit, les ruches brûlaient.

A la foire de Gentioux, alors que Louis-Amour remballait son éventaire, on l'a fait boire. Des gars qu'il ne reconnaîtrait pas, dont les propos se sont dissipés dans sa mémoire. Une servante d'auberge l'a pris à plein corps, l'a embrassé en l'appelant « mon gros », lui murmurant des invites à l'oreille — mais lui, les femmes ne l'intéressent que lorsqu'elles viennent lui acheter ses produits. Les gars rigolaient, remplissant son verre, le provoquant : « Nom de Dieu, montre que tu es un homme, Marsanges ! » Il a bu. On l'a hissé, ivre mort, dans sa carriole, et il s'est réveillé en pleine nuit près de Millevaches, la tête cerclée de fer, une nausée aux lèvres, aux abords d'une serbe où son véhicule était à demi embourbé. Il a dû attendre le jour pour repartir. On ne lui a rien volé : pas même un pot de miel. Il ne comprend pas.

Peu à peu, Louis-Amour se reprend, tente de reconstituer le cours de la nuit passée. Il se souvient avoir travaillé tard, aux chandelles, à la confection d'un bournat en paille de seigle ; puis il a lu quelques pages de Linné, répandu une poignée de charbon de bois sur son brasero, avant de s'endormir. Une chaleur et une lumière intenses, une odeur de fumée l'ont éveillé peu avant l'aube. Des flammes claires et brutales dévoraient les plantes sèches suspendues au plafond. Le temps de sauter du lit, d'enfiler un pantalon, d'aller cogner à la porte de Valentin, la masure était un brasier. On n'a pu que noyer les décombres.

Les jours suivants, ils s'y mirent tous et, en une semaine, Louis-Amour aménageait dans son nouvel atelier.

L'argent de Hyacinthe, parvenu à Marsanges par l'intermédiaire de Jacques Brival qui avait délégué de Tulle son secrétaire, permit l'achat, à Guéret, d'un vieil alambic : il trônait au milieu de la pièce du rez-de-chaussée située derrière la cuisine, ouvrant sur le couderc et le petit cimetière familial ; il scintillait de tous ses feux de cuivre comme une statue païenne dès que le soleil l'effleurait. Dans ce local vaste, calme, isolé, Louis-Amour, avec l'aide de Valentin et de Florent, avait recréé son environnement habituel : une grande table de travail, des étagères pour les tisanes, le miel, l'hydromel et les essences, un réseau de ficelles au plafond pour y suspendre les plantes à faire sécher, ainsi qu'un séchoir extérieur protégé par un auvent. Une petite cheminée apportait à ce lieu un supplément de confort. On dénicha dans les combles un vieux fauteuil qui, rafistolé, servit de siège de travail.

Et Louis-Amour put repartir en campagne.

Au début de juillet, il eut l'agréable surprise de recevoir de sa protectrice lointaine, Mme de Genlis, un colis contenant des ouvrages de botanique. Il lui avait écrit pour lui dire sa détresse et son dénuement, et la bonne dame avait débarrassé sa bibliothèque de divers impédiments : œuvres étrangères non traduites, de Von Haller, Linné, d'Emerson, des brochures dépareillées, ainsi que quelques tomes de ses *Veillées du château*. Elle avait joint à son envoi une lettre dans laquelle l'égérie du prince d'Orléans qu'elle était devenue vantait les qualités de son ami et dénigrait la famille royale.

De tout l'été, on ne vit guère Louis-Amour au château.

Il partait dès l'aube, frais comme un gardon, rêvant toujours de découvrir sa *drosera gigantea* dans quelque creux de tourbière et ne ramenant, le soir venu, que sa récolte coutumière. Trois ou quatre fois dans la saison, il alla vendre ses produits dans les foires des environs, et ses affaires étaient prospères. A Ussel, Manon lui achetait des essences et ne repartait jamais sans lui donner plus que la somme convenue. Ses affaires à elle aussi paraissaient florissantes. Quand elle traversait la place du Marché, poitrine au vent, cocarde au chapeau, tanguant dans la soierie et la dentelle comme une caravelle dans les embruns, on ne voyait qu'elle. On trouvait dans son sillage les sombres tenues des notables jacobins ou les uniformes chamarrés de jeunes officiers de la Garde nationale. Sa nouvelle passion était la politique, et elle avait choisi le bon parti.

Un jour de la fin juin, Louis-Amour conduisit Marion et Angélique à la foire d'Eymoutiers. Marion avait évoqué le besoin de changer d'air et de se distraire avant les grands travaux, mais elle avait derrière la tête une idée à laquelle Angélique n'était pas étrangère.

Il y avait à Eymoutiers autant de monde que pour la fête de la Saint-Clair à Tulle, ou les foires franches à Brive. Marion et Angélique en furent d'emblée étourdies. Elles avaient fait un peu de toilette, mais pas au point qu'on les remarquât.

Après avoir aidé Louis-Amour à installer son éventaire en bordure de la halle, près d'un marchand de craquelins qu'il semblait bien connaître, les deux sœurs se divertirent à le voir jouer les charlatans, puis elles s'éloignèrent, la main dans la main, à travers la foule, bousculées par endroits, emportées à d'autres par un flot de jeunes en goguette, retenues un peu partout à des spectacles auxquels elles n'étaient pas accoutumées : le sergent recruteur brandissant la cocarde et le bulletin d'engagement au son du tambour, le montreur de singe savant, le chanteur des rues, le marchand d'orviétan, la diseuse de bonne aventure déguisée en Égyptienne, le joueur d'orgue de Barbarie...

Marion finit par trouver ce qu'elle cherchait : l'éventaire du cheveleur. Il se tenait au seuil d'un carré de platanes aménagé comme la tente d'un prince d'Arabie. Les cordes nouées aux arbres, étaient pavoisées des cotonnades multicolores, des lingeries, des chevelures suspendues comme des trophées barbares, qu'il agitait pour attirer le chaland. C'était un grand garçon brun de peau, aux manches de chemise retroussées sur des bras minces et des mains qui agitaient les ciseaux en gestes déliés. Il allait chercher profond en lui des intonations graves qui donnaient à son propos un ton aristocratique quand il s'adressait en français à la foule. Pour l'attirer, il lançait un appel rauque et sourd comme la plainte d'une bête : « Piaus, fennas ! Piaus »[1] !

Son regard s'arrêta sur Marion et Angélique dont il estima la chevelure d'un coup d'œil expert, les invitant d'un geste à s'approcher.

— Tu donnes combien pour les deux ? demanda Marion.

— Montre, dit-il.

Il défit le bonnet, puis celui d'Angélique, tâta les deux chevelures d'un air indifférent de maquignon, proposa en échange un coupon d'indienne et quelques mouchoirs. Marion secoua la tête. Il ajouta un devantier pour chacune.

— Tu peux garder tes pétassous[2], dit Marion. C'est de l'argent qu'il nous faut. Tu donnes combien ?

Il annonça du bout des lèvres une somme dérisoire.

— Nous sommes deux, dit Marion. Alors, tu donnes le double.

— Tu plaisantes ! Des chevelures comme les vôtres il s'en présente

1. « Cheveux, femmes ! Cheveux ! »
2. Mauvais tissus.

en veux-tu, en voilà. Il n'y a que les cheveux blancs que je paie ce prix-là et il n'y en a jamais assez pour les Parisiennes.

Marion allait céder quand une voix lui glissa à l'oreille :

— Ne vous laissez pas faire, les filles. Vos « piaus », il va les revendre à Limoges le double qu'il veut vous en donner. Faites semblant de mépriser son offre, allez faire un tour. Vous revenez dans un moment et vous passez devant sa boutique en faisant les dédaigneuses. M'étonnerait qu'il vous rappelle pas, le bougre ! Des cheveux comme les vôtres, on n'en voit pas tous les jours.

Marion remercia d'un sourire la petite-bourgeoise qui se tenait derrière elle et entraîna sa sœur, pâmée devant les cotonnades qui déployaient leurs oriflammes. Lorsque, un moment plus tard, elles repassèrent, le cheveleur était en train de tondre une fillette qui pleurnichait, son visage dans ses mains. Elles revinrent une heure plus tard alors qu'il commençait à plier boutique. Comme Marion l'espérait, c'est lui qui les interpella.

— Alors, les filles, vous avez réfléchi ?

D'un air indifférent, Marion réitéra son offre. L'homme marchanda d'un ton brutal : il voulait prendre la route au plus vite. Enfin il céda.

— Passe la première, dit Marion. Toi, voleur, tu nous en laisses un peu, sinon gare au scandale !

— Comme d'habitude : deux mèches que vous ferez dépasser du bonnet. Tout le reste, ratiboisé ! C'est le règlement.

Angélique se laissa tondre sans broncher ; elle n'avait jamais été coquette et ignorait même ce mot. Glacée de terreur, Marion se retint, lorsqu'un coup de ciseau détacha la première mèche, pour ne pas pleurer ; elle n'était guère plus coquette que sa sœur, encore qu'elle fût fière de sa splendide chevelure, mais rongée de dépit de devoir monnayer ses charmes. Elle pensait : « Je me vends comme une putain ! » Quelle dame de Limoges ou de Paris allait orner sa coiffure de ces volutes rousses ? Elle aurait aimé la connaître. C'est un peu d'elle-même qui allait parader à l'Opéra, au Théâtre-Français ou au Palais-Royal.

Hontcusc, bouleversée, les deux mèches sauvegardées dépassant de son bonnet, elle traversa la foule qui considérait les deux sœurs d'un œil ironique, méprisant les voix d'hommes qui invitaient ces « tondues » à boire un verre. Elles trouvèrent Louis-Amour au cabaret situé en face de la halle, en compagnie du marchand de craquelins, Pardoux de son prénom, un garçon timide, aux yeux tendres, qui portait encore un collier de ses friandises autour du cou. Louis-Amour avait fait une bonne recette et la célébrait. Il était un peu ivre.

— Tu as assez bu, dit Marion. Il faut rentrer à présent.

En passant au milieu du foirail, elle lui montra un lot de chèvres.

— Si tu en es capable, ivre comme tu l'es, dit-elle, choisis-en une qui ne soit pas ladre. Tu t'y connais un peu, il me semble.

— Je crains de n'avoir pas assez d'argent, dit-il.

— Ne t'inquiète pas. J'ai ce qu'il faut.

— Tu as de l'argent, toi ? Et d'où le sors-tu ?

— Rassure-toi : je ne l'ai pas volé. Allons, choisis, et ne te laisse pas rouler.

Ils revinrent à la voiture avec une biquette à barbiche blanche qui les suivait comme un chien en mordillant les jupes d'Angélique. Louis-Amour exigea de nouveau une explication. Marion défit sa coiffe, puis celle d'Angélique. Il les regarda, bouche bée, hoquetant de surprise puis, contre toute attente, il éclata de rire. Ses sœurs lui firent écho, et c'est d'humeur joyeuse, chantant et plaisantant, les filles agitant leur bonnet, qu'ils prirent la route de Marsanges où ils arrivèrent à la nuit tombée.

— Qu'avez-vous à rire, folles que vous êtes ? leur demanda Diane. Vous avez bu en cours de route ?

— Non, dit Marion, mais nous allons boire, et pas de la piquette

— Qu'allons-nous fêter ?

— Une nouvelle mode que nous lançons à Marsanges : la coiffure à la galérienne. Regarde !

Diane, de surprise, se laissa tomber sur le banc de la cuisine.

— Mon Dieu ! Vous êtes passées chez le cheveleur ! Vous êtes encore plus folles que je ne pensais. Pourquoi ce sacrifice ? Vous aviez besoin d'argent ? Et pour acheter quoi ?

— Une chèvre, dit Angélique. Regarde comme elle est belle. Elle nous donnera du lait et plein de chevreaux. Tout un troupeau !

Louis-Amour déposa une bouteille sur la table.

— Du vin de muscat, dit-il. Elles ont voulu acheter ça aussi.

— Pour nous faire pardonner, dit Marion.

Diane décréta qu'on garderait la bouteille pour Noël. Marion s'y opposa : c'est tout de suite qu'il fallait la boire. Elle et Angélique riaient comme des bossues.

— Vous pouvez rire ! s'esclaffa Diane. Ah ! vous êtes belles.. Regardez-vous.

Elle leur présenta un miroir, ce qui déclencha un nouvel accès d'hilarité. Florent, survenant sur ces entrefaites, partagea la joie ambiante et but avec elles en mangeant les craquelins de Pardoux. Même Louis-Amour, le taciturne, parut oublier ses soucis ; le teint fleuri, l'œil pétillant, la parole aisée, il fit au cours du repas qui suivit le récit de la journée faste ; il avait vendu presque tous ses produits et prit plaisir à faire tinter quelques pièces parmi de crasseux copeaux d'assignats. Le bruit des voix et des rires avait réveillé Félix. Diane le sortit de son berceau pour l'amener à la cuisine. Il était normal qu'il fût aussi de la fête. Elle trempa un craquelin saupoudré de semen-contra dans son verre de muscat et le fit sucer à l'enfant qui manifesta sa satisfaction en battant des bras.

— Il ne manque que Julie, dit Marion. Où est-elle allée courir, cette petite peste ? Voilà trois jours qu'on ne l'a pas vue.

Il a promis de lui montrer les fonds bulidières, et il a tenu parole. C'est non loin de Pérols, dans le ventre noir d'une tourbière, entre deux collines sauvages avec au fond le puy de Razel, une lourde épaule de lande où soufflent des vents de légende. Ils ont suivi en se tenant la main des sentiers de myrtilles vernies par le printemps. Des violettes et des jonquilles s'épanouissent sous les herbes d'amour qu'on appelle aussi des brizes tremblantes et qui portent des feuilles en forme de cœur. Ils sont partis avant l'aube, à l'heure où les constellations de mai semblent toucher la montagne. Ils ignorent encore le sentiment qui les anime et ne sont pas pressés de le savoir : c'est plus que de l'amitié ou de la complicité ; pas encore de l'amour — quelque chose comme une grosse tendresse qui leur gonfle le cœur dès qu'ils se retrouvent, un amnios sucré de bonheur dans lequel ils ne se lassent pas de se baigner.

— Nous approchons, dit Gaspard avec une mine de chasseur sur la piste du gibier. Tu n'es pas fatiguée ?

Ils ont déambulé durant des heures, mais Julie semble ignorer la fatigue. Elle pourrait abattre en sa compagnie des lieues sans ressentir la moindre lassitude : elle le regarde, elle l'écoute parler, et de cela non plus elle ne se lasse pas. Après une ferme où rien ne paraissait vivre que l'eau ruisselante descendue du puy de Razel — une fête de lumière dans une auge de pierre —, ils ont pris un autre sentier, étroit et mystérieux, enfoui dans les genêts, les houx et les ajoncs bourdonnants d'abeilles.

— C'est ici, dit Gaspard.

Ils s'approchent à pas lents, lui devant, comme pour aller à la rencontre d'un mystère. Ce n'est rien d'autre pourtant, au milieu des chantiers de tourbières, qu'une petite source miraculeusement protégée, cernée d'une délicate floraison de canneberges, de droséras et de molinies, avec trois poils de linaigrettes, quelques bouquets de bruyères quaternées et de gentianes bleues.

Ils s'accroupissent.

— Regarde bien, dit Gaspard. Qu'est-ce que tu vois ?

Déçue, elle ne voit que ce miroir d'eau troublé par le plongeon des petites grenouilles rousses, du fond duquel montent des bulles, et ce jardin de fleurs sauvages, joli mais banal. Alors il lui raconte la tourbière : un laboratoire naturel où, durant des millénaires, arbres, sphaignes et autres végétaux se sont enfouis pour élaborer la tourbe dont on peut voir les pains entassés sous un auvent, non loin de là, par la main des ouvriers maniant les larges pelles plates pour arracher au sol instable des tranches de matière meuble. On retrouve parfois dans les profondeurs noires des squelettes d'arbres d'avant la présence de l'homme sur cette terre.

Il dit en montrant la source :

— Tu vois : la terre respire. Ça veut dire qu'elle vit. Elle a existé avant l'homme et elle lui survivra. Cette source est sa bouche.

Elle comprend ce qu'il veut dire et pourquoi il l'a amenée là. Il lui en a fait la promesse le jour où il l'a surprise en train d'observer le jeu des canards sauvages sur l'étang des Oussines, trois ans auparavant. Lorsqu'il lui parle, elle ne voit plus le monde comme avant : il explique la réalité des choses et des êtres et il y ajoute les couleurs de la poésie. Il peut parler durant une heure d'un petit nuage perdu dans l'immensité du ciel, raconter d'où il vient, de quoi il est fait, sur l'aile de quel vent il voyage, ajoutant qu'il s'est égaré et attend que ses frères viennent le prendre par la main pour lui faire rejoindre le troupeau. Sous son regard, tout devient spectacle. Elle ne comprend pas toujours, mais elle boit ses paroles et se grise de cette musique de mots.

C'est ce jour-là qu'il l'a embrassée pour la première fois, comme on s'embrasse entre amoureux. Elle a soif ; il lui fait une coupe de sa main, puise à la source, la fait boire, se penche pour essuyer ses lèvres avec les siennes. Il murmure : « Nous sommes comme Daphnis et Chloé. Je crois bien que je t'aime. » Une ombre passe sur son visage et il dit brusquement :

— Viens. Partons !

Julie n'aime guère le temps de sa vie qu'il passe chez sa boulangère de Meymac, sur lequel, d'ailleurs, il est peu loquace : un long hiver au cours duquel Julie ne le voit pas, où il la laisse sans nouvelles, comme s'ils possédaient l'éternité. Elle l'imagine dans la chambre de sa patronne, en train de lire dans la clarté de la neige ses livres de soleil et de mer, de guerres et d'amours singulières qu'il évoque en suscitant en elle des images folles.

Gaspard lui a suggéré d'apprendre à lire et à écrire, lui promettant de grandes joies ; elle a cédé. L'hiver précédent, elle a suivi, mêlée aux enfants du village, dans la cuisine du presbytère déserté, les leçons de Marion, mais la mort d'Estelle et celle de son père ont compromis ces bonnes dispositions, et ses goûts pour les vagabondages et la solitude ont repris le dessus.

Le printemps venu, elle savait à peine former les lettres et signer de son nom. Marion lui a fait honte, affirmant qu'elle n'arriverait jamais à se marier — c'était le moindre de ses soucis — et la poussant sur la voie de la connaissance, tant et si bien qu'elle surprit Gaspard le jour où ils se retrouvèrent, en ânonnant sur la page arrachée à une vieille gazette. Il en avait été si heureux qu'elle s'était promis de poursuivre son éducation, malgré ses réticences.

Un jour de Pâques, Diane a pris Julie à part pour la sermonner : elle était lasse de ces longues absences, apparemment injustifiées, qui jetaient le désarroi dans la famille. Il pleuvait si fort que Julie dut renoncer à ses vagabondages. Diane en avait profité pour l'interroger ; elle lui avait dit :

— Je sais qui est ton amoureux : il s'appelle Gaspard Simbille. Il ne va pas tarder à revenir, et toi à disparaître. Ça ne peut pas durer ainsi. Tu viens d'avoir dix-sept ans et tu dois te conduire d'une façon plus raisonnable. Souviens-toi que tu es une Marsanges et non une sauvageonne.

Elle avait ajouté à voix basse en lui prenant les mains :

— Parle-moi franchement. Comment se conduit-il avec toi ? T'a-t-il respectée ?

Julie avait ouvert de grands yeux.

— Respectée ?

Impatiente, Diane lui avait expliqué comment un homme pouvait manquer de respect à une femme, et Julie avait pouffé de rire derrière ses mains. Jamais son « amoureux » n'était allé jusque-là.

— Fort bien. Je savais que Gaspard est un honnête garçon. Avez-vous des projets ?

— Quels projets ?

— A-t-il parlé de t'épouser ?

Jamais. Elle aurait bien aimé qu'il fût présent d'un bout de l'année à l'autre, mais l'épouser, quelle idée ! Diane lui avait rappelé que Gaspard était un enfant trouvé, comme Florent, sans la moindre fortune : un tâcheron. Elle pouvait espérer mieux. Qu'elle accepte de renoncer à le voir et on lui trouverait un bon parti, la tourmente passée, quand les familles émigrées auraient regagné leurs pénates. Elle avait vu les traits de Julie s'altérer, son visage se fermer.

— Monsieur le comte d'Ussel, avait ajouté Diane, est revenu me voir la semaine passée. Il a deux garçons en âge de se marier et qui sont actuellement aux armées. Tu pourrais épouser l'un d'eux. C'est une famille honorable, avec du bien. Tu ne serais pas malheureuse.

Julie s'était dressée, le feu aux joues, en renversant sa chaise.

— Jamais ! Tu entends ? Jamais !

Elle s'était précipitée dans les bras de Marion qui, alertée par l'algarade, venait d'ouvrir la porte, et s'était collée contre elle comme pour s'y fondre. Diane s'était écriée :

— J'ai tenté de raisonner cette folle, mais elle ne veut rien entendre. Il n'y a que son Gaspard qui compte. Le bel héritage que nous a laissé notre père ! Une demeurée, une vagabonde et un impuissant ! J'ai envie de tout abandonner, de quitter Marsanges pour mener une vie ordinaire, parmi des gens normaux !

Marion avait tenté de la calmer.

— Tu effraies cette enfant inutilement. Elle n'a que dix-sept ans et ne comprend rien à la vie.

— Oh ! toi... Tu n'as rien à leur envier ! Quand allons-nous célébrer ton mariage avec le fils de Sauviat ? Tiénou et Gaspard vont relever le niveau de la famille. Il ne manquerait plus que Louis-Amour s'éprenne d'une fille d'auberge ou d'une marchande de craquelins !

Diane avait secoué vigoureusement la tourbe qui brûlotait dans la cheminée et qui s'effondra dans un jet d'étincelles bleues. Elle avait ajouté d'un air âpre :

— Il faut que cela cesse ou c'est moi qui partirai. Je suis trop jeune pour sacrifier ma vie à protéger vos fantaisies et vos vices. Seuls François et Hyacinthe pourraient mettre de l'ordre dans cette chienlit. Moi, je renonce.

Marion avait répliqué d'une voix tremblante de colère :

— C'est bien. Tu veux nous abandonner ? Alors pars ! Nous vendrons nos biens et nous irons chacun de notre côté. Mais réfléchis : c'est sur toi, en l'absence de nos frères, que repose le sort de notre famille.

Elle avait ajouté durement en tournant les talons :

— Si notre père pouvait t'entendre, il aurait pitié de nous et honte de toi !

Elle s'était retirée en entraînant Julie, et Diane s'était sentie plus seule que jamais. A travers ses larmes, elle avait regardé le petit château de tourbe effondré qui achevait sa combustion, songeant que seul Brival pourrait la tirer de cet imbroglio, mais elle était incapable de dire si elle l'aimait assez pour partager sa vie et ses idées, qu'elle réprouvait, et la perspective de s'installer à Paris lui répugnait. Elle eût été plus heureuse avec Charles de Sombreuil, mais il se trouvait à des latitudes inaccessibles et ne donnait plus de nouvelles. L'image de Lidon avait surgi dans sa mémoire, et elle s'était sentie baignée d'une onde de chaleur. Il lui avait écrit à plusieurs reprises des lettres tendres mais discrètes qu'il signait : « Celui qui ne peut vous oublier… » Il lui indiquait les dates de sa présence à Tulle et à Brive ; il l'attendait.

« ... Et toi, tu es la plus folle de tous ! »

C'est ce que Diane se répétait après avoir pris la décision d'aller retrouver Bernard Lidon à Tulle où il devait se rendre ; « pour affaires », disait-il, en fait, elle l'avait compris, pour se rapprocher d'elle et lui tendre la main.

Valentin l'amena en voiture prendre la poste à Meymac. A peine installée dans le véhicule où avaient pris place un notaire, quelques marchands, un militaire, elle eut le sentiment de se trouver sur une autre planète. Ces gens parlaient de choses qu'elle ignorait : la guerre surtout, qui venait d'éclater entre la France et l'empereur de Bohême et de Hongrie, au mois d'avril, l'Allemagne restant pour l'heure hors du conflit.

Passé Lapleau, la conversation reprit sur le thème des désordres qui agitaient le district. Alors qu'on abordait le grand chemin de Clermont, entre les forêts de Bonneval et de Ventadour, le notaire raconta qu'une bande de paysans avait intercepté un convoi qu'ils croyaient chargé de céréales destinées à la ville ; les gendarmes d'Égletons avaient dû intervenir pour rétablir l'ordre. Des incidents de ce genre étaient courants dans la province et dans tout le pays : affamés, les paysans voyaient partout des affameurs.

Le notaire enchaîna sur la misère des temps, le manque de travail, le pillage des boutiques et des convois de vivres. La misère était réelle ; il la côtoyait chaque jour, habitué qu'il était à courir les campagnes pour les besoins de sa profession, et ce n'était pas un beau spectacle. La dépréciation constante du papier-monnaie n'arrangeait pas les choses.

La femme d'un aubergiste, qui était montée en cours de route, lui fit signe de modérer ses propos : l'un des voyageurs, mine longue et paupières lourdes, lui donnait l'impression d'être une de ces « basses mouches » que la police envoyait sur les routes.

Le notaire n'était pas homme à se taire longtemps en compagnie. Il entreprit le militaire sur la situation aux armées. Ce sergent grenadier, revenu des théâtres d'opérations du Nord pour être affecté au recrutement, à la suite d'une blessure qui le rendait inapte au maniement des armes, répondait par monosyllabes, le regard perdu dans le lointain. Ses bottes portaient encore la boue de la ferme où il venait de passer sa permission.

L'aubergiste, qui avait elle-même un fils aux armées, insista :

— Eh bien, on ne peut pas dire que vous soyez bavard ! Pourtant vous pourriez nous en apprendre, des nouvelles...

Le militaire soupira, les yeux sur la pointe de ses bottes qu'il avait allongées sans façon entre les pieds de Diane. Il bâilla, inclina sa tête contre la paroi de la voiture, et l'on crut qu'il allait s'endormir, au mépris des convenances.

— Madame, dit-il, j'aimerais vous confier des faits d'armes, claironner assauts et victoires, mais il se trouve que mon clairon est bouché. Je pourrais vous relater notre entrée triomphale en Belgique, quelques jours après la déclaration de guerre, mais la vérité voudrait que je raconte aussi la déconfiture de nos armes, leur retraite désordonnée, la fureur de nos soldats trahis, le massacre du général Dillon qui tentait d'opérer leur regroupement. Et croyez-vous que j'éprouverais plaisir et fierté à vous raconter les désertions des volontaires, sans qu'on puisse rien faire pour les arrêter, ou celle de nos plus fiers régiments : les hussards de Bercheny et de Saxe, le Royal-Allemand tout entier ? Peut-être pourrais-je vous divertir en vous montrant les volontaires qui, à défaut d'uniformes, se sont fait tailler des pantalons dans les jupes de leurs femmes, les fumeurs de pipe qui brûlent du foin à défaut d'herbe à Nicot, les balthazars de grenouilles et de limaçons lorsque les vivres manquent, les matières sanguinolentes qui nous sortent du fondement (sauf votre respect, ma bonne dame !), la gale qui nous ronge la peau, et autres joyeusetés de la vie militaire. Mais je ne vous en dirai pas plus, car, convenez-en, ceci est d'une grande tristesse.

Un voyageur qui venait d'entamer ses provisions s'écria :

— Tout ça, mes amis, est de la faute aux brissotins[1]. Ils font le jeu du roi, lequel a tout à gagner, quoi qu'il en dise, à la défaite de nos armes. Ils nous en ont raconté des sornettes ! Les couleurs françaises flottant sur Vienne, le Brabant nous ouvrant ses villes, les armées impériales désertant pour se ranger sous nos drapeaux, l'Europe à nos pieds ! Il faudrait les pendre, tous ! Je vais vous dire : la Révolution...

Il s'arrêta brusquement, comme si un coup de ciseau venait de lui trancher la langue. Le notaire venait de faire un signe vers la « mine longue » qui, les mains à plat sur ses genoux, faisait semblant de dormir. Le sergent paraissait pour sa part s'être endormi pour de bon. L'homme aux provisions souleva son chapeau et proposa à Diane de partager sa collation ; elle accepta une tranche de pain de seigle et de jambon. Le notaire reprenait d'un ton jovial :

— Il ne faut rien dramatiser. Nos armées contiennent l'invasion et on chambarde les ministères. Roland, Servan, Clavières, au placard ! Dumouriez prend les affaires en main, et je ne serais pas surpris de voir La Fayette réapparaître sur son cheval blanc. Les Impériaux n'ont qu'à bien se tenir.

La discussion s'éternisant entre le notaire et l'aubergiste sur les mérites comparés de Dumouriez et de La Fayette, Diane prit le parti de somnoler. Elle ne s'éveillait que lorsque la poste s'arrêtait pour charger ou décharger des marchandises, faire descendre ou monter des voyageurs. Passé l'embranchement de Corrèze, elle constata que le voyageur à la collation avait disparu, de même que deux marchands, des personnages de nature indéterminée ayant pris leur place. Le sergent, qui s'était réveillé, la regardait intensément avec un sourire sous sa moustache. Elle referma les yeux, songea à Lidon qui devait l'attendre et finit par se rendormir pour de bon.

A l'auberge « Saint-Jacques-le-Grand » place des Mazeaux, où Diane se rendit en descendant de voiture, personne n'avait de nouvelles de Lidon et il n'avait pas laissé de message. Atterrée, elle décida d'attendre et retint une chambre pour la nuit. Elle longea le quai de la Corrèze en direction de Brive, dans l'espoir de le voir surgir. Vers quatre heures de relevée, n'ayant rien vu, elle retourna à l'auberge, la mort dans l'âme. Un jeune homme l'attendait ; il lui

1. Partisans de Brissot, parlementaire instigateur d'une royauté constitutionnelle.

tendit un billet. Lidon s'excusait d'avoir dû annuler son voyage à Tulle et l'invitait à le rejoindre à Brive ; le saute-ruisseau qu'il lui avait délégué la conduirait en tilbury. Diane fut sur le point de refuser, mais elle avait tant souhaité cette rencontre qu'elle finit par accepter et décommanda la chambre.

Le saute-ruisseau, qui s'appelait Benoît, lui dit :

— A Brive, madame, tout est prêt pour vous recevoir. Ne vous tracassez pas pour le retour : j'ai mission de vous raccompagner jusqu'à Marsanges.

La route étroite, que Diane prenait pour la première fois, longeait la Corrèze entre de hautes collines d'où ruisselaient des eaux vives. Une fraîcheur de paradis avait succédé à la chaleur immobile de Tulle. A l'auberge de Cornil, près d'un moulin cossu, Benoît fit halte, expliquant que son maître lui avait recommandé d'offrir une collation à la dame. Elle accepta de bon cœur, bien qu'elle eût davantage besoin de sommeil que de nourriture, le voyage en voiture de poste l'ayant rompue.

Ils arrivèrent à Brive aux premiers feux du soir, longèrent des boulevards plantés d'ormeaux sur l'emplacement des anciens remparts, avant de pénétrer dans le cœur de la ville par une porte sinistre que surveillaient deux gardes nationaux en tenue, baïonnette au canon.

— Je vais vous conduire à votre appartement, dit Benoît. Il se trouve dans le centre. C'est là que loge d'ordinaire l'ami de Me Lidon : M. Aubin Chambon, qui est absent pour une semaine.

Ils laissèrent la voiture sur une petite place et s'engagèrent dans un réseau de ruelles sordides où vadrouillaient, malgré l'interdiction des édiles, des porcs et de la volaille vivant en bonne intelligence avec les chiens et les rats. La chaleur faisait se lever une puanteur insoutenable, l'air circulant mal dans cet écheveau de venelles. Les boutiquiers rentraient leurs éventaires, repliaient leurs volets, s'engouffraient dans les cabarets ou les couloirs obscurs menant à leur domicile. On entendait, comme venant du bout du monde, une rumeur de tambours et de clairons.

— La musique de la Garde nationale, dit Benoît. Elle répète sous la direction de l'aubergiste Durieux, celui qui a failli être pendu lors des affaires de Favars et d'Allassac. Avec un peu de chance, vous pourrez la voir défiler.

L'appartement de Chambon se situait au deuxième étage d'une demeure sombre, dont l'appareil de brasier grisâtre, rongé par endroits, semblait exsuder de vieilles pluies malodorantes. Un cabaret à l'enseigne du Chapeau-Rouge occupait le rez-de-chaussée : on y voyait, à la lumière des quinquets, des filles fardées qui chantaient et parlaient haut, des ouvriers en tenue de travail qui étaient, expliqua le commis, employés à la manufacture de tissage de Thomas Le Clere, sujet irlandais installé depuis peu en France. Diane ne soufflait mot : elle avait l'impression de se trouver à cent lieues de Marsanges, dans une sorte de Cour des Miracles qui lui soufflait au visage ses mauvaises odeurs et ses rumeurs sinistres.

Devinant son inquiétude, Benoît la rassura :

— Malgré les apparences, le quartier est calme. Vous entendrez peut-être chanter des ivrognes, tard dans la nuit, ou le piétinement d'une patrouille de la Garde, mais les incidents sont rares. Tulle est une ville plus dangereuse.

L'appartement d'Aubin Chambon, vétuste malgré d'élégantes boiseries peintes en beige clair mais écaillées en maints endroits, était sommaire : une pièce assez vaste servant à la fois de chambre et de bureau, une petite cuisine aux murs plâtrés qui avaient tourné au gris, des nécessités, un placard à usage de penderie et de débarras...

Benoît ouvrit les volets intérieurs et la fenêtre donnant sur un jardin de modestes dimensions, encadré de lourdes maçonneries aveugles portant en saillie des lieux d'aisances, avec des charmilles éclairées de quinquets, sous lesquelles on devinait des groupes attablés autour de carafes de vin. Ce spectacle plaisant faisait oublier le reste.

Benoît alluma les chandelles et découvrit un guéridon recouvert d'un linge blanc. Diane réprima un mouvement de surprise : un en-cas l'attendait, composé d'un chapon rôti dans une corolle de cresson, de pâtisseries, de deux grosses oranges, d'un pain frais et d'une bouteille de vin vieux.

— Je vous laisse, dit Benoît en ôtant son chapeau. Mon maître vous rendra visite ce soir, si son repas civique ne se termine pas trop tard. De toute manière, vous le verrez demain.

Un bruit de voix monta de l'immeuble situé au fond du jardin, où une loupiote venait de s'allumer dans une baie à accolade.

— Ça, dit Benoît, c'est une de nos prisons, ou du moins un lieu provisoire d'incarcération, car nous avons beaucoup de prisonniers, pour la plupart des aristocrates suspects, mais peu d'endroits où les enfermer. Ils font parfois du bruit mais ne sont pas dangereux.

Diane se détendit dans la rumeur du soir, qui allait s'amplifiant, fit une rapide toilette et mangea de bon appétit. Elle regarda longuement les oranges, les caressa au creux de sa paume sans se décider à en entamer une. Elle se souvint que ce fruit se pelait et se mit en devoir, maladroitement, de lui ôter cette peau épaisse et grenue d'où s'évaporait, sous la pression des doigts, une essence vive et odorante. Le goût de la pulpe remontait du fond de son enfance, du temps où son père menait grand train et rapportait de la ville, à l'approche des fêtes, des chargements de cadeaux et de friandises.

La moitié de la bouteille bue, la table débarrassée, Diane, un chandelier à la main, fit le tour de la pièce dont le plafond bas, habituée qu'elle était aux vastes proportions de Marsanges, l'indisposait.

Le seul meuble qui lui parût digne d'attention était la bibliothèque. Elle ne renfermait que des livres de droit, des liasses d'imprimés, discours et rapports de sociétés populaires, mais elle remarqua un ouvrage de poèmes de l'abbé Delille et un tome du *Paysan perverti*, de Restif de La Bretonne. Au-dessus de la cheminée habillée de panneaux de bois peint figurait un trumeau représentant une bergerade dans la mode du siècle passé. Au-dessus du lit souriait une dame ressemblant à Chambon.

De la fenêtre, Diane aperçut une jeune femme, qui, sans cesser d'arroser ses géraniums, lui sourit, lui fit un signe de la main et engagea la conversation sur le thème de la chaleur. Elle avait un visage gracieux sous le bonnet tuyauté d'où dépassaient des boucles à l'anglaise, et une voix d'enfant. Elle invita Diane à venir prendre le café avec elle et son mari. Diane accepta.

L'appartement était plus vaste et cossu que celui de Chambon. M. Pascher avait vécu quarante ans à Saint-Domingue d'où il avait ramené, avec une petite fortune, des meubles de bois précieux, une jeune épouse créole et des fièvres. C'était un gros homme immobile, peu causant, méfiant, autour duquel Aline et leurs deux enfants voletaient comme des perruches autour d'une statue. Le café était excellent et Diane en fit compliment à Aline à laquelle, par ailleurs, elle sut gré de ne pas manifester de curiosité. Elle lui dit simplement qu'elle s'appelait Diane de Marsanges, qu'elle habitait le haut pays et venait à Brive pour y rencontrer un parent. Rien de plus.

En la raccompagnant, Aline apprit à Diane que les révolutionnaires de la ville menaçaient son mari ; ils le soupçonnaient d'être un de ces ci-devant, esclavagistes de leur état, dont la fortune était issue de la traite des Noirs.

— Tout cela est faux ! gémit Aline en essuyant une larme. On nous en veut parce que nous sommes à l'aise, sans être riches. Si les Jacobins arrêtent mon mari, qu'allons-nous devenir ?

Diane l'embrassa et la consola : elle parlerait de cette affaire à « quelqu'un de haut placé ».

— C'est ce que m'a promis la jeune femme qui est venue avant vous chez M. Chambon, dit Aline, mais les menaces n'ont pas cessé.

Diane réprima l'envie de lui demander si beaucoup de jeunes femmes profitaient de l'absence de Chambon. La réponse viendrait de Lidon lui-même.

Il se présenta tôt dans la matinée, les bras chargés de cadeaux, alors que Diane venait de terminer sa toilette, après une bonne nuit de sommeil.

Il était vêtu à la mode anglaise, lancée par le prince d'Orléans, qui lui était chère. Sa nervosité se traduisait par des allées et venues qui tiraient des gémissements au parquet vermoulu, et par un flux de banalités. Il avait voué aux gémonies les organisateurs de la réception de la veille, réservée par les Amis de la Constitution à deux députés de l'Assemblée législative : Antoine Marbot et François Faye-Lachèze. Il avait dû subir douze discours patriotiques, alors que ses pensées étaient ailleurs.

— Vous devinez auprès de qui, ma chère ?

Elle n'osa lui avouer qu'elle-même avait eu l'esprit constamment occupé de ce premier rendez-vous. Maintenant qu'il était près d'elle, elle se demandait la raison de sa présence dans cette ville et dans cette demeure, et à quoi ils allaient occuper leur temps. Comme s'il avait deviné ses pensées, il lui dit :

— Je vous emmène. Le tilbury nous attend sur la petite place. Nous y retrouverons mon ami Lajugie, un homme de loi qui me conseille dans mes affaires.

— Vous êtes du genre précautionneux, susurra Diane.

Il parut surpris au moment de coiffer son chapeau à la jockey, et dit en fronçant les sourcils :

— Qu'entendez-vous par là ?

— Qu'il serait dangereux de vous promener dans cette ville en ma compagnie. Les esprits malveillants ne pourront deviner si je suis votre nouvelle conquête ou celle de votre ami.

— Touché ! dit-il en riant d'un air gêné. Diane, vous êtes une fine mouche, et je ferais bien de me méfier de votre perspicacité. Mais je dois vous dire que mon épouse est absente. La chaleur l'a éloignée de la ville ; elle ne la supporte pas. Les enfants l'ont accompagnée.

— Et votre jolie veuve : Marie Percas ?

Il se raidit, jeta nerveusement son chapeau sur le lit, invita Diane à s'asseoir près de lui, sur la courtepointe.

— Je vous sais gré de votre franchise, ma chère, mais elle me prend de court. Il est vrai que j'ai épouse et maîtresse dans cette ville et que je reste rarement seul lorsque les affaires me conduisent à Paris ou dans quelque autre lieu.

— Cessez de m'appeler « ma chère » ! dit-elle sur un ton irrité.

— Pardonnez-moi, dit-il, penaud.

Il poursuivit :

— Je suis ainsi. Brival et d'autres ont dû vous éclairer sur ma nature et mon comportement. Alors, pas d'hypocrisies entre nous, je vous prie. J'ai envie de vous, Diane, autant qu'un homme perdu dans le désert peut rêver d'une fontaine. Depuis que je vous ai rencontrée à Tulle, toutes les eaux auxquelles je me suis abreuvé m'ont paru amères. Vous, vous êtes comme une source de votre montagne : attirante, limpide, lumineuse et qui donne envie d'y boire, de s'y baigner, de s'y noyer. Ne souriez pas ! Une autre femme, n'importe laquelle, je l'aurais déjà allongée sur ce lit et ça ne m'aurait fait qu'un souvenir de plus, aussi fugace, aussi dérisoire que les autres.

— Comme celle qui m'a précédée, la semaine passée ?

— Soit ! Puisque nous jouons le jeu de la vérité, poussons-le jusqu'au bout, mais je ne veux pas être le seul à jouer. Le sentiment que j'éprouve pour vous, Diane, j'ignore quel nom lui donner, et c'est la première fois que cela m'arrive. Je vous désire, c'est vrai, parce que vous êtes séduisante, avec vos allures franches, directes, un peu abruptes parfois, et ce mystère qui vous entoure et qui fait qu'on ignore si vous êtes une petite paysanne enrichie ou une bourgeoise impécunieuse. Mais il y a autre chose en vous que je ne puis définir.

— C'est le premier long voyage que j'entreprends depuis des années, dit-elle. Et c'est pour vous voir. Je ne vous en dirai pas plus. Et pourtant, si : j'ai espéré que vous viendriez me rendre visite au retour de votre soirée. Je vous attendais, et je ne vous aurais pas résisté.

Il lui prit les mains et les embrassa dans un élan qui la bouleversa.

— Maintenant, dit-il, tout est clair entre nous. Nous passerons ensemble l'après-midi et la nuit. Demain, nous irons dîner dans une auberge des environs. Vous pourrez rester le temps qu'il vous plaira. Quand vous souhaiterez repartir, Benoît sera à votre disposition.

Elle ouvrit les paquets. Ils contenaient du parfum, une robe de popeline violette doublée de chamoise, un fichu de cachemire, des mouchoirs de couleur, des gants de peau et un billet : « Pour ma bien-aimée. » Brival n'avait jamais fait autant pour elle.

— Et maintenant, dit-il, partons ! Mon ami Lajugie doit s'impatienter.

Ils parcoururent la ville au pas. Lidon lui montra la collégiale Saint-Martin avec son curieux clocher en forme de courge et les grappes de maisons et de boutiques suspendues à ses murailles, le collège des Doctrinaires où Lidon avait étudié avec Brune, l'imprimeur-poète, ami de Danton, le médecin Cabanis, Treilhard, président du Tribunal criminel de Paris. Elle admira quelques monuments encastrés dans un conglomérat de bicoques misérables où le torchis l'emportait sur la pierre, un grand jardin sauvage aménagé en marge d'un pont à treize arches enjambant la Corrèze. L'allée d'ormeaux qui constituait le boulevard circulaire plut à Diane : l'air y était vif et frais. Ils dînèrent près du pont, à la « Crémaillère d'Or » dont le patron les divertit de ses anecdotes et leur fit boire son Cahors le plus chaleureux.

Il était deux heures de relevée et la ville somnolait dans la chaleur épaisse et puante lorsqu'ils refermèrent sur eux la porte de l'appartement.

— J'aime bien ta ville, dit Diane en se laissant tomber sur le lit, mais j'ai cru que cette promenade n'en finirait pas.

Avant de partir, ils avaient pris la précaution de fermer fenêtres et volets, si bien que la chambre avait conservé sa fraîcheur de la nuit. La voix d'Aline Pascher chantait dans la maison voisine dont les séparaient un mur de torchis et des boiseries. Diane avait parlé à Lidon des menaces qui pesaient sur ce couple paisible ; il était au courant et veillaït à ce que Durieux et ses acolytes les laissent en paix.

Ils avaient l'impression d'avoir parcouru un espace de temps infini avant de se retrouver nus, allongés sur ce lit, échangeant leurs sueurs légères et la douceur de leur épiderme. Qui étaient-ils ? D'où venaient-ils ? Où allaient-ils ? Curieusement, ils se sentaient riches de ce qu'ils ignoraient encore l'un de l'autre. Ce qu'ils portaient en eux d'inconnu, de mystérieux — le meilleur d'eux-mêmes — c'était ce sur quoi ils pouvaient se pencher et puiser à loisir. La moindre découverte de leurs mains, de leurs lèvres, de leurs yeux, de leur odorat augmentait leur fièvre. Ils avaient commencé à marcher sur une route qui paraissait ne pas avoir de fin et renouvelait ses enchantements à chaque détour. Leur désir ne s'accroissait pas de l'attente; il était cette attente. Tacitement, d'un commun accord, ils convenaient que c'était le meilleur d'eux-mêmes qu'ils échangeaient : la part vierge de leur existence.

Lidon prenait à pleine main le sexe fondant de Diane; elle faisait rouler contre son ventre le sexe rigide, mais, brusquement, ils s'écartaient l'un de l'autre en gémissant. Leur désir mûrissait en marge de ce refus. Ils finirent par jouir ensemble sans qu'il l'eût pénétrée.

Ce n'est que plus tard, après un bref sommeil balayé de tempêtes bienheureuses, qu'ils firent l'amour, avec application, sans fièvre, visage contre visage. Et c'est alors, rejetés de part et d'autre du lit, qu'ils constatèrent qu'il faisait nuit. La lumière qui lisérait les volets était celle des quinquets suspendus aux grillages des charmilles, dans le jardin du cabaret d'où montaient des voix sourdes. Ils n'avaient pas senti passer les heures; ils revenaient d'un long voyage.

Le lendemain, ils dînèrent à la table d'une auberge, dans le faubourg de la Bouvie, où il possédait un petit domaine, en bordure de la rivière qu'ils traversèrent en bac pour gagner les plaines opulentes où ils firent rouler le tilbury à grandes guides. Au retour, ils retraversèrent la ville sans se séparer. Certain de rencontrer son épouse, Lidon n'eût pas dévié de sa route pour l'éviter. Il se sentait prêt à provoquer le monde entier.

— Cette nuit, dit-elle, je préfère dormir seule. Demain, dès l'aube, je reprendrai la route. Tu préviendras Benoît.

Comme il paraissait surpris, elle expliqua :

— Je souhaite en rester là pour le moment. Le parfait bonheur que j'ai connu avec toi, je tiens à le garder intact en moi le plus longtemps possible.

Il insista pour la raccompagner jusqu'à l'appartement de Chambon. Elle poussa les volets sur la fraîcheur du soir, après avoir déposé sur la table les vivres qu'il avait achetés, puis ils s'assirent sagement sur le bord du lit, sans se regarder, en se tenant la main.

— Sais-tu que j'étais sur le point d'émigrer? dit-elle. J'avais envisagé de rejoindre François et Virginie, puis cette idée m'est sortie de la tête sous la pression des événements. J'aurais eu tort. Cela m'aurait privé de ta présence.

— Tu aurais eu doublement tort, dit-il en se levant. Quelle vie crois-tu que mènent les émigrés ? Si François avait la possibilité de t'écrire, ce serait pour te demander de l'argent. Il n'y a que les grands seigneurs, ceux qui vivent dans les ridicules cours des princes : Artois et Provence, les officiers supérieurs, qui mènent une vie normale. Les autres sont contraints pour vivre de déroger aux règles de la noblesse, d'exercer les métiers les plus méprisables à leurs yeux, ou sont incorporés dans l'armée comme simples soldats et doivent affronter la morgue des Impériaux. Certains se sont suicidés parce qu'ils étaient dépourvus de tout. D'autres doivent mendier leur pain.

— Cette situation ne durera guère. Ils seront de retour à la prochaine offensive des armées alliées. C'est du moins ce qu'on dit.

— On a tort ! Les troupes émigrées sont encore plus démunies que les nôtres, quand elles ne sont pas, de plus, sous la coupe des Impériaux. Leur moral est au plus bas. Les princes tentent de recruter dans nos rangs, de provoquer des désertions, mais ils n'y parviennent plus, ou rarement. Certains régiments du prince de Condé n'existent que sur le papier ! Sache que nos forces armées, aussi démunies et désorganisées qu'elles soient, battront celles de l'Europe entière. Les hommes qui luttent pour défendre leur patrie et leur liberté, rien ne peut les arrêter.

Il cessa de marcher de long en large, lui fit face, s'agenouilla devant elle, la tête dans ses genoux.

— Tu parles comme Brival, dit-elle, mais tu es moins convaincant.

— J'ai toujours été un piètre avocat, ajouta-t-il en riant. Et lui, il fait de plus référence aux personnages de l'Antiquité, ce dont je suis incapable.

Il releva la tête, la regarda dans les yeux.

— Émigrer, dit-il. Tu voulais émigrer. Mais sais-tu seulement où se trouve ton frère François ?

— Je l'ignore. Ce que je sais, c'est qu'il a préféré suivre Virginie et sa belle-famille au lieu de se battre dans sa patrie. Mais il s'ennuyait en Corrèze. Il lui fallait de plus vastes espaces, des amis un peu aventureux comme lui : le Chevalier du Diable, Charles de Sombreuil, Augustin de Tourdonnet… Peut-être nous a-t-il oubliés. Peut-être ne reviendra-t-il plus à Marsanges.

5.

AVENTURES D'UN ÉTÉ ALLEMAND

Été 1792 : Coblence (Allemagne)

— Que vas-tu faire ? demanda Bijou.

— Donner ma démission, soupira Augustin de Tourdonnet.

François de Marsanges approuva : c'est ce qu'il avait de mieux à décider.

Augustin fit signe à la servante de leur porter une autre carafe de vin de Moselle. Le soir s'attardait comme à plaisir sur le Rhin où passaient des vols de mouettes. Le pont de bateau qui traversait le fleuve se garnissait d'une procession de fourmis humaines qui revenaient du faubourg d'Hammerstein, sur la rive droite du Rhin. La chaleur voilait délicatement les vignobles escarpés au milieu desquels se dressaient la forteresse en gradins d'Ehrenbreitstein et de petites maisons claires.

— François, dit Bijou, tu devrais raconter cette anecdote dans ton journal. Il doit être singulièrement vide ces temps-ci.

Augustin, las de passer d'une garnison à une autre, mal nourri, attendant sa solde durant des mois, écœuré par le manque de discipline de son régiment de cavalerie, avait demandé son incorporation dans le corps de Wittgenstein, qui acceptait des nobles français, ayant grade d'officier. Lui qui appréciait la discipline, il avait été comblé !

— Ces gens-là, avait-il confié plus tard à ses deux compagnons, ne connaissent que la schlague. Pour une peccadille on vous balafre le visage et vous voilà marqué comme un galérien. Mais ce n'est rien à côté du châtiment des verges...

Deux semaines avant de retourner à Coblence, il avait été témoin de ce supplice et en frémissait encore.

Un sergent ivre ayant omis de saluer un de ses supérieurs avait été condamné aux verges. Conduit, torse nu, vers une double haie de trois cents hommes chacun armé de baguettes de noisetier, il avançait derrière deux soldats portant leur fusil de manière que les baïonnettes interdisent au condamné une fuite en avant.

Une quinzaine d'allers-retours étaient prévus. Au premier, la peau du dos de la victime commençait à se détacher en copeaux sanguinolents. Le malheureux hurlait, trébuchait, se relevait, comme pour échapper à un essaim de frelons. Les officiers circulant hors des rangs fustigeaient ceux des bourreaux qui ménageaient leurs efforts. Le sergent n'avait pu supporter son supplice au-delà du dixième tour, mais on ne le tint pas pour quitte de sa peine : il reçut le reliquat des quatre mille coups de verges allongé à terre, les os dénudés.

Pendant qu'il agonisait, deux soldats écorchaient vif un mouton dont les bêlements accompagnaient les plaintes du supplicié. Son dos décharné recouvert par la peau de l'animal, il fut amené à l'infirmerie dont il ressortit peu après entre quatre planches.

Mal remis de ce spectacle, Augustin s'était entendu dire par le colonel avec un terrible accent morave : « Vous, les petits Français, ne vous croyez pas à l'abri de ce châtiment... »

— Je vous promets que ce récit figurera dans mon journal, dit François.

Il avait envie de rappeler à Augustin qu'on n'avait pas oublié, dans les environs de Marsanges, qu'un braconnier avait été fouetté à mort par un de ses ancêtres.

— Ces Ostrogoths nous rendent la monnaie de notre pièce, dit Bijou en s'étirant, les mains sous la nuque. Nous avons apporté avec nous, chez eux, notre orgueil, notre cynisme, notre prétention. Ils ne manquent pas une occasion de nous démontrer que nous ne sommes pas les plus forts.

— Nous sommes des mal-aimés, ajouta François. Les princes se méfient de nous, Condé nous paie irrégulièrement des soldes dérisoires et nous impose des corvées déshonorantes. Le roi et la reine nous haïssent sous prétexte que nous sommes les créatures des princes : Artois et Provence notamment, que Marie-Antoinette appelle « Caïn » parce qu'elle le soupçonne de souhaiter la destitution de son frère le roi. Pour les Allemands, nous sommes la lie de la terre, une horde de Tartares. Quant aux révolutionnaires, nous savons le sort qu'ils nous réservent si nous rentrons en France...

Bijou, le Chevalier du Diable, protesta vivement :

— Que faisons-nous pour donner une autre image des émigrés ?

Où va l'argent que nous alloue le prince-électeur de Mayence ? On le dépense en réceptions, en fêtes, en gratifications pour les petites maîtresses des princes et les courtisans. Nous couchons à la belle étoile parce que l'état-major de Worms n'a pas de subsides pour acheter des tentes, et les officiers qui ont pu s'acheter un grade se pavanent dans de luxueux appartements. Pour qui, pour quelle cause allons-nous combattre ? J'imaginais avec naïveté que les épreuves que nous avons traversées pour sauver la légalité nous obligeraient à réviser nos comportements, à renoncer à nos erreurs. Quelle déception !

Augustin posa sa main sur celle de son compagnon qui s'enfiévrait facilement.

— Je t'en prie, calme-toi. On nous observe...

— Qu'importe ! Je ne fais que dire tout haut ce que tous ceux qui nous entourent pensent tout bas. Si quelque importun veut en découdre, je suis prêt !

Son visage chafouin animé d'une onde de colère, la main à la poignée de son épée, il se leva en balayant l'assistance d'un regard de défi. Un duel n'aurait pas été pour lui déplaire ; son épée n'avait eu, depuis qu'il avait franchi le Rhin, que de rares occasions de sortir de son fourreau, et il se satisfaisait imparfaitement des passes d'armes auxquelles il se livrait dans une académie. Sa dernière victime était un sous-lieutenant pris de boisson qu'il avait surpris en train de faire violence à une jeune femme allemande qui lui résistait. Depuis il ne rêvait que d'en remettre, malgré les admonestations violentes de son beau-frère. François lui disait : « Méfie-toi. Un jour tu trouveras ton maître... »

Le cabaret de l' « Empire Romain » où ils se retrouvaient presque chaque jour avait mauvaise réputation auprès des princes : il était devenu, disait-on, une officine d'insubordination ; on y parlait librement, entre émigrés de petite noblesse, au mépris des « basses mouches » de la police ; on y dégustait du bon vin de Moselle et du frontignan, qui mettaient la fièvre dans le sang de cette jeunesse turbulente.

Le lieu était agréable. De la terrasse ombragée de treilles on découvrait le Rhin dans sa majesté, le manège des embarcations, une vie intense et joyeuse.

Tandis que ses deux compagnons achevaient la carafe de vin, Bijou ruminait sa colère. François, renversé sur sa chaise, son chapeau au ras des yeux, sa longue pipe prussienne au bec, se disait que de tels moments repoussent aux confins du monde et du temps les images de la guerre et de la Révolution qui traversaient encore sa mémoire en traits de feu, mais détachées de lui, comme s'il les revivait par personne interposée. Les rêves de gloire mûris avant le départ pour la campagne de France qui allait délivrer la patrie, ces femmes qui les étreignaient et leur jetaient des fleurs, ces adolescents qui s'offraient comme ordonnances, toutes ces visions s'étaient brutalement dissoutes dans un bain d'amère réalité. Considérés par les Impériaux comme des soldats de deuxième ordre, des sous-hommes, des « Tartares », les contingents français s'étaient noyés dans la masse des armées coalisées, sans qu'il fût possible à leurs chefs d'exprimer la moindre initiative. Quand on ne les brimait pas, on les ignorait. Mal nourris, mal équipés, sans une pièce d'artillerie, ils piétinaient comme un troupeau, vers ils ne savaient quelle fin.

La gale et la dysenterie avaient ajouté du désagrément à ces désillusions. François n'y avait pas échappé. Contraint pour subsister de vendre son cheval en se réservant de le racheter à l'occasion, il servait dans l'infanterie, suivait à pied, comme la plupart des autres officiers français, le gros de l'armée. Le grade de capitaine, qu'il avait acquis grâce à un prêt de son beau-père, M. de Lamase, ne le distinguait guère de ses hommes. Au bivouac, les officiers impériaux venaient se distraire au spectacle de ces vagabonds, leur jeter au visage leur mépris, une bouffée de tabac et une odeur de schnaps.

Ramené vers les arrières avec un chargement de malades et de blessés sans avoir aperçu le cul d'un de ces sans-culottes français qui fuyaient, disait-on, comme des lapins, François s'était retrouvé dans un hôpital de Cologne puis, une fois rétabli, avait obtenu une permission dont il avait profité pour aller retrouver Virginie et leur fils, Adrien, à Offenburg, petite ville frontalière proche de Strasbourg, sur le versant occidental de la Forêt-Noire.

M. de Lamase avait choisi d'installer là ses pénates.

La famille vivait dans une modeste demeure au bord de la Vitzig, au milieu des vignobles, sans luxe, mais en paix. Accablé par les événements qui l'avaient chassé de France, M. de Lamase avait refusé, passé le pont de Kehl, de s'enfoncer au cœur de ces Allemagnes que l'on disait d'autant plus hospitalières aux émigrés qu'elles étaient éloignées de la frontière. Il abandonnait volontiers les opulentes villes de la Hanse, l'Autriche, la Prusse, la Russie à ceux de ses compatriotes qui, plus jeunes que lui, plus entreprenants et moins chargés de famille, avaient le goût de l'aventure, comme le duc de Richelieu, ou comme cet écrivain, Rivarol, qui cachait à Hambourg des amours ancillaires avec une gamine qui était, disait-il, « sotte comme une rose ». L'Alsace était pour M. de Lamase promesse de retour : il voulait avoir à peu de distance de sa retraite ce pont de Kehl qui le fascinait.

François était resté un peu plus d'un mois à Offenburg ; le temps de prendre la mesure de l'ennui insondable que distillaient cette bourgade et cette vie de famille.

Le Chevalier du Diable, Bijou, l'ayant informé qu'il se trouvait à Coblence, où, malgré l'afflux de nouveaux émigrés, il avait pu trouver un logement, François partit sans regret, laissant Virginie une nouvelle fois enceinte de ses œuvres. Paresseuse de nature, elle passait ses journées en broderies d'usage indéterminé, à des promenades dans le jardin en compagnie de sa mère qui avait renoncé à lui confier les tâches de la maison, de sa belle-sœur, Rosine, une adolescente qui commençait à faire flamber le désir des mâles, et de son fils Adrien, qui apprenait à marcher et dont on disait qu'il « avait quelque chose des Marsanges ». Elle passait de longues soirées à écouter son frère, Martial, jouer du violon.

Le cœur léger, François avait retrouvé un Bijou tout feu tout flamme, débordant d'illusions glorieuses, malgré des épreuves qui n'avaient rien à envier à celles de son beau-frère. Son pire souvenir : un cortège de loups sortis des forêts des Ardennes, qui avaient suivi la horde, dévorant les cadavres des malheureux qui attendaient du secours au bord des pistes défoncées par les avant-gardes impériales ; il s'était battu au couteau avec une grande louve qui le tirait par un pied durant son sommeil.

Les émigrés occupaient de nouveau le haut du pavé. Les derniers arrivés avaient redonné vie au commerce et relancé les plaisirs. Les portes se rouvraient devant ces étrangers qui dépensaient sans compter, persuadés que leur proscription ne durerait que le temps d'un joyeux été ; des notables tenaient table ouverte et accueillaient l'élite de l'aristocratie française.

C'est au cours d'une de ces agapes que François apprit d'un émigré originaire du Limousin la mort tragique de son père. Ce malheur le frappa comme un trait de foudre. Son premier réflexe fut de repasser la frontière : Hyacinthe disparu, Louis-Amour incapable d'assurer un train de vie décent à la maisonnée et de défendre ses intérêts, c'est sur Diane que reposait le sort de la famille — il connaissait la force de caractère de sa sœur, son courage, sa volonté, mais doutait que, seule pour ainsi dire, elle pût assumer cette fonction et faire face à la convoitise des Jacobins locaux. S'ajoutant au mal du pays qui l'étreignait parfois, ces préoccupations le harcelaient. Il s'ouvrit de son intention à Bijou qui l'en dissuada. Les quelques courriers reçus par les émigrés étaient unanimes à décourager les candidats au retour : ils seraient incarcérés à peine franchie la frontière ; de nouveaux émigrés — des prêtres principalement — affluaient en terre d'exil ; aller à contre-courant, c'était se sacrifier sans profit pour personne.

L'air frais du soir montait du fleuve avec de lointaines chansons que les bateliers se renvoyaient d'une embarcation à l'autre. François calcula qu'il lui restait, avant de rejoindre son corps, une semaine à survivre sans la moindre pièce de cet argent qui ruisselait autour de lui. Sans Bijou, qui vivait d'expédients et donnait des leçons d'escrime, il aurait fini dans un asile de vagabonds ou se serait suicidé comme tant d'autres émigrés.

La semaine précédente, il avait failli céder aux instances d'un abbé qui avait une manie : exercer son prosélytisme dans les milieux protestants, et un vice : les tables de jeu. François avait passé en sa compagnie une nuit entière dans un tripot, à des jeux de brigands, sans parvenir à séduire la chance — il n'avait pas l'audace et la science de son frère Hyacinthe, qui lui auraient permis, sinon de tricher, ce que l'abbé faisait à merveille, du moins de faire bonne figure. Il avait renoncé à devenir le sigisbée et le garde du corps de ce personnage scandaleux.

Avec la vente plus ou moins licite de chevaux destinés à l'armée, il avait pu se procurer quelques subsides. Il dut organiser des expéditions en territoire français, jouer les maquignons, voler souvent. Il participa à deux opérations, dont il revint écœuré : c'était beaucoup de risques pour un mince profit.

Après avoir remboursé une partie de sa dette à son beau-père, François écouta d'une oreille attentive la proposition d'un rabatteur qui, un soir, au cabaret de l'« Empire Romain », lui avait suggéré de travailler pour son maître, le landgrave Georges-Guillaume de Hesse-Cassel : un travail facile, qui pouvait rapidement rapporter une fortune.

François rencontra le landgrave dans sa somptueuse demeure proche de Cassel où il vivait en compagnie d'une maîtresse remplaçant à son foyer sa femme légitime, emprisonnée à vie après lui avoir donné une nombreuse progéniture. Le landgrave, colosse vêtu comme un marquis de cour, se conduisait pis qu'un charretier. Il invita le capitaine François de Marsanges à sa table, le gava de mets rares et de vins fins et finit par lui arracher une vague promesse.

— *Herr* François, lui dit-il dans un mauvais français, tu me plais ! Je vais faire ta fortune. *Mein Gott,* tu vas déserter de cette armée de merde et entrer à mon service.

— Quelles seront mes fonctions, monseigneur ?

— Le commerce. Tu devras acheter des hommes, rien que des hommes.

Blême de stupeur, François se leva, jeta sa serviette sur la table et demanda la permission de se retirer. Le landgrave lui écrasa une main sur l'épaule pour le forcer à se rasseoir et à l'écouter. Il lui expliqua que l'on n'achetait que ceux qui voulaient bien être vendus. Après tout, les sergents recruteurs qui opéraient en France ne faisaient pas autre chose. En vendant aux Anglais des soldats que l'on envoyait se battre contre les insurgés américains, son père avait fait une rapide et colossale fortune.

— *Ein grosse Geschick !*

— Impossible ! s'écria François. Je suis ennemi de l'esclavage.

— *Acht !* Je sens bien que tu n'as pas compris, petit *Franzose !*

François, déjà à moitié ivre, perdit totalement conscience après que la brute lui eut jeté dans les bras une de ses « nièces », en fait une des catins patentées qu'il mettait à la disposition de ses hôtes. Le lendemain, sous la menace d'être jeté dans un cachot, il signa un vague contrat en se disant qu'à la première occasion il s'en libérerait.

Durant une semaine, l'argent au bout des doigts, encadré d'un quarteron de truands, il écuma les lignes françaises et revint à Cassel avec un troupeau de « carmagnols » affamés, prêts à pactiser avec le Diable pour échapper à leur condition misérable. Après un stage à la schlague chez le satrape de Hesse-Cassel, les esclaves étaient revendus aux généraux autrichiens et incorporés de force.

A sa seconde opération, dans les avant-postes du général Dumouriez, François eut moins de chance. Pris au piège par un sergent auquel il proposait une vie de nabab dans les armées impériales, il ne dut son salut qu'à la rapidité avec laquelle il le trucida.

La leçon avait été profitable.

Peu soucieux d'affronter la colère du satrape, François prit la direction de Coblence mêlé à un groupe de réfugiés qui descendait la Moselle en bateau et alla frapper à la porte du Chevalier du Diable. Il avait dans sa ceinture assez d'or pour rembourser la totalité de la dette contractée auprès de son beau-père, racheter son cheval et renouveler sa garde-robe.

Las de courir les chemins de l'aventure et de la guerre, il décida, sur les conseils de Bijou, d'intriguer pour entrer dans l'entourage du comte d'Artois, au château de Schönbornhust, proche de Coblence. Dans cette aimable résidence de style baroque, le frère du roi de France avait installé une petite cour bruyante, désuète, dépensière, futile, qui passait le plus clair de son temps à festoyer et à tirer des plans sur la comète.

La salle à manger du prince, qui tenait chaque jour table ouverte de trente couverts, ne lui étant pas immédiatement accessible, François patienta en fréquentant les salons du château où se pressait, dans l'intention de s'y faire remarquer, une petite noblesse impécunieuse. Un ecclésiastique dont il partageait la collation lui proposa d'entrer dans son « système » : une entreprise éminemment honorable puisqu'elle visait à accentuer la ruine de l'économie révolutionnaire, déjà en pleine déconfiture. L'abbé parlait de son entreprise comme d'un apostolat. François, qui avait une propension naturelle à jouer les Candide, accepta un rendez-vous avec d'autant plus de confiance qu'il avait appris la qualité de l'abbé, frère de l'ancien contrôleur général des finances du roi, M. de Calonne.

Après lui avoir demandé, sur l'honneur, de garder le secret de leurs relations, l'abbé l'informa en détail de l'opération : elle consistait à inonder la France de faux assignats et à créer artificiellement une inflation qui ruinerait une économie chancelante. L'une des imprimeries de faux billets était installée à Coblence.

— Vous, s'écria François, un ecclésiastique, un homme de Dieu, vous fabriquez de la fausse monnaie ?

L'abbé fit flotter ses manchettes devant son visage avant de répondre avec un sourire :

— Je conçois que cela vous surprenne, mon fils. Vous pouvez refuser, mais je le regretterais car j'ai d'excellents rapports sur vous. Je sais même que vous avez risqué votre vie au service de certain landgrave...

François éprouva un vertige, persuadé que, s'il refusait la proposition de l'abbé, il risquait d'être traduit en conseil de guerre.

— Si vous êtes retenu dans votre réponse par des considérations de foi, je prends sur moi de vous exonérer de ces scrupules. Je trouve notre action des plus humaines. Mieux vaut voir une nation dépérir lentement d'un mal mystérieux plutôt que de la livrer à la soldatesque.

François ayant fait valoir qu'il devait un service à l'armée, l'abbé balaya cette objection d'un revers de manchette. Le capitaine François de Marsanges serait rendu à la vie civile pour mission exceptionnelle, avec un salaire très convenable. L'abbé lança un chiffre qui fit chanceler son interlocuteur ébloui, ajouta qu'il toucherait en outre des gratifications au retour de chaque mission menée à bien. François s'enquit de la nature de ces missions.

— Je ne vous cache pas qu'elles comportent une certaine part de risques, dit l'abbé, mais je crois savoir que l'aventure n'est pas pour vous déplaire. Vous devrez convoyer de faux assignats jusqu'à Rotterdam. Les hommes du stathouder des Provinces-Unies, qui est notre complice, vous aideront à passer de là en Angleterre puis sur les côtes de Bretagne et de Vendée d'où nos agents en France les introduiront à l'intérieur du pays. Le plus ardu sera d'aborder aux côtes de France, mais les Anglais sont de bons marins, et la Providence veille sur nous.

L'abbé ouvrit un tiroir, en tira deux assignats, les tendit à François.

— Pouvez-vous faire la différence, dit-il, entre le vrai et le faux ?

François s'en déclarant incapable, l'abbé ajouta, triomphant :

— Fort bien ! L'affaire est dans le sac, si je puis dire.

Il lui donna quelques conseils : ne pas s'enivrer, se tenir éloigné du beau sexe et surtout garder le secret — on était entouré d'espions à la solde des Jacobins. François donna sa parole.

A sa requête, afin de se vêtir dignement, l'abbé lui avança quelques livres et lui dit avant de le congédier :

— Mon jeune ami, n'oubliez pas de rendre grâce à Dieu de m'avoir mis sur votre chemin pour assurer à la fois le salut de votre âme par une œuvre pie et celui de votre bourse. Je vous demanderais donc, puisque vous êtes en fonds, de cracher au bassinet.

Il tendit à François, abasourdi, un tronc enveloppé d'une étoffe à fleurs de lis en susurrant :

— Pour les pauvres émigrés de Mme de Montagu qui n'ont pas eu votre chance. Cette sainte femme quête dans toute l'Europe, jusqu'à la cour du Tsar. Merci pour eux.

Il ajouta :

— Vous partirez dans trois jours, avec un seul homme pour vous escorter. Demain vous recevrez une enveloppe contenant les consignes. Dieu vous bénisse.

Une averse nocturne avait vernissé les collines de vignobles qui feutraient les berges du Rhin et de la Moselle lorsque Jean Martin (alias François de Marsanges), négociant en étoffes, se présenta à l'embarcadère du coche d'eau avec dans sa poche l'enveloppe aux consignes. Pour le cas où des ennuis surgiraient, on y avait joint un laissez-passer signé de Son Excellence le comte d'Artois, avec tout un semis de fleurs de lis sous forme de tampons et de signatures enjolivées. De manière à passer inaperçu, il portait sous un chapeau rond les cheveux plats, avec une mèche sur le devant, un pantalon serré, une redingote et une cravate discrètes, le tout d'un gris très bourgeois. Sa malle contenait trois chemises : un luxe qu'il appréciait, lui qui, depuis des mois, portait la même.

Il assista à l'embarquement des quelques balles de fausses soieries rhodaniennes qui allaient prendre avec lui la direction de Rotterdam et, un mouchoir à la main comme signe de reconnaissance, il attendit son compagnon, installé à la terrasse d'un cabaret où il se fit servir un café et des brioches fabriquées par un marquis émigré.

Il entamait sa deuxième brioche quand il vit surgir un fringant adolescent tenant lui aussi un mouchoir à la main, qui s'inclina en disant :

— Pardonnez mon retard, monsieur Martin. Je me présente : Dominique Revel. Puisque nous sommes appelés à faire un long voyage ensemble, vous pouvez m'appeler par mon prénom.

Il s'assit sans y être invité, le teint avivé par la course, les yeux pétillants de plaisir.

— Eh bien, Dominique, dit François, voilà une excellente introduction. Est-ce le plaisir de partager mon voyage qui vous rend de si belle humeur ?

— Dieu sait pourquoi, je m'attendais à la compagnie d'un vieux monsieur bedonnant. La surprise est agréable.

Pour François, la surprise était, de plus, chargée d'équivoque : le « jeune homme » était un bleuet mince et vif, à la voix mélodieuse, aux gestes élégants, aux manières un peu féminines. Il était vêtu d'un frac trop grand pour lui et chaussé de jolies bottes à la prussienne, en cuir souple, d'une coupe parfaite.

— Vous me paraissez bien jeune, dit François en fronçant les sourcils.

— Quel âge me donnez-vous, monsieur Martin ?

François lui attribua dix-huit ans. Dominique pouffa de rire. Il en avait vingt-cinq.

— C'est aussi mon âge, dit François. Compliments. On vous en donnerait moins.

Dominique rougit, prit une brioche qu'il trempa sans façon dans la tasse de son compagnon de voyage.

— Monsieur Martin, dit-il en croisant ses jambes fines, je sens que nous allons faire bon ménage.

Le voyage jusqu'à Rotterdam se déroula sans encombre.

A Cologne, le coche avait embarqué un groupe de musiciens et de choristes qui agrémentèrent de leurs musiques et de leurs chants les heures longues et la monotonie des plaines balayées par de lourds nuages gorgés de pluie. Les colis de M. Martin, attendus à Rotterdam par les agents du comte d'Artois, furent chargés illico sur un « packet-boat » en partance pour l'Angleterre.

Dominique se révélait compagnon agréable et accommodant. Ils dormaient côte à côte, ne se quittaient guère, échangeaient leurs impressions de lecture. Persuadé que son compagnon était un inverti, François le taquinait gentiment ; Dominique rougissait, faisait mine de se fâcher, mais il finit par convenir qu'il était plus attiré par les hommes que par les femmes. François lui fit comprendre qu'il perdrait son temps en cherchant à le troubler ; Dominique protesta qu'il n'en avait jamais eu l'intention.

Sur le « packet-boat » l'*Étoile de Harlingen,* battant pavillon des Pays-Bas, ils partageaient la même cabine : une cambuse vétuste hantée par les blattes et les rats, auxquels, malgré sa frayeur, Dominique fit une chasse effrénée. François s'aménagea à l'aide de planches et de barils vides une table de travail, sous le hublot battu par les vagues et les embruns. Il y installa les cahiers sur lesquels il avait commencé à consigner ses aventures de l'émigration et son journal.

— Tu comptes écrire un roman ? lui demanda le jeune homme.

François n'avait pas cette ambition, mais il avait un joli tour de plume et de la vivacité. Dominique lut les premiers chapitres dans lesquels M. Martin racontait son séjour dans l'entourage du comte d'Artois alors qu'il se trouvait encore en Italie. La vie y était bien différente de celle que les émigrés devaient mener par la suite, en Allemagne. Le plaisir était le pain quotidien. En compagnie de Bijou et de Charles de Sombreuil, François courait les villes de nuit avec, devant son carrosse, un valet muni d'un flambeau pour écarter les passants. Les femmes se donnaient pour une aumône, conduites au rendez-vous par leur mari, mettaient tant d'ardeur dans leurs transports qu'elles les rendaient inoubliables et, le moment venu, se détachaient sans une larme de leur liaison. Ils avaient tous trois attrapé le « mal napolitain », dont ils avaient été longs à guérir.

Dominique raffolait de ces histoires, réclamait des détails que François lui confiait volontiers.

Le gros temps que l'*Étoile de Harlingen* essuya au large mit le jeune homme sur le flanc. Il s'alita et pria son compagnon de le laisser à ses nausées et à ses sueurs. Un soir que, la tempête apaisée, le navire filait lentement son aire sur une mer de feu, François poussa sans prévenir la porte de la cabine et la referma brusquement, confus et ébloui : Dominique était occupé à sa toilette ; il était nu, en train d'essuyer ses seins blancs.

— Tu peux rentrer à présent, lui cria Dominique qui venait de se rhabiller. Tu connais la vérité. Tu l'as vue toute nue. Je ne suis ni un inverti ni un garçon, mais une femme. Une vraie femme.

Comme il fronçait les sourcils, Dominique lui posa une main sur les lèvres.

— Je t'en prie, dit-elle, ne te fâche pas. Cette révélation ne changera rien entre nous, si tu le souhaites. J'avais besoin d'aller en Angleterre où se trouvent mon mari et mes enfants dont les événements m'ont séparée. Me pardonnes-tu ce subterfuge ?

François se laissa tomber de tout son poids sur le lit, écouta Dominique lui expliquer avec une jovialité un peu crispée que d'autres femmes avaient usé du même stratagème pour divers motifs, sans dommage pour personne, et elle cita des exemples récents. Il l'écoutait, mais sa voix lui parvenait comme un bourdonnement lointain qui se perdait parfois dans le feulement des vagues contre la coque.

— J'ai donné ma parole à l'abbé de Calonne, dit François, que j'éviterais la fréquentation des femmes qui pourraient m'amener à trahir notre secret. Et il m'en jette une dans les bras !

— Je lui ai fait le même serment, dit Dominique. L'abbé a ajouté que, s'il m'arrivait de succomber à la chair, je ne devais à aucun prix divulguer le secret dont tu parles. Ce secret, nous le partageons. Est-ce une excuse, selon vous, pour le cas où nous nous laisserions aller à des penchants bien naturels ? Moi, monsieur de Marsanges, je crois que c'en est une...

6.

LE RÉVEIL DE MARSANGES

Printemps-été 1792 : Corrèze.

L'idée était venue à Diane durant le temps de Pâques. Elle n'y avait pas songé plus tôt, parce que la décision relevait de l'autorité de son père, mais il était mort. Elle s'en était alors ouverte à ses frère et sœurs.

— Nous avons des terres à revendre, dont certaines pourraient être remises en culture avec un peu de bonne volonté et d'effort.

Elle avait déployé un vieux plan cadastral, posé son doigt sur l'enchevêtrement des parcelles, aux endroits qu'elle avait marqués à la mine et qu'elle était allée visiter avant d'en parler. Ces terres appartenaient à sa famille, Ambroise de Marsanges s'étant toujours refusé à les vendre ou à les bailler à des métayers et à des fermiers, malgré leur insistance, mais il repoussait toujours le moment de les mettre en culture.

— Je connais ces parcelles, dit Louis-Amour. La terre n'en est pas fameuse. Des champs froids... Un sol granitique, trop léger...

— Nous pourrions y faire pousser du « blé [1] » et du sarrasin [2], dit Diane. C'est le sol qui convient à ces céréales peu exigeantes. Nous pourrons l'enrichir avec le fumier de nos moutons. Ce n'est pas le meilleur, mais nous devrons nous en contenter. Nous ensemencerons d'autres champs en pommes de terre et en raves.

Louis-Amour lui ayant demandé ce qui motivait cette décision soudaine, elle répondit :

— Si nous voulons survivre, il est nécessaire de subvenir nous-

1. Seigle.
2. Blé noir.

mêmes à notre nourriture et faire sortir le moins d'argent possible. Les temps ont changé. Ce sera ça ou aller mendier.

— Et le pain, avait demandé Marion, le ferons-nous nous-mêmes ?

— Nous essaierons, dès que nous aurons une récolte suffisante. Nous avons le four, les pelles, les « paillous ». La maie est dans la cuisine. Valentin nous aidera.

La veille, Diane s'était livrée à des calculs complexes. Si l'on arrivait à se suffire des produits du domaine, l'économie serait importante. Elle l'avait chiffrée, grosso modo, et elle montra ses comptes. Ils en restèrent bouche bée.

— Pas si bête... avait constaté Marion. Avec les revenus en laine et en viande du troupeau de Florent, des produits de Louis-Amour, nous pourrions acheter un couple de porcelets. Il nous faudrait aussi un autre coq et quelques poules.

— Pour les châtaignes, dit Julie, au lieu d'aller les acheter chaque début d'hiver à Treignac, nous pourrions louer ou même acheter une châtaigneraie.

Consulté, Florent avança l'idée d'un élevage de canards. Ils parlaient tous à la fois et Diane dut rétablir l'ordre. Une telle flambée d'enthousiasme la comblait et l'inquiétait à la fois.

— Ne vous réjouissez pas trop vite, mes chéris ! dit-elle. Vous vous souvenez de cette fable de La Fontaine que notre père nous récitait jadis : *La laitière et le pot au lait* ? Évitons d'imiter Perrette et de nourrir trop d'illusions. Ce qu'il faut, c'est survivre et penser au retour de nos frères. Je ne veux pas qu'ils trouvent un domaine à l'abandon. Êtes-vous décidés à travailler comme des galériens ?

Un peu refroidis, ils avaient néanmoins opiné. Le premier élan passé, le projet de Diane se teintait d'utopie. Ils avaient pris depuis leur enfance des habitudes de liberté et de paresse, et voilà qu'on voulait les embarquer sur une galère ! Ils devaient bien pourtant convenir que leur grande sœur avait raison. Certains jours, l'hiver précédent, rationnés par Diane, ils avaient connu la faim, malgré les divers secours qu'ils avaient reçus. A plusieurs reprises, Marion avait surpris Angélique à se lever la nuit pour aller dévorer subrepticement les pommes de terre ou les châtaignes froides que l'on gardait pour le lendemain, et Julie, elle le savait, volait des œufs.

Le lendemain, ils étaient allés visiter les parcelles retenues par Diane. Elles étaient pauvres, difficiles d'accès et de modeste étendue ; même des céréales aussi peu gourmandes que le « blé » ou le sarrasin ne feraient pas de miracles ; quant au froment ou à l'orge, que l'on cultivait timidement et sans grands résultats autour d'Ussel, il était incongru d'y penser. Leur retour avait été morne, au point que Diane avait dû les morigéner.

— Où est-il, votre bel enthousiasme d'hier ? Je me suis fait des illusions, comme Perrette. N'y pensons plus. S'il en est temps encore, vendons tout et partons chacun de notre côté.

Leurs protestations l'avaient réconfortée. On allait retourner ces mauvaises terres, les gorger d'engrais, les ensemencer sans lésiner, et on verrait bien ! Il n'était pas concevable que leur terre soit soudain frappée de stérilité au point de ne répondre à leurs efforts que par la paille des déceptions !

Dans les jours qui suivirent, branle-bas de combat sous la direction de Valentin, que Diane avait réussi à intéresser à leur projet. Ils avaient recensé les armes de la bataille qu'ils allaient livrer, des outils qui n'avaient pas servi depuis une génération : l'araire possédait tous ses éléments, demandait une simple révision et une toilette ; les lanières de cuir racornies des attelages furent remplacées.

A mains nues, au pic, à la bêche, à la houe, aidés de Socrate, ils avaient procédé au défrichage puis aux labours. Après l'épandage du fumier, on avait effectué de nouveaux labours, puis semé le sarrasin. La semence resterait en terre durant trois mois, à partir de juin, et on récolterait en septembre. Le « blé » serait semé plus tard. Le plus difficile avait été de se procurer la semence — on en manquait partout, et Diane avait dû faire appel au comte d'Ussel qui en possédait une réserve et avait simplement accepté qu'on lui rendît la même quantité à la prochaine récolte.

Diane n'avait pas été la dernière à payer de sa personne. Ces travaux, auxquels ni elle ni sa famille n'étaient accoutumées, n'engendraient pas la joie, mais on s'en tenait au serment implicite du début. Lorsque les quatre sœurs revenaient le soir, fourbues, derrière Socrate ou juchées dans la carriole, qu'elles regardaient leurs mains saignantes, leurs pieds meurtris, elles se disaient qu'elles n'arriveraient jamais à assumer leurs ambitions. La première, Julie avait renoncé : un matin, elle avait disparu ; lorsqu'elle revint, le soir, et s'assit à la table commune, elle dut se contenter, les yeux humides, la lèvre amère, de regarder souper les autres.

Les besognes les plus pénibles incombaient à Angélique. Elle pouvait travailler des heures d'affilée, avec la lenteur et la patience d'un bœuf, sans récriminer. Seule, elle avait curé la bergerie du fumier que les mois d'hiver y avaient accumulé. Lors du défrichage, aucune racine ne lui résistait. En revanche, elle exigeait une double ration de nourriture et de vin, les jours où l'on pouvait s'en procurer. Elle avait sa manière bien particulière de manifester sa foi en leur mission : elle s'arrêtait plusieurs fois par jour et, les mains nouées sur le manche de son outil, avec un sérieux imperturbable, elle se mettait à beugler un des cantiques qu'elle avait appris à Uzerche ; parfois, en toute innocence, elle y mêlait un couplet des chansons grivoises qu'on chantait après boire dans le cabaret où elle avait été employée à la sortie du couvent.

— Nous devrions la marier à Picharou, disait Marion en pouffant de rire. Quel beau couple ça ferait !...

— Ne plaisante pas, grognait Diane. Si notre père avait été moins intransigeant, elle serait aujourd'hui l'épouse de ce grand benêt d'Augustin de Tourdonnet et mènerait la grande vie en Allemagne.

Elles eurent un jour la surprise de voir surgir, son fusil à l'épaule, le fils Sauviat, Tiénou. Elles étaient en train de retourner une friche près de l'arcadour enjambant le Riou, en deçà du village, par une de ces chaleurs de printemps qui mettent dans les membres plus de langueur que de courage.

— Si vous voulez un coup de main, les filles, dit-il, je suis votre homme.

— C'est pas de refus, dit Marion, mais si ton père apprend cette gentillesse, il pourrait t'en cuire.

Piqué au vif, Tiénou répliqua qu'il ne craignait pas son père et que ce dernier n'osait plus lever la main sur lui depuis qu'il avait décidé de « faire soldat » — il avait signé au registre des volontaires à la dernière foire de Bugeat et devait rejoindre son régiment d'ici peu, à Tulle.

— Les Impériaux n'ont qu'à bien se tenir ! plaisanta Marion.

Elle lui tendit un hoyau, lui versa un verre de piquette pour l'encourager, lui assigna un buisson de houx, teigneux en diable, dont même Angélique avait renoncé à venir à bout. Il s'attela à la tâche de bon cœur, levant de temps à autre les yeux sur Marion dont l'opulente poitrine prenait parfois des libertés avec le corsage, lorgnant sa croupe tendue par l'effort. Lorsqu'il eut terminé, elle lui dit en clignant des paupières :

— Tu t'es rincé l'œil, hein, chenapan ? Tu crois que je ne t'ai pas vu ?

Il rougit violemment, s'essuya le front d'un revers de poignet.

— Écoute, Marion, dit-il, les yeux baissés, il faut que je te parle. J'ai pas osé, après la mort de ton père et de cette pauvre Estelle. C'est le moment. Je vais partir. Il faut qu'on se marie. Mon père est d'accord. Tu sais que je t'aime et que je te veux.

Elle secoua la tête.

— Oublie ce projet, mon pauvre Tiénou. As-tu réfléchi ? Tu vas te battre contre mes frères qui sont émigrés. S'ils ne te tuent pas, c'est peut-être toi qui les tueras. Tu imagines notre situation ?

Tiénou avoua humblement que cette idée ne lui était pas venue.

— Au moins, dit-il, je pourrai t'écrire ? C'est toi qui m'as appris. Ça me servira.

Il montra Diane assise sous un sorbier, en train de donner le biberon à Félix.

— J'ai envie que tu me fasses un drôle aussi beau que celui-ci, ma Marion. J'en rêve la nuit et j'y pense le jour. Des fois, je monte au château pour te guetter. L'autre jour, je suis resté une heure à te regarder laver la laine de tes moutons dans le Riou. Ça me fait peine de te voir trimer comme une souillon, toi, une reine. Si nous vivions ensemble...

Elle posa sa main sur son épaule.

— Je sais, Tiénou. Je t'avais presque promis, l'an dernier, tu te souviens ? Tu es un bon garçon, et tu me rendrais sûrement heureuse. Pars. Nous reparlerons de tout cela à ton retour.

Il reprit tristement son fusil, embrassa Marion en cherchant le coin de ses lèvres, qu'elle lui déroba.

— Si ça doit pas te contrarier, dit-il à Diane, je reviendrai de temps en temps pour vous aider. Mon père dit que vous récolterez pas le montant de la semence. Moi, je dis que vous aurez une belle récolte, parce que le bon Dieu vous protège.

— Tu reviendras quand tu voudras, dit Diane. Merci pour ta proposition.

Elle ajouta avec un sourire :

— Sois tranquille : nous ne dirons rien à personne.

Elle eût accepté le concours du Diable s'il s'était proposé. Et même de Sauviat.

Louis-Amour se dit que c'était une mauvaise journée. Les chalands avaient été rares à cette foire de Bugeat, en raison sans doute de la chaleur qui accablait le pays. Pour comble de malchance, son ami Pardoux, le marchand de craquelins, était absent. Louis-Amour regardait sa place vide à côté de la sienne, près de l'arbre de la Liberté. Il avait prévu de dîner avec lui à l'auberge et de le raccompagner, comme lors de leur dernière rencontre, à Tarnac. Une soirée dont il se souviendrait. Au retour de la foire, ils avaient laissé leur carriole dans une encoche de bruyère, en marge d'un taillis de bouleaux d'où suintait une fraîcheur odorante. Pardoux lui avait pris la main et ils s'étaient engagés dans un sentier ourlé de myrtilles. Pardoux était plus grand que Louis-Amour de la tête, avec un torse de fille et un joli visage pommelé sous les cheveux qui tiraient sur le blond ; il n'était pas très intelligent mais sensible, et il aimait les plantes. Ils avaient marché longtemps, s'interrompant de temps à autre pour s'embrasser et se câliner et ne s'étaient arrêtés qu'en vue d'un petit moulin tassé dans l'ombre glauque d'un vallon marécageux aux abords envahis par les angéliques. « Le moulin de Chabanne, avait précisé Louis-Amour. Le ruisseau, c'est la Gane-Nègre. Nous irons y pêcher la truite et herboriser. » Ils s'étaient assis sous un grand houx immobile malgré l'haleine du soir qui taquinait les feuilles des fougères. Ils ne cessaient d'élaborer des projets et s'étaient promis de se retrouver à toutes les foires, et notamment à celle de Bugeat, début juillet.

Louis-Amour regardait d'un œil morne la place vide à côté de la sienne. Il n'avait plus le goût de faire le charlatan, comme à la foire d'Eymoutiers où il avait diverti ses sœurs. Il lorgnait vers l'horloge de l'église qui paraissait s'être prise dans une toile d'araignée, et buvait sa bouteille de vin rasade par rasade, seul. Midi sonnant, il achevait une deuxième bouteille qu'il vida en dînant sur le pouce. Pardoux ne viendrait plus.

L'animation de la foire s'était concentrée devant la tente d'un sergent recruteur. Ce grand diable vêtu comme un général, coiffé d'un ample chapeau à plumes tricolores orné d'une majestueuse cocarde, parlait haut et fort, avec des gestes de baladin ; il vantait la vie d'aventure et de gloire que l'on menait dans les armées de la nation, déclamait la déclaration de la « Patrie en danger » : « *Des troupes nombreuses s'avancent à nos frontières. Tous ceux qui ont horreur de la liberté s'arment contre notre Constitution. Citoyens, la patrie est en danger !...* » Dès qu'un garçon, séduit par son bagout, se présentait pour signer le registre d'engagement, il le pressait sur sa poitrine et ténorisait son mérite en le présentant à la foule comme un héros. « Moi, songeait Louis-Amour, il ne m'aura pas... »

A quatre heures de relevée, las de faire le pied de grue pour vendre un pot de miel et un sachet de tisane, de regarder la foule se diriger vers le bal animé par Félicien Siouplaï, le cabretaïre, il décida de plier bagage. Il venait de terminer quand un groupe joyeux de volontaires passa en rafale : des gars de Saint-Merd, de Darnets, de Millevaches et de Marsanges, qu'il connaissait. Ils l'interpellèrent en brandissant des cocardes et des bouteilles. Jules Monteil, le fils du menuisier de Marsanges, l'apostropha, l'invitant à les suivre au cabaret. Il s'excusa d'une voix pâteuse, prétextant qu'il devait être revenu avant la nuit. Un conscrit lui fit observer que les jours étaient longs et qu'il avait le temps.

— Merci, protesta mollement Louis-Amour. Vous êtes bien bons, mais...

Avant qu'il eût terminé, deux gaillards le prenaient aux aisselles et, malgré ses protestations, l'entraînaient vers le cabaret. Il se retrouva assis au milieu de gars qui échangeaient des clins d'œil goguenards et des propos en patois en se poussant du coude.

— On a pas vu ton ami Pardoux, dit Monteil. Il te fait des infidélités, le bougre !

Louis-Amour baissa le nez, se contenta, pour cacher son trouble, d'avaler cul sec le verre de vin qu'on venait de remplir devant lui. On le lui remplit de nouveau.

— Bois, Marsanges ! ordonna Monteil. Montre que tu es un homme, un vrai, et que tu en as dans la culotte.

— Peut-être, ajouta un gars de Pérols, que ça te plaît guère de trinquer avec des volontaires qui vont foutre la pile aux émigrés... Hé, l'aristo, tu m'entends ?

Louis-Amour protesta que seul son miel l'intéressait. Lui, la politique...

— Ton miel et ton ami Pardoux, rectifia Monteil.

On lui secoua l'épaule. Une voix lui cria dans l'oreille :

— Tu vas trinquer avec nous à la victoire. Tu entends, Marsanges ? Lève ton verre !

Il ne percevait des voix qu'un murmure confus, un bourdonnement, et quelques mots qui éclataient comme des coups de tonnerre : « émigrés... victoire... conscrits... ». Il faillit se fâcher quand on parla de Diane et du « bâtard ». Que lui voulait-on ? Pourquoi le faisait-on boire de ce mauvais vin qui lui râpait la gorge mais qu'il lampait sans sourciller? Ces visages qui grimaçaient devant lui prenaient l'apparence d'effigies de cire surgies d'un cauchemar; ils se rapprochaient, lui crachaient à la face des mots qu'il ne comprenait pas et, chaque fois qu'il tentait de se lever, une main pesait sur son épaule. Il bredouillait :

— Laissez-moi, je vous en prie. Il faut que je parte.

— Pas avant que tu aies trinqué avec nous à la victoire contre ces fumiers d'émigrés! lança une voix.

— Si ça peut vous faire plaisir... A la victoire!

Le vin lui ravageait l'estomac. Quelqu'un avait dû y mêler quelque mixture atroce. Il avait l'impression, tant sa propre voix venait de loin, que c'était une autre personne qui parlait. Il jeta un regard vers le comptoir où la servante, Marguerite, se tenait les côtes. Il la vit s'avancer vers lui comme à travers un souffle de tempête qui lui donnait le balancement d'une figure de proue par grande houle. Elle l'embrassa sur la bouche, glissa une main dans son pantalon et proclama, dans un concert d'acclamations, que Marsanges était bien un homme. Il hurla :

— Brigands! Laissez-moi partir! Qu'est-ce que vous me voulez?

Ils s'écartèrent de lui en s'esclaffant sur sa démarche. Il fit quelques pas de guingois, s'accrocha à une table avant de s'écrouler. Tout se brouilla dans sa tête. Il devina qu'on le déshabillait en le maintenant ferme. Les efforts qu'il tentait pour se débarrasser de ses agresseurs l'épuisaient en pure perte. Lorsqu'il n'eut plus que sa chemise on l'habilla de vêtements de femme que Marguerite était allée chercher dans sa soupente. Un montreur de chiens savants qui venait d'entrer fit rouler son tambour et entama un air de flûte.

— Mademoiselle de Marsanges, minauda une voix, voulez-vous m'accorder cette danse?

Et Louis-Amour se mit à danser. Son allure pataude prit peu à peu un rythme vif. Le son aigre de la flûte, les battements de mains et de pieds projetaient des éclairs dans son crâne. Une sorte de bonheur sauvage s'irradiait jusqu'au bout de ses membres, si bien qu'il ne sentait plus la fatigue, la honte ni même les brutales nausées qui lui secouaient le ventre. Il n'avait pas dansé depuis cette soirée de gerbebaude, trois ou quatre ans auparavant, il ne savait plus : une bourrée à quatre jouée par Félicien, avec Marion, Diane et François, sur l'aire des Sauviat; il n'était pas ivre alors, et pourtant il s'était senti grotesque. Là, dans ce cercle délirant de joie mauvaise et de vieille haine, il se sentait beau comme un dieu ivre dansant sur le parvis d'un temple. Danser avec Pardoux en se tenant du bout des doigts, marquis, marquise...

Le sergent recruteur, qui venait lui aussi de plier bagage, s'accouda au comptoir en lissant ses moustaches. Dans le vertige qui le possédait, Louis-Amour ne le vit pas s'entretenir avec Monteil. Lorsque la musique cessa, il eut l'impression de se trouver au bord d'un gouffre duquel émergeait une silhouette bleu et blanc chapeautée de plumes. Il tendit un doigt vers l'apparition, bredouilla :

— Qui... qui êtes-vous ?

— Un général de l'armée de la nation, répondit le sergent, bras croisés, jambes écartées. Je suis venu, monsieur de Marsanges, vous guider sur le bon chemin. La liberté a besoin d'hommes comme vous pour aller combattre les tyrans aux frontières. Vive la liberté, monsieur !

— Vive la liberté ! reprit Louis-Amour.

— Seriez-vous prêt à vous battre pour elle et pour la France ?

— La France est mon pays, monsieur ! Dieu, que j'ai soif...

— C'est bien, monsieur. Alors, veuillez signer là.

On guida Louis-Amour jusqu'à une table sur laquelle le sergent avait déployé un papier et posé un verre de vin. Il tendit une plume à l'ivrogne. Louis-Amour avala cul sec le verre de vin et fit fleurir une belle signature un peu chancelante au bas du document.

— Fort bien ! s'exclama le sergent. Et maintenant débarrassez ce gros tas de ses oripeaux et tâchez de le ranimer. Vous vous êtes assez divertis à ses dépens. Il est devenu un conscrit, comme vous, et c'est le seul qui sache signer de son nom !

Il posa la main sur l'épaule de Louis-Amour et décréta :

— Je te décrète, Marsanges, soldat de la nation et ennemi des tyrans !

La nuit était traversée de souffles frais qui éveillèrent Louis-Amour.

Tout près de son oreille, il perçut le murmure léger d'un ruisseau, qui parvenait mal à percer un bourdonnement sauvage pareil à celui d'un nid de frelons en folie. Il parvint à lever la tête et à distinguer dans l'ombre le nuage blanc d'un sureau à l'odeur sucrée. En tentant de se remettre sur pied, il faillit hurler, le crâne serré dans un étau de fer. Un ramage de bouleaux bruissait faiblement contre le ciel luminescent.

Louis-Amour comprit qu'il avait fait une chute de sa carriole dont l'ombre se dessinait à quelques pas, et qu'il s'était endormi contre le talus. Il tâta ses membres : rien de cassé ; il en serait quitte pour quelques contusions.

Une fois debout, il sentit le monde chavirer et son estomac lui remonter aux lèvres. Il vomit une amère vinasse, but au ruisselet, parvint à se hisser sur son char à banc et caressa Socrate d'un cinglon de longe. Pour aller dans quelle direction ? Il n'en savait rien. Il était perdu.

Peu à peu ses souvenirs des heures précédentes se reformaient autour d'une image fabuleusement irréelle : celle du sergent recruteur. D'autres visions s'y agrégèrent, si bien qu'il parvint à reconstituer les événements de l'après-midi. Tâtant ses poches, il constata que sa bourse avait disparu ; il se retourna : toute sa marchandise lui avait été volée. Il se sentit de nouveau sombrer dans l'inconscience. Tout cela, c'était la faute de Pardoux ! Pourquoi avait-il trahi sa promesse ? Lui présent, il aurait échappé à ces gueux. Il lui dirait son fait à la prochaine rencontre et lui signifierait leur rupture. Il sentit violemment le besoin de sa présence, murmura son nom, respira ses mains comme il le faisait au retour de leurs promenades — elles sentaient le vomi et la terre humide. Pardoux...

Il erra longtemps sans retrouver d'indice qui pût le guider. De guerre lasse, il choisit de passer la nuit dans la caisse de la carriole, abrité sous une bâche qui le protégerait de la fraîcheur des petites heures du matin. On devait s'inquiéter à Marsanges, mais qu'y pouvait-il ? Diane... Il la vit se dresser devant lui, sévère, impitoyable. Qu'allait-il lui raconter ?

L'aube l'éveilla. Il se trouvait dans la bonne direction, non loin du bourg de Pérols dont les toitures de chaume scintillaient sous la rosée du matin. Il attela Socrate qu'il avait libéré pour la nuit et qui repartit au trot.

Plus tard, alors qu'il attaquait la montée vers Marsanges, il trouva dans sa poche un billet qui le mit au comble du désespoir : le conscrit Louis-Amour de Marsanges était convoqué à Tulle pour le début de juillet afin d'y être intégré dans un bataillon de volontaires...

L'entretien avec Diane fut orageux.

Penaud, Louis-Amour assistait à la débandade de tous les arguments qu'il s'était promis de lui opposer. Toute velléité de justification évaporée, il ne sentait plus que le poids énorme de sa faute. Que dire ? Diane avait mille fois raison : il s'était laissé berner sottement, sans mesurer les conséquences de son vice. Des larmes dans la voix, il confessa ses erreurs. Il sortit accablé de la tempête, se déclara prêt à payer de sa vie son inconscience.

— Il ne manquait que ça ! s'écria Diane. Tu n'as que cette lâcheté à proposer pour ton rachat ? Il y a d'autres manières. Nous avons besoin de toi. Tu vas me jurer de ne plus boire et de cesser de voir ton marchand de craquelins !

Il jura et tint parole.

De l'aube au soir, sans désemparer, il était à la tâche. La nuit, parfois, il veillait tard à son alambic et à ses herbes, après avoir, dans la journée, aidé ses sœurs qui trimaient sur les champs froids.

Les premières pousses vertes de sarrasin le comblèrent de joie. En revanche, le voyage de Diane à Brive, justifié par d'obscures raisons, lui fit froid dans le dos : il pensa que, lasse de tenir à bout de bras une famille qui la décevait, elle allait peut-être l'abandonner à son sort. Sans elle, sans lui, qu'allaient-ils devenir ?

Il profita de la foire d'Ussel pour aller demander conseil à Manon. Elle s'apitoya sur son sort, l'invita à déjeuner en tête à tête, lui promit d'intervenir auprès d'un officier actuellement en permission, qui était de ses amis, pour faire annuler l'acte d'engagement. Elle le retrouva alors qu'il repliait son éventaire : sa démarche avait été inutile ; le fait qu'il eût été ivre au moment de signer l'acte constituait, lui avait-on dit, une circonstance aggravante.

Avant de le quitter, Marion insista pour qu'il acceptât plusieurs livres en métal et une liasse d'assignats.

Elle ajouta en l'embrassant :

— Si cela peut te consoler, dis-toi que tu rachèteras ainsi la désertion de tes frères, aux yeux des autorités et qu'on y regardera à deux fois avant de susciter des ennuis aux tiens.

— Tu es une bonne fille, dit-il. Je t'écrirai.

Elle ôta la cocarde qui ornait son chapeau, la lui épingla au revers de sa vareuse.

— Pour t'y faire penser, dit-elle. Et pour ta sécurité.

Retour d'Ussel, avant d'aller dormir, Louis-Amour invita Florent à venir le rejoindre dans son atelier. Il constata avec plaisir que, pour la circonstance, le baïlero avait fait un brin de toilette. L'alambic ayant fonctionné une partie de l'après-midi, la chaleur était étouffante et donnait aux odeurs des herbes et des alcoolats une puissance vertigineuse, malgré la fenêtre ouverte sur la fraîcheur du couderc et du petit cimetière familial.

— Florent, dit Louis-Amour, tu sais que je vais vous quitter. Pour combien de temps, je l'ignore. Peut-être des mois, peut-être des années. Durant mon absence, tu seras le seul homme de la famille, avec Valentin, mais il va sûrement nous quitter. Quel âge as-tu ?

— Bientôt quatorze ans, monsieur.

— Je te dispense de m'appeler « monsieur » et je te prie même de me tutoyer. Le voussoiement n'est plus de mise entre citoyens. Quatorze ans... Tu es presque un homme. Il va falloir te comporter comme si tu en étais vraiment un. Tu n'es ni de notre sang ni de notre rang, mais je te considère quant à moi comme mon cadet et il faudra te conduire comme tel. A moins que... A moins que tu ne veuilles nous quitter, toi aussi...

— Vous quitter ? Moi ?

— Bien... Bien... Oublie ce que j'ai dit. Ce que mes sœurs et moi attendons de toi c'est une promesse que tu veilleras sur elles, surtout sur Julie et Angélique. S'il leur arrivait malheur, je crois que je ne leur survivrais pas. Nous sommes une étrange famille, mais plus unie qu'il n'y paraît. Cela, tu le sais.

— Je le sais et je te promets de veiller sur elles.

— Sur elles et sur le domaine. Là encore tu auras un rôle

important à tenir. Il n'est pas ce qu'il devrait et pourrait être. Par notre faute. Par ma faute. Bien géré, il pourrait nous permettre de vivre, sinon riches, du moins à l'aise.

Louis-Amour s'assit sur la bergère éventrée qui lui servait de lit, invita Florent à s'asseoir près de lui et insista pour qu'il lui réponde franchement et, au besoin, lui fasse toutes observations, propositions et requêtes qu'il jugerait utiles.

— Il faudra, dit Louis-Amour, garder le troupeau de moutons qui constitue l'essentiel de nos revenus.

— Il demande des soins constants. Je propose que l'aînée des filles de Valentin, Maurille, s'en occupe. Elle vient souvent me tenir compagnie quand je garde. Je n'ai presque plus rien à lui apprendre. Elle acceptera moyennant une modeste rémunération.

Louis-Amour laissa tomber sa main sur son genou.

— Bonne idée ! Sauras-tu prendre soin de mes ruches ? J'avoue que la perspective de me séparer d'elles me navre. Les abeilles sont mes amies. Je partage leur vie. Au printemps, je leur apporte la nourriture dont elles ont besoin. Je leur donne une reine quand elles en sont dépourvues. Elles me connaissent et elles m'aiment.

— Elles me connaissent aussi, dit le baïlero. Elles ne se mettent pas en colère quand j'approche leur ruche. Souviens-toi : il y a deux ans, tu m'as appris à les soigner. J'ai même récolté un essaim au mois de mai, sur une branche de vergne, dans le Longeyroux et pas une ne m'a piqué.

— Elles ne piquent pas dans ces cas-là. Et les transhumances, quand faut-il les entreprendre ? Réponds.

— A la saison chaude, et toujours la nuit, quand les fleurs de printemps sont épuisées. La première récolte de miel se fait en mai ; la seconde en août. En veillant à ce qu'il n'y ait ni vent ni orage. Tu m'as appris tout ça. Il faudra m'apprendre aussi comment donner une reine à une ruche orpheline.

— Une opération délicate, petit... Mais, puisque tu aimes les abeilles et qu'elles t'aiment, ça te sera facile. D'ailleurs, tiens...

Il prit sur une étagère un livre rescapé du sinistre : un tome des *Mémoires pour servir à l'histoire des insectes,* de Réaumur, dont la tranche et la couverture de cuir avaient été grignotées par le feu, mais dont le texte était intact.

— Inutile, dit Florent. Je l'ai lu.

— Ce que tu n'as pas lu, c'est ça...

Il lui tendit un cahier épais contenant les observations qu'il avait rédigées sur l'apiculture, presque au jour le jour, avec des dessins naïfs. Son intention était de le faire publier à Paris. Il avait parlé de son projet par courrier à sa protectrice lointaine, Mme de Genlis ; elle s'était enthousiasmée, mais s'en était désintéressée du jour où elle était entrée dans l'orbite du duc d'Orléans dont elle était l'égérie et la maîtresse, en même temps que la gouvernante de ses enfants.

Florent rougit et se mordit les lèvres ; il avoua qu'il avait lu aussi ces notes, et la correspondance de Mme de Genlis, et tous les écrits que contenait le château, sans omettre les mémoires inachevés du comte Ambroise.

— Ça, par exemple ! s'écria Louis-Amour. Vraiment tout ? Même les œuvres de Restif de La Bretonne, de l'abbé Prévost, de Louvet ?

— Pardonne-moi. J'ai lu aussi les livres de Rousseau, de Voltaire, du marquis de Sade. La lecture est ma passion et les heures sont longues quand on les passe à garder les moutons. Souvent j'ai eu du mal à comprendre. Je les empruntais et je les remettais en place chaque soir. Ils sont autrement intéressants que les livres de Marion : les almanachs, le catéchisme, la Bible, les Livres bleus...

— Bien... Bien..., fit Louis-Amour, éperdu d'admiration. Je préférerais pourtant que tu lises des ouvrages scientifiques, par exemple sur la création des pacages. Sais-tu qu'un bon pré de fauche, avec des levades bien nettes, est quatre fois plus rentable qu'un champ de seigle ? Mon père s'en moquait. Il avait tort. Sauviat pourrait t'enseigner la manière, mais il nous envie et nous déteste. Valentin aussi, peut-être, mais il est plus préoccupé par la chasse et l'exploitation des quelques arpents que nous lui avons abandonnés que par le rendement des prairies. Diane te fera rencontrer M. d'Ussel : il est de bon conseil et il nous aime.

Ils furent d'accord pour confier la basse-cour à Marion. Exalté par ces perspectives, Louis-Amour prit les mains de Florent qui réprima un mouvement de recul.

— Mon petit Florent, dit-il, c'est une rude mission que nous te confions, mais je partirai le cœur léger, sachant que tu sauras la mener à bien. Ne fais rien sans l'avis de Diane : elle aime ce domaine autant que nous pouvons l'aimer, et elle souffre comme nous de le voir à l'abandon. Tu auras part au produit des efforts communs, cela va sans dire. Nous réglerons tout cela avant mon départ...

Florent évoqua la question des tisanes et des essences.

— Je ne te demande pas de t'y consacrer, lui dit Louis-Amour. Cette activité alourdirait trop ta tâche. C'est d'ailleurs avant tout affaire de passion, et tu n'y accéderas pas par l'opération du Saint-Esprit.

Il se leva, embrassa Florent, lui dit jovialement :

— Le résultat de cet entretien dépasse mes espérances. Mon regret c'est qu'il n'ait pas eu lieu plus tôt. Ici, chacun vit enfermé dans son petit univers et les véritables conversations sont rares. Celle-ci me comble. As-tu un souhait à exprimer, citoyen ?

— Oui, dit Florent. J'aimerais reconstruire ton atelier incendié et m'y installer en attendant ton retour. Il me plairait de posséder un endroit que je n'aie pas à partager avec mes moutons. A force de vivre nuit et jour au milieu d'eux, je suis imprégné par leur odeur et, à la longue, je finirais par leur ressembler.

La chèvre paraissait se plaire à Marsanges. Julie l'avait appelée Rochette, du nom du nouveau prêtre qui lui ressemblait, avec son visage long, son nez proéminent et son allure capricante. Elle faisait la joie de Félix qui se plaisait à tirer sa barbiche, mais pleurait quand elle se mettait à bêler.

Dès qu'elle en avait eu l'envie, Louis-Amour l'avait amenée au bouc, chez un paysan de La Celle, de telle façon que les cabris naissent en août. Ainsi, Félix aurait du lait pour l'hiver.

Le sarrasin et le « blé » promettaient une bonne récolte. Après avoir restitué à M. d'Ussel son sac de semence, il resterait suffisamment de grain pour attendre l'été prochain, si les intempéries ne venaient pas ruiner ces espérances.

M. Jean-Hyacinthe d'Ussel vint justement rendre visite à la famille au début de juillet, à cheval. Il était mis avec cette élégance sobre des gentilshommes campagnards, que Diane trouvait séduisante. Après avoir accepté une collation de crêpes de sarrasin et de miel, il alluma pour se détendre une longue pipe allemande à fourneau de porcelaine.

Le départ de Louis-Amour dans le troisième bataillon de volontaires de la Corrèze parut le contrarier ; il doutait que Florent pût remplacer un homme sur le domaine ; il demanda à le voir, s'entretint avec lui et dit à Diane :

— Ce garçon est d'une précocité surprenante, mais il a encore beaucoup à apprendre. Voulez-vous me le confier avant le départ de votre frère afin que je lui inculque les éléments indispensables à la bonne gestion de vos terres ? Moi-même, je crains de ne pouvoir m'attarder longtemps dans mes propriétés de Châteauvert et du Bech. Mon honneur d'ancien militaire me fait un devoir de retourner aux armées et de défendre ma patrie.

Il sortait à peine d'une période difficile. En renonçant, pour protester contre les mauvais traitements que l'on infligeait au roi et à sa famille, à son titre de procureur général du département qui le cantonnait d'ailleurs, disait-il, dans un rôle de potiche, il s'était attiré l'inimitié des révolutionnaires. On s'acheminait vers la destitution du souverain, ce qui soulevait des émeutes et des complots en province comme à Paris. Il apprit à Diane qu'un prêtre réfractaire, l'abbé Chabrol, avait été massacré par la population de Limoges, que l'on jetait partout en prison des suspects, les familles d'émigrés étant les premières visées. A Paris, on avait mis au point et fait fonctionner un instrument de supplice qui coupait les têtes à la vitesse de l'éclair. A Tulle, Lanot, ami de Brival, s'était acoquiné avec le vicaire Jumel pour terroriser les suspects encore en liberté...

— C'est vous dire, ma chère petite, que je suis las de ce spectacle. J'ai conscience d'avoir joué les apprentis sorciers en appelant de tous mes vœux cette révolution. Elle roule maintenant sans conducteur et sans frein, comme une voiture engagée sur une pente et qui écrase tout sur son passage. Dans le dilemme où je me trouve, une seule certitude : faire en sorte que les armées étrangères ne franchissent pas nos frontières, ce qui mettrait le pays à feu et à sang.

Il ajouta à voix basse :

— J'ai demandé ma réintégration dans le sixième régiment de dragons que j'ai quitté avec le grade de lieutenant-colonel. Je crois pouvoir rendre encore des services à la patrie. N'est-ce pas votre avis ?

— Je n'oserais pas vous juger, monsieur, car vous êtes un honnête homme et vous agissez selon votre conscience. Je vous plains cependant. Notre époque n'aime guère ceux qui, par excès d'honnêteté, hésitent à prendre parti dans les querelles de la politique. Ils sont appelés à recevoir des coups de toutes parts et restent seuls avec leur conscience. Nous, notre choix est fait, parce qu'on nous a contraints par la violence à le faire.

M. d'Ussel tapa le fourneau de sa pipe contre le talon de sa botte et proposa à Diane d'aller, en compagnie de Florent, visiter les parcelles ensemencées.

Son cheval était un anglo-arabe résistant et véloce, acheté cinq ans auparavant aux Tourdonnet ; il avait suivi son maître aux armées et au cours de ses déplacements en Corrèze. Diane monta en croupe et Florent au garrot. M. d'Ussel effrita l'humus entre ses doigts et secoua la tête.

— Ce n'est pas une terre frumentaire, mes amis. Ça non! Mais vous pourrez en tirer de quoi subsister. Votre « blé » et votre sarrasin ont mis de belles pousses. Priez le ciel que les éléments, les hommes et les sangliers ne réduisent pas vos efforts à néant.

Il suggéra de faire sur d'autres bruges des brûladis, la cendre végétale étant un excellent engrais, meilleur que le fumier chaud de mouton. Cela donnerait plus tard une herbe délicate, faite de petites graminées : le meilleur pacage de la montagne. Il était plus réservé quant aux prairies : elles donnaient des résultats bien supérieurs à celles des landes mais demandaient un entretien constant. Il croyait ferme à la vocation de terre d'élevage du plateau et de toute la montagne limousine et avait la certitude que, dans les temps futurs, les bovins y supplanteraient les ovins.

De retour au château, il dit à Florent :

— Fais ton bagage, petit. Je t'emmène au Bech pour une semaine.

Au moment de remonter à cheval, il offrit sa bourse à Diane qui se fit prier, mais finit par accepter, les contributions ayant vidé la cassette de la famille et Louis-Amour devant se munir d'un pécule pour rejoindre son bataillon. Diane, après l'avoir remercié, la gorge nouée d'émotion, lui promit de tout lui rendre à la première occasion : semence et argent. Elle pleura en l'embrassant, l'accompagna jusqu'à la ferme du Pradeloux et suivit les deux cavaliers du regard jusqu'à ce qu'ils eussent disparu derrière les premières maisons du village. Peu à peu, il lui semblait qu'autour d'elle le petit monde de Marsanges, ébranlé dans ses fondements, ballotté dans la tempête, retrouvait à la fois ses assises ancestrales et sa sérénité.

Le départ de Louis-Amour se fit sans déchirement, ayant été prévu depuis longtemps. Par souci d'économie, il refusa de prendre la poste et, pieds nus, lesté d'un baluchon et d'un modeste pécule, il disparut dans la lumière crue de l'été.

La saison promettait d'être radieuse. Un judicieux équilibre de pluie et de soleil avait suivi les dernières neiges d'avril.

Brusquement, tout changea.

Au début de juillet eut lieu une bataille de vents. Après quelques journées de grand soleil, le « chabrier », le « vent noir », se mit à souffler de l'ouest, humide et lourd comme de l'huile chaude. Il fut suivi d'un « pluziau » qui déversa en tourbillons des averses sur toute la montagne des jours durant. Le pays malade s'éveillait dans les brumes et s'endormait dans d'épais brouillards de pluie. Un petit vent de « soulière » montra son museau et, l'espace d'une journée, on crut le beau temps revenu. Le lendemain, le champ de bataille était de nouveau occupé par des escadrons de nuages qui montaient à toute allure, en rangs serrés, du sud et de l'ouest. Dans la quinzaine qui suivit, des pluies diluviennes accablèrent le pays.

A l'alacrité du début de l'été avait succédé, à Marsanges et sur tout le plateau, une humeur noire. Ce n'étaient partout que prairies noyées, champs inondés ou ravagés. Le moulin de Monteil eut sa roue arrachée par le Riou transformé en torrent, et toute sa machinerie inondée. Le ruisseau avait emporté l'unique vache d'un bordier de Marsanges qui vivait de la vente de ses fromages. La crue noya les potagers aux abords du village et vint lécher les murs de l'église, un dimanche, à l'heure de la messe, provoquant la panique chez les fidèles.

Les récoltes étant réduites à néant sur presque toute l'étendue du district, des familles entières durent abandonner leur demeure pour aller mendier leur pain sur les routes. On voyait passer des théories de fantômes hâves, au regard chargé de haine contre les hommes et le ciel. Dans les bourgades, ils assaillaient les magasins de vivres et les mettaient à sac, quand ils ne s'en prenaient pas aux boutiquiers.

Peu après le cataclysme, Valentin annonça son départ. Il se réfugierait avec toute sa famille dans le Midi où l'un de ses frères, propriétaire d'un vignoble et chef d'un maquis royaliste, attendait son aide.

Non sans aigreur, il réclama son arriéré de traitement, qui se soldait, disait-il, par plusieurs milliers de livres, somme que les Marsanges étaient loin de posséder. Il haussa les épaules lorsque Diane lui proposa de le dédommager en lui cédant une forêt giboyeuse, à la limite du domaine des Tourdonnet ; il préférait emporter quelques moutons qu'il revendrait dans le bas-pays. Sans la vigoureuse intervention de Diane, il eût emporté tout le troupeau.

— Valentin, lui dit Diane, je regrette votre décision, et plus encore la rigueur de vos exigences. Depuis que mon père a payé de sa vie votre imprudence, votre attitude envers nous a changé. Vous êtes devenu indifférent, distant, hargneux. Vous avez négligé votre tâche de régisseur : faire rentrer les rentes, obtenir qu'on nous respecte. Et vous venez réclamer vos gages !

— Faire rentrer les rentes, obtenir le respect qu'on vous doit... On voit bien que vous ne vous y êtes jamais risquée. J'aimais votre père, c'est vrai, comme le mien propre, mais, pas plus que vous, il n'avait les pieds sur terre. C'est par sa faute si nous en sommes là.

Il ajouta, la mine sombre :

— Je regrette sincèrement de quitter Marsanges, mais je n'ai plus rien à faire ici. Si vous voulez mon avis, vendez cette masure et ces landes avant que le gouvernement décrète leur séquestre et les vende aux enchères, et allez vivre en ville !

— Allez, dit Diane, je ne vous en veux pas. Donnerez-vous de vos nouvelles, vous qui savez écrire ?

— Sans doute, mademoiselle. Il est même possible, si nous connaissons des jours meilleurs, que nous revenions.

— Notre porte, Valentin, ne vous sera jamais fermée.

Des subsides fournis par Jacques Brival permirent à la famille de vivre quelques semaines en comptant juste, en se nourrissant de pain noir, de châtaignes, de pommes de terre et du gibier que Florent allait piéger avec Julie.

Brival était venu accompagné de son secrétaire, armé de pistolets et de fusils, pour faire face à une éventuelle agression de vagabonds ; il n'était resté que le temps de faire des risettes à son fils et de débiter quelques fadaises à Diane. Il s'était fait l'interprète de sa mère qui souhaitait que Diane lui amenât Félix, mais Diane avait d'autres soucis en tête. D'un air détaché, elle lui avait demandé des nouvelles de Lidon ; Brival l'avait rencontré à plusieurs reprises, mais l'avocat semblait vouloir l'éviter, sans doute, croyait-il, en raison de leurs divergences politiques — Lidon était un tiède, animé de scrupules hors de saison, et lui, Brival, un inconditionnel des forces avancées de la Révolution, persuadé qu'il appartenait au peuple de prendre son avenir en main. Il lui avait parlé longuement de la situation à Tulle où, après l'affaire de la Semaine Sainte, les esprits s'étaient calmés ; Jumel, par ses écrits et ses propos, faisait la loi et l'opinion, avec son ami Lanot qui, lui, ne dessoûlait pas.

— Toi et moi, avait-il dit en remontant à cheval, nous nous voyons peu, mais sache que je t'aime toujours autant. Je continue à espérer que la vie nous réunira, car nous avons désormais entre nous un lien indissoluble : notre petit Félix. Nous unirons nos destinées. Il suffira que tu le veuilles.

Le genre de propos que Diane supportait mal... Brival se donnait le beau rôle en faisant retomber sur elle l'incertitude sur la décision de mener une vie commune, dont elle savait bien qu'il aurait du mal à la supporter, car il était aussi passionné d'elle que de sa liberté et de ses ambitions.

Des nouvelles de Lidon, Diane aurait pu lui en donner.

Il lui avait écrit à diverses reprises au cours de l'été pour l'inviter à le rejoindre à Tulle, puis à Uzerche où il avait à faire, affligé qu'elle repoussât ces rendez-vous sous des prétextes fallacieux. C'étaient des lettres débordantes d'amour, où il brassait les souvenirs de leur brève rencontre. En puisant dans sa mémoire, il ramenait sans relâche quelque détail qu'elle avait oublié. Diane devait convenir que leur liaison était plus qu'une passade, encore qu'elle se méfiât toujours de ce beau parleur. Il réagissait vivement lorsqu'elle lui parlait de son épouse et de leur enfant, dont il vivait séparé, et surtout de cette Marie Percas dont elle se méfiait, ainsi que de toutes les maîtresses de fortune dont elle ignorait l'existence.

Ces courriers pétris de passion ne faisaient qu'exacerber son désir de le revoir. Elle lui confia sa détresse : les intempéries, la disette, le départ de Louis-Amour et de Valentin Lafaye... Il lui répondit qu'il lui était insupportable de la savoir dans cette situation, et qu'il ne tarderait pas à prendre une décision importante — elle se demandait laquelle...

Un soir de la mi-août, alors qu'elle revenait avec Virginie et Florent de glaner quelques épis de seigle rescapés d'une tourmente de grêle, Diane eut la surprise d'apercevoir dans la cour du château une carriole attelée d'un robuste percheron et un cheval attaché à la fontaine. A peine revenue de sa surprise, elle vit surgir une silhouette qui lui fit chavirer le cœur.

— Bernard Lidon ! s'écria-t-elle. Toi, ici ! Tu es fou...

— Je le suis sans doute et plus que tu ne le crois, mais il fallait que je te voie. Ce que tu m'as dit de la situation de ta famille m'a troublé. Alors me voilà.

Il n'était pas venu les mains vides. Il avait prélevé dans le petit domaine qu'il possédait aux portes de Brive quelques provisions qu'il avait entassées dans la carriole : pommes de terre, noix, légumes, deux énormes citrouilles. Il y avait ajouté deux sacs de froment et un jambon. Un pactole...

Étourdie de bonheur, Diane se jeta contre sa poitrine, respirant à travers ses larmes le parfum qui imprégnait sa chemise et sa peau ; elle l'écouta lui dire qu'il avait sacrifié trois jours à cette expédition, que le trajet n'avait pas été de tout repos, qu'il avait été menacé par des groupes de paysans affamés qui l'auraient dévalisé si lui et Benoît n'avaient eu des armes à leur opposer.

— Tu as risqué ta vie pour venir jusqu'à moi, gémit-elle. Comme je t'aime, Bernard...

Benoît était à la cuisine en compagnie de Marion qu'il aidait à préparer le repas du soir. Quelques bouteilles trônaient sur la table. « Mon cadeau à moi, dit le saute-ruisseau : du vin de Puy-d'Arnac, le meilleur... » Diane observa que Marion avait fait toilette mais montrait un visage de bois. Alors qu'elle-même se retirait dans la chambre pour s'apprêter, sa sœur la rejoignit, les traits altérés par la réprobation.

— Veux-tu m'expliquer ce que cela signifie : cette visite, ces cadeaux... Qui est ce Lidon que tu sembles si bien connaître ? L'auteur de ces lettres que tu as reçues cet été et que tu caches si bien ?

— Un ami..., murmura Diane d'un air détaché. Nous nous sommes rencontrés à Tulle.

— Vraiment ! Et quel genre d'ami ?

— Écoute, petite sœur. Bernard Lidon a d'énormes préoccupations avec ses affaires, son poste de commandant de la Garde nationale et d'administrateur départemental, et pourtant il est venu spécialement de Brive, chargé de présents comme un roi mage. Grâce à lui nous allons enfin pouvoir manger à notre aise. Alors, cesse de m'importuner par tes questions et fais-lui bonne figure. Le reste est mon affaire.

— Quelle femme es-tu donc ? Brival, Sombreuil, et maintenant ce... ce Lidon !

Diane s'approcha de sa sœur et lui souffla au visage :

— Un mot de plus et je lui demande de reprendre la route avec ses présents !

Le souper fut animé. Florent raconta son séjour à Châteauvert, chez M. d'Ussel ; il y avait appris en quelques jours l'essentiel de ce qu'il faut savoir sur l'élevage dans ce pays de montagnes et de landes ; il se montra intarissable quant à la réalisation des prés de fauche, ce qui parut susciter un vif intérêt chez Lidon.

Revenu depuis peu de Paris, l'avocat raconta le soulèvement populaire du 10 août qui avait chassé le roi des Tuileries, la tuerie des patriotes, le massacre des centaines de suisses qui défendaient le château, la fuite du roi à l'Assemblée, les menaces de destitution et de mort qui planaient sur sa personne, les mouvements de la populace qui ne laissaient pas de l'inquiéter, au moins autant que la situation aux frontières, qui avait abouti à la proclamation de la patrie en danger...

— Je n'aime guère le visage que prend la Révolution, dit-il. Ce n'est pas l'Assemblée qui m'inquiète, car elle a réagi sainement en retirant au roi le pouvoir exécutif pour le prendre à son compte. C'est la Commune : un ramassis d'émeutiers, d'aventuriers du parti orléaniste, qui font régner la terreur dans Paris. Le Palais-Royal est devenu un repaire d'insurgés cachés sous le masque du jacobinisme, qui nourrissent l'espoir de voir le roi abdiquer et le duc d'Orléans prendre sa place, tandis que la Révolution serait anéantie sous les coups de boutoir des armées d'Europe...

Aux regards narquois braqués sur lui il constata qu'il était en train de tenir un discours prétentieux, qui n'était pas de circonstance. Il sourit, lissa ses moustaches d'un coup d'index, leva son verre et dit simplement :

— Je bois à la liberté et à la paix, les seules valeurs humaines qui méritent qu'on leur sacrifie sa vie.

Il ajouta en regardant Diane dans les yeux :

— J'y ajoute l'amour.

Il tenta de distraire son auditoire en racontant un épisode de la vie à Treignac où il s'était arrêté quelques heures plus tôt. La ville était sous la coupe d'un personnage singulier qui tenait davantage de la comédie que de la vie politique. Cet ouvrier sellier, devenu président de la société populaire, ne se présentait aux réunions qu'entouré d'un groupe d'amazones vêtues de costumes masculins, parmi lesquelles trônait celle qu'on appelait « la Reine », son épouse ou sa favorite. Il pénétrait dans la salle de réunions au son des hymnes patriotiques et déclarait : « Place aux sans-culottes et aux sans-culottines ! Aristocrates, prosternez-vous ! » A Uzerche, c'était un boucher illettré qui faisait la loi. A Brive, les propos du citoyen Durieux, aubergiste, l'homme des émeutes de Favars et d'Allassac, étaient tenus pour paroles d'Évangile. Tulle subissait la loi de l'ivrogne Lanot qui, dans son délire, rêvait tout haut d'abattre toutes les demeures aristocratiques de la ville, et celle de Jumel qui avait trouvé un rôle de Paillasse à sa mesure. Le pire de tous était peut-être un nommé Broutassou, qui s'appelait en réalité Brousse ; cet ouvrier de la Manufacture d'armes était devenu, grâce à son éloquence vulgaire et à ses brutalités verbales, président de la société populaire ; d'un mot, il pouvait envoyer un suspect en prison.

Les crêpes de Marion et le miel de Florent terminaient ces agapes. Benoît ouvrit une autre bouteille. Lidon y goûta puis se leva pour partir.

— Vous n'y pensez pas ? s'écria Diane. En pleine nuit... Restez coucher. Vous reprendrez la route demain.

Lidon ne se fit prier que pour la forme et Benoît parut ravi. Sans attendre cette décision, Diane leur avait préparé un lit pour la nuit : Lidon coucherait au premier étage, dans l'ancienne chambre de François, et son commis partagerait avec Florent la chambre aux herbes. Marion accabla sa sœur d'un regard sombre. Elle était occupée à ranger la vaisselle dans la bassière quand Benoît se pencha vers elle pour lui murmurer quelques mots à l'oreille. Rouge de confusion, elle le souffleta.

Comme les deux sœurs gagnaient leur chambre, Marion se tourna vers Diane et lui dit d'un ton peu amène :

— Pas d'hypocrisie, je te prie. Puisque cet homme est ton amant, va donc le rejoindre ! Tu crois que je n'ai pas compris votre manège ? Tu avais une façon de te serrer contre lui tandis qu'il parlait... Et lui te buvait des yeux. J'espère qu'il aura l'élégance de ne pas te faire un enfant, lui aussi.

— Retire ce propos, lui dit Diane, la main levée, sinon...

Sur un « bonsoir » ironique, Marion lui tourna le dos.

— J'ai eu peur que tu ne viennes pas, dit Lidon en serrant Diane contre lui.

Elle lui raconta la brève altercation.

— Ta sœur ne nous aime guère, moi et mon commis. Elle boude depuis que nous sommes arrivés. Pourquoi ne s'est-elle pas mariée ?

— Elle est persuadée que, sans elle, la famille irait à la dérive, et elle refuse de nous abandonner. D'autre part, ce petit paquet de femme n'a pas trouvé chaussure à son pied. Mon père, au lieu de s'abreuver de Rousseau et de Voltaire, de se noyer dans ses propres affaires de sentiment, aurait dû s'occuper de nous trouver de beaux partis. Il répugnait à le faire, de crainte de nous perdre.

— Marion est bien en chair, mais point laide. Je connais des hommes qui auraient plaisir à lui conter fleurette, à commencer par mon commis.

— Un seul s'y est risqué : le fils de Léonard Sauviat, Tiénou. Elle se serait résolue à l'épouser pour nous éviter de nous heurter de nouveau à son père, mais Tiénou est parti comme volontaire.

Elle n'osa lui avouer que Marion était le fruit d'une faute commise par Mme de Marsanges avec un officier, ce qu'elle devait ignorer à tout prix. Diane en avait reçu la confidence de son père, quelques années avant sa mort. Pourtant, de tous ses frères et sœurs, c'était peut-être Marion la plus attachée à la famille.

— Nous avons assez parlé de Marion, dit-elle. Pensons à nous.

Il arrêta son geste au moment où elle s'apprêtait, dans la lumière de la chandelle, à revêtir sa chemise de nuit.

— Reste nue, dit-il. Je veux te regarder, te caresser, te boire. Je t'ai tant attendue, des semaines, des mois, que je ne veux rien perdre de toi. Tu es tout pour moi, Diane. La seule...

— Menteur ! Que fais-tu de toutes ces femmes : ton épouse, Marie Percas et les autres ? Tous ces plaisirs qu'elles te donnent...

— Je m'y laisse aller pour oublier mes crises de conscience, mes petits drames, mes soucis. Je les prends comme on absorbe un poison, pour qu'elles me donnent la bonne mort à laquelle j'aspire. Elles sont pour moi l'image d'un suicide interminable. Toi, tu es ma vie. Je te regarde et j'accède à un autre monde où tout est lumière et douceur.

Il lui avait déjà parlé dans ses lettres de cette obsession : le suicide, mais elle avait pris cela comme un argument de séduction. Elle lui demanda d'oublier ses soucis pour ne pas gâcher le peu de temps qui leur était imparti.

Ils basculèrent sur le lit et, après une furieuse étreinte, gémirent d'une seule voix. Rejetés de chaque côté du lit, la main dans la main, le corps humide de sueurs d'amour dans la clarté de la chandelle, ils écoutèrent la nuit qui semblait bouger autour d'eux, déplacer des odeurs légères, des ombres délicates, des bruits mystérieux. Une buée légère voilait des étoiles. Au loin, par-delà le village, un bain de lait attendait le lever de la lune.

Bernard s'avança vers la fenêtre. Le grillon qui monologuait dans la cheminée se tut à son approche. Diane l'observa dans la lumière de la chandelle : moins grand que Brival de deux ou trois pouces, il était plus mince, d'une stature plus harmonieuse et d'une allure plus élégante. Elle se dit qu'il devait être conscient de ces avantages car il semblait en jouer pour elle et pour d'autres, se laissait admirer, moins peut-être par vanité que pour susciter le désir.

Penché sur le rebord de la fenêtre, il buvait la nuit par tous ses pores, de tous ses yeux. « Une nuit d'Épiphanie... songeait-il. Quelque part un autre messie doit être né pour que le ciel s'éclaire d'une lueur aussi douce et légère. Un messie qui va ramener sur terre la paix et l'amour... » Il n'avait jamais connu une telle communion entre lui et les éléments, une telle survivance du bonheur après l'amour, comme si le plaisir qu'il avait éprouvé, bouleversant, presque tragique, se refusait à quitter son corps et son âme. Cette nuit était celle d'un commencement ou d'une fin, un introït ou un hosanna montant de la terre ou tombant des étoiles, d'autant plus poignant qu'il n'était qu'un murmure intérieur.

Il tressaillit en sentant la main de Diane sur son épaule, son corps frais contre son dos qui lui semblait brûlant, sa langue qui léchait la sueur de son cou.

— Tout semble paisible, dit-elle, mais c'est une paix trompeuse. La terre souffre. Ces récoltes dévastées, ces foyers sans pain, ces hommes partis sur les routes... Cette nuit n'est qu'un masque. Demain nous verrons de nouveau la détresse du monde.

Il l'embrassa pour l'obliger à se taire. Puis il lui parla des nuits de Paris, du tocsin qui grondait dans les faubourgs à la moindre alerte, des foules d'avant l'aube, ivres de faim et de colère, qui se pressaient aux portes des boulangeries, des clubs et de l'Assemblée pour proclamer leur souveraineté et dicter leur loi, des émeutes qui secouaient la ville comme des séismes, du tumulte qui bourdonnait autour des lieux de plaisir...

— Oublie cela, dit-elle. Nous avons toute une nuit pour nous deux, pour nous seuls.

Il faillit lui avouer sa préoccupation essentielle : divorcer d'avec une femme qui ne lui était plus rien, rompre avec sa maîtresse, faire table rase de sa vie passée, épouser Diane et vivre avec elle, à Marsanges, une longue suite de jours. Ce vertige dissipé, cette tentation évanouie, il se contenta de la serrer contre lui, de lui dire qu'il l'aimait, qu'il n'aimait qu'elle, et il la sentit fondre de bonheur.

Ce n'est qu'au petit matin qu'il lui confia avoir rencontré Hyacinthe à Paris.

— Il venait juste de sortir de prison après une affaire de jeu, dit-il. J'ai accompagné mes amis, le Briviste Brune, Danton et Laclos, que ton frère avait invités à célébrer cet événement. Brival était là aussi, mais je ne lui ai pas adressé la parole. Ton frère n'est guère prudent : outre qu'il a cédé de nouveau à la passion du jeu, il s'exhibe en compagnie de Mme de Montchamp, une jolie dame qui pourrait être sa mère, dans les cabarets et les théâtres. Il ne prend même plus soin de cacher sa véritable identité, persuadé que la protection du duc Philippe d'Orléans pourrait le tirer même de l'enfer. Il se trompe. La Révolution dévorera ce prince jacobin et maçonnique. Danton et Marat le protègent, en contrepartie de certains avantages, mais cela ne durera que le temps que l'Assemblée gardera une apparence de pouvoir contre la Commune. Dans les faubourgs, les loups attendent leur heure. Elle ne saurait tarder.

Changeant de ton, il lui annonça jovialement :

— L'Assemblée sera sûrement dissoute avant la fin de l'année. Mes amis politiques ont décidé de faire de moi un député de la Corrèze. Comme je me dois à mes idées, j'ai accepté.

— Prends garde, Bernard Lidon ! Tu feras une proie idéale pour les loups.

7.

LES LARMES DE SEPTEMBRE

Août-septembre 1792 : Paris.

Hyacinthe s'éveilla, le visage plâtré d'insomnie, de la bile jusqu'aux yeux. Près de lui une fille dormait, un fil de salive au coin de la bouche ouverte qui montrait des dents gâtées. A plusieurs reprises, dans la nuit, elle l'avait réveillé par ses ronflements ; il la faisait taire à coups de pied. Comment elle s'était retrouvée dans son lit et qui elle était, il ne s'en souvenait pas ni ne s'en souciait.

Il tenta de retrouver le sommeil, mais en vain. Sa montre marquait huit heures. Le tumulte de la rue grondait déjà aux fenêtres : roulements de carrosses et appels de marchands d'eau. Il se pencha vers la fille, s'efforça de la replacer dans le souvenir de la soirée. Il y avait eu, dans les salons du prince Philippe, un concert Mozart donné par d'anciens instrumentistes de la cour. Le prince avait rencontré le musicien lors de son troisième et dernier séjour dans la capitale ; il logeait à l'hôtel des Quatre Fils Aymon, rue du Gros-Chenet. Le jeune Wolfgang lui avait confié son amertume avec son détestable accent : « Je suis déçu par les Parisiens. En matière de musique, ces suppôts de Voltaire sont des brutes et des imbéciles. Je perds mon temps ici... » Le prince avait tenté de le rassurer : le véritable génie ne pénètre les masses qu'à la longue ; l'avenir lui rendrait justice au-delà de ses espérances...

Hyacinthe avait bâillé derrière sa main tout au long du concert. Il était ensuite allé flâner avec son ami Laclos dans les jardins du Palais-Royal. Ils avaient bu des rafraîchissements à la galerie du bois qu'on appelait le « Camp des Tartares », en regardant passer les filles, dans la chaleur de la nuit d'août où l'été brûlait de tous ses feux. Deux filles, à la table voisine, les lorgnaient effrontément. « Des Flamandes, lui avait glissé à l'oreille le bon Choderlos. Je les connais.

Elles ne manquent pas de tempérament et, de plus, sont ferventes démocrates. Tu peux les avoir pour un louis. Elles refusent les assignats. Nous les employons parfois pour arracher des confidences à certains députés. » Une seule suffirait à Hyacinthe ; il était las et cette musique l'avait endormi.

Laclos lui avait demandé où en étaient ses amours avec Adélaïde de Montchamp. Depuis la fausse rupture consécutive aux exigences de « monsieur Gustave », ils se voyaient rarement. Elle lui avait offert une montre, véritable œuvre d'art, au boîtier orné d'une bergerie en émaux d'une merveilleuse finesse. Lorsque Gustave s'absentait, Hyacinthe rejoignait sa vieille maîtresse à Saint-Cloud ; parfois c'est elle qui venait le rejoindre à Paris ; ils passaient leur temps à se quereller : elle était d'une jalousie de fauve et lui n'était guère patient, mais elle était généreuse de ses deniers et lui de ses transports. Le bon M. de Montchamp, noyé dans ses paperasses et sa collection de petits souliers, jouait les cocus indifférents.

Hyacinthe avait avoué à son ami :

— J'ai parfois envie de quitter ce cloaque pestilentiel pour aller vivre avec Adélaïde à Saint-Cloud, quitte à me battre en duel avec « monsieur Gustave ». J'ai connu là une sorte de bonheur dont j'ai gardé la nostalgie. L'ennui, c'est qu'Adélaïde se montre de plus en plus acariâtre et qu'elle n'embellit pas. D'autres fois, je me dis que la sagesse consisterait à rompre et à me trouver un beau parti dans l'entourage de Mme de Genlis et du prince. Sais-tu qu'elle m'a invité récemment à l'heure du café, dans son appartement de la rue de Bellechasse ? Elle souhaitait m'entretenir de mon frère, Louis-Amour, comme elle passionné de botanique, mais il est parti combattre aux frontières.

Paméla et Hermine, qu'on appelait les « petites Anglaises », mais qui pouvaient bien être les filles du prince et de son égérie, étaient passées, dans une odeur de jeunesse et de violette, tourbillon de jolies étoffes. Mme de Genlis avait rappelé Paméla qui observait avec un sourire narquois Hyacinthe par la porte entrebâillée ; elle lui avait demandé de « faire Héloïse » en l'honneur de son hôte. Paméla avait esquissé un mouvement de danse avant de se figer dans une attitude adorable. Paméla... Hyacinthe la voyait parfois se promener au Palais-Royal, vêtue en amazone, suivie de deux piqueurs en livrée coiffés aux couleurs du marquis : rouge et bleu.

— Tu peux toujours rêver, lui avait dit Laclos, mais les deux

« Anglaises » sont destinées, soit dit sans vouloir te vexer, à des personnages plus importants que toi.

Avant de se séparer, ils avaient pris rendez-vous pour le lendemain, à huit heures, avant la réunion de cabinet qui ouvrait la journée du prince : ils avaient prévu, comme ils le faisaient parfois, de descendre la Seine à la nage, accompagnés d'une barque portant leurs effets.

Hyacinthe se leva en titubant. Avait-il honoré la Flamande ? Il ne s'en souvenait pas. Étant convenus des conditions de la rencontre, ils avaient bu une bouteille de champagne au café de Foy en dégustant des pâtisseries. C'était une Junon nordique : croupe de poulinière et membres de bûcheron. Elle dormait nue, à plat ventre, les fesses largement étalées, blêmes comme de la pâte à pain, ses cheveux roux et gras répandus jusqu'aux reins. Ils n'avaient pas fait l'amour, il en était sûr à présent : un corps à corps avec cette lutteuse de fête foraine aurait laissé des traces, au moins dans sa mémoire. Une nausée lui monta aux lèvres. Il cria :

— Allons, debout !

D'un coup de pied, il fit basculer la fille sur la carpette. Quand elle réclama un bain, il lui répondit qu'elle pouvait toujours aller aux bains russes ou à la Seine, car il n'avait ni baignoire ni eau. Elle l'injuria, réclama son argent et partit en claquant la porte.

Il était trop tard pour rejoindre Laclos. Après tout, c'est lui qui lui avait mis cette fille sur les bras. Il fit sa toilette, se parfuma la bouche au vinaigre romain et, en attendant l'heure de se rendre au cabinet du prince, il se livra à quelques exercices de tarots. Catastrophe ! Le jeu le promenait à travers un monde d'Apocalypse : du sang, de la mort, quelques compensations de la part d'une femme qui ne pouvait être qu'Adélaïde...

Assis sur le rebord de la fenêtre, il observa le manège de la rue. Depuis le début des grandes chaleurs on n'arrosait plus le pavé et des remugles puissants s'en exhalaient, malgré le passage fréquent des tombereaux de la voirie. L'illusion de fraîcheur déposée par la nuit s'était dissipée. Implacablement bleu, le ciel balayé de vols de martinets annonçait une nouvelle journée ardente. Les oreilles bourdonnantes de roulements de voitures, de querelles de boutiquiers et de ménagères, d'appels de marchands ambulants et de vendeuses de billets de loterie, de clameurs de gosses qui couraient en ribambelles déguenillées, Hyacinthe songeait aux verdures profondes de Saint-Cloud, aux promenades à cheval dans le grand silence de la forêt, aux repas, aux collations et aux entretiens sous la gloriette.

Il lui sembla entendre la voix d'Adélaïde : « Et maintenant, si nous faisions l'amour ? »

Il détestait le Palais-Royal. Dans ce gigantesque abcès au flanc de Paris, dans ce foyer putride, la Révolution paraissait se décomposer. Face aux faubourgs populaires où se levait une aube barbare, cette enclave de l'ancien régime se dissolvait dans un crépuscule glauque. D'une part, un élan profond, venu des entrailles de la capitale ; de l'autre, une dégénérescence inexorable.

On trouvait là tous ceux dont la Révolution avait fait des marginaux : aux coups de tonnerre d'un Danton, sincère en apparence, mais pourri de l'intérieur, faisaient écho les propos lénifiants du prince jacobin qui, prêt à toutes les compromissions, misait sur chaque tableau pour être certain d'avancer un peu en direction du trône, tout en proclamant qu'il avait peu de chances, étant le cinquième prétendant — mais, lui, il était présent.

Dans cette chaudière de sorcière, les grandes dames jouaient les prostituées et les filles de joie se donnaient des airs de duchesses. Les ecclésiastiques que l'on y croisait paradaient dans une cour de catins. L'appareil de la délation, de la calomnie, du crime, était présent ; on en obtenait les services argent comptant. La subversion y couvait en permanence, mais avec une telle apparence de loyalisme et de tels moyens de séduction que les plus ardents révolutionnaires s'y laissaient prendre ou faisaient semblant.

Le seul endroit de ce petit monde où Hyacinthe se sentît relativement à l'aise était, au sud du Palais-Royal, le Camp des Tartares.

Là, le vice évoluait à visage découvert, sans hypocrisie, et les fonctions répondaient à ce qu'on en attendait. On savait qui était qui, quel service on pouvait attendre d'une maquerelle, d'une fille de joie, d'un tenancier de tripot ou de cabaret et même d'un escroc. Hyacinthe s'y rendait le plus souvent seul, l'austère Laclos craignant pour sa réputation en cas d'incident avec la police. Les remous de Paris amenaient parfois dans cette sentine un Anglais pris en main par un guide douteux qui l'abandonnait sans scrupule, en pleine nuit, au milieu des putains et des brigands, délesté de sa bourse. Hyacinthe faisait volontiers son profit de ces naïfs, s'en amusait aux cartes et, sous le regard admiratif de quelques connaisseurs, leur subtilisait leur or avec une suprême élégance, mais les consolait en leur offrant du champagne ou en leur mettant dans les bras une jolie fille, une de ses « paroisiennes », disait-il. Il préférait ces soirées à celles, guindées et ennuyeuses, que donnait le prince, lui-même amateur de cartes ; Hyacinthe y réussissait quelques beaux effets de manchettes, mais n'osait pousser trop loin son savoir-faire, de crainte de susciter la méfiance.

Au Camp des Tartares, Hyacinthe était connu et apprécié ; il s'y sentait d'autant plus à l'aise qu'on le savait bien en cour auprès du prince et prêt à user de ses relations pour les services qu'on lui demandait. Il prenait soin, pourtant, de naviguer à la pointe de la vague, se refusant à prendre une part active aux activités du lieu. Il avait repoussé l'offre d'une comtesse, épouse d'émigré, tenancière d'une « académie de jeux », qui souhaitait en faire son associé ; de même il avait opposé un refus poli aux avances d'une ancienne professe de Sainte-Pélagie qui souhaitait, après un apprentissage sur le carreau de la Grande Boucherie, quitter le ruisseau pour fonder une maison de plaisir destinée au gratin de la société. A son retour de la Folie Montchamp, il avait mécontenté son ami Laclos qui, au vu de ses talents, voulait l'entraîner dans une association de joueurs qui tenait ses assises chez le « prince » Racoczy, à l'hôtel de Transylvanie, quai Malaquais, à quelques pas de l'hôtel de M. de Bouillon qui avait été aux tables l'initiateur de Hyacinthe. L'aventure d'Uzerche l'ayant rendu circonspect, il répondit à Laclos :

— Les cartes sont pour moi une passion, et je ne souhaite pas que cela se termine par un mariage.

La réunion de travail dans le cabinet du duc d'Orléans fut maussade. On y parla des rumeurs qui circulaient en ville, venues des faubourgs, selon lesquelles les revers des armées aux frontières du Nord et de l'Est, la capitulation de Longwy, due à une trahison et qui semblait préfigurer celle de Verdun, la désertion de La Fayette, les dissensions violentes entre l'Assemblée et la Commune risquaient de provoquer parmi les sans-culottes porteurs de piques des mouvements agressifs. La grande boucherie du 10 août aux Tuileries n'était pas loin, et Paris enregistrait encore les soubresauts de cet événement qui avait abouti à l'emprisonnement de la famille royale dans le donjon du Temple. Sur proposition de la Commune, les députés avaient accepté le principe de perquisitions domiciliaires, de nuit comme de jour, en vue de débusquer et d'incarcérer les suspects et, ainsi, mettre fin au complot généralisé qui minait la nation. Et l'entourage de Philippe d'Orléans, bien que teinté de jacobinisme, n'était composé que de suspects.

« Il est temps, songeait Hyacinthe, de revenir me mettre au vert à Saint-Cloud... »

En quittant la réunion qui avait duré plus de trois heures, Hyacinthe se souvint brusquement de l'entrevue qu'il avait eue quelque temps avant avec Me Bernard Lidon, avocat briviste reconverti dans les spéculations immobilières, dont Brival, qui ne semblait pas le porter dans son cœur, lui avait dit les ambitions politiques.

Au cours de leur entretien, Lidon lui avait appris que l'abbé Plazanet, curé de Marsanges, avait été arrêté et enfermé à Tulle d'où, pour se débarrasser de ce trublion, on l'avait envoyé à Paris, en attendant la déportation en Guyane. Il était incarcéré, avait ajouté l'avocat, avec une vingtaine d'autres ecclésiastiques, dans la prison de l'Hôtel de Ville. Hyacinthe se promit de lui rendre visite à l'occasion.

Ce jour-là, comme il n'avait aucune autre obligation, il loua un fiacre pour se rendre à l'Hôtel de Ville. La liste des prisonniers était affichée sur la porte de la prison. Il demanda à voir l'abbé et dut, pour cela, graisser la patte au geôlier.

Plazanet ne le reconnut pas. Hyacinthe dut insister, lui rappeler quelques événements qui avaient marqué son long ministère à Marsanges pour qu'il consentît à hocher la tête et à esquisser une grimace qui pouvait passer pour un sourire. Il murmura d'une voix grinçante :

— Les Marsanges... si je me souviens de vous...

Il partit dans une vitupération contre Ambroise, ce mécréant, ce pharisien, ce sybarite...

— Mon père est mort, dit Hyacinthe. Ses fautes lui seront pardonnées, sinon par vous, du moins par Dieu. Quant à moi, si je néglige les exercices de la foi, elle est toujours dans mon cœur.

Il lui rappela les leçons de catéchisme de jadis. Hyacinthe était un élève dissipé. Pour le punir, l'abbé le souffletait, lui faisait réciter quelques *Pater noster,* puis l'embrassait, et il avait alors le désir sincère de ne plus pécher.

— Faites-moi la grâce de retrouver ce geste, je vous en prie, mon père.

L'abbé le souffleta rudement, l'écouta réciter la prière et lui dit d'un ton âpre :

— Fais-moi sortir d'ici, garnement. Je sens que je ne vivrai pas longtemps au milieu de ces curés imbéciles qui passent leur temps à jouer comme des enfants de chœur au lieu de prier. Mon pays me manque et je déteste cette ville. Je veux aller mourir en Corrèze.

En sortant de la sentine puante et surchauffée qui servait de prison aux prêtres, entassés comme dans les cales d'un navire négrier, Hyacinthe tomba, en débouchant dans une artère importante, sur un spectacle étonnant. Il se pinça pour se persuader qu'il ne rêvait pas.

Sur toute la largeur du boulevard un cortège progressait lentement, entre deux haies de gardes nationaux en grande tenue. Il s'informa auprès d'un officier municipal à écharpe tricolore, qui semblait préposé à la sécurité, et apprit qu'on procédait aux funérailles solennelles et symboliques des patriotes victimes des suisses dans la journée du 10 août.

Dressés sur des chars traînés par des bœufs, d'énormes catafalques drapés de deuil s'avançaient, précédant une foule silencieuse d'où montaient par instants des sanglots et des cris de mort contre le roi et la reine. Aux roulements des tambours succédaient les éclats funèbres d'une musique jouant des hymnes de Marie-Joseph Chénier et de Gossec. Derrière une délégation de députés venaient de longues théories d'orphelins et de veuves drapés de blanc et ceinturés de noir, au milieu desquels des cavaliers arboraient des fanions portant le nom des lieux des massacres perpétrés en diverses provinces par les ennemis de la liberté. Un nuage d'encens se mêlait à la poussière que faisait lever le piétinement de la foule et des chevaux et flottait jusqu'au sommet des arbres accablés par la chaleur.

— Découvre-toi, citoyen ! dit un officier de la Garde nationale en passant près de Hyacinthe. Et salue les martyrs de la Révolution !

Hyacinthe obtempéra, mais jugea prudent de s'éclipser au plus vite. Il remonta jusqu'à la tête du défilé où tonnaient les hymnes vengeurs et arriva en pressant le pas aux Tuileries. On avait dressé au-dessus du bassin du jardin, au milieu des marbres coiffés du bonnet rouge, un obélisque noir de dimensions colossales sur lequel on pouvait lire : « Silence, ils reposent. » Avec ses parterres piétinés, ses massifs de fleurs desséchées par la canicule et ravagées par la bataille, les impacts de balles sur les balustrades et les murs, les traces laissées dans les allées par l'artillerie, ce lieu donnait une lugubre impression d'abandon.

De l'endroit où il se trouvait, au coin du château des Tuileries, Hyacinthe perçut comme un vertige la vision dans toute son ampleur de ce fleuve humain dont les cris et les lamentations couvraient maintenant la musique et les hymnes. Il semblait que, groupé derrière les insignes des sections, les porteurs de piques et de bonnets rouges avançant avec une lenteur obsédante, à la fois poussé par la colère et retenu par la douleur, tout Paris se fût retrouvé là. Hyacinthe n'avait jamais assisté à un tel déploiement de foule depuis le jour où, en place de Grève, il avait assisté à la décapitation par une étrange machine qu'on appelait la « Louison », la « Louisette » ou encore la « Guillotine », d'un brigand nommé Pelletier. C'était le même flot humain, sauf qu'il était immobile, figé, semblait-il, par une terreur sacrée, silencieux devant cet échafaud sur lequel se dressait la géométrie rouge, rigoureuse, hallucinante dans sa simplicité, de la machine de mort.

Pour éviter d'être pris dans la foule et tâcher de se rapprocher du Palais-Royal, Hyacinthe traversa le jardin en suivant à quelques pas un groupe de sans-culottes chargés du service d'ordre, en direction de la terrasse des Feuillants et de l'église Saint-Roch. Soudain il fut arrêté par un individu à mine patibulaire, vêtu de noir, lèvres blêmes sous une moustache de silure qui, d'un ton rogue, demanda à vérifier son identité. D'une main tremblante, Hyacinthe tira ses papiers de sa jaquette et les tendit au policier qui les détailla d'un air soupçonneux.

— Pierre Bayle... Tu es en règle, citoyen. Du moins apparemment. Tu ne portes pas d'armes ? Bien. Mais que fais-tu ici, à baguenauder au lieu de suivre le cortège de nos martyrs ?

— Je l'ai accompagné durant un bout de chemin, mais je dois rejoindre mon poste au Palais-Royal.

— Tu es sans doute de cette camarilla de traîtres qui n'attend qu'une occasion pour poignarder la Révolution dans le dos ?

Hyacinthe, devinant qu'il allait perdre son calme, s'efforça de sourire : une expression de peur, un mot maladroit suffiraient à le rendre suspect et à l'envoyer en prison. « Suspect »... il n'avait que ce mot dans la tête ; il s'y était accroché depuis le conseil du matin, comme une mouche bourdonnant dans une toile d'araignée.

— Je ne suis, dit-il, qu'un modeste commis aux écritures. Tu as pu voir, citoyen, que je possède la carte civique. S'il se prépare un complot, j'y suis étranger. Je ne suis rien, mais ce dont tu peux être convaincu, c'est que je suis partisan de la liberté et de la paix. Vive la nation, citoyen, et mort aux tyrans !

— Vive la nation ! répondit le policier d'une voix sans timbre.

Il lissa de l'index le fil de moustache qui lui pendait aux lèvres et fit signe à Hyacinthe qu'il pouvait vaquer.

Les jambes molles, le pas incertain comme s'il marchait à travers un marécage, Hyacinthe passa, sans lui adresser un regard, non loin de la guillotine que l'on avait laissée en place sur le Carrousel, après l'exécution, la semaine précédente, pour des raisons politiques, de Collot d'Engremont. Le bourreau, Sanson, avait juste emporté chez lui le couperet.

Il s'assit sur une borne, devant la terrasse des Feuillants, frôlé par des groupes silencieux qui se dirigeaient vers le point où devait avoir lieu l'apothéose de la cérémonie funèbre. Seul au milieu de cette foule qui parlait à voix basse, il se sentait soudain comme désigné à la vindicte populaire, entraîné à son corps défendant par un courant irrésistible qui le poussait vers une perspective inéluctable : la prison et la guillotine. L'appareil révolutionnaire de répression lui faisait peur, mais plus encore cette populace gorgée du vin noir de la haine, qui semait dans la capitale la violence et l'anarchie.

« Pourquoi moi ? se disait-il. Qu'ai-je fait qui puisse entraver la marche de la Révolution ? » Certes, il ne menait pas une vie édifiante, mais il méritait tout au plus quelques semaines de prison. Dans l'entourage du prince, il était de ceux qui souhaitaient un gouvernement démocratique plutôt qu'un retour à l'absolutisme. L'Assemblée, se disait-il, n'a pas commis que des erreurs ou de mauvaises actions : la Constitution, les Droits de l'Homme, la réforme de l'armée et de l'enseignement, l'abolition de l'esclavage, la création du musée du Louvre méritaient reconnaissance et respect. Sensible à une certaine forme d'élan et d'enthousiasme populaire, Hyacinthe avait pleuré en entendant pour la première fois ce chant de guerre ardent et tragique chanté par les fédérés du Midi : *la Marseillaise;* il l'avait chanté lui-même, mêlé à la foule, les larmes aux yeux, et se surprenait parfois à fredonner cette musique obsédante. De ses frères, c'est lui qui ressemblait le plus à son père : il avait hérité de son esprit libéral, sauf que M. de Marsanges appuyait et justifiait son choix par la lecture des philosophes alors que Hyacinthe lisait peu et se fiait à son seul bon sens ; il était comme lui tolérant et vulnérable aux tentations.

Hyacinthe s'engagea à contre-courant en direction du Palais-Royal, les yeux baissés pour ne pas paraître affronter du regard les gens qui se pressaient vers l'obélisque noir et le bousculaient au passage en l'invectivant. Il aurait aimé se fondre dans cette foule mais il avait au contraire l'impression que tous le regardaient et le suspectaient. On murmurait sur son passage : « Où s'enfuit-il, celui-là ? Hé, l'aristo ! tu n'es pas dans la bonne direction... Voyez le benêt qui s'est perdu ! »

A sa gauche, dans une ruelle donnant sur les Feuillants, s'ouvrait un café. Il s'y jeta comme s'il était poursuivi par une meute et réclama une limonade. Il devait être livide et paraissait si agité que la fille de service lui demanda s'il se sentait dans son assiette ; l'ayant rassurée d'un sourire, il se laissa, les yeux fermés, aller contre la banquette. Dans cette conque vide, le roulement lointain des tambours résonnait sourdement et faisait éclore en lui des fleurs violettes comme pour le deuil d'un roi. Il avait du mal à se protéger de l'angoisse diffuse et inexpliquée qui l'assaillait. L'air semblait se raréfier autour de lui au point qu'il peinait pour respirer. Il se dit que, cette fois, c'en était assez et qu'il ne resterait pas une journée de plus dans ce cratère qui puait le soufre. Dès le lendemain, il demanderait un congé au prince et partirait pour Saint-Cloud.

La fraîcheur de la boisson lui fit du bien. Les yeux clos, il tenta d'imaginer les hautes frondaisons de la Folie Montchamp, immobiles dans la lumière de Fragonard, les pistes de chevaux qui menaient aux alcôves ombreuses où se pavanaient de majestueuses fougères. Adélaïde essuyait la sueur de son front avec son mouchoir, faisait chanter des mots d'amour à son oreille.

Il ouvrit les yeux après avoir vu une ombre glisser sur ses paupières. L'homme à moustache de silure était devant lui.

— Citoyen, dit-il, quelque chose me dit que notre entretien de tout à l'heure s'est interrompu trop tôt. Je suis quant à moi resté sur ma faim. Alors finis ta limonade et suis-moi.

Hyacinthe ne fut pas long à comprendre qu'on savait tout de lui : ses origines, son premier séjour à Paris et la complicité amicale qui l'avait lié au duc de Bouillon, son retour à Marsanges, sa tentative manquée d'émigration à la suite de l'affaire d'Uzerche, sa liaison avec Mme de Montchamp, son activité de conseiller auprès de Philippe d'Orléans... Le captif qu'il était devenu ressentait doublement sa condition : celle de l'immédiat — il était enfermé dans la prison de l'Abbaye, dépendante de Saint-Germain-des-Prés — et celle dont il avait été la proie inconsciente depuis des années — il avait été observé, traqué, pris comme dans une nasse par la police.

Son interrogatoire par Maillard, ancien huissier devenu président de tribunal — et quel tribunal ! — avait été prestement mené du fait que ces messieurs n'attendaient qu'une confirmation de ce qu'ils savaient déjà. Il se déroulait dans une salle haute de plafond, mal éclairée, en présence du policier qui l'avait appréhendé et qui paraissait lui vouer une rancœur glacée. On voyait à tout bout de champ entrer et sortir des sans-culottes, la pipe aux lèvres, la pique à la main, empestant le vin et la sueur ; leurs sabots heurtaient violemment le sol des couloirs et leur verbe sonnait haut ; c'étaient pour la plupart des commissaires envoyés par la section des Quatre-Nations, un de ces anciens districts administratifs qui, sous la pression de l'insécurité, s'étaient arrogé des droits politiques et ne s'en laissaient conter ni par la Commune ni par l'Assemblée : ils écoutaient les interrogatoires, intervenaient pour y ajouter une question, recommandaient la sévérité ou l'indulgence au tribunal.

Le policier lui dit en le raccompagnant à sa cellule :

— Ne regrette pas de m'avoir rencontré l'autre jour. De toute manière nous aurions mis la main sur toi, à ton domicile, et cela se serait passé beaucoup plus mal.

Il apprit à Hyacinthe que l'on avait arrêté, au cours des récentes visites domiciliaires, près de trois mille suspects, parmi lesquels des prêtres réfractaires et des politiques qui s'étaient retrouvés incarcérés avec une poignée de suisses réchappés du massacre des Tuileries, ainsi qu'avec des prisonniers de droit commun, des faux-monnayeurs principalement.

— Nous sommes loin, objecta Hyacinthe, des trente mille suspects menacés par Danton.

— Rassure-toi, avait répondu le policier, nous n'en avons pas encore fini.

Il expliqua au détenu que le peuple se refusait, alors que les trente mille hommes de la dernière conscription s'apprêtaient à monter au feu, à laisser libres de comploter les ennemis du régime. Les Impériaux n'étaient qu'à une cinquantaine de lieues de Paris...

— Citoyen, ajouta le policier, quand la patrie est en danger, tous les moyens sont bons pour la défendre. Si tu es le patriote que tu prétends être, pourquoi ne t'es-tu pas enrôlé ?

Hyacinthe saisit la balle au bond.

— Je l'aurais sans doute fait d'ici peu, dit-il. Cela m'aurait peut-être permis de retrouver mon frère, parti avec un bataillon de volontaires de la Corrèze, en juillet.

Le policier fronça les sourcils. Il ignorait ce détail qui n'avait pas été consigné dans le dossier. Hyacinthe ajouta qu'il tenait l'information du député de la Corrèze, Jacques Brival, qui siégeait à la Montagne ; il pourrait confirmer cette information.

Au seuil de la cellule, le prisonnier émit deux requêtes : son transfert à l'Hôtel de Ville pour y retrouver un « vieux fou de prêtre » ; communiquer un billet au duc d'Orléans pour l'informer de son arrestation. Il se heurta à un mur.

Hyacinthe partageait sa cellule avec un groupe d'aristocrates qui menaient grand train grâce à l'argent qu'ils avaient pu garder. Ils ne manquaient de rien et Hyacinthe profitait de leurs largesses. Les cartes occupaient le plus gros des journées. Certains préféraient lire, d'autres composer des couplets satiriques sur l'air de *Bonsoir la compagnie* ou de *la Carmagnole;* d'autres enfin se repliaient sur leur détresse.

Hyacinthe s'était lié d'amitié avec l'un d'eux, Roger d'Angerville, un garçon de vingt et un ans, rejeton de petite noblesse normande, qu'il avait rencontré à plusieurs reprises aux tables d'une « académie » où ce garçon tentait de pallier une impécuniosité endémique. Il vivait de dangereux expédients, aux ordres de Philippe d'Orléans, pour les beaux yeux d'une donzelle qu'il s'acharnait, en se saignant aux quatre veines, à maintenir en marge de la prostitution. Il était devenu l'une des créatures de Fournier, dit « l'Américain », sinistre personnage, d'une efficacité redoutable dans l'élaboration artificielle d'une émeute.

Heureux de bénéficier de la générosité de ses compagnons fortunés, Hyacinthe ne se mêlait à leur groupe que pour leur soutirer, en plus, quelques louis aux cartes. Il n'éprouvait aucun scrupule tant il les trouvait arrogants, cyniques, provocants et dépourvus de tout jugement. Installés durant les repas aux fenêtres grillagées, ils jetaient aux gosses affamés les reliefs de leurs agapes pour le plaisir de les voir se battre dans la poussière, et leur demandaient de crier « Vive le roi ! » et « Mort à Robespierre ! ». Ils répliquaient aux insultes des patriotes par des bras d'honneur et aux chants révolutionnaires par des couplets subversifs. Roger les jugeait sévèrement.

— Ils m'écœurent, disait-il. Ils n'ont tiré aucune leçon des événements et sont prêts à replonger dans les erreurs du passé. Si la Révolution échoue, ils seront plus féroces que leurs ennemis.

Quant à lui, il n'avait d'autre ambition que de retrouver « sa Lucile » et de se l'attacher pour la vie. Du récit qu'il lui fit de sa liaison et du portrait qu'il traça de sa belle, Hyacinthe conclut qu'elle s'était déjà prostituée et continuait sûrement, mais il ne confia pas ses suppositions à son ami, se plaisant au contraire à le conforter dans ses illusions. Pour ne pas être en reste, il lui parla, sans mentionner son identité, d'Adélaïde ; il y mit tant de conviction qu'il se demanda s'il n'était pas, malgré lui, sincère.

Dans les jours qui suivirent, les interrogatoires se succédèrent sur un rythme et avec une violence accrus.

Le ton allait crescendo chez les magistrats populaires comme chez les geôliers, et les menaces se faisaient plus précises et plus sombres. La profanation du monument en forme d'obélisque à la gloire des martyrs du 10 août, le supplice en place de Grève d'un voleur que la foule avait dépecé parce qu'il avait osé maudire la Révolution, les appels au meurtre des feuilles extrémistes, et surtout l'annonce de la prise de Verdun par les Prussiens de Brunswick et de l'imminence d'une invasion provoquaient dans le peuple un déferlement de haine contre les « conjurés ».

— Qu'allons-nous devenir ? demanda Roger.

— Je pense qu'on va nous libérer sans tarder, répondait Hyacinthe, car les prisons sont pleines. Les patriotes ont voulu simplement nous intimider, et le prince ne peut manquer d'intervenir en notre faveur.

Ce n'étaient que des propos destinés à rassurer Roger, qui sombrait facilement dans le désespoir. L'angoisse que Hyacinthe sentait monter en lui n'était pas le fait d'intuitions mais de déductions logiques. D'étranges personnages hantaient les couloirs de l'Abbaye, portant bonnet et veste rouge, les pantalons retenus par une large ceinture, armés de piques, d'épées et même de haches. Ils pénétraient dans les cellules, observaient les détenus d'un œil inquisiteur et repartaient sans un mot.

Un matin du début de septembre, un nouveau pensionnaire fut introduit dans la cellule. Il s'agissait d'un gentilhomme d'origine limousine, François Virot, marquis de Sombreuil, gouverneur des Invalides, beau vieillard qui portait la perruque roulée.

A l'énoncé de ce nom, Hyacinthe sursauta. Diane lui avait parlé de ce jeune capitaine, Charles de Sombreuil, qui lui rendait visite à Marsanges et qui avait, disait-on, émigré en Angleterre. Il se présenta à son tour avec déférence.

— Je vous connais bien, jeune homme, lui dit le nouveau prisonnier. Votre père surtout. Je n'ignore pas non plus que mon fils, Charles, avait quelque tendresse pour votre sœur, Diane. J'aurais été favorable à un projet d'union, mais le destin en a décidé autrement. Sans doute savez-vous ce qu'il est advenu de lui ?

Tout ce que Hyacinthe savait, c'est que Charles de Sombreuil se trouvait à Londres. Il s'enquit auprès du prisonnier des motifs de son arrestation, alors que, trois ans auparavant, il avait été en apparence favorable au pillage par le peuple des réserves d'armes des Invalides. On lui reprochait de s'être trouvé dans l'entourage du roi au cours de l'attaque des Tuileries. Sa fille, Sibylle, qui l'avait accompagné dans sa captivité, occupait une cellule voisine réservée aux femmes.

— Pour un bon citoyen, dit le marquis, combien de voyous qui ne respectent rien ! Mon jeune ami, je m'attends au pire, et vous savez ce que je veux dire. Fort heureusement nous aurons des prêtres pour nous recevoir en confession. J'ai appris que ceux qui sont emprisonnés à l'Hôtel de Ville vont être incessamment transférés ici. Nous aurons au moins cette consolation de savoir que les portes du Ciel nous seront ouvertes...

« Ils ne peuvent pas m'abandonner, songeait Hyacinthe. Laclos, M. de Montchamp, le prince lui-même s'étonneront de mon absence et me feront rechercher... » Cela faisait pourtant six jours qu'il était incarcéré, avec pour seule liberté celle de faire venir sa nourriture et de se promener sous bonne garde dans la cour, avec qui lui plaisait. Six jours qui lui parurent interminables.

La journée du dimanche 2 septembre avait été lourde à la fois de chaleur et de menaces.

Dans le courant de la matinée, des sectionnaires avinés étaient passés en traînant un cadavre décapité dont ils faisaient danser la tête au bout d'une pique devant les fenêtres des cellules. L'un des prisonniers les ayant traités de voyous, ils répliquèrent que son tour allait venir.

L'Ami du peuple, le journal de Marat, qu'un détenu était arrivé à se procurer, circula de cellule en cellule. On y lisait, sous la plume du prophète sanguinaire, qu'il était fastidieux de faire le procès des conjurés ; il conseillait au peuple de « *se porter en armes à l'Abbaye, d'en arracher les traîtres, particulièrement les suisses et leurs complices, et de les passer au fil de l'épée...* ». Avec l'approche de la formidable armée impériale qui menaçait d'atteindre Paris en moins de quinze jours, les tribunaux montraient envers les suspects une singulière mansuétude, terrorisés par les proclamations des généraux ennemis qui se proposaient de mettre la France à feu et à sang et déclaraient : « Les déserts sont préférables aux peuples révoltés ! »

Ce dimanche-là, les prisonniers de l'Abbaye dînèrent plus tôt que d'ordinaire et, à la fin du repas, on les priva de leur couteau. Comme pour mettre un comble à l'angoisse des détenus, le canon d'alarme se mit à tonner, accompagné du tocsin et des tambours qui battaient la générale sur les places, tandis qu'à l'Hôtel de Ville, où le conseil de la Commune siégeait sans désemparer, on hissait le drapeau noir. A l'annonce que les voies de la capitale étaient ouvertes aux armées de Brunswick, Paris se mobilisait, projetait d'envoyer soixante mille hommes contre elles, réquisitionnait armes, chevaux et véhicules de toutes sortes.

Sombres et surexcités, des groupes de volontaires passèrent sous les murs de l'Abbaye, chantant et brandissant des drapeaux, dans les clameurs des femmes qui leur faisaient escorte. Le bruit courut dans la prison qu'une section (celle de Poissonnière, pensait-on) venait de voter une proclamation décrétant le massacre général des suspects incarcérés. Averti sans doute de ce projet, le concierge de l'Abbaye avait éloigné sa famille.

Deux heures de relevée sonnaient au clocher de Saint-Gervais lorsque des voitures vinrent prendre à l'Hôtel de Ville les vingt-quatre prêtres qui s'y trouvaient enfermés, parmi lesquels l'abbé Sicard, qui avait voué sa vie aux sourds-muets à la suite de l'abbé de l'Épée, et un vieux fou originaire de la Corrèze, l'abbé Plazanet, qui, bien que réduit à l'état de squelette et ne pouvant se soutenir qu'avec l'aide de deux cannes, injuriait ses geôliers et vaticinait.

Accompagnée de fédérés du Midi et de combattants des Tuileries, suivie d'une foule qui s'augmentait de minute en minute, l'escorte entourant les voitures dut faire halte en raison d'un encombrement de la chaussée dû aux enrôlements. La foule en profita pour se resserrer autour des véhicules et interpeller les prisonniers. C'est alors que, pris d'un accès de fureur, l'abbé Plazanet se dressa dans la portière comme un diable sortant de sa boîte et frappa violemment la première personne se trouvant à sa portée : un fédéré d'Avignon. Le volontaire chancela, poussa un juron et, tirant son sabre, en perça de part en part la poitrine du furieux, qui bascula, les bras pendants comme une marionnette au bord du châtelet.

Une voix dans la foule ayant hurlé : « A mort les prêtres ! », ce fut la curée. Aidés de quelques vauriens, les membres de l'escorte firent descendre les prisonniers pour les égorger, leur fendre le crâne, les assommer à coups de crosse. Quand le chef du détachement intervint, il n'en restait de vivants qu'une dizaine. Les cadavres jetés dans la voiture de queue, le cortège s'ébranla de nouveau dans un tumulte effrayant.

A peine les voitures avaient-elles pénétré dans la cour de l'Abbaye, plusieurs prêtres qui tentaient de fuir furent massacrés. Ceux qui restaient, groupés autour de l'abbé Sicard, furent conduits, à leur requête, auprès du comité de la section des Quatre-Nations, qui siégeait à l'intérieur du bâtiment avant d'être reconduits sous escorte à leur domicile.

Lorsqu'il eut connaissance de ce massacre, Hyacinthe songea que l'abbé Plazanet devait se trouver parmi les victimes. Il bondit dans le couloir qui ouvrait sur la cour, mais revint très vite sur ses pas : les tueurs poursuivaient leur œuvre. Chassés des premières cellules, les prisonniers étaient poussés, la pique dans les reins, vers la cour, mais ils ne franchissaient pas le seuil : ils s'effondraient, un poignard dans la gorge, une épée à travers le corps ou la tête fendue par une hache. On tirait à l'écart des corps encore agités de soubresauts pour faire place aux nouvelles victimes. Des têtes roulaient sur le pavé où des gosses du quartier s'en amusaient.

Les massacreurs opéraient en silence, sans fureur et sans colère, semblait-il, mais avec l'application de bourreaux soucieux de mener à bien leur mission dans les moindres détails. Pas une parole de haine, pas une plaisanterie, pas un rire. Ces tueurs n'étaient pas des voyous, mais des commerçants et des artisans du quartier qui en avaient assez de s'entendre insulter et provoquer, eux et leurs épouses, et médire de la Révolution par ces aristocrates conjurés, « fabricateurs » de fausse monnaie, agitateurs, traîtres à la nation, qui profiteraient de la victoire des Impériaux pour écraser le peuple. Seul le premier meurtre leur avait coûté ; ayant respiré l'odeur du sang et des viscères, goûté l'ambiance de cette fête de mort, ils poursuivaient leur tâche, persuadés, sous les encouragements de la foule contenue au portail, d'accomplir une œuvre de salubrité publique.

On questionna Hyacinthe, revenu dans sa cellule, et il raconta ce qu'il avait vu, pressant ses codétenus de se disperser dans l'immeuble et de se cacher où ils pourraient en attendant que décline ce vent de folie et de meurtre.

M. de Sombreuil lui souffla à l'oreille :

— Vous avez mieux à faire. Mêlez-vous aux meurtriers et faites semblant d'être des plus excités. C'est le seul moyen d'échapper à cette monstruosité. Ôtez cette cravate, ces manchettes, arrachez les boucles d'argent de vos souliers, cachez cette superbe montre. Débraillez-vous et décoiffez-vous. Faites « peuple ». Si vous trouvez une cocarde, épinglez-la à votre revers. Ainsi vous ferez une canaille très convenable. Il vous manquera une arme. Vous trouverez des pistolets dans la salle de garde. Tâchez d'en dérober un. Pour faire plus vrai, barbouillez-vous de sang.

— Et vous ? demanda Hyacinthe. Qu'allez-vous devenir ? Ne voulez-vous pas me suivre ?

— Oh, moi... soupira le vieil homme, je pense m'en tirer autrement. Je suis un notable trop voyant pour qu'on m'assassine comme un de ces provocateurs qui nous entourent. Partez vite. Adieu et bonne chance !

Hyacinthe dut insister auprès de Roger d'Angerville pour qu'il l'accompagnât. S'étant apprêtés l'un et l'autre, ils foncèrent vers la salle de garde qu'ils trouvèrent déserte. Les pistolets étaient bien là. Ils en prirent deux chacun, se barbouillèrent la poitrine et le visage du sang qui coulait d'un corps décapité allongé dans le couloir et se jetèrent dans la mêlée en brandissant leurs armes. A deux reprises, Hyacinthe dut soutenir Roger que la vue du massacre bouleversait.

— Allez-y, citoyens ! hurlait Hyacinthe. Mettez-y davantage de cœur !

La cour qui servait de théâtre à la tragédie était un champ de morts. Des bourreaux s'acharnaient sur leurs victimes, leur ouvraient le ventre pour les éviscérer, leur détachaient la tête à coups de hache ou de sabre. Hyacinthe força Roger à se mêler aux massacreurs sans prendre part directement à leurs actes de mort. Ils avaient renoncé à crier afin que leur excès de zèle ne parût pas suspect. Embarrassés de leurs armes, ils observaient la scène, une nausée aux lèvres, quand un petit bonhomme se dirigea vers eux en s'épongeant le front.

— Au lieu de bayer aux corneilles, dit-il en retroussant ses manches, rangez vos pétoires dans votre ceinture et venez me donner un coup de main. Je n'y arrive plus. Comme je suis perruquier de profession on m'a chargé d'apprêter les têtes de ces messieurs pour une grande parade en ville. Il ne me manque que mes peignes, mes fers à friser et mes boîtes de poudre. Travail simple mais fastidieux. Il s'agit, voyez-vous, de ficher les têtes au bout des piques et de les distribuer à ces braillards qui attendent derrière les grilles. Mais attention, citoyens ! Il ne faut pas que ça branle dans le manche, que la pointe de la pique ressorte par la bouche, comme je l'ai vu faire par un maladroit ou que les yeux pendent sur les joues. Il faut fignoler, planter le fer bien droit, d'un coup sec. Regardez...

D'une main experte il fit une démonstration, confia une tête et une pique à Roger qui recula, horrifié.

— Il faut l'excuser, dit Hyacinthe. Bien que fervent patriote, mon frère est une poule mouillée.

L'estomac soulevé, Hyacinthe aida le perruquier à enfoncer la pique « droit et profond », de manière à éviter de macabres fantaisies.

— C'est bien, citoyen, dit l'artisan. Voilà une bien jolie tête. Elle méritérait de porter la perruque à rouleaux. On jurerait qu'elle est encore vivante...

Il ajouta en soupirant :

— J'étais comme ton frère : la vue du sang me répugnait au point de me faire perdre connaissance. Et maintenant, tu vois, j'arrive même à trouver une certaine beauté dans l'horrible. Nous, les humains, nous sommes d'étranges animaux, sensibles ou cruels au gré des circonstances. Pour tout t'avouer, j'ai vomi tout à l'heure, et maintenant je suis heureux d'être ici et rien ne peut me rebuter. Que ferais-je dans ma boutique ? La clientèle se fait rare et plus personne ne porte perruque, sinon quelques « bougres d'aristocrates », comme dit le journaliste Hébert. Quand les gens ont comme souci de sauver leur tête, ils se moquent bien de leurs frisettes.

Il tendit le bras vers le fond de la cour.

— Tiens, dit-il, passe-moi la tête de ce grand escogriffe, là-bas. Oui, celle que tient ce gamin, avant qu'il ne l'abîme. Nous allons en faire un petit chef-d'œuvre. Ce ton brun est superbe !

Roger s'était vu confier un travail qui ne heurtait pas trop sa sensibilité : on l'avait chargé de fouiller les poches des victimes, d'en extraire l'argent et les objets de valeur et d'aller les déposer sur le bureau de la section. Il devait aussi ôter leurs souliers aux cadavres — quelques sans-culottes qui se porteraient aux frontières ne seraient pas des va-nu-pieds.

Le perruquier essuya le visage souillé de sang d'un des trente suisses chargés de la garde des Tuileries le mois précédent : il était doté d'une belle chevelure frisée que le perruquier fit bouffer d'une main preste en soupirant :

— Mon regret, c'est qu'il n'y ait pas une femme dans cette prison. Elles sont rassemblées dans d'autres lieux. Bah ! nous aviserons demain. Tu m'aideras, n'est-ce pas ? Nous ne nous quittons plus. Je fais de toi mon apprenti...

A cinq heures de relevée, un ordre rameuta les bourreaux pour les diriger vers les Carmes[1], où se trouvaient des prélats parmi lesquels l'archevêque d'Arles, un des plus ardents royalistes du pays, et le père Hébert, confesseur du roi. Il restait encore de

1. Aujourd'hui, Institut catholique, rue de Vaugirard.

l'ouvrage à l'Abbaye, mais un ordre ne se discute pas, surtout venant des sections qui avaient décrété le massacre.

— Eh bien, mes amis, dit le perruquier, suivons le mouvement ! Il y aura peut-être des femmes là-bas. Une petite promenade, un peu d'air frais nous feront le plus grand bien.

— Permettez, dit Hyacinthe. J'aimerais vérifier si l'un de ces prêtres obstinés que je connaissais est parmi ceux-là.

Il s'avança vers le tas de cadavres et n'eut pas de peine à retrouver, dans le coin de la cour où on les avait entassés, l'abbé Plazanet. Presque détachée du corps par le poignard d'un égorgeur, la tête blafarde, au regard vitreux, penchait curieusement sur l'épaule. Hyacinthe murmura une prière à lèvres closes, mais ne s'attarda guère pour ne pas se rendre suspect. La mort était venue à point nommé pour préserver le vieillard du martyre qui le guettait : la déportation en Guyane.

La soirée était lumineuse, ourlée d'une brise fraîche avec, dans le ciel blanc de chaleur, des vols de pigeons autour du clocher de Saint-Germain-des-Prés. Hyacinthe prit Roger par la main, bien décidé, au moindre relâchement d'attention de la part du perruquier, à lui fausser compagnie. Ils passèrent non loin des jardins du Luxembourg où les gardes nationaux de Santerre faisaient l'exercice en musique en présence d'une foule de badauds. Hyacinthe songea que leur intervention aurait pu éviter le massacre de l'Abbaye et celui qui se préparait. Étaient-ils au courant ? L'étant, seraient-ils intervenus ? Les Parisiens ignoraient l'événement. Des groupes de promeneurs respiraient la première fraîcheur d'un soir qui sentait l'orage ; des enfants jouaient avec des chiens sur le seuil des maisons ; des amoureux s'embrassaient sous un porche...

Précédé de porteurs de têtes, le groupe des tueurs s'arrêta devant la grande porte des Carmes pour demander qu'on les laissât entrer : on les refoula. Ils se dirigèrent vers la petite porte, la trouvèrent ouverte, mais avec, dans l'entrée, l'occupant sur toute sa largeur par sa stature, une sorte de dogue roux qui croisa les bras et leur jeta :

— On ne passe pas, citoyens ! Il me faut des ordres.

— Des ordres, répliqua un porteur d'eau, on va t'en chercher.

Une délégation se rendit au siège de la section, se fit établir un document que l'on mit au retour sous le nez du dogue. Il parut le renifler et le rendit avec une grimace.

— La section ? dit-il. Connais pas. Moi, mon supérieur m'a mis là. J'y reste. Allez vous faire foutre !

On alla chercher un ordre du chef de bataillon. Même réaction du cerbère qui lâcha avec un ton méprisant :

— Votre papier, je m'en torche le cul. Attention ! Le premier qui avance, je lui brûle la gueule.

Il tira deux pistolets de sa ceinture et mit en joue les émeutiers qui reculèrent. Ils parvinrent à trouver le chef véritable du factionnaire : un peintre en bâtiment qui faisait fonction de capitaine et qui le releva du poste sans faire d'histoire. Une première vague se rua vers la grande porte pour l'ouvrir à la horde. Pris dans le flot, Hyacinthe, qui n'avait pas lâché son « frère », chercha le perruquier des yeux et n'en trouva pas trace.

— C'est le moment de nous éclipser, dit-il. Suis-moi !

Ils s'étaient éloignés de quelques pas et reculaient vers la petite porte lorsqu'ils se heurtèrent presque au perruquier, retour d'un cabaret voisin porteur d'une bouteille d'eau-de-vie, et qui paraissait éméché.

— Ce n'est pas de l'eau des Carmes, mes enfants, dit-il, mais un fameux tord-boyaux qui nous permettra de tenir le coup.

Il ramenait deux nouvelles : une bonne et une mauvaise. La bonne : des sectionnaires étaient en train d'opérer dans d'autres prisons comme le Châtelet et la Conciergerie ; la mauvaise : il n'y avait pas de femmes non plus aux Carmes, mais environ cent cinquante ratichons.

— Rien que des tonsurés, nom de Dieu ! Voilà qui ne fait pas mon affaire.

Il avoua d'une voix pâteuse à son « apprenti » qu'il avait projeté de rafler discrètement les plus belles chevelures des dames de l'aristocratie pour en faire des postiches à l'intention des catins du Camp des Tartares où il comptait quelques bonnes clientes. Et la belle affaire lui passait sous le nez !

Si l'on en croyait les rumeurs et les cris, les tueurs étaient déjà à la tâche. On cherchait partout, dans les bâtiments et les vastes jardins, l'archevêque d'Arles et le père Hébert.

Le perruquier ne paraissait guère pressé d'intervenir. Assis sur un banc, devant la chapelle aux portes ouvertes d'où montaient des chants, des prières et des lamentations répondant à des coups de feu, il buvait au goulot, à petites gorgées, ce qui restait de gnôle, dédaignée par ses deux compagnons, et semblait se distraire à voir les ratichons traînés dans la cour, sommés de crier « Vive la nation ! »

et mourir, la tête fracassée, les mains jointes, le nom du Seigneur sur les lèvres.

Le perruquier murmurait entre deux hoquets :

— Ah, le bon peuple, les aimables gens que voilà ! Ce savetier, qui porte une alêne accrochée à son gourdin et qui a gardé son tablier de cuir, est un bon père de famille. Ce petit jeune homme coiffé à la Titus, qui parle haut et fort avec des manières de demoiselle, est un acteur que j'ai entendu au Théâtre-Français dans le *Brutus* de M. de Voltaire. Ces femmes dont le baptême du sang a fait des citoyennes, ces porteurs d'eau qui se vengent sur les aristos des escaliers qu'ils ont dû escalader pour leur permettre de se laver le cul, cette putain qui fouille dans la culotte de l'abbé, ces morveux qui jouent avec la mort comme avec leur chien, je les connais bien, mais je ne les reconnais plus !

L'alcool décapait sa véritable nature, le rendait vulgaire. Il ajouta à voix basse, une larme au coin de l'œil :

— Putain de putain ! Je ne me reconnais plus moi-même. Mes enfants, pardonnez-moi de philosopher comme un vieux bavard de café que je suis, mais c'est un penchant tenace de ma nature. Ce n'est pas l'homme qui change le cours du destin, mais le destin qui modifie son caractère et son comportement. J'ai appris davantage, durant ces quelques heures, sur la nature humaine que dans tous les ouvrages dont je m'entretiens avec ma clientèle huppée. Pourquoi M. de Buffon n'a-t-il pas rangé l'homme parmi les fauves, dans son *Histoire naturelle* ? Cette folie de meurtre m'écœure. Franchi le seuil de l'horreur, je sens que je me suis engagé trop avant, jusqu'à la limite où l'on éprouve le pire des sentiments : l'indifférence. Quand on en est arrivé là, on se demande si l'on pourra jamais mener de nouveau une vie normale.

Il avala sa dernière gorgée d'eau-de-vie, fit un geste désabusé et balbutia :

— Mes enfants, allez donc voir ce qui se passe dans le jardin où l'on mène un tel tapage et prévenez-moi si vous trouvez quelque marquise à chevelure de fée.

Hyacinthe et Roger contournèrent la chapelle pour pénétrer dans le jardin ombragé de grands arbres où les religieux de jadis cultivaient la mélisse pour en faire une eau connue dans tout le royaume. Envahi par les herbes jaunes de l'été, piétiné par la horde, il présentait l'aspect d'un champ de bataille. On avait cessé de tirer des coups de feu, les femmes ayant protesté contre ce bruit qui les effrayait ; on travaillait à l'arme blanche sur des victimes pantelantes que l'on expulsait du bâtiment par un petit escalier à double volée. Certains prisonniers étaient parvenus à fuir en sautant par-dessus le mur. Pataugeant dans des flaques de sang, enjambant les cadavres jonchant le sol par dizaines, Hyacinthe et Roger firent le tour du jardin d'où montaient encore par bouffées les odeurs mêlées des vieux rosiers et des herbes foulées.

— Vous, ici ! dit une voix dans leur dos.

Hyacinthe reconnut le libraire Joseph Duplain, chez lequel il passait des commandes de livres à l'intention d'Adélaïde de Montchamp. Barbouillé de sang, il tenait deux pistolets.

— Je ne suis pas moins étonné que vous, dit Hyacinthe. Je vous croyais tolérant envers la religion. Combien de prêtres à votre actif ?

— Autant que vous, sans doute, dit Duplain avec un sourire complice. Il y a plusieurs manières de hurler avec les loups pour sauver sa peau. Observez ces deux tueurs qui font de grands gestes en criant : « Vive la nation ! » et « Mort à la Chiffonne ! » (c'est le surnom que l'on donne à Mgr l'archevêque d'Arles). Ce sont M. de Valfonse, officier du régiment de Champagne, et M. de Vieuville, officier de marine. Ils ont massacré autant de prêtres que vous et moi et sont ici pour les mêmes motifs.

Il ajouta plus bas :

— Ce qu'il faut maintenant, c'est nous retirer sans éveiller l'attention de ces brutes sanguinaires. Certaines nous regardent de travers et commencent à se poser des questions sur notre compte.

— Avez-vous une idée, Duplain ?

— Sortir par la grande porte.

— Une quinzaine de gardes nationaux y sont en faction.

— Certes, mais un petit groupe hurlant à la mort a des chances de s'échapper sans attirer l'attention. Je préviens nos amis, et nous filons.

Ils firent le chemin inverse, passèrent devant le petit perruquier qui ronflait délicatement sur le banc, sa bouteille vide serrée contre sa poitrine.

— Notre chaperon, dit Hyacinthe. Un artiste et non un philosophe. Il a abusé de l'alcool et ses états d'âme risquent de lui coûter cher s'il les confie à d'autres que nous. En s'éveillant il nous cherchera partout, mais nous serons loin.

Bras dessus, bras dessous, hurlant *la Carmagnole* et « A la

Grande-Force[1] ! », ils franchirent aisément la grande porte sous le regard blasé des sentinelles. Il faisait presque nuit ; les premiers réverbères commençaient à papillonner. La ville qu'ils traversaient au pas de charge, en hurlant comme des damnés, baignait dans la paix septembrale. Des musiquettes et des chants sortaient des cabarets et des auberges.

— Mon Dieu, gémit Duplain, j'ai l'impression d'avoir traversé un cauchemar. Jamais je ne pourrai oublier ce que nous avons vécu. Jamais !

— Eh bien, dit Laclos en écartant les bras. Vous, Hyacinthe, enfin ! Mais d'où sortez-vous, mon garçon ? Des Grandes Boucheries ? Nous vous avons fait chercher par nos hommes dans toutes les prisons ! Je commençais à croire que les massacreurs vous avaient réglé votre compte. Dieu soit loué, vous êtes vivant, mais dans quel état...

— Rassurez-vous, dit Hyacinthe, je ne suis pas blessé et je n'ai tué personne. C'est un subterfuge qui m'a sauvé la vie à moi et à quelques-uns de mes compagnons. Je vais avoir un long rapport à vous présenter.

— Vous le ferez demain. Allez vous reposer.

Laclos cligna malicieusement de l'œil en ajoutant :

— Une personne qui vous est chère et qui ne dort plus depuis votre disparition attend votre retour avec l'impatience que vous devinez. Vous allez la revoir sans tarder.

Durant que Hyacinthe patientait avec ses amis en attendant de partir, des émissaires envoyés par le prince aux quatre coins de Paris entraient et sortaient en rafales, affolés, fébriles. Laclos prenait note de leurs rapports avant de les renvoyer vers d'autres lieux. Les événements se précipitaient et s'amplifiaient. Toutes les prisons recevaient la visite des tueurs et la plupart des prisonniers étaient massacrés. D'où était parti le signal de la tuerie ? Qui en était responsable ? Comment pourrait-on l'arrêter ? L'Assemblée, l'exécutif, la Commune avaient les mains liées. On avait souhaité confier le pouvoir au peuple ? Il l'avait et l'on constatait avec stupeur l'usage qu'il en faisait ! Marat devait se frotter les mains dans sa baignoire. Cet « immonde crapaud », comme l'appelaient ses adversaires, avait

1. Prison proche de la future rue de Rivoli.

appelé à la prise d'armes et au massacre : il devait être satisfait au-delà de ses espérances.

Laclos, qui paraissait très las, dit à Hyacinthe :

— Vos amis resteront cette nuit au Palais-Royal où un appartement leur sera affecté. Demain je les ferai reconduire sous bonne garde à leur domicile. S'ils désirent prendre le large, je leur ferai délivrer un passeport. Quant à vous...

Il se dirigea vers la porte ouvrant sur un cabinet de compagnie, l'ouvrit avec un air de mystère. Mme de Montchamp apparut, s'immobilisa, les mains jointes sur la poitrine, s'appuya de l'épaule au chambranle, le visage défait. Lorsque Hyacinthe s'élança pour la soutenir, elle eut un mouvement de recul horrifié, vite réprimé, et s'écria :

— Seigneur ! D'où sortez-vous ? Tout ce sang... Ne me dites pas que vous étiez parmi ces tueurs de prêtres et de femmes !

— J'étais avec eux, mon amie, mais dans la simple intention de sauver ma vie et de vous revenir vite, sain et sauf.

Un mouchoir à ses lèvres, elle étouffa une nausée.

— Ne me touchez pas ! Écartez-vous ! Je ne veux plus vous voir !

Il s'écria :

— Comment pouvez-vous penser que je suis un criminel, madame ? Je vous donne ma parole que cette main n'a pas tué. L'eussé-je fait, je m'en sentirais déshonoré jusqu'au fond de l'âme.

Avant qu'il ait pu faire un geste pour la retenir, elle disparaissait dans le couloir. Il allait la rejoindre, quand Laclos le retint.

Après une nuit agitée, Hyacinthe s'endormit au petit matin pour ne s'éveiller que passé midi.

Une main discrète et diligente avait poussé la porte du cabinet de repos où l'on avait installé à son intention un lit de camp, un nécessaire de toilette et une garde-robe. L'odeur du moka titillait ses narines, mêlée à celle des brioches fraîches. La fumée légère montait dans un rayon de soleil passant par la petite fenêtre dont on avait écarté les rideaux, poussé les volets et par laquelle venait, avec une chaleur moite, la rumeur des jardins que l'heure du dîner n'avait pas vidés de leur foule tumultueuse. Les terrasses des cafés regorgeaient de clients ; juchés sur des chaises, des orateurs publics péroraient ; on s'arrachait les gazettes dont les aboyeurs criaient les gros titres...

Hyacinthe déjeuna et, fenêtre close, se rendormit. Il refusa le repas qu'un valet lui proposait, mais demanda de quoi écrire. Sans quitter son lit, il commença la rédaction du mémoire relatif aux conditions de son arrestation et de sa détention, sans rien omettre des horreurs dont il avait été témoin.

Laclos ne vint lui rendre visite qu'à la tombée de la nuit, tant il avait eu à faire tout le jour. Blême de fatigue, la lèvre amère, l'œil sombre comme son habit, il s'assit sur un escabeau, les mains pendant entre ses genoux. Ayant jeté un rapide coup d'œil au mémoire il hocha la tête d'un air satisfait.

— C'est bien, dit-il, mais vous n'avez pas fixé les bornes de l'horreur. D'autres événements, plus horribles encore, ont eu lieu, dont vous n'avez pu avoir connaissance.

Le massacre des prêtres avait continué la nuit passée et se poursuivait impitoyablement, dans toutes les prisons de Paris, jusqu'en province. Manuel, procureur de la Commune, Pétion, maire de Paris, avaient tenté d'intervenir, mais en vain. On avait cependant pu sauver quelques têtes : notamment celle de Mme de Staël, moins en sa qualité d'ambassadrice de Suède que parce qu'elle était enceinte. En revanche on n'avait pu éviter le massacre de Mme de Lamballe, confidente de la reine.

Marie-Thérèse de Savoie-Carignan, princesse de Lamballe, avait émigré en Angleterre après la fuite du roi et son arrestation à Varennes. Inquiète sur le sort de Marie-Antoinette, elle était revenue partager ses épreuves. La rumeur publique l'accusait d'être pour sa protectrice plus qu'une confidente. Arrêtée, jetée de prison en prison, elle avait été découverte à la Force par les émeutiers. Sommée de crier « Vive la nation ! » elle avait refusé. Un sabre lui avait ouvert le ventre. Un tueur lui avait découpé le sexe, s'en était amusé avec ses acolytes avant de décapiter le cadavre et de promener sa tête sous les murs du Temple afin que la reine pût la voir. Des cannibales avaient fait griller son cœur et l'avaient dévoré.

— A-t-on des nouvelles de M. de Sombreuil ? demanda Hyacinthe. C'est grâce à lui que j'ai pu me sauver.

Le vieux soldat avait été tiré d'affaire par sa fille Maurille ; elle avait, disait-on, accepté de boire un verre de sang humain pour lui éviter la fureur des émeutiers. La fille de Jacques Cazotte, l'auteur du *Diable amoureux,* enfermé avec lui à l'Abbaye, avait obtenu la vie sauve pour son père en s'interposant entre lui et les tueurs.

— Un problème demeure constant, dit Laclos : qui est responsable ? Tout le monde et personne. On ne peut nier que certains ci-devant emprisonnés à titre de suspects complotaient un soulèvement, encouragés par les menaces que les armées impériales font peser sur Paris. Ils méritaient la mort. Les sectionnaires ont eu vent de ce projet. Il a suffi du massacre de quelques prêtres sur le chemin de l'Abbaye pour mettre en branle l'affreuse machine de la répression. Les folliculaires qui ont lancé de véritables appels au massacre portent une grave responsabilité dans ces événements. Voici quelques pages qui vous éclaireront. Lisez...

Cernée d'un trait rouge, la proclamation publiée par Danton était éloquente : « *Vous avez des traîtres dans votre sein. Sans eux, le combat serait bientôt fini, mais votre active surveillance ne peut manquer de les déjouer...* » Fréron écrivait dans *l'Orateur du Peuple :* « *Les prisons regorgent de scélérats. Il est urgent d'en délivrer la société sur-le-champ...* » Marat n'y allait pas par quatre chemins, dans *l'Ami du Peuple :* « *Le dernier parti, qui est le plus sûr et le plus sage, est de se porter en armes à l'Abbaye, d'en arracher les traîtres, particulièrement les officiers suisses et leurs complices et de les passer au fil de l'épée...* »

— Ajoutez à cela, mon cher, dit Laclos, la lie de la population. Elle n'attendait qu'une occasion de satisfaire sa soif de meurtre et de pillage. Nous sommes engagés dans une passe qui nous mène droit au gouffre. Je demeure persuadé que la seule parade efficace à cette chienlit est la proclamation de la régence pour Philippe d'Orléans. C'est ce que nous clamons partout. Hélas, nous prêchons des sourds. Nous ne sommes même pas certains que, demain, la colère du peuple ne se retournera pas contre nous. Ce pays a perdu le sens de la mesure. Face aux sectionnaires en armes, à une Commune impuissante, à une Assemblée divisée, à un gouvernement inexistant, nous glissons lentement vers l'anarchie.

En se levant, il annonça à Hyacinthe qu'on allait lui porter un souper et ajouta :

— Vous devriez rester quelques jours sans mettre le nez dehors. Je suis parvenu à raisonner votre amie. Elle consent à vous héberger à Saint-Cloud, mais vous devrez vous y rendre à pied, avec un sauf-conduit, et sans flâner. D'ailleurs voitures et chevaux ont presque tous été réquisitionnés pour l'armée. En attendant, reposez-vous. Demain vous pourrez rencontrer vos amis rescapés.

La fureur populaire ne s'apaisa qu'au quatrième jour.

On avait massacré les vagabonds, les fous, les vieillards parqués à Bicêtre, les femmes soignées à l'hospice de la Salpêtrière, les

« enfants perdus » de la Correction, les filles publiques et les petites orphelines dont on s'amusa. On tua les quarante prisonniers que la ville de Versailles envoyait à Paris pour les juger. Les meneurs n'étaient qu'une centaine ; on les reconnaissait à leur tenue : bonnet et veste rouges, pantalons maintenus par une large ceinture d'étoffe, la cocarde bien en évidence. Devenus une sorte de confrérie du crime, ils accomplissaient leur mission avec la rigueur froide des bourreaux, persuadés d'accomplir une œuvre de salubrité publique dont la nation leur serait reconnaissante.

C'est Laclos lui-même qui apporta à Hyacinthe le sauf-conduit annoncé et les vêtements qui lui permettraient de passer inaperçu : ceux d'un ouvrier de manufacture.

— Ne marchez pas en rasant les murs, lui dit-il, cela vous rendrait suspect. Ne faites pas non plus de zèle en vous laissant entraîner dans des rassemblements. Gardez votre mine la plus innocente. Je ferai prendre de vos nouvelles.

Hyacinthe ne se sentit rassuré qu'en franchissant la barrière de Chaillot, surveillée par des gardes nationaux qui fumaient la pipe en tapant la carte et jetèrent à peine un œil sur le document. Il lui semblait échapper, meurtri, brûlé dans sa chair et dans son âme, du cœur de l'enfer. Le pas plus assuré, comme allégé d'un poids énorme, il marcha le long du fleuve parcouru par de paisibles embarcations et des trains de bois, observa en souriant d'aise les pêcheurs assis sous les aulnes de la rive. Rien ne pressait ; il laissait mûrir en lui un fruit de bonheur, se répandre un parfum de paradis retrouvé. Les plus délicieuses évidences ne vaudraient jamais les délices d'une attente qu'il prolongeait à loisir. Il sentait des larmes de joie brouiller sa vue.

Il n'avait qu'à tourner la tête pour apercevoir, dressée au milieu de la colline, dans son berceau de forêt, la demeure où l'attendait Adélaïde.

8.

UNE TERRE DÉCHIRÉE

Fin été 1792-hiver 92-93 : Marsanges.

Ils avaient passé une semaine complète à Marsanges, arpentant les terres du domaine, recensant la moindre parcelle de champ froid, évaluant la valeur du plus modeste boqueteau.

Le représentant du Directoire départemental, qui dirigeait les opérations, passait le plus clair de son temps à pester contre les intempéries qui, au cours de la fin de l'été et du début de l'automne, n'avaient pas ménagé le plateau et persistaient. Il retournait le soir au château sur son mulet, à la tête de son équipe d'arpenteurs et de secrétaires, jetait un regard torve à Diane et à ses sœurs qui s'amusaient, bien qu'elles n'en eussent guère le cœur, de ses mines rogues ; il s'installait pour la nuit avec ses aides dans l'aile occupée naguère par Valentin Lafaye et sa famille. On entendait l'éclat de ses colères lorsque la cheminée tirait mal ou que la soupe était froide.

Le citoyen administrateur dépeçait le domaine laissé en indivision depuis la mort de M. de Marsanges. Il fallait procéder au partage, les biens revenant aux deux frères émigrés étant destinés au séquestre en attendant la vente ; le château et quelques terres demeuraient la propriété des quatre sœurs et du troisième frère, Louis-Amour, parti dans le deuxième bataillon de la Corrèze.

Le maire de Marsanges, Léonard Sauviat, était venu, ceint de tricolore, donner lecture à la famille du document émanant du Directoire de la Corrèze, contresigné par les responsables du district, qui décrétait l'aliénation des biens immobiliers appartenant aux deux émigrés, au profit de la nation.

— Voilà qui fait votre affaire, lui avait jeté Diane. Vous allez acquérir à la moitié ou au tiers de leur valeur certaines de nos terres que vous convoitez, en plus de celles que vous nous avez volées.

— Préféreriez-vous, avait répondu Sauviat, que ce soit un bourgeois de Tulle ou d'Ussel qui les accapare et les laisse en friche, en attendant que des temps plus favorables lui permettent de les revendre avec bénéfice ? Moi, vos terres, si je m'en rends acquéreur, ce sera pour leur faire produire le triple de leur revenu actuel.

— Quoi qu'il en soit, avait ajouté Marion, nous demeurons propriétaires du château. C'est la loi : on ne peut nous chasser de notre domicile. Il faudra vous faire une raison : ce n'est pas demain que vous jouerez les châtelains.

Sauviat lui avait jeté un regard mauvais en replaçant le document dans sa ceinture.

— Je sais à quoi tu fais allusion, dit-il, mais sache que je n'ai jamais encouragé Tiénou à te faire la cour.

— Vous ne l'avez pas découragé non plus.

— Pense ce que tu voudras, ça m'est égal. Tiénou trouvera facilement chaussure à son pied. Nous avons du bien au soleil, nous aussi, et qui vaut bien le vôtre. Salut !

Après les arpenteurs, il était venu un citoyen notaire chargé d'établir le partage. Il avait fallu fouiller dans le coffre aux archives, où personne n'avait mis le nez depuis des années, à commencer par M. de Marsanges que ces questions matérielles importunaient et qui n'y comprenait rien — Diane et Marion non plus — pour retrouver les titres de propriété. Elles avaient regardé le tabellion fouiller les paperasses jaunies par le temps et grignotées par les rats, les faire glisser de ses mains potelées sous ses lorgnons, les collationner d'une écriture menue qui remplissait les feuilles de son calepin, priser et se moucher pour évacuer de ses muqueuses la vénérable poussière.

Ainsi que Diane et Marion l'avaient prévu, le château et quelques arpents des terres d'alentour restaient leur propriété inaliénable. Comme cela constituait la plus grosse partie du patrimoine, elles ne discutèrent que pour le principe les propositions du citoyen magistrat. Dans le recensement effectué figuraient des parcelles dont elles avaient oublié l'appellation, jusqu'à leurs droits sur elles, et qui étaient constituées en majeure partie de bruges, de champs froids, de tourbières inexplorées, de taillis, de moulins et de fermes abandonnées.

— Notre domaine dans sa totalité est plus important que je ne le pensais, observa Diane. Aussi important, à première vue, que celui des Tourdonnet, bien que nous n'ayons pas d'étang comme eux, ce qui nous manque. Peu nous importe cette spoliation si nous gardons suffisamment de terre pour vivre en attendant des temps meilleurs.

C'était l'avis de Florent et de Marion, qui regrettaient pourtant l'aliénation d'un ancien moulin du Riou où ils allaient parfois se réfugier les jours d'orage et de pluie, et dont ils aimaient l'austère solitude, au pied d'une butte de chênes et de hêtres terminée par un joli panache de bouleaux.

— Nous allons faire le tour de notre petit domaine, dit Diane, et tâcher de remettre en service la tourbière qui se trouve dans les bas-fonds, sous le mont Ventéjoux, afin d'avoir notre provision de combustible pour le prochain hiver.

Après les médiocres récoltes de l'été, l'automne s'était passé en labourages et en semailles. Le comte d'Ussel avait refusé le sac de semences qu'on voulait lui restituer ; avant son retour aux armées, il avait même confié à Florent des pommes de terre de semence de la meilleure espèce, des sachets de graines de raves et de navets ; il lui avait donné des conseils judicieux pour l'engraissement des terres, sans omettre de récupérer la terre foulée et enrichie par le passage des troupeaux.

Tout semblait se présenter sous des couleurs favorables lorsque, fin octobre, de nouveaux orages s'acharnèrent sur le pays, transformant les champs en marécages et les chemins en fondrières. Des gelées précoces détruisirent en majeure partie la récolte de châtaignes des Monédières. Ajoutant la misère à l'angoisse, les éléments, depuis quelques années, semblaient faire chorus avec les événements pour bouleverser le pays et jeter le peuple dans la misère. Sans les secours en argent envoyés à dates irrégulières par Brival ou sa mère, par Lidon qui prétendait les tenir d'une main anonyme — peut-être celle de Hyacinthe — Diane et ses sœurs n'auraient eu d'autre recours que d'aller mendier leur pain à Ussel.

Florent parcourait le domaine sur l'échine de Socrate, revenait, le visage soucieux, s'enfermait dans son silence. Livrée à une sorte de déréliction, la terre présentait une image de souffrance, d'abandon, qui serrait le cœur. Les premières neiges ne firent guère illusion : ce voile délicat ne cachait pas une fécondité sous-jacente, une heureuse hibernation prometteuse de récoltes abondantes, mais une réalité de détresse et de mort.

De Brival, peu de nouvelles. Élu à la nouvelle assemblée, la Convention, de même que Lidon et son ami, le chevalier Aubin Bigorie de Chambon, il résidait la majeure partie de son temps à Paris où il gravitait autour de ses amis corréziens, le journaliste imprimeur Guillaume Brune, le médecin Cabanis, ainsi que le Limousin Vergniaud, ancien président de l'Assemblée défunte et quelques célébrités de haut vol comme Danton, Desmoulins, Marat et le prince jacobin Philippe d'Orléans, qui résidait toujours au Palais-Royal, devenu Palais-Égalité.

Lidon écrivait souvent : des lettres brèves, brûlantes, passionnées ; parfois de simples billets plus éloquents que de longues épîtres. Il se montrait peu loquace sur sa vie à Paris depuis qu'il siégait à la Convention, qui venait de décréter l'abolition de la royauté et de proclamer la naissance de « l'An I de la République, une et indivisible ». Certains de ses courriers, qu'il faisait transiter par le Directoire départemental pour éviter des indiscrétions, contenaient des sommes importantes en assignats, toujours issues de cette manne mystérieuse sur la nature de laquelle les jeunes femmes s'interrogeaient en vain.

Lidon et Chambon ne se quittaient plus, au point qu'on les avait surnommés Oreste et Pylade. Quand ils ne partaient pas en mission aux armées pour le compte de la Convention, ils assistaient aux réunions parlementaires qui constituaient pour les Parisiens un spectacle à l'égal du théâtre. Les petites-bourgeoises huppées s'y retrouvaient, dans les tribunes ou les couloirs, avec les amazones populaires, les unes soutenant la majorité modérée de l'Assemblée, les autres les irréductibles bonnets rouges de la Montagne, les unes et les autres parlant haut et fort, dégustant mokas, limonades ou vins capiteux.

Lidon trouvait des accents d'un patriotisme éperdu pour célébrer la victoire de Valmy qui avait marqué un temps d'arrêt pour l'invasion et sonné le glas des contempteurs de la jeune République ; il évoquait à mots couverts l'horreur des massacres de septembre, la tyrannie des sections, l'impunité des tueurs de prêtres et de femmes, la misère de la capitale à laquelle faisaient injure l'arrogance et l'opulence de certains milieux aristocratiques, la médiocrité des comédies auxquelles il assistait pour se détendre, l'immoralité des mœurs...

Quel que fût le sujet qu'il évoquât, tout le ramenait au souvenir de Diane et de leurs amours. Malgré l'éloignement, elle n'avait jamais été aussi présente ; il philosophait sur ce thème ; parfois il joignait un mauvais poème de son cru à ses lettres. Jamais un mot sur sa propre famille ni sur sa maîtresse. Sur Brival non plus — il devait pourtant le croiser dans les couloirs de la Convention, le fréquenter peut-être malgré leur conflit sentimental et des opinions politiques divergentes : Lidon appartenait à la Gironde (ex-brissotins) et Brival aux extrémistes de la Montagne, sur laquelle tonnait Danton et déblatérait Robespierre.

Une lettre arrivée peu avant Noël fit bondir le cœur de Diane. Lidon écrivait :

« *Mon adorée, nous nous reverrons bientôt. Malgré les difficultés des déplacements en plein hiver et les affaires importantes qui requièrent ma présence aux bancs de l'Assemblée, je compte passer Noël en Corrèze. Celui qui n'aime que toi et affronterait pour te revoir les arpents de neige du Canada.* »

Elle embrassa la lettre, la respira pour y retrouver une fragrance, regrettant qu'il ne lui en écrivît pas plus long. Quand et où se retrouveraient-ils ? Irait-il jusqu'à affronter la boue et les congères du plateau ? Combien de temps resterait-il en Corrèze ? Lui annoncerait-il des décisions qu'il avait (vaguement) envisagées concernant sa situation familiale et sentimentale ? Elle rangea la lettre dans le coffret fermé à clé où elle avait placé les précédentes, à côté de celles de Brival. Elles ne se ressemblaient guère, ces lettres, par le volume comme par le ton. Brival écrivait peu, laissait rarement percer l'oreille d'un sentiment intime qui pût inciter à croire qu'il n'avait pas renoncé à elle et qu'il se considérait toujours comme le père de Félix. Lui qui se laissait volontiers aller à l'emphase dans ses discours et ses publications ne libérait dans ses missives qu'une prose fade et insipide comme du sirop d'orgeat.

Peu portée sur l'écriture, Diane répondait rarement, à l'un comme à l'autre, toujours avec retenue, par pudeur autant que par impuissance à trouver les mots susceptibles d'exprimer ses sentiments intimes. Elle devait convenir qu'elle les aimait, l'un et l'autre, mais différemment. A la passion brûlante et charnelle qui l'attachait au « beau Lidon », faisait écho son affection pour Brival, autant parce qu'il avait été son premier amant et qu'il s'était instauré dans leurs rapports une légitimité implicite, que parce qu'il était le père de son enfant et qu'elle retrouvait ses traits dans ceux de Félix.

Plus lointains, pastellisés par le temps, empreints d'une aimable nostalgie plus que d'amour véritable, lui apparaissaient ses rapports avec Sombreuil ; pourtant, tout bien pesé, elle regrettait de n'avoir pas été plus attentive à ses avances. Par Brival, elle avait appris que le « petit capitaine » était devenu, en terre d'exil, à Londres, une des valeurs sûres de l'émigration, sur laquelle les princes pourraient compter pour une opération éventuelle destinée à restaurer la royauté en France.

Trois lettres de Mme Brival parvinrent à Diane à une semaine d'intervalle. La vieille dame avait eu une sérieuse alerte de santé, compliquée par les menaces que les jacobins tullistes (elle disait les « jacoquins ») faisaient peser en permanence sur elle à la suite de ses prises de position subversives et de l'aide qu'on l'accusait d'apporter aux prêtres réfractaires et aux aristocrates. Pressentant une fin tragique, elle demandait à Diane qu'elle lui amenât Félix et acceptât de résider près d'elle quelque temps, pour lui permettre de rétablir sa santé. Elle écrivait :

« *Mon diable de fils se jacobinise de jour en jour davantage et va jusqu'à mêler sa voix à ceux qui réclament la mort pour notre bien-aimé souverain. J'ai longtemps prié Dieu pour qu'il vous unisse à ce fils indigne que, par votre bon sens, votre sagesse et votre charme, vous auriez pu ramener dans le droit chemin...* »

Après avoir tergiversé, Diane avait renoncé au voyage de Tulle. Trop de soucis la retenaient à Marsanges et, de plus, elle appréhendait un trajet dangereux en cette saison, à travers une contrée où, aux dires de Picharou qui l'arpentait en tous sens et en permanence, il aurait fallu se faire accompagner d'un escadron de gendarmes pour tenir tête aux bandes de vagabonds. Elle atermoyait, répondait à Mme Brival des lettres brèves mais courtoises : le petit Félix se portait comme un charme ; elle n'avait aucun souci à se faire pour lui ; elle le lui amènerait au printemps... Brival avait mis Diane à plusieurs reprises en garde contre les jérémiades de la vieille dame qui se voyait toujours aux portes du cimetière.

Lorsque les chemins étaient praticables, le piéton apportait parfois des lettres de Louis-Amour.

Il fallait savoir lire entre les lignes pour deviner la détresse physique et morale dans laquelle il macérait, aux marches de l'Est. Il ne se plaignait pas, tentait même de manifester une certaine jovialité dans ses relations, mais il était aisé de deviner que les pluies incessantes, la promiscuité des camps, les marches éprouvantes de nuit et de jour, les retraites honteuses, des maux comme la gale et la dysenterie l'incitaient à retourner au pays.

Par chance, Mme de Genlis, à laquelle il avait conté sa mésaventure, lui écrivait des lettres réconfortantes assorties de quelques assignats. Revenue d'Angleterre à l'automne, elle évoquait son existence au Palais-Égalité avec son amant princier. Louis-Amour dévorait ses lettres et lui répondait avec un tambour comme pupitre.

— Nous allons le voir revenir bientôt, décrétait Marion. Il lui est possible, sinon aisé, de déserter légalement. D'autres l'ont fait. D'ailleurs, mal en point comme il l'est, ses chefs ne lui refuseront pas un congé.

Sa dernière lettre parvint à Marsanges peu après la bataille d'artillerie de Valmy et l'élan victorieux des soldats de la République dans le flanc des armées coalisées.

— C'est bon signe, proclama Marion. Il doit être en route. Nous pouvons nous apprêter à le recevoir.

Les premières paroles de Lidon en descendant de cheval furent pour s'excuser : il ne pouvait rester plus d'une journée à Marsanges, car il avait à préparer le rapport de sa récente tournée d'inspection aux armées, et il avait tant de choses à raconter qu'il ne savait par où commencer. Il devait en outre fignoler le projet qu'il avait à soumettre à la Convention sur la réforme de l'armée, lequel allait lui attirer des critiques, des lazzi, des menaces de ses confrères, à commencer par Brival.

Tandis que Florent conduisait son cheval à l'écurie pour le bouchonner et le panser, Diane ne le quittait pas des yeux. Il lui paraissait plus grand, plus robuste, plus beau, et elle en éprouvait un vertige, elle qui n'avait même pas eu le temps de faire toilette.

— Eh bien, dit-il en riant, tu ne parais guère contente de me revoir ! Je t'ai pourtant annoncé ma venue. N'aurais-tu pas reçu ma lettre ?

— C'est que... balbutia-t-elle, je ne t'attendais pas si tôt. Et puis cesse de me regarder ! Je suis mise comme une souillon.

Il écarta son carrick noir, lourd d'une eau glacée, la pressa contre sa poitrine, promena ses lèvres dans son cou, lui murmura à l'oreille :

— Peu importe ta toilette ! Ah, Diane, cette odeur de toi que je retrouve... Elle vaut tous les parfums d'Arabie.

Elle tremblait tant qu'il s'en émut. Elle dit que c'était de froid et l'invita à entrer. Il était tard. Un soleil sanguinolent creusait son nid dans une épaisseur de nuages massive et sombre comme du basalte. La journée avait été belle, revêtue d'une étrange luminosité, comme si le printemps fût venu visiter la terre avant l'heure. Les perspectives de la vallée s'étaient déployées hors des brumes du matin comme par un tour de magie. La nuit, en revanche, s'annonçait âpre et fraîche : un vent noir commençait à souffler du nord ; on n'allait pas tarder à voir surgir au-dessus de Marsanges les nuages porteurs d'une nouvelle neige qui recouvrirait les résidus de celle du mois précédent, que la pluie avait tassés. « Une belle neige pour Noël », songeait Diane.

A l'intention du visiteur, Marion jeta dans la cheminée une bourrée de genêts qui répandit une puissante vague de chaleur dans la cuisine.

Lidon s'assit sur le banc, les jambes allongées vers l'âtre, le dos tourné à la table, le menton dans sa cravate. Le trajet de Tulle à Marsanges avait été difficile, moins à cause du froid que des congères qui bloquaient encore la route au nord de Treignac, au point qu'il avait été sur le point de rebrousser chemin. Dans les parages de Pérols, il avait été suivi par un troupeau de loups et ne s'en était débarrassé qu'en tuant d'un coup de pistolet un de ces fauves sur lequel les autres s'étaient rués pour le mettre en pièces.

Il accepta avec gratitude le bol de soupe brûlante que Marion lui servit, demanda des nouvelles d'Angélique et de Julie — elles étaient occupées à relever des pièges dans les bruges du Nadoulet. Florent lui ayant rapporté son bagage, il déposa sur la table un jambon, deux bouteilles de vin, une miche de pain, des plaquettes de chocolat cru qu'il s'était procurées à Brive et un sachet de moka rapporté de Paris. Un trésor de Golconde qui détendit les traits de Marion, jusqu'alors assez réservée.

Un nom brûlait les lèvres de Diane : Brival. Que diable Lidon pouvait-il avoir à lui révéler à son sujet ? Elle dut attendre que, le repas du soir expédié, elle se retrouvât seule avec lui dans la petite chambre de François où elle avait allumé un feu très vif. Elle murmura en se blottissant contre lui entre les draps chauffés par la bassinoire de cuivre :

— Brival... L'as-tu rencontré récemment ?

Il sursauta, répondit d'une voix âpre :

— A l'heure qu'il est, l'un de nous devrait être mort ou grièvement blessé. Il a appris — j'ignore par quelle indiscrétion — la nature de nos rapports. Déjà, l'été dernier, il me marquait une certaine froideur qui n'a fait qu'aller en se précisant. C'était lors des cérémonies qui ont marqué le départ de Tulle des bataillons de volontaires dont ton frère fait partie. J'y figurais au titre de président du Directoire de la Corrèze. Et hier, à Tulle...

A l'issue d'un dîner en l'honneur des représentants du peuple, auquel assistaient d'autres conventionnels : Chambon, Borie-Cambort, Lanot et Pénières, le ci-devant abbé Jumel avait adressé une série de santés aux illustres invités. Lidon avait remarqué qu'au moment de porter un toast à son intention, Brival, le seul de l'assistance, s'était abstenu. Le repas terminé, alors que chacun venait de boire en l'honneur de la République le dernier verre, il avait abordé Brival afin de lui demander raison de son hostilité. L'autre, en enfilant son somptueux manteau de martre, lui répondit qu'il ne buvait pas avec de faux amis et des traîtres. « S'il s'agit de nos dissensions politiques, lui avait rétorqué Lidon, nous nous en sommes expliqués. » « Il ne s'agit pas de cela ! avait riposté Brival. Si j'accepte nos différences d'opinion en les regrettant, je tolère mal que tu marches sur mes brisées et que tu t'affiches avec Diane de Marsanges, sachant la nature de nos relations ! L'un de nous est de trop dans cette affaire. Nous la réglerons demain sur le pré. Pénières sera mon témoin. J'attends le tien. Salut ! »

— Malgré mon aversion pour les duels qui sont des pratiques héritées de l'Ancien Régime, dit Lidon, il m'était difficile de me dérober. Pénières vint me communiquer les consignes et prendre langue avec mon témoin, qui fut bien entendu Chambon. Le rendez-vous fut fixé au lever du jour, sur un pré au bord de la Solane. J'y étais à l'heure dite, avec deux pistolets. Brival m'attendait. Nous en étions aux préliminaires lorsque deux gendarmes surgirent et nous désarmèrent après nous avoir sermonnés et menacés de nous dénoncer aux autorités, ce qui me réjouit fort, car les autorités, en l'occurrence, c'était nous... « Bien joué ! me lança Brival, mais nous nous retrouverons sans tarder. » Je lui répondis que j'étais toujours son homme. Qui nous a dénoncés ? Pénières ? Chambon ? Je l'ignore, mais je me réjouis de cette intervention, car je tire fort mal, étant myope.

— Mon Dieu ! gémit Diane. Dire que j'aurais pu te perdre... Prends garde : Brival est vindicatif et ce ne sont pas les scrupules qui l'arrêteront.

— Je ne le crains pas. J'ai sur lui une supériorité : je ne redoute pas la mort. Ce que j'ai lu des stoïciens m'inclinerait assez au suicide.

— Vas-tu te taire ! s'écria-t-elle. Si tu me parles encore de tes obsessions, je te chasse et tu ne me reverras plus.

Elle se libéra de l'étreinte de Lidon, dégagea son visage léché par un pétale de lueur fauve. Il pleurait. Ils firent l'amour sauvagement, puis ils somnolèrent un moment, la main dans la main.

— M'avoueras-tu enfin, dit-elle, quel est ce mystérieux personnage qui te confie des subsides à notre intention ?

— J'ai promis de me taire, mais je ne vois aucune raison sérieuse de tenir plus longtemps une promesse qui ne rime à rien, à condition que tu gardes le secret. C'est un « émigré de l'intérieur », comme on dit : ton frère Hyacinthe.

Lidon révéla qu'il avait eu, par Choderlos de Laclos, des nouvelles du proscrit qui vivait au Palais-Égalité, sous une fausse identité, vague conseiller du prince Philippe. Il avait comme « protectrice » l'épouse d'un proche collaborateur du prince, qui semblait lui porter une véritable passion amoureuse. En septembre, il avait échappé par miracle au massacre des prisonniers. Depuis on ne le voyait plus à Paris, sauf une fois où Lidon l'avait rencontré au Palais-Égalité, dans un bordel de luxe tenu par Mme de Saint-Romain. Il lui avait demandé de transmettre discrètement des fonds à sa famille.

— J'ai là, dans ma poche, dit Lidon, un rouleau de louis à votre intention. Cela vous permettra de subsister quelque temps, mais prenez garde à ne pas les confier à n'importe qui : la circulation des fonds en numéraire est interdite ! Ne te tracasse pas trop pour ton frère : il jouit d'une solide protection. En revanche, il s'inquiète pour vous.

Le désir intime et profond de Hyacinthe était de revenir à Marsanges. Il en parlait souvent à Lidon, avec une émotion qui lui mettait des larmes dans la voix, mais il reculait devant les risques du voyage : dans chaque bourgade, il fallait montrer ses papiers et répondre aux interrogatoires ; malgré la protection du prince, il n'aurait pas tardé à se retrouver de nouveau en prison. Hyacinthe lui parlait avec la même émotion d'Estelle dont le souvenir demeurait comme une plaie mal cicatrisée dans son cœur et qu'il ne se pardonnait pas d'avoir abandonnée.

— Qu'il ne bouge pas d'où il est, dit Diane. Ici, il ferait un miséreux de plus. Pourquoi n'est-il pas resté à l'étranger ?

— Pour un sentiment très noble. Il ne supporte pas l'idée de prendre les armes contre sa propre patrie et il déteste la façon dont vivent les émigrés.

Lidon parla longtemps, les mains sous la nuque, ses jambes nouées à celles de Diane. Quand il s'interrompit, il constata qu'elle dormait.

Lorsqu'ils s'éveillèrent, le jour était levé. Une clarté blanche baignait la chambre. Le feu s'était éteint, mais il subsistait une agréable chaleur. Il avait neigé durant la nuit : une pente de montagne éblouissante s'épanouissait sous le soleil derrière les pommiers du couderc.

— Noël est dans trois jours, dit Diane. Reste. Nous le fêterons ensemble. J'en ai tant rêvé depuis ta dernière lettre... Nous irons à la messe de minuit à Marsanges, comme autrefois, quand mon père vivait encore. Il nous guidait avec sa lanterne sur le chemin en chantant des cantiques.

— C'est impossible, dit-il, mais je reviendrai dès que possible, je te le promets. Tout ce que je puis faire, c'est rester une journée et une nuit.

Marion avait préparé pour le déjeuner des crêpes de blé noir qu'ils tartinèrent de miel en buvant du moka au lait de chèvre. Ils parlèrent des spoliations dont la famille avait été victime. Malgré ses hautes fonctions, Lidon ne pouvait rien éviter ; la moindre intervention pour faire rapporter cette mesure l'aurait rendu suspect inutilement.

La journée se passa en promenades à cheval jusque sur les hauts de Millevaches.

Dans l'air diapré qui fleurait le bonheur de vivre, le paysage se déployait en majesté, couvert de neige jusqu'aux limites du bas pays, sous un ciel d'une intense pureté. Les villages et les hameaux dormaient sous le chaume, encapuchonnés de blanc, visibles seulement à leurs murs couleur de terre et à leur fumée de tourbe dont l'odeur flottait dans le vent frais.

Ils poussèrent jusqu'aux ruines du temple païen dominant de son désordre colossal de granit gris une immensité de pays qui donnait l'image d'une houle profonde, figée pour l'éternité. A Millevaches ils trouvèrent à dîner dans une pauvre auberge qui trempait la soupe pour les rares voyageurs et y ajoutait pour quelques sous le lard, le fromage et un mauvais vin de Limoges. Le « pain national » était mollasson, noir et aigre, plein de paille d'avoine et de gravier, le lard rance, le fromage cussonné, mais il y avait trop de bonheur en eux pour qu'ils prêtent attention à ces vétilles.

Au retour, de passage à Chavanac, Diane montra à Lidon l'image magique de la « Dansarelle », figuration grossière de Salomé, plaquée contre le mur de l'église froide, nue et grise comme la mort. A deux pas, se dressait la demeure du cabretaïre Félicien « Siouplaï », ce magicien qui avait bouleversé le cœur d'Estelle au point de lui faire perdre la raison; elle lui désigna l'endroit où l'on avait découvert, en pleine nuit de neige, son corps dépecé par les loups. Hyacinthe ignorait les circonstances exactes de cette mort; Lidon promit de ne pas les lui révéler.

Un crépuscule froid et vert coulait sur le plateau lorsque, ayant cheminé en marge du Longeyroux sans s'y aventurer de crainte de s'enliser dans une tourbière, le couple regagna Marsanges. Ils avaient tant bavardé au cours de cette promenade qu'ils n'avaient plus rien à se dire. Pas une seule fois pourtant Lidon ne parla de sa famille et ne prononça le nom de sa maîtresse avec laquelle, disait-il, il n'entretenait que des « rapports philosophiques »; Diane, tout en souhaitant qu'il s'en ouvrît à elle, n'en souffla mot; elle en conclut qu'il n'envisageait pas de changer sa vie et lui en tint rigueur.

Lidon ne repartit que le lendemain matin, après une nuit passée, pour lui comme pour Diane, à lutter contre le sommeil, s'épuisant d'amour, comme s'ils souhaitaient d'un commun accord que ces dernières heures fussent inoubliables. Le ciel s'était de nouveau couvert de nuages profonds, veloutés, lisérés de franges violettes, qui annonçaient de nouvelles chutes de neige.

Lidon prit son déjeuner dans une ambiance tendue, Marion s'en étant violemment prise à Angélique qui s'était levée la nuit pour attaquer le jambon et finir le chocolat.

— Tu devrais partir maintenant, dit Diane, sinon tu risques d'être pris dans une tempête de neige et de te perdre. Reviens vite, je t'en prie.

Il promit de lui écrire plus souvent encore et de lui consacrer plusieurs jours lors de sa prochaine venue en Corrèze. Il paraissait plus préoccupé qu'attristé par cette séparation. Le pied à l'étrier, il dit à Diane :

— Sans doute recevras-tu la visite de Brival. Dis-toi bien que je t'aime de jour en jour plus fort, et que je me refuse à juger ton comportement. Ce que tu décideras sera juste et sage.

Elle découvrit dans ces propos une froideur mêlée de désinvolture et répliqua :

— Je l'entends bien ainsi. Nous sommes libres l'un vis-à-vis de l'autre. Moi surtout qui n'ai personne à qui me confier ou demander un mouvement de tendresse. Étrange liberté, en vérité, que celle qui débouche sur le vide...

Monté en selle, il s'inclina pour l'embrasser une dernière fois, mais elle se déroba. Elle résista au désir de le suivre un moment dans l'allée de hêtres, jusqu'à la ferme du Pradeloux, et se contenta de rester debout près du puits et d'esquisser un geste d'adieu. Une âcreté de larmes tapissait sa gorge.

Elle avait un étrange pressentiment et se dit qu'elle ne le reverrait plus.

Envoyé à Meymac avec le char à banc, en compagnie de Picharou pour plus de sécurité, Florent revint avec un chargement de pommes de terre et de châtaignes qu'il fallut payer un prix prohibitif, malgré le métal qu'il fit briller discrètement au creux de sa paume, au risque d'être dénoncé au comité de surveillance.

Il rapportait aussi des nouvelles : l'insurrection menaçait de nouveau dans le haut pays corrézien ; la misère des paysans était si profonde que leur colère dégénérait en actes de violence ; à Salon-la-Tour, ils avaient pris les armes pour protester contre l'emprisonnement de l'un des leurs ; un peu partout ils arrêtaient les convois de vivres et même les voitures de poste, pour les piller.

— La guillotine est arrivée à Tulle, ajouta Picharou.

Le vagabond, qui avait glané la nouvelle sous la halle, au milieu des marchands, expliqua dans son charabia qu'il s'agissait d'une machine destinée à couper le cou aux malfaiteurs au lieu de les pendre. Il accompagna son propos d'un geste du plat de la main contre sa gorge en laissant filtrer de sa moustache un « couic » inquiétant.

— Vas-tu te taire ! s'écria Marion. Mon Dieu, quelle horreur ! On ne sait qu'inventer pour effrayer les pauvres gens.

Pour une nouvelle, c'en était une ! C'est pourtant celle que Florent annonça qui parut la plus importante car elle intéressait directement Marsanges : la commune allait avoir un maître d'école ; il entrerait en fonction au début de l'année ; c'est Sauviat qui l'avait obtenu du district, l'enseignement prodigué de manière empirique par Marion étant jugé insuffisant et trop peu démocratique.

Malgré les exigences du calendrier républicain, les femmes de la commune, l'épouse de Sauviat en premier, décidèrent qu'on ne changerait rien aux coutumes de Noël. Le maire poussa une grosse colère, bougonna durant deux jours puis finit par consentir, tout en décidant de s'abstenir.

Pour la messe de minuit et celle du lendemain, on alla tirer de sa retraite un vieux curé qui se terrait dans les écuries du château des Tourdonnet livré à l'abandon, mais dont aucun acquéreur de biens nationaux ne voulait, sinon pour en tirer de la pierre. Après lui avoir coupé les cheveux et la barbe, l'avoir décrassé et épouillé, ravaudé et nettoyé son habit on constata avec stupéfaction qu'il était gâteux et que son principal souci était de se remplir la panse, ce qu'il fit au point qu'il faillit en crever.

Une femme du village, l'épouse du menuisier Monteil, vint dire aux gens du château qu'ils seraient les bienvenus. « Et Rochette ? demanda Diane. C'est lui qui devrait officier ! » Rochette ? Il se moquait bien de ses paroissiens ! Il convolait à Tulle où le ci-devant abbé Jumel avait fait de lui un de ses prosélytes. « Vous savez ce que nous risquons tous ? » lui avait dit Diane. « Nous le savons, reprit la femme, mais, comme disent les Jacobins, nous nous en foutons ! »

Ce fut une étrange cérémonie. A moitié ivre, le vieux curé bâcla une parodie d'office religieux auquel il mêlait des réminiscences de la messe des morts et de l'office de Pâques, avant de s'endormir à genoux, le front contre l'autel, au moment de l'élévation. Peu importait. L'assistance chanta des « nadalets » en patois, sous la direction de Marion qui en connaissait tout un répertoire, avec accompagnement de pipeau joué par la fille du forgeron. On était loin de ce Noël de jadis, au cours duquel Félicien, le cabretaïre, avait fait pleurer l'assistance en imitant l'ange, accompagné de sa musiquette : « *A vous, troupe fidèle — A vous, pauvres bergers — Une grande nouvelle — Je vais vous annoncer...* » Marion dirigeait le chœur des filles et des garçons, et c'est M. de Marsanges qui chantait la partie du berger : « *Il fait bien noir pour sortir...* » Tout le village s'était régalé des deux moutons rôtis que le comte avait sacrifiés pour la circonstance.

— Si vous voulez assister au réveillon... proposa la femme de Sauviat. Nous serons entre nous, sans les hommes, ces pleutres !

Ils avaient accepté. Florent, Picharou et le curé étaient les seuls hommes parmi les convives. On avait fait rôtir quelques volailles et sauter des crêpes de blé noir — les « tourtous » — l'ensemble arrosé de quelques bouteilles de cidre bouché fournies en cachette de son mari par la femme d'un laboureur. On parla du nouvel instituteur, on échangea des nouvelles des jeunes volontaires combattant dans le Nord et dans l'Est, qui devaient vivre un triste Noël ; puis on chanta : Marion surtout, à qui les convives redemandaient sans cesse des « nadalets » qu'elle chantait avec beaucoup d'émotion et de talent.

Au moment où l'on rallumait les lanternes pour le retour, Éléonore Amadieu, la femme du forgeron, dit à Diane en lui prenant les mains :

— Tu sais, petite, j'ai bien de la peine en songeant aux misères que nos hommes vous ont faites et que nous ne les avons pas empêchés de faire. Si ton père est mort, c'est de leur faute. Au nom du Seigneur, je te demande de nous pardonner.

Diane essuya une larme et l'embrassa.

L'année commença plus tristement qu'elle n'avait fini.

Ainsi que Lidon l'avait prévu, Brival vint à Marsanges dans les premiers jours de l'année nouvelle, en pleine tempête de neige, accompagné d'un de ses commis. Il portait des cadeaux et, fier comme un roi mage, les déposa sur la table de la cuisine : des victuailles et quelques louis. « Prélude de bon augure », songea Diane, bien que leurs retrouvailles, un moment auparavant, eussent été aussi froides que l'eau du puits.

Ses premières paroles furent pour réclamer la présence de Félix. Il constata avec satisfaction qu'il avait belle apparence, malgré quelques dartres dues à la mauvaise qualité de la farine employée pour ses bouillies ; il approuva qu'on lui donnât du lait de la chèvre Rochette, disserta sur un ton pédant de l'éducation des enfants, telle que Rousseau la préconisait dans son *Émile.* Il prenait Félix entre ses mains, l'aidait à marcher, proclamait qu'il serait un « fier garnement », ce « petit Brival »...

Il entraîna Diane dans le salon désert, alluma sa vieille pipe de métal et dit, après la première bouffée :

— Je te fais compliment : tu t'occupes très bien de mon fils. Ma mère a raison de te faire confiance.

Il parut suivre une ombre au plafond et ajouta d'une voix changée :

— En revanche, je suis moins satisfait de la façon dont tu te conduis en mon absence. Me trahir, moi, Brival, avec ce bellâtre, ce faux révolutionnaire, cet escroc, ce... Lidon !

Il parlait sans animosité, d'un ton paterne, appuyé, où Diane retrouvait le style oratoire de l'avocat, ce qui, en d'autres circonstances, l'eût divertie. Il avait gardé, négligemment jeté sur ses épaules, son manteau de martre qui mettait en valeur son visage aux traits souples, d'une netteté de marbre, ses mains délicatement potelées. Il avait renoncé à la perruque « à la jacobite » et avait adopté une coiffure « à la Titus », mise à la mode par le comédien Talma alors qu'il jouait une pièce portant ce titre : cheveux courts, de la même longueur sur tout le crâne. Diane le jugea séduisant et lui sut gré de ne pas laisser éclater son ressentiment, comme il le faisait jadis pour des vétilles, mais, dans le même temps, elle se demandait si ce n'était pas le calme précédant l'orage. Elle décida de rester sur la défensive, d'autant qu'elle se sentait en mauvaise posture. Renonçant à relever le jugement sévère qu'il portait sur Lidon, elle l'écouta poursuivre sa diatribe :

— Lidon... Ce pauvre Lidon... Élu par l'intrigue à la Convention, incapable de juger sainement des affaires de la politique, assis entre deux opinions comme, dans la vie sentimentale, entre sa femme, sa maîtresse, cette veuve qu'il promène partout dans Paris et qui sent sa provinciale à dix pas ! Comment as-tu pu céder à ce don Juan de faubourg qui n'a pour séduire que sa peau fine et son sourire ? Te voilà ravalée au rang de ces passades dont il jonche sa carrière sentimentale.

Il s'interrompit pour rallumer sa pipe avec une pince au feu de tourbe, en faisant mine d'ignorer que chacune de ses paroles pénétrait Diane comme un fer rouge, la fouaillait, la blessait à hurler.

— Eh bien, observa-t-il négligemment, tu ne dis rien ? Voilà qui me surprend, ma chère ! Tu m'as habitué à plus de vivacité dans tes reparties. Aimes-tu ce scélérat au point de refuser la vérité sur son compte ou t'est-il indifférent ? Qu'est-ce qui a bien pu te pousser vers lui ?

— La solitude.

Elle n'en dit pas plus. A lui de comprendre. S'il tenait encore à elle, il saurait deviner, derrière ce simple mot, le flot d'arguties qu'ils se jetaient jadis au visage comme des gifles. Il respecta son laconisme et son silence, certain qu'elle n'en dirait pas plus, persuadé aussi qu'elle se sentait fautive, ce qui l'incitait, lui, à l'indulgence. C'est à Lidon surtout qu'il en voulait. Il lui rappela le duel qui avait failli les opposer et qui avait échoué, suite à une indiscrétion. Il aurait tué Lidon de sang-froid.

— Nous nous retrouverons peut-être en d'autres lieux et en d'autres circonstances, dit-il. Ne crois pas que je cherche à venger mon honneur. Je lui en veux surtout de t'avoir séduite sans t'aimer vraiment, de t'avoir prise comme une catin du Palais-Égalité. Tu n'as rien de bon à attendre de ce suborneur, sinon de belles paroles.

Elle ne put se retenir de riposter :

— Vraiment ? Et de toi, que puis-je donc attendre ?

Il posa sa main sur celle de Diane.

— Peu de chose, en vérité, mais nous sommes liés à la vie à la mort par notre enfant. Si Dieu lui prête vie le temps de sortir de l'enfance, s'il échappe à la misère des temps, il sera le plus sûr garant de notre amour. Quoi que tu dises ou fasses, nous sommes profondément attachés l'un à l'autre.

Elle sursauta. Félix... Quel droit Brival avait-il sur cet enfant qui, sans doute, ne porterait jamais son nom ? Elle pouvait à tout moment lui interdire de le revoir. Elle faillit lui jeter cette vérité à la figure, mais cette main qui tenait la sienne et la pénétrait de sa chaleur un peu fiévreuse, refrénait en elle toute velléité de riposte. Sans oser se l'avouer, elle aimait encore Brival ; sa seule présence l'enveloppait d'un sentiment profond de sécurité, d'une trouble alacrité. Se pouvait-il qu'elle aimât deux hommes en même temps ? N'était-ce pas un comportement monstrueux ?

Comme s'il avait suivi le déroulement de ses pensées, il lui posa la question qu'elle redoutait :

— Aimes-tu Lidon ?

Elle haussa les épaules, décontenancée. Elle l'ignorait et le lui dit. Il était plus présent dans sa vie que Brival, plus attentif à ses préoccupations, moins exigeant ; ils ne s'étaient jamais querellés ; il lui écrivait des lettres passionnées, et même des poèmes...

— Tu ne l'aimes pas ! dit-il sombrement. Tu ne peux pas l'aimer sachant qu'il est moins libre encore que je ne le suis, et qu'il te trompe...

Il se leva pour partir. La tempête s'étant apaisée, il tâcherait de coucher à Treignac, afin de se trouver à Tulle le lendemain et de repartir dès que possible pour Paris où l'on était en train d'instruire le procès du roi, qui aboutirait sans doute à son exécution. Paris puait la mort. La guillotine avait commencé à fonctionner ; on l'utilisait contre des généraux incapables ou félons, mais bientôt sans doute aurait-elle une fonction politique et réglerait-elle les comptes entre les Conventionnels désunis. Lui-même, Brival, lié aux personnages les plus influents, ne se sentait guère en sécurité. Il rencontrait parfois Hyacinthe au Palais-Égalité, lui conseillait la prudence, mais en vain ; ce fou avait échappé aux massacres de septembre, mais cela ne lui avait pas servi de leçon : il continuait à provoquer le destin en fréquentant les aristocrates nostalgiques du Club des Cinquante et les tripots, guidé par son âme damnée, le « sombre Choderlos de Laclos »...

Il avait appris avec surprise que Louis-Amour, qui n'était pas un foudre de guerre, s'était porté volontaire. Diane lui raconta les événements qui l'avaient conduit là où il était. Il lui dit :

— Le troisième bataillon, sous les ordres de Treich-Desfarges, un officier ussellois, a été cantonné à Paris en novembre dernier. Il s'est ensuite porté à l'ennemi à Phalsbourg et à Bischwiller, avant d'être caserné à la citadelle de Strasbourg où il doit se trouver à ce jour. Louis-Amour vous donne-t-il de ses nouvelles ?

— Nous n'en avons pas depuis plus d'un mois.

— Il ne faut pas vous inquiéter. La poste aux armées fonctionne mal. De toute manière, s'il lui était arrivé malheur, vous seriez déjà averties et, s'il avait déserté, les gendarmes seraient venus vous rendre visite. Nos Corréziens se battent bien, malgré leur esprit d'indiscipline. Les bougres ! Ils en font voir à leurs officiers...

Il avala la soupe chaude que Marion lui avait préparée, noya le fond de son assiette avec le vin qui restait de la dernière visite de Lidon et dit joyeusement :

— Et maintenant, en route !

Il ajouta :

— Ne montrez pas trop les quelques louis que je vous ai apportés. Si on les trouvait au cours d'une perquisition, ce serait la prison. On y va pour moins que cela.

Suivi de son commis qui tenait les chevaux à la longe, il fit à pied, en compagnie de Diane, le chemin qui séparait le château des premières chaumières de Marsanges. Il soufflait au ras du sol un serpent de vent glacé qui soulevait une poussière de neige.

— Ne viens pas plus loin, dit Brival.

Il lui prit les mains entre les siennes, joignant ses doigts aux siens comme naguère, dans l'amour. Au moment de la quitter, il lui dit en la serrant contre lui :

— Je t'en conjure, ma chérie : renonce à ce Lidon qui ne t'apportera que des illusions. Sache qu'il n'y a toujours pas dans ma vie d'autre femme que toi et que je t'aime toujours autant. Surtout prends bien soin de notre petit Félix et songe que ma mère espère votre visite. Ne la fais pas trop attendre, cette chère vieille folle...

9.

« QUARTIER DES FÉLICITÉS EXILÉES »

Printemps 1793 : Londres.

La demeure de Charles de Sombreuil donnait sur Hyde Park. De ses fenêtres, il pouvait voir passer dans le soleil de mars des groupes d'émigrés qui avaient en partie colonisé le quartier et que l'on reconnaissait à leurs manières arrogantes et à leur verbe haut. C'étaient les plus huppés, ceux qui avaient emporté dans leur exil des sommes suffisantes pour subsister le temps de voir se consumer la flambée révolutionnaire et venir en aide, avec une pointe d'ostentation, aux petits barons de province qui n'avaient pas même, comme ils disaient par moquerie, « un mouchoir à mettre sur leur tête ». Leurs groupes croisaient de jeunes Anglaises rieuses, à mantelet blanc et chapeau de paille, portant au bras un panier garni de fleurs.

L'appartement où demeurait le jeune officier occupait tout un étage d'une haute demeure sévère comme une falaise, jaillissant d'un bouquet d'arbres et dominant les perspectives agrestes du jardin et du lac.

C'est là que François de Marsanges — alias Jean Martin — avait retrouvé son ami, au retour de sa deuxième expédition. La première avait parfaitement réussi, mais celle qui avait suivi, quelques mois plus tard, avait failli tourner au désastre, le « packet-boat » transportant les colis de M. Martin — en fait les faux assignats de l'abbé de Calonne — n'ayant dû qu'à la tombée de la nuit la chance d'échapper à une vedette aux couleurs de la République. On n'avait pu accoster que le lendemain, dans une crique perdue, aux environs de Vannes, et l'on avait confié le précieux chargement à des rebelles qui s'étaient chargés, sous la foi du serment, de l'acheminer jusqu'à son destinataire. Dans toute la région l'insurrection flambait ; mobilisés contre la conscription, les hommes commandés par la noblesse s'apprêtaient à défendre leurs prêtres contre la déportation.

Les retrouvailles leur avaient tiré des larmes. Comment auraient-ils pu oublier leur compagnonnage d'avant l'émigration, à travers le Limousin où les fauves de la Révolution commençaient à souffler leur colère, les exploits provocants de Bijou, leurs soirées aux bals de Limoges ?... Ils avaient passé des heures à évoquer ces souvenirs.

Charles de Sombreuil avait jeté sa gourme et pris de l'autorité. Le béjaune qui faisait à Diane une cour de dindon avait fait place à un homme mûr, plein d'assurance mais toujours chaleureux. Il coiffait comme la majorité des émigrés la perruque à l'ancienne, poudrée et roulée sur les oreilles, et portait toujours, noué discrètement à une boutonnière de son gilet, le ruban que Diane avait consenti à lui donner avant son départ.

Le « garret », minuscule galetas de Mary-La Bone-Street, avait fait place à une chambre vaste, confortable, meublée de palissandre et chauffée par un poêle à charbon, donnant sur les pelouses du parc. L'appartement abritait la famille de M. de La Blache, noble du Dauphiné, ex-député aux États généraux de 89. Charles vivait là comme un coq en pâte, se suffisant de sa solde de capitaine. La fille de son logeur, Véronique, était pour lui pleine d'attentions auxquelles il se montrait sensible. C'était une longue fille au visage mince et doux, encadré d'une opulente chevelure blonde, aux yeux de biche.

Charles la présenta à son visiteur et lui dit, lorsqu'elle eut pris congé :

— Je croyais innocemment, comme la plupart de nos compatriotes émigrés, que notre exil ne durerait que quelques mois, que la Révolution mourrait de sa belle mort et que nous pourrions retourner dans nos foyers la tête haute. Je fondais sur cet espoir mon projet de demander la main de Diane pour qui j'avais de tendres penchants qu'elle n'encourageait guère. Je sais à présent, depuis la mort de notre bon roi, que notre exil va se prolonger. J'envisage donc de faire ma vie dans ce pays où j'aurais aimé que ma sœur Maurille, mon frère Stanislas, mon père aussi puissent nous rejoindre, mais j'ai le sentiment qu'après avoir échappé par miracle aux septembriseurs, ils ne seront pas relâchés de sitôt par les révolutionnaires[1].

---

1. M. de Sombreuil mourut sur l'échafaud. Sa fille parvint à émigrer en Angleterre.

Il songeait à se marier, et François n'eut aucune peine à deviner le nom de l'élue : celle qui venait de déposer la théière et les tasses sur le guéridon.

— Je n'ai pas de nouvelles de ma famille, dit François d'un air sombre. Pour ne pas les compromettre, j'ai renoncé à leur écrire. Les prisonniers originaires de la Corrèze que nous avons faits sur le Rhin n'ont pas pu ou pas voulu me renseigner. Je suis très inquiet. Chaque jour, je me reproche de ne pas avoir insisté pour qu'ils m'accompagnent en exil. Émigrer était relativement facile alors. Aujourd'hui, c'est un suicide.

Charles versa le thé.

— Je n'ai pas à me plaindre de l'hospitalité des Anglais, dit-il. Elle a même dépassé mes espérances. Ceux qui, comme toi, ont vécu la même situation dans les principautés allemandes ou dans les Provinces-Unies n'ont pas eu la même chance. Au début, il est vrai, on mourait de faim, à Londres comme en province. Pour survivre, on s'adonnait à de petits métiers peu lucratifs : pâtissiers, marchands de vin ou de charbon, restaurateurs, serveurs d'estaminet, professeurs de musique et de français, peintres de miniatures... Mon ami, M. de Chateaubriand, arrivé de France avec la petite vérole, épuisé par le voyage, les privations, la maladie, n'a survécu que par miracle ; il trompait sa faim en mâchant de l'herbe et du papier, en suçant un chiffon imprégné d'eau ; il restait des heures à humer les fumets des rôtisseries, couchait dans un taudis de Holborn et recevait en tout et pour tout du gouvernement de Sa Majesté le shilling quotidien qui lui permettait de ne pas mourir d'inanition. Aujourd'hui, grâce aux œuvres de charité et aux secours de nos amis anglais, plus personne ne meurt de faim. Tu ne verras que des gens heureux de vivre en attendant qu'un événement propice leur permette de regagner la France. Sais-tu comment, entre nous, nous appelons Londres ? Le « Quartier des félicités exilées »...

Le soir venu, ils gagnèrent en fiacre de louage la London-Tavern, un restaurant où Charles retrouvait ses amis officiers et où la chère était convenable. L'air de mars, qui sentait la fumée de charbon, piquait agréablement les narines. Le fiacre fendait comme d'une étrave la foule joyeuse et lente. La Tamise, qu'ils longèrent un moment pour le plaisir de la promenade, se pomponnait de brumes rosâtres qui flottaient au ras des eaux.

Charles proposa à son ami de le loger durant la semaine qu'il devait passer à Londres. François déclina son invitation. Il avait loué une chambre pour une demi-guinée près du parc Saint-James et s'en accommodait. Il sut gré à son ami de ne pas l'avoir questionné sur les motifs de ses séjours en Angleterre et il se garda de les lui révéler, tenu par la promesse faite à l'abbé de Calonne. Il eût aimé rompre ses engagements et rester à Londres ; il aurait pu se faire incorporer au Royal-Emigrant commandé par le comte de La Châtre, une des créatures du comte de Provence, frère du roi de France, ou à quelque autre unité. Sombreuil, discrètement, avait suggéré cette possibilité.

— Que pouvez-vous faire avec vos régiments d'émigrés ? lui demanda François. Vous ne comptez tout de même pas débarquer sur les côtes de France ?

— Qui sait ? répondit Sombreuil avec un demi-sourire. L'insurrection de Vendée risque de s'étendre à la Bretagne et à la Normandie, après le Midi où elle est déjà solidement ancrée. Nous avons l'appui des autorités britanniques, notamment du colonel Malcolm et de lord Moïra, deux sincères amis de la France. Nos corps de marine, le Royal-Louis notamment, sont prêts à toute éventualité, mais l'heure n'a pas encore sonné.

Ils dînèrent fort convenablement, burent du vin de Bordeaux. Sombreuil entraîna ensuite son ami dans un estaminet fréquenté par des Français afin de lui montrer une des « curiosités de Londres ».

On pétunait beaucoup dans ce cul-de-basse-fosse où s'entassaient des buveurs de bière à moitié ivres : abbés, militaires, gens du commun et quelques aristocrates accompagnés de leur femme ou d'amis, que Sombreuil saluait d'une brève inclinaison de la tête. Au milieu de la salle, sous un lustre de fer à chandelles, était disposée une grande table nue.

A peine avaient-ils passé commande de deux « stouts » mousseuses et brunes, fortement aromatisées de houblon, on annonça que le spectacle allait débuter. Il se présenta un matamore vêtu en dragon du temps de Louis XV d'un pourpoint chamarré de brandebourgs, fripé, à moitié dépourvu de boutons. Il bondit sur la table, y fit claquer la semelle de ses bottes râpées et siffler sa rapière mouchetée au nez des premiers spectateurs en lissant de l'index sa moustache d'où sortait un grommelo d'ours en colère.

Quelques instants plus tard un murmure et des bravos accueillaient une délicieuse apparition : celle d'une femme sans âge, vêtue d'une ample robe de satin bleu à gros plis et d'un de ces corsages au dos terminé par des basques froncées : le « pierrot » ; son visage plâtré de blanc, aux yeux vifs et noirs, aux lèvres soulignées de vermillon, était surmonté d'une lourde perruque de crin blond.

Tandis que le spadassin se dépensait outrageusement en effets de torse et en terribles grimaces, elle minaudait, décochant des œillades aux mâles de l'assistance qui la dévoraient des yeux. Cela sentait le tréteau de foire et le saltimbanque, avec une indéfinissable impression de mystère qui prenait au cœur.

Le jeu débuta sous les encouragements, les quolibets et les sifflets. L'assistance avait compris d'emblée que les deux duellistes étaient de fins bretteurs qui n'avaient pas appris la passe d'armes dans une baraque foraine. Pour apprêtés qu'ils fussent, leurs assauts ne manquaient pas de science. On put en juger déjà à la garde qu'ils observaient en bretteurs chevronnés, mais surtout aux actions offensives qu'ils développaient, elle avec finesse et vivacité, lui avec une sombre énergie, aux parades directes ou circulaires qu'ils amenaient avec une aisance consommée.

L'escrimeuse fascinait François. Assez piètre bretteur, incapable d'atteindre à la maîtrise du Chevalier du Diable, il se passionnait volontiers pour ces exhibitions et en connaissait suffisamment en la matière pour apprécier le combat.

Quelques bottes assassines amenées au bon moment par l'un ou l'autre des adversaires faisaient délirer l'assistance. Les deux duellistes semblaient se piquer au jeu ; au moment des attaques à la tête, ils se crachaient des injures au visage, se menaçaient en reprenant la garde de ne se faire aucun cadeau, s'en prenaient à l'arbitre, une vieille femme trop fardée, qui comptait les points au bas de l'estrade.

La partie achevée, alors que l'assemblée commençait à bourdonner et à réclamer de la bière, François s'enquit de l'identité de la dame. Charles sourit.

— Je pensais que tu aurais deviné, dit-il. Il s'agit du chevalier d'Éon. Il vit en Angleterre depuis plusieurs années, après avoir parcouru le monde. Aujourd'hui, il est dans une situation proche de la gêne, malgré le soutien du prince de Galles dont on murmure qu'il est son fils, et il n'évite la misère qu'en jouant les saltimbanques. On peut le voir se promener dans Londres habillé tantôt en femme, tantôt dans sa vieille défroque du régiment de Caraman où il était officier de dragons. Sa dernière action glorieuse a été d'affronter en duel le meilleur bretteur d'Angleterre, lord Saint-George, dans Carlton-House, en présence de la fine fleur de l'aristocratie britannique. Dans sa tenue féminine, il a ridiculisé son adversaire en le touchant à deux reprises.

— Quel âge peut-il bien avoir ? demanda François.

— Cinquante-cinq ans. Et il n'a rien perdu de sa vivacité, tu as pu t'en rendre compte. Notre ami, le Chevalier du Diable lui-même, y regarderait à deux fois avant de s'y frotter.

— Est-ce un homme ou une femme ?

Charles sourit de nouveau. Un chroniqueur avait écrit qu'il s'agissait d'un homme, puisqu'il l'avait vu « pisser droit contre un mur », mais il est vrai aussi que ses conquêtes masculines ne se comptaient plus et que cette vieille momie n'avait pas désarmé. L'arbitre n'était autre que sa fidèle gouvernante, Nadège. Quant à son partenaire, c'était un ancien maître d'armes, renvoyé pour ivrognerie.

— Certains soirs, ajouta Charles, le chevalier demande à des partenaires de l'assistance de venir se mesurer à lui, mais il se trouve peu d'amateurs. Le dernier est tombé de l'estrade, cul par-dessus tête.

Comme la soirée, belle bien qu'un peu fraîche, n'était pas très avancée, Charles proposa de la finir au théâtre (on y jouait la pièce d'un auteur émigré, qui faisait courir toute la colonie française : *l'Émigré de Londres*), d'aller ensuite s'encanailler dans les bouges de Soho et de finir la nuit chez Mme de Nauzières où l'on trouvait une étonnante collection de vénus anglo-saxonnes et quelques Françaises que le grand nom qu'elles portaient n'empêchait nullement d'exercer pour survivre le plus vieux métier du monde.

François prétexta la fatigue pour se retirer. Charles loua une voiture et le reconduisit jusqu'à sa porte.

François avait rendez-vous le lendemain avec Dominique Revel et tenait à se présenter à elle à son avantage.

Dominique avait proprement congédié son époux et confié ses deux enfants à la garde d'une voisine. M. Revel travaillait pour le compte de l'abbé de Saint-Phar, fils naturel du vieux duc d'Orléans qui avait quitté ce monde quelques années auparavant. Cet abbé-là vivait au plus près du siècle ; il avait fondé un commerce de vins, moins par goût du négoce que pour satisfaire les caprices de sa maîtresse, Mme de Nauzières, tenancière de la maison accueillante où Charles de Sombreuil avait souhaité conduire son ami François.

M. Revel y faisait office de gérant et de représentant. Dominique l'avait éloigné de Londres sous un prétexte qu'il n'avait pas cherché à élucider, tant ce brave homme, de vingt ans plus âgé qu'elle, était habitué à ses caprices.

— Le temps que tu passeras à Londres, avait-elle dit à François, je te veux tout à moi. Mon mari ne nous dérangera pas. Il sera loin...

Elle habitait à deux pas de Sombreuil, à May-Fair. L'appartement, exigu mais coquettement aménagé, donnait sur les maigres verdures de Grosvenor Square où de belles amazones de la noblesse anglaise se promenaient à cheval.

Dominique avait demandé à François de venir sonner à sa porte à neuf heures ; il se présenta avec une heure de retard et s'amusa de la trouver inquiète, persuadée qu'il avait oublié leur rendez-vous. Il prétexta l'impossibilité de trouver un fiacre ; en fait il désirait avoir pièce sur cette petite femme autoritaire.

Elle lui avait dit : « Tu entreras sans frapper. Je serai nue dans mon lit. Nous fermerons la porte à double tour et nous ne sortirons pas de la journée. Je veux te tuer d'amour. »

Dominique faillit bien tenir parole.

Ils se retrouvaient après plusieurs mois de séparation. Le souvenir de leurs premières étreintes, dans la cabine du rafiot qui les avait conduits de Rotterdam au port de Londres, leur avait laissé dans le sang une fièvre insidieuse.

Elle l'attendait dans sa chambre : volets refermés sur l'aigre lumière de mars, feu de charbon dans la cheminée. Le foyer et l'unique chandelle posée sur le guéridon éclairaient seuls la pièce où régnait une agréable chaleur. François reconnaissait les boiseries azurées, les rinceaux et les filets dorés, les rideaux d'étoffe bleu de roi qui encadraient un lit d'angle de modestes dimensions. En revanche, il ne se souvenait pas avoir vu les œuvres qui ornaient les murs : des sanguines représentant un seul et unique modèle — elle-même, de toute évidence — signées d'un peintre français émigré à Londres : Danloux, rival du révolutionnaire David. Il ne s'attarda guère à une contemplation répétitive.

— Eh bien, mon ami, dit Dominique, qu'attends-tu pour me rejoindre ? Tu ne sembles guère impatient. Et moi qui me morfonds depuis plus d'une heure !

Il prétexta la scélératesse du cocher de fiacre qui lui avait fait prendre un itinéraire compliqué, l'attente chez le pâtissier pour se procurer quelques friandises françaises ou réputées telles...

— Tais-toi ! s'écria-t-elle. Tu parles trop. Viens...

Elle écarta sa robe de chambre et il reçut comme un éblouissement la vision de cette nudité qui faisait une coulée laiteuse sur la courtepointe de velours brun. Il eut un vertige en constatant qu'elle avait, par coquetterie, gardé ses bas blancs, attachés au-dessus du genou par un ruban, et s'était rasé le pubis. D'un geste impératif elle lui désigna le cabinet de toilette où il consentit sagement à expédier de rapides ablutions.

A peine l'avait-il rejointe, qu'elle entamait une litanie caressante, syncopée, en le prenant à bras-le-corps.

— Si tu savais comme j'ai envie de toi ! Mon vieux mari est trop préoccupé par ses affaires pour penser à la bagatelle. Il est plein d'attention pour moi, mais... ah, oui, fais-moi jouir... mais il s'épuise vite, et je crains, je crains... là, plus profond, doucement... je crains qu'il n'ait une syncope, à son âge... oh, oui, oui, profond, tu me fais mal, mais j'aime...

Elle le fit basculer, s'assit à cheval sur lui et reprit son monologue, les yeux clos, un fil de salive au coin des lèvres, imposant à son partenaire le rythme propice à son plaisir.

— Ne jouis pas tout de suite, mon François. Moi d'abord. Tu sais, mon mari ne me touche pour ainsi dire plus, et... non, ne bouge pas... je suis bien obligée de me satisfaire, seule ou avec d'autres... Ah... Oh... Tu as remarqué ces sanguines de Danloux ? Il a davantage de dispositions pour l'art que pour... oh, Seigneur... il jouit dès qu'il me touche. Toi, au moins, toi, mon François... non, attends-moi, attends-moi... Aaaah !

Il connaissait son insurmontable propension au bavardage. Au début, cet étrange comportement l'avait troublé, car elle avait dans l'amour une voix rauque et pénétrante, puis cette manie avait fini par l'indisposer. Il la pria gentiment de se taire, mais elle n'eut de cesse, tout en se démenant au-dessus de lui — sa position favorite qui induisait une possession ostensible du mâle — de lui fournir dix bonnes raisons pour justifier ce travers. Commentant leurs étreintes entre deux gémissements, elle pouvait parler de tout et de n'importe quoi, de ses petits malaises de femme, qui, dans sa bouche, prenaient d'étonnantes proportions, des emplettes qu'elle avait à faire, des plats qu'elle aimait préparer, de ses enfants qui lui donnaient du souci et, bien sûr, du trafic de faux assignats qui lui avait laissé un agréable goût d'aventure... Cette logorrhée conforta François dans l'opinion qu'elle n'aimait parler que d'elle-même ; elle avait fait de sa précieuse petite personne le nombril du monde, l'amande sensuelle au centre de laquelle elle attendait l'hommage de ses adorateurs ; elle ne vivait que pour être reconnue comme une dispensatrice de plaisir ; qui ne la comblait pas d'effusions était indigne d'un regard. Sa chambre était un temple, son lit un autel, ses propos une invocation jaculatoire, ses jouissances inépuisables une reconnaissance implicite de la ferveur de ses desservants.

En poussant sa porte, François savait qu'il aurait à jouer une partie difficile : s'il se refusait à entrer dans le jeu, il serait rejeté sans pitié. Les préliminaires de leurs étreintes, quelques mois auparavant, alors qu'elle venait de lui révéler — sciemment ou par hasard — la véritable nature de son sexe, avaient été pour lui un examen probatoire dont il s'était acquitté avec les honneurs. Afin de mieux se l'attacher, elle lui avait dit : « Je suis fragile, émotive. Jure de ne pas te jouer de moi. J'en mourrais... » Leur séparation, alors qu'elle restait à Londres et qu'il allait livrer ses colis de faux assignats sur les côtes de Bretagne, ne l'avait pas menée aux portes de la tombe ; elle lui était même apparue, lors de leurs premières retrouvailles, plus vive, plus ardente, plus égocentrique et plus bavarde que jamais. Persuadé qu'elle ne cherchait que des témoignages d'admiration, décidé malgré tout à tirer de cette jolie créature le plus de plaisir possible sans laisser trop de lui — même dans cette confrontation — face à cet adversaire redoutable, il ne lui ménageait pas les louanges durant leurs ébats, les seules interventions orales qu'elle tolérât. Il n'était admis à lui parler de son épouse — et elle l'y incitait parfois d'une manière perverse — que pour en tirer des comparaisons flatteuses quant à son propre pouvoir de séduction — il est vrai que les rituels ardents qu'il connaissait avec elle lui faisaient oublier les messes basses de Virginie.

C'est ce même goût pour l'hommage indirect qu'elle avait manifesté durant les rares occasions où ils s'étaient promenés ensemble dans Londres.

Elle avait un flair peu commun pour découvrir, dans telle vitrine, tel article dont elle avait envie, pour éprouver soudain, face à un restaurant français réputé, une « petite faim ». Le convoyage des faux assignats étant rémunérateur, François se laissait ponctionner avec indulgence. Ce modeste sacrifice faisait aussi partie d'un jeu dans lequel il entrait d'autant plus aisément qu'il le savait précaire. Après une halte d'une semaine à Londres, il reprendrait le bateau pour Rotterdam, à supposer que les armées de Dumouriez n'aient pas occupé les côtes des Provinces-Unies. Il souffrirait modérément de cette nouvelle séparation. Dominique aussi, d'ailleurs : cette « femme fragile » avait le don, comme Phénix, de faire renaître l'amour de ses cendres, en laissant à d'autres partenaires le soin de ranimer les braises.

Prévoyant que la journée serait longue et occupée exclusivement aux ébats amoureux, François avait pris la précaution de demander à un traiteur de faire livrer chez Mme Revel un repas complet, avec du whisky irlandais et du champagne.

Ils firent honneur au menu. La matinée s'était passée en interminables jeux amoureux, variés et audacieux. Dominique ne tarissait pas d'éloges sur l'ardeur de François, mais elle en faisait l'écho de ses propres dispositions, qui n'étaient pas négligeables, sans atteindre au génie. Entre les mains de son partenaire, le corps de Dominique paraissait léger comme un nuage ; imaginative de nature, elle inventait d'étonnantes conjonctions organiques dignes des prostituées les plus douées de Soho, qui faisaient vibrer François au point de lui faire reprendre vigueur contre toute attente ; il la possédait de nouveau, toute suintante de désir, et l'honorait de jouissances répétées.

Ils n'avaient pas senti passer le temps. Quelques sommes brefs et légers avaient servi d'intermèdes à leurs jeux. La nuit tomba sans qu'ils s'en fussent rendu compte. Ils achevèrent leur repas de midi, vidèrent les bouteilles entamées et plongèrent dans un sommeil insondable. A l'heure fraîche du petit matin, ils firent de nouveau l'amour, très sagement, s'enfouirent sous la couette comme des marmottes pour ne s'éveiller qu'au milieu de l'après-midi.

— Sortons, dit Dominique. J'ai besoin de respirer. On étouffe ici.

Il tombait sur la ville une petite pluie fine et froide qui donnait aux immeubles d'alentour un aspect sinistre. Ils marchèrent bras dessus, bras dessous, abrités sous le même parapluie, autour d'un Grosvenor Square désert où l'on allumait les réverbères. Ils prirent un fiacre qui les conduisit vers Charing Cross. La Tamise charriait des brumes couleur de cendre au milieu d'embarcations qui ressemblaient à des catafalques flottants. L'air chargé d'odeurs de charbon et d'eau croupie leur paraissait léger et fluide.

Ils soupèrent copieusement chez Brice. Dominique était si lasse qu'elle en devenait muette; elle n'ouvrait la bouche que pour dévorer les mets savoureux et boire plus que de raison. Après le sorbet au whisky, elle dit à François d'une voix pâteuse :

— J'ai longuement réfléchi avant de me décider : je vais tout abandonner et partir avec toi pour l'Allemagne.

Il sursauta, en proie à un vertige, balbutia :

— Mais... ton mari, tes enfants ?

Elle rejeta cette objection négligeable d'un geste désinvolte par-dessus son épaule. Son mari l'aimait trop pour faire obstacle à son bonheur; quant à ses enfants...

— Je n'ai jamais été une mère exemplaire et ils se passent fort bien de moi. Une gouvernante en prendra soin. D'ailleurs il se peut que je revienne.

— Impossible ! dit-il avec fermeté. Le trafic dans lequel je suis engagé est trop dangereux pour une femme aussi fragile que toi. D'ailleurs je suis marié, moi aussi. Ma femme et mon enfant m'attendent à Offenburg. A l'heure qu'il est, Virginie doit avoir accouché d'un deuxième enfant. J'ai hâte de le voir. Ma famille compte beaucoup pour moi.

Elle se hérissa, le visage soudain rose de colère sous les franges du bonnet. Elle éclata :

— Menteur ! Ta femme n'est rien pour toi. Tu me l'as affirmé !

— Tu m'as forcé à te le dire ! Je n'en pensais rien.

La bouche de Dominique se tordit de douleur et de colère.

— Tu ne m'aimes pas ! Tu prends ton plaisir avec moi, et vogue la galère ! Je pourrais mourir, et toi, tu...

— Mourir ! Tu sais bien qu'on ne meurt pas de ces maux-là. Ton peintre sera là pour te consoler. Danloux et quelques autres...

Elle le gifla. Des clients tournèrent la tête en riant sous cape. Elle se mordit les lèvres; des larmes coulaient sur le fard de ses joues, détérioraient son masque : deux petites gouttes de cristal qu'elle essuya d'un vif revers de poignet.

— Tu n'aurais pas dû me gifler, dit-il sombrement. Tu as trop bu. Désormais tout est fini entre nous.

— Non !

Elle avait crié, dressée en face de lui comme une furie. Il la força à se rasseoir et l'invita à se montrer plus discrète. D'une voix basse et rauque, celle qui lui venait dans l'amour, elle lui reprocha de se conduire avec elle comme avec les « Teutonnes de Coblence ». Par défi, il hocha la tête : elle avait raison ; il n'avait jamais confondu l'amour et le plaisir.

— Alors, adieu ! dit-elle. Tu l'auras voulu...

Elle sortit de son sac le petit pistolet d'argent dont elle ne se séparait jamais dès qu'elle mettait le pied hors de chez elle, de crainte d'une agression. Les échos du coup de feu s'étaient à peine dissipés qu'elle se dressa, chancelante, pour s'enfuir. Des clients la retinrent, l'obligèrent à rester assise. Livide, le regard glacé, elle assista sans broncher au déshabillage de François, que l'on avait étendu sur une banquette. La blessure faisait tache sur la chemise.

— Est-il mort ? demanda-t-elle étourdiment.

Une grosse dame examina la blessure, constata que la balle était ressortie sous l'épaule sans léser aucun organe vital. Le blessé avait toute sa conscience et respirait sans effort.

— Vous avez de la chance, ma petite, dit la dame. Il vivra.

— Eh bien, je le regrette ! s'exclama Dominique. Il méritait de mourir.

Elle s'apprêtait de nouveau à se retirer, mais la grosse dame la rattrapa par les basques de son « pierrot ».

— Eh là, ma belle ! Pas question de vous esbigner. Vous aurez des comptes à rendre à la justice.

François se dressa péniblement sur ses coudes. Il demanda que l'on fît appeler un médecin et qu'on laissât partir la jeune femme. Puis, renversé sur la banquette, il perdit connaissance.

Le gardien de l'immeuble — l' « usher » — avait fait des difficultés pour laisser entrer Charles de Sombreuil, prétextant que cette « affaire » qui avait fait grand bruit sentait la potence et qu'il ne pouvait laisser n'importe qui visiter « sir François ». Quelques shillings firent taire ses scrupules, mais il tint à accompagner le capitaine jusqu'à la porte du malade, après s'être assuré qu'il n'était pas armé.

Charles était accompagné d'un beau jeune homme vêtu sans élégance, mal peigné, qui ramenait sans cesse en arrière la mèche rétive qui lui tombait sur l'œil ; sa pâleur, sa maigreur laissaient présumer un mal de poitrine ou quelque autre maladie pernicieuse.

— Je t'avais promis, dit Charles, de te faire rencontrer le vicomte François René de Chateaubriand. Le voici. Mais toi, comment te portes-tu ?

François avait franchi la mauvaise passe. Durant plusieurs jours, il avait souffert le martyre, sujet à des accès de fièvre qui le faisaient délirer. Un médecin de quartier avait soigné la blessure au quinquina, de crainte qu'elle ne se compliquât de gangrène — son obsession. Depuis la veille, le blessé se levait et s'alimentait d'une façon normale ; il comptait sortir le lendemain et repartir dans quelques jours pour Rotterdam, indécis, en fait, sur son point de chute, le pays risquant d'être occupé par les armées de la République. Il aviserait à l'Amirauté.

Chateaubriand... La vie de ce jeune homme de vingt-cinq ans était déjà tout un roman. Il avait fui la France de la Révolution pour s'expatrier aux Amériques. De là, il s'était rendu en Allemagne avec l'intention de se battre dans l'armée des princes, mais il avait vite compris qu'il était né pour être observateur et non combattant. Il « attendait l'événement pour se décider », disait-il, et, quand il se décidait, il était trop tard : l'événement lui glissait entre les doigts. Ce n'étaient pas des dispositions propres au métier des armes, il en convenait. En revanche, il aimait passionnément voyager, rencontrer des sauvages et des personnages hors du commun. Il avait ramené d'Amérique des carnets de notes dont il ambitionnait de faire un livre.

L'armée des princes... François la connaissait bien, lui aussi, et pour cause. Il partageait l'avis du jeune voyageur : c'était un « assemblage confus d'hommes faits, de vieillards, d'enfants descendus de leurs colombiers, jargonnant normand, breton, picard, auvergnat, gascon, provençal, languedocien... ». Le vicomte donna de mémoire lecture du texte consigné sur ses carnets de voyage.

— Savez-vous, dit-il, à quoi me fait penser cette armée ? A un spectacle dont la vieille monarchie donnerait la dernière représentation : celle d'un monde qui passe.

Il ajouta :

— Je sais qu'il est de bon ton, dans cette ville, de manifester des sentiments légitimistes, de maudire autant les monarchiens partisans d'une constitution que les Jacobins. On ravale le ci-devant duc d'Orléans, devenu Philippe-Égalité, au rang des tyrans sanguinaires, comme Marat ou Robespierre. Moi, au risque de me faire houspiller par nos braves émigrés, je maintiens que la royauté absolue, celle que nous avons connue, est devenue un mythe. Jamais les Français n'accepteront le retour de l'ordre ancien, ou alors ils feront une nouvelle révolution.

Il ne tarissait pas d'éloges sur le sens de l'hospitalité des Anglais. Après des débuts difficiles, malade, impécunieux, il s'était vu entouré d'attentions et de soins, notamment par le pasteur Ives, dont il était le pensionnaire, et qui, ainsi que sa fille, ne savait que faire pour lui rendre la vie agréable.

— Au début de mon séjour, dit-il, j'aurais pu proclamer, comme le poète Schiller : « Qu'il est dur et sec le pain de l'étranger ! » Aujourd'hui, je me sens comme au sein d'une grande famille.

Il proposa à François de lui donner connaissance de quelques feuillets de notes prises aux Amériques.

— Savez-vous, dit-il, que les émigrés sont nombreux sur ces terres vierges ? Ils débordent de projets, souhaitent fonder des villes, conquérir l'espace sur les territoires des Indiens. Je crois beaucoup à l'avenir du Nouveau Monde. Là-bas se réaliseront de grandes choses.

Il continua de vaticiner en essuyant de temps à autre avec son mouchoir son visage encore marqué par la petite vérole. Au cours de cette entrevue, c'est à peine s'il daigna demander à François qui il était, d'où il venait et ce qu'il comptait faire. Il semblait ne s'intéresser qu'à son propre destin. « Il est l'envers masculin de Dominique, songeait François, mais avec en plus le talent, si ce n'est le génie... »

Dominique ? Elle ne donna pas signe de vie à sa victime, ne daigna même pas s'informer de son état ni de la date de son départ.

Déjà, dans la mémoire de François, sa jeune maîtresse prenait du recul, s'estompait dans une suavité nostalgique, bien qu'elle fût présente en permanence, davantage d'ailleurs par ses travers que par la vénusté intense qui imprégnait son souvenir. Se fût-elle présentée à lui, repentante ou non, il n'est pas certain qu'il l'eût reprise. Son désir profond était de retrouver à Offenburg Virginie, Adrien, et surtout le deuxième enfant qu'elle lui avait donné ; s'il s'agissait d'une fille — ce qu'ils souhaitaient tous deux — ils étaient convenus de la prénommer Laurence.

Une angoisse venait saper cet espoir. Offenburg, au moment où il avait quitté l'Allemagne pour Rotterdam, n'était pas très loin de la ligne de feu. Qu'en était-il aujourd'hui où les armées victorieuses de la République avaient fait éclater les frontières ?

10.

LES MURAILLES DE LANDAU

Printemps-été 1793 : Allemagne.

Il en avait longtemps rêvé et voilà qu'il la tenait entre ses mains, tout humide de rosée, rayonnante comme un soleil du matin.

Où l'avait-il découvert, ce drosera géant à la quête duquel il s'était épuisé dans les tourbières et les marécages du plateau ? Il se dit qu'il ferait de cette plante carnivore, sauvage, belle — féminine — une communication détaillée à Mme de Genlis. Il ne cessait de la regarder, de la tourner délicatement entre ses doigts comme un bijou fragile, retenant sa respiration de crainte de la flétrir. Il avait découvert son nom au plus profond de sa mémoire : le *Drosera rotundifolia gigantis,* espèce rarissime sous nos latitudes ; unique peut-être. Les poils imprégnés d'une rosée d'amour s'épanouissaient à leur sommet en corolles suaves comme des clitoris de vierge ou des pénis adolescents. Il était fatal aux insectes qui s'y posaient. « Ma belle fleur, mon drosera... »

— Alors, Marsanges, dit une grosse voix au-dessus de lui. On fait de beaux rêves ?

Le soldat se pencha sur le malade, s'accroupit, jambes écartées, son fourreau entre les cuisses. Après s'être frotté les yeux, Louis-Amour reconnut le lieutenant Antoine Faugeras, citoyen de Meymac, que dominait la maigre silhouette du général Treich-Desfarges.

— Il va mieux, mon général, dit le lieutenant. Il a cessé de délirer. Il parlait d'une femme qu'il appelait Drosera. Sacré bougre ! Il ne fera jamais un héros. Petite nature... Mauviette...

— Allons donc ! riposta le général. Je les connais, mes Corréziens du plateau. Chétifs en apparence, mais solides comme des rocs. Comment s'appelle celui-là ?

— Marsanges, mon général. Un ci-devant...

— J'ai connu sa famille. Deux de ses frères ont émigré. Ils sont peut-être là, en face, derrière les redoutes prussiennes du général Knoberzdorff. Curieux que celui-là soit devenu républicain...

— On l'y a un peu poussé, mon général. Des gars l'ont fait boire.

— Comment se comporte-t-il au feu?

— Il faut le pousser au cul. A part ça, rien à lui reprocher. Un brave gars.

Originaire lui-même de la région de Meymac, le général Treich-Desfarges avait fait ses débuts dans la marine, à Bordeaux, puis avait obtenu un diplôme d'avocat, dans l'intention de remplacer son père. Sa nature capricieuse, ajoutée aux événements, l'avait guidé sur une autre voie. Cet être exalté, remuant, s'était senti porté irrésistiblement vers les généreuses idées de la Révolution. Dans son district d'Ussel, il avait organisé des sociétés populaires. Au plus fort de son patriotisme égalitaire, il avait fait raser le château d'un parent émigré dont les tours rappelaient les temps exécrés de la féodalité. A sa place il avait fait construire une demeure fort laide ayant la particularité de comporter des pièces très basses de plafond, à sa dimension car il était de petite taille, ce qui, à l'armée, l'avait fait appeler « Ventre-à-terre », sobriquet dont il était le premier à sourire.

En janvier de l'année précédente, alors que l'Assemblée avait décrété la patrie en danger, il avait été élu commandant par les hommes du troisième bataillon de volontaires de la Corrèze, avec le titre de premier lieutenant, le poste de second étant occupé par un nommé Bellegarde, citoyen de Seilhac. A la tête du millier de soldats qu'il commandait, il avait participé, dans l'Armée du Rhin, à la campagne d'Allemagne, après avoir couvert Paris au titre de corps de réserve, sous le commandement du général L'Églantier. En novembre, sa troupe avait cantonné quelques jours à Paris avant d'être envoyée dans l'Est et casernée dans la citadelle de Strasbourg.

D'engagement en engagement avec l'ennemi, traînant leurs sabots ou les bottes prises aux impériaux sur les routes embourbées, tantôt vainqueurs, tantôt vaincus, s'interrogeant sur la compétence et la fidélité des Dumouriez, Custine, Beauharnais — tous bons serviteurs du roi avant la Révolution, tous suspects de monarchisme — les volontaires s'étaient retrouvés bloqués en avril par les troupes ennemies dans la petite ville de Landau in der Pfalz, en Rhénanie, au pied du sinistre massif de la Hardt.

Les bombardements quasi quotidiens étaient la hantise du général

Gilot qui commandait la place. Avant de partir combattre sous d'autres cieux, Custine lui avait dit : « Ne rendez cette ville qu'une fois réduite en cendres ! » On en prenait bien le chemin... Gilot, indolent de nature et dépourvu de tout esprit d'initiative, laissait les événements aller leur train : tant que la ville n'était pas en cendres, rien ne pressait ; il suffisait de se mettre à l'abri des canonnades.

Treich-Desfarges, lui, bouillait d'impatience. Pourquoi les canons des remparts ne répondaient-ils pas aux batteries impériales ? Pourquoi ne réunissait-on jamais le conseil de guerre ? Pourquoi n'attaquait-on pas les retranchements adverses installés sur les rives de la Queich ? Pourquoi n'organisait-on pas un dispositif de ravitaillement en vivres alors que les réserves commençaient à s'épuiser ? Pourquoi ? Pourquoi ?

Fumant sa pipe de fer, les jambes allongées sur sa table de travail, le regard perdu dans le plafond embrumé de tabagie, Gilot, ôtant de ses oreilles l'étoupe qui protégeait son tympan des bruits du canon, écoutait fulminer ce petit officier qui trépignait dans ses bottes à revers. Las d'entendre ses récriminations, il se levait brusquement et lui montrait la porte.

Le moral de la troupe allait de mal en pis, l'unité de ligne et le corps des volontaires se refusant à fraterniser. La population commençait à trouver que ce siège s'éternisait — il durait depuis des semaines et rien n'en laissait prévoir la fin.

Dans la tempête qui balayait le pays entre Strasbourg et Coblence, la petite cité de Landau paraissait oubliée. La citadelle fortifiée par Vauban se refermait sur les défenseurs comme une prison. Exercices et parades en musique sur la grande place ne suffisaient pas à donner une idée glorieuse de l'occupant et à galvaniser les énergies. Les tambours mouillés rendaient un son lugubre. Les hommes de troupe trompaient leur ennui dans le tabac, la bière, le jeu et d'autres divertissements moins innocents — le seul bordel de la ville travaillait à plein et les prostituées occasionnelles n'avaient guère le temps de baisser leurs jupons.

Gilot, enfermé dans son cabinet, tirait interminablement sur sa pipe et regardait de sa fenêtre les nuages de l'été se mêler sur les flancs de la Hardt aux fumées de l'artillerie.

Louis-Amour était de ceux qui prenaient le plus sagement leur mal en patience.

Guéri d'une dysenterie qui l'avait jeté sur le flanc, mais toujours harcelé par une gale tenace qu'il soignait par des applications de racines de dentelaire à défaut d'huile d'olive — remède souverain — il avait découvert une occupation digne de ses goûts et de ses compétences : le jardinage.

Entre deux saillants du bastion orientés vers le midi, il avait débroussaillé et retourné à la bêche une demi-sétérée de terre pour le général et avait fait quelques semis de légumes, persuadé qu'il ne recueillerait pas les fruits de ses efforts. Indifférent au jeu (il méprisait la passion de Hyacinthe), plus encore à l'amour vénal, peu porté sur la bière allemande, il passait là le plus clair de son temps, arrosant et désherbant ses semis, au comble du ravissement lorsqu'il voyait pointer les premières pousses.

Les gars de la Corrèze venaient le voir jardiner comme s'il se fût agi d'un spectacle. Assis sur la crête du bastion, les jambes pendantes, ils l'encourageaient sur le mode ironique, le brocardaient et pissaient sur ses salades. Louis-Amour les connaissait bien : parmi eux se trouvaient quelques-uns de ces conscrits qui l'avaient fait s'engager malgré lui. Il ne leur en tenait pas rigueur : sa colère s'était dissoute dans la boue, le sang, la merde des marches et des champs de bataille ; ils ne lui cherchaient plus querelle depuis le jour où, malmené par les mêmes gars, peu après la victoire de Jemmapes, il avait couché en joue l'un d'eux et lui avait fait siffler une balle à deux doigts de la tempe.

Tout avait pourtant assez bien commencé.

Présenté, vêtu de la tenue réglementaire des « bleuets » par le drapier tulliste Michel Bardon, équipé d'un fusil de la Manufacture d'armes, doté de la prime de quinze francs qu'il s'était empressé d'envoyer à sa famille et d'une promesse de solde de quinze sous par jour, plus l'étape en route, il s'était présenté avec le bataillon, Treich et Bellegarde en tête, dans la salle du corps administratif pour jurer fidélité à la patrie et à la Constitution.

Le lendemain avait été un jour de gloire : l'unité avait défilé par un soleil éclatant sur le Champ de la Fédération, au milieu de la foule, la musique de la Garde nationale en tête. L'abbé Jumel y était allé de son discours patriotique.

Les choses s'étaient gâtées peu après l'étape de Seilhac, où Bellegarde avait ouvert les portes du château déserté par ses anciens maîtres pour le livrer au pillage. La cave était si bien garnie que, la horde s'étant éloignée, il ne restait qu'un spectacle de désolation,

Bellegarde, ivre mort, régnant sur une population de bouteilles vides.

C'est là, sur ce champ de bataille dérisoire, que s'étaient produites les premières défections : des soldats titubants, chargés de butin, retournaient chez eux ; d'autres se cachaient pour échapper aux représailles à la suite de vols de porcs et de volailles commis dans le village sous l'empire de l'ivresse. Louis-Amour, lui, était resté ; n'ayant pu résister à l'attrait de la bouteille, il s'était retrouvé le lendemain, la tête lourde, couché dans les écuries, au milieu d'un groupe d'ivrognes dont certains étaient en train de laver à l'auge leurs uniformes souillés de vomissures et de crottin.

La compagnie de Bellegarde était arrivée, tête basse, traînant la jambe, avec un lourd retard, à l'étape suivante qui était Limoges. Bellegarde en avait été quitte pour une admonestation sévère du lieutenant-colonel Treich-Desfarges, en présence de tout le bataillon regroupé à la Visitation. Une autre compagnie avait commis le même genre d'exactions à Saint-Jal. Au total, il manquait environ cent cinquante hommes.

Conduire à la ligne de feu ces paysans qui ne possédaient aucune notion d'exercice militaire, avaient en horreur toute forme de contrainte, menaçaient d'une dénonciation au Comité de surveillance les gradés trop zélés, était une vue de l'esprit, d'autant que certains attardés ne parlaient que la langue du pays. Treich en vint à bout, non sans mal. Singulièrement, sa petite taille imposait ; ce nabot, il est vrai — taille basse, mais voix haute — savait parler aux hommes, en patois lorsque c'était nécessaire ; il n'hésitait pas à botter les fesses des récalcitrants et à leur mettre sous le nez le canon de son pistolet ; il avait aussi des accès d'éloquence patriotique qui avaient le don de galvaniser ces voleurs de poules. Après un mois passé dans les cantonnements des environs de Paris, il avait fait de ces sauvages sinon des foudres de guerre, du moins de fervents patriotes et des combattants : il aurait pu leur demander de prendre la Bastille si elle avait été encore à prendre. Il avait la manière pour punir comme pour récompenser. On avait commencé par le redouter et le haïr ; on avait fini par le respecter et l'aimer.

Gilot ayant fait la preuve de son incompétence, le général Laubadère le remplaça. Treich prit Louis-Amour comme ordonnance, avec la charge, notamment, de ravitailler sa table. Il s'était informé sur son compte auprès des sous-officiers de sa compagnie et en savait beaucoup sur ce ci-devant et sur sa famille. Il lui disait :

— Tu aurais pu déserter, comme bien d'autres qui avaient moins de raisons valables que toi. Pourquoi ne l'avoir pas fait ? On t'a forcé la main, je le sais. Ne me dis pas que tu mourais d'envie de te sacrifier pour la République !

Louis-Amour blêmissait et bredouillait : il craignait, en désertant, de susciter des ennuis supplémentaires à ses sœurs ; il était persuadé qu'en devenant un soldat de la République, il pourrait leur épargner de nouveaux déboires.

— Ce sont des sentiments qui t'honorent, dit Treich. Tu es un bon bougre, Marsanges !

Il lui offrait du tabac que Louis-Amour repoussait, l'invitait à s'asseoir, à lui parler de ses sœurs, insistait pour en connaître davantage sur Diane — il avait entendu dire qu'elle était à la fois la maîtresse de Brival et de Lidon — et son œil pétillait de curiosité, ses mains pétrissaient la dragonne de son épée, sa voix s'enrouait... Quelle image pouvait-il bien se faire de cette jeune femme qui, partie de sa solitude de Marsanges, avait conquis le cœur de deux Conventionnels ? C'est ce que Louis-Amour lui-même, inquiet du tour que prenaient ces confidences, se demandait.

Pour terminer leur entretien sur une note de bonne humeur, il lui décochait une bourrade amicale dans le dos et s'exclamait :

— Sacré Marsanges ! Ce ne sont pas les femmes qui te tracassent, toi !

Aidé d'un cuisinier prélevé dans le corps de troupe, Louis-Amour dispensa ses talents à l'occasion du repas qui marquait la prise de commandement de Laubadère. Le nouveau commandant de la place était un militaire énergique et compétent que la Convention avait jugé bon de flanquer d'un commissaire aux armées, Dentzel, un « missus dominicus » qui, lui, était un triste sire, toujours à l'affût de l'erreur ou de la faute qui lui permettrait de faire valoir ses prérogatives. Il suivait Laubadère comme son ombre, assistant et participant à tous les entretiens, mettant son grain de sel dans les conversations. Il voyait derrière chaque militaire se profiler l'ombre d'un suspect, et le commandant n'échappait pas à la règle ; il tenait les entretiens particuliers dont il était exclu, entre Treich et Delmas, commandant le deuxième bataillon corrézien, également présent dans la place, comme une atteinte à sa dignité et une menace de complot. Vêtu du frac bleu, du gilet rouge, ses cheveux plats coiffés d'un chapeau à plumes tricolores qui lui donnait un air d'oiseau exotique, on le voyait en tout lieu. Il parlait peu, écoutait beaucoup, le buste droit, les mains dans le dos. Piqué au vif par certaines saillies de Treich ou de Delmas, il répondait par des sourires pincés ou des mines de dindon outragé.

Au cours de ce repas, la conversation roula sur la bataille de Jemmapes, qui s'était déroulée le 9 novembre. Treich et son bataillon y avaient été engagés aux côtés de Dumouriez et du duc de Chartres, fils de Philippe-Égalité [1].

Posant question sur question, Dentzel traquait la vérité à travers les propos de l'officier, persuadé que Dumouriez — ce traître qui avait fini, début avril, par jeter le masque et passer aux Autrichiens — n'avait remporté cette victoire que pour faire valoir les mérites et les qualités du duc de Chartres, partant, pour rendre hommage à son protecteur, Philippe d'Orléans.

— C'est possible... répondait Treich en mâchonnant le tuyau de sa pipe. L'essentiel est que nous ayons mis en déroute les Impériaux. Que cela te plaise ou non, camarade commissaire, je considère Dumouriez comme un véritable chef, et je regrette qu'il soit passé à l'ennemi.

Il souriait de voir l'envoyé de la Convention froncer les sourcils. Dentzel insistait, voulait en savoir toujours plus : comment Thouvenot s'y était-il pris pour investir le village ? Pourquoi Beurnonville était-il resté en arrêt devant un bastion ? Par quel miracle les dragons impériaux avaient-ils décampé devant une unité de fantassins patriotes ? Treich s'enflammait :

— Bougre ! Pourquoi n'y étais-tu pas, au lieu de faire ta cour à Robespierre ou jouer les jolis cœurs dans les provinces ?

Louis-Amour, qui s'était affublé pour la circonstance d'une vague tenue de valet découverte chez le bourgmestre, réprimait mal une envie d'intervenir. Jemmapes... Il y était et ce seul nom lui donnait des sueurs froides. Il aurait pu expliquer, lui, pourquoi et comment la horde républicaine était venue à bout des retranchements impériaux qui étageaient sur le flanc du gigantesque amphithéâtre de collines ses redoutables batteries tenues par les Hongrois. Lui et ses compagnons avaient passé la nuit dans la plaine marécageuse, sous

1. Le futur roi Louis-Philippe.

un brouillard de pluie glacée, le ventre vide depuis plus de trente heures, sans la moindre goutte d'alcool qui leur eût donné du cœur au ventre.

Sujet à des accès de fièvre, grattant sa gale tenace, trempé jusqu'à la moelle, emporté par de vagues somnolences qui ressemblaient à l'approche de la mort, il s'était réveillé dans une aube de fin du monde pour voir, en face de lui, autour des positions françaises, s'approcher les magnifiques unités impériales en grande tenue, jetant au ciel les éclats de leurs fanfares, hussards, dragons, grenadiers défilant comme à la parade. Lorsqu'il avait vu passer à quelques pas de son unité, accablé de fatigue, de faim et de froid, le bataillon de volontaires du Loiret, vêtus comme des paysans, pieds nus ou entortillés dans des étoffes boueuses, il s'était dit que c'en était fini de cette campagne, des rodomontades des officiers français, de cette République qui ne tenait que par un fil, face à l'Europe coalisée.

Ç'avait été pis lorsque, le brouillard s'étant dissipé, les batteries adverses avaient commencé à cracher un feu d'enfer sur la horde engluée dans son marécage.

Il entendit comme montant du fond d'une citerne la voix de Treich s'exclamant :

— Ah ! camarade commissaire, si tu avais vu le vieux général Ferrand charger à la droite de Dumouriez…

Il s'entendit déclarer :

— Tu te trompes, citoyen, il était à gauche.

Dans le silence qui suivit, tous les regards braqués sur lui, Louis-Amour sentit basculer le parquet.

— Il a raison, le bougre ! s'écria Treich. C'est vrai que tu y étais ! Allons, raconte, puisque ta mémoire est si bonne…

A la surprise un peu outrée des convives, il lui fit une place à table, l'invita à s'asseoir, lui servit de la bière dans son propre verre et déclara avec une emphase teintée d'ironie :

— Mes amis, nous avons l'honneur d'avoir à notre table le rejeton d'une illustre famille du Limousin : les comtes de Marsanges. Deux de ses frères ont choisi le mauvais parti : celui de l'émigration ; lui a préféré défendre la République, et il le fait avec honneur. Nous le ferons sous peu caporal, avec, bien entendu, ton accord, citoyen général.

Plus intimidé sous le feu de ces regards interrogateurs que sous celui des batteries hongroises, Louis-Amour raconta l'assaut de ces spectres jaillis du marécage et de la nuit, de ces ventres creux saisis, aux accents de *la Marseillaise,* d'une ardeur sauvage, fonçant en hurlant jusqu'à la gueule des canons, tournant les positions adverses, clouant à la baïonnette les canonniers à leurs pièces, faisant se dissiper comme une volée de pigeons les manteaux blancs des dragons de Brunswick...

Surpris de sa propre éloquence, de la conviction dont il nourrissait ses propos, Louis-Amour but une gorgée de bière et se leva.

— Assis ! cria Treich. Tu n'en as pas fini, il me semble !

— Tu me surprends, citoyen Marsanges, dit Dentzel d'une voix coupante. Dans son rapport à la Convention, Dumouriez prétendait que la victoire était due principalement à deux de ses unités d'élite : les régiments de chasseurs à cheval et les hussards de Chamborand et de Bercheny...

Le rire de Treich crépita :

— Balivernes ! Dumouriez, c'est bien connu, n'a cessé d'opposer les troupes de ligne aux volontaires, qu'il méprisait. Il n'allait pas laisser le bénéfice de la victoire à ces gueux ! Qu'en penses-tu, citoyen Marsanges ?

Louis-Amour avala sa bière avec une grimace, puis répondit :

— La cavalerie de Dumouriez n'est intervenue qu'après que nous eûmes fait une hécatombe de dragons autrichiens. Elle s'est contentée de les poursuivre jusqu'à Mons. Nous, les volontaires, nous en avons tué une centaine au premier engagement.

Fiévreusement, Dentzel prenait des notes sur un carnet.

— J'espère, *monsieur de Marsanges,* dit-il avec un clin d'œil suspicieux, que tu ne nous as pas conté de sornettes. Autrement, il pourrait t'en cuire.

Treich, menaçant, répliqua en frappant la table du poing :

— Je ne te permets pas, *monsieur le commissaire,* de mettre en doute la parole d'un de mes hommes ! J'en réponds comme de moimême.

Dentzel fila doux. L'affaire en resta là et Louis-Amour se leva pour reprendre son service. La conversation sur la désertion de La Fayette, de Dumouriez et de quelques généraux félons ne le passionnait guère, pas plus que les lamentations qui suivirent : le vin, la bonne chère, le tabac et les femmes leur manquaient...

Louis-Amour avait pris l'habitude, lorsque le temps de ce début d'été le permettait et que les batteries impériales du général Knoberzdorff observaient un répit face aux fortifications de M. de

Vauban, dont Laclos prétendait qu'elles étaient inefficaces, d'aller se promener, fusil en bandoulière. Il arpentait les aimables prairies bordant la Queich, tout empanachées de fraîches verdures d'aulnes, plutôt que de jouer aux quilles ou au ballon dans les douves. Il se promenait seul, herborisait distraitement, rêvassait, assis sur un coussin d'herbe en suivant de l'œil les nuages qui passeraient peut-être au-dessus de Marsanges.

Il poussa un jour, en longeant les ombrages de la berge, jusqu'à moins de deux cents pas des redoutes ennemies autour desquelles des canonniers, torse nu dans le soleil, jouaient aux cartes sur des tambours.

Il était parvenu à quelques pas d'une large trouée de verdure lorsqu'une tache claire attira son regard. Il s'allongea dans l'herbe haute, s'approcha en rampant et sourit en constatant qu'il s'agissait d'un officier ennemi : il somnolait, en chemise, dans les fougères, son bonnet d'ordonnance sur les yeux, les mains sous la nuque, sa veste et son fusil suspendus à une branche. Le fil d'une gaule trempait dans la rivière.

Louis-Amour se dit qu'il aimerait lui faire une petite visite. Les eaux basses, du fait de la sécheresse, lui permirent de traverser à pied, en aval, dans l'ombre des aulnes.

— Debout, citoyen ! dit-il en dégageant le visage de l'officier. La partie de pêche est finie. Suis-moi sans un mot.

Interloqué, l'officier ouvrit la bouche pour appeler à l'aide.

— J'ai dit : sans un mot ! insista Louis-Amour en lui mettant le canon de son fusil sur la tempe. Tu vas me suivre bien gentiment. Tu souhaitais visiter Landau ? Eh bien, c'est l'occasion. Tu es mon invité. Quel est le mot, dans ta langue, pour dire « vite » ?

— On dit : « vite », répondit l'officier. Cette visite n'est pas urgente. Je préfère attendre que nos canons ouvrent les portes.

— Tu attendrais trop longtemps. J'ai hâte de te présenter au citoyen général. Tu es un émigré ?

— Comte Jean-Hugues de Monvert, en Auvergne, pour te servir. Je suis lieutenant dans l'armée du prince de Condé.

— Fichtre ! fit Louis-Amour. Un gradé... Je me présente : ci-devant vicomte Louis-Amour de Marsanges, district d'Ussel, en Limousin.

— Je connais bien ta région : c'est un désert et il n'y pousse que de la bruyère et du chiendent.

— Il y pousse aussi de la bonne graine de patriotes. Allons, suis-moi. Nous bavarderons en chemin, mais n'oublie pas que tu es mon prisonnier.

Ils cheminèrent en devisant à l'abri de l'aulnaie pour se rapprocher de la porte de Landau sans se faire remarquer. Tout fiérot, Louis-Amour, accompagné par un groupe de volontaires bâillant de surprise, conduisit tout droit son prisonnier au quartier du général Laubadère.

— Un pêcheur malchanceux, citoyen général, dit-il. C'est moi qui l'ai pêché. J'ai pensé que tu aimerais lui poser quelques questions.

Laubadère laissa tomber sa plume d'oie sur le papier et se leva lentement, ébahi.

— Mille tonnerres ! s'exclama-t-il. Comment t'y es-tu pris ?

— Un coup de chance, citoyen général ! Ce ci-devant a eu le tort de s'endormir sur sa gaule. Je n'ai guère de mérite : je n'ai eu qu'à le cueillir.

« Ventre-à-terre », rouge d'émotion, serra le « héros » contre sa poitrine avec effusion. C'était le premier prisonnier que l'on faisait depuis le début du siège. De plus, un ci-devant français et un lieutenant !

— Mon petit, dit-il, je t'avais mésestimé. Tu es de la graine de héros...

— Si c'est ça, l'héroïsme..., dit Louis-Amour.

De toute la journée qui suivit, Louis-Amour n'eut aucune nouvelle de son prisonnier. Il apprit simplement que le commissaire Dentzel et le général Laubadère l'interrogeaient sans relâche et le tenaient au secret. Au matin du troisième jour, il se décida à s'enquérir auprès de Treich du sort qui serait réservé à sa victime. Il aurait aimé le revoir, bavarder avec lui, demander des nouvelles de ses frères...

— Tu le reverras au paradis, répondit Treich. Dentzel et Laubadère en ont tiré tous les renseignements qu'ils ont pu et qui nous sont précieux. Tu peux dire que tu ne les as pas volés, tes galons de caporal...

Il ajouta avec gêne, en se grattant le menton :

— Laubadère l'a fait fusiller ce matin.

11.

LIBIDO MORIENDI

Été 1793 : Corrèze.

Picharou arrêta son geste, releva la tête, essuya d'un revers de poignet ses yeux que picotait la sueur. Il aperçut dans un brouillard humide le gosse qui venait de l'interpeller. Plantant la cognée dans le billot, il dit en patois :

— Qu'est-ce que tu me veux, petit ?

— On te demande à l'auberge des « Trois Marchands ».

— Qui me demande ?

— Deux messieurs de Tulle. Ils s'appellent Bussières et Roussel. Ils te font dire que c'est important et qu'il y aura une récompense pour toi.

François Delort, propriétaire de la maison de Sainte-Eulalie, dans un faubourg d'Uzerche, où Picharou venait de s'employer pour fendre des bûches, lui fit signe qu'il pouvait quitter son ouvrage ; il le finirait plus tard.

— Va devant, dit Picharou au gosse. Dis-leur que j'arrive.

Il passa par le bourg, saluant au passage les uns et les autres. Rendu dans le galetas qu'il occupait entre deux vagabondages, au-dessus de la porte Baffal, il fit un brin de toilette, poussant le souci de sa tenue, contre son habitude, jusqu'à revêtir une chemise propre ; comme il manquait des boutons aux manches il les retroussa jusqu'aux coudes. Il brossa sa chevelure grise et broussailleuse devant le fragment de miroir placé près de la fenêtre étroite donnant sur la rue et, plus loin, sur la place du Marché et sur l'auberge où l'attendaient les messieurs de Tulle. Il songea qu'il aurait dû se raser, mais il n'en avait pas le temps et, d'ailleurs, il s'en foutait.

— Presse-toi, lui dit l'aubergiste Sansiot, ces messieurs t'attendent. Ils savent que tu es un bon coursier et ils veulent te charger d'un message urgent.

— Un message pour Lubersac, précisa une voix dans son dos. C'est bien toi, Pierre Besse, dit Picharou ? Il y aura un écu de six livres pour toi si tu peux porter ce message avant la nuit au chef de la Garde nationale.

— Je peux, dit Picharou.

Il avala sa salive en contemplant la pièce qui tintait sur la table, à côté de la cruche de vin et du verre que Sansiot y avait déposés pour lui. C'était beaucoup plus que ce qu'on lui proposait d'ordinaire pour ses services, par exemple lorsqu'il accompagnait Me Battut, huissier, dans l'exercice de ses fonctions. Cela lui parut louche. Fronçant les sourcils, il demanda les raisons d'une telle générosité.

— C'est une mission importante, lui répondit Roussel, et nous avons besoin d'un homme de confiance. Tu dois partir tout de suite.

Picharou toucha de l'index le bord de son chapeau avant de se retirer, la pièce dans son mouchoir et le mouchoir dans sa poche. En prenant la route d'Uzerche, il se demanda pourquoi diable les deux messieurs, qui devaient être d'honnêtes citoyens à en juger par leur toilette, avaient fait le voyage d'Uzerche pour envoyer un message à Lubersac. Ces gens de la ville... Ils étaient trop bêtes ou trop malins ! « Ceux-là sont du genre malin », se dit Picharou.

Il en eut la certitude lorsque le commandant de la Garde nationale de Lubersac, ayant déplié la missive, le regarda dans les yeux en brandissant le papier et bougonna :

— Les deux messieurs qui t'envoient, sais-tu qui ils sont ? Deux commissaires du Comité de salut public de la Corrèze.

— Peut-être bien, bredouilla Picharou. Et alors ?

— Et alors, imbécile, tu sais ce qu'ils me demandent ? De te mettre en état d'arrestation et de te reconduire à Uzerche, de nuit, et sous bonne garde !

Picharou se laissa tomber sur le banc, plié en deux, éructant un rire profond. Le commandant lui secoua l'épaule.

— Quelle bêtise as-tu bien pu faire, gredin ? Tu as tué quelqu'un ? Tu as volé ? Tu as insulté une autorité ?

Le rire de Picharou éclata de nouveau en fanfare. Lui, tuer, voler, insulter ? Il était pur comme l'enfant qui vient de naître, chacun pouvait l'affirmer. Toujours prêt à rendre service. Certes, de temps à autre, au cours de ses vagabondages, il se laissait aller à chaparder, mais juste de quoi ne pas mourir de faim. Et puis il lui arrivait aussi, quand il était ivre, de se montrer « un peu bavard ».

— Ne cherchons pas plus loin ! s'exclama le commandant. Qu'est-ce que tu as bien pu raconter ?

Picharou rejeta son chapeau en arrière, se gratta le sommet du front, sonda sa mémoire. Il ne niait pas qu'il aimait faire la conversation, sur le bord d'une route, en lisière d'un champ, avec des gens qui le connaissaient bien et qui s'amusaient à le faire parler et déparler. Il se souciait peu quant à lui de savoir s'ils tenaient pour le roi ou la République, s'ils soutenaient la Montagne ou la Gironde. Qu'il y eût dans ses relations des suspects, des ci-devant comme les Marsanges, il s'en souciait peu et ne faisait pas la différence, indifférent qu'il était aux choses de la politique. Il avouait avec humilité qu'il « était trop bête » pour y comprendre quoi que ce soit.

— Eh bien, dit le commandant en se laissant tomber dans son fauteuil, te voilà dans de beaux draps. J'espère pour toi que les juges tiendront compte du fait que tu as deux garçons dans les armées de la République et que tu ne passes pas pour une lumière d'intelligence, soit dit sans vouloir te vexer.

Il ajouta en se levant :

— Ce qui me semble bizarre, c'est que ces deux commissaires, Bussières et Roussel, t'envoient à moi pour que je te ramène à eux en pleine nuit...

— Moi, Picharou, je suis bête, mais je comprends.

Il expliqua que son arrestation en plein jour, à Uzerche, aurait provoqué un attroupement, voire une émeute. On l'enfermerait de nuit dans la prison de Nayne et, ni vu ni connu, je t'embrouille !

— Tu es moins bête que je ne croyais, reconnut le commandant en lui touchant l'épaule. Je t'aime bien et je sais que tu es un vieux maniaque parfaitement inoffensif. Je n'aurai jamais eu autant de peine à accomplir une mission, mais que veux-tu, je ne peux m'y soustraire sans risquer de me voir moi-même jeté en prison. Et j'ai une femme et des enfants, moi, tu comprends ?

Picharou hocha gravement la tête. Il comprenait. Il se disait aussi pour se rassurer qu'on allait l'enfermer chez Nayne, l'interroger, et qu'on le relâcherait au bout d'un jour ou deux.

— Tu vas manger la soupe avec nous, dit le commandant. Et ensuite, en route !

On ne lui mit pas les menottes, on ne lui entrava pas les jambes, sur sa promesse qu'il ne tenterait pas de s'enfuir. D'ailleurs, un homme de soixante-cinq ans, les cavaliers auraient vite fait de le rattraper.

Le commandant, suivant les consignes, le conduisit à la prison d'Uzerche où on lui affecta une cellule donnant par une étroite fenêtre sur la cour, dans l'espoir que personne ne pourrait soupçonner sa présence. C'était compter sans la popularité du prisonnier et l'efficacité du bouche-à-oreille. On s'inquiéta de son absence ; quelqu'un — peut-être Sansiot, peut-être Nayne — eut une parole indiscrète. Toujours est-il que, deux jours plus tard, alors que Bussières et Roussel étaient repartis en mission d'inspection dans le district, poussant jusqu'à Marsanges, dans le but d'y recueillir des éléments propres à alimenter l'instruction, la foule se pressait devant la prison, si dense, si houleuse que M. Clédat, maire et président de la Garde nationale, dut faire appel à ses hommes pour en interdire l'accès. On apporta une échelle, on interpella Picharou qui, tout joyeux, répondit de derrière les barreaux qu'on ne se fasse pas de souci pour lui : il se reposait, ce qui ne lui était pas arrivé depuis longtemps, et Nayne était aux petits soins pour lui.

Le retour de Bussières et Roussel déclencha une nouvelle émeute ; la garde dut croiser les baïonnettes face à une vingtaine de femmes qui, arrêtées, furent conduites à une autre prison : le château des ci-devant Pradel de Lamase.

Quatre nouveaux commissaires, parmi lesquels le sinistre Jumel, arrivèrent de Tulle pour presser le jugement, ranimer l'ardeur défaillante du Comité de salut public d'Uzerche, peu convaincu d'avoir affaire à un dangereux criminel. La leçon fut entendue. Plusieurs jours se passèrent en sessions à l'auberge des « Trois Marchands » et en interrogatoires à la prison, assez laborieux du fait que l'accusé manquait de précision dans sa mémoire et de clarté dans son élocution. Certains témoins eurent le courage de le défendre ; d'autres cédèrent aux pressions et racontèrent tout ce qu'on voulait leur faire dire, quand on leur eut rappelé le décret de la Convention : « *Les suspects répondront sur leur tête des malheurs de l'État; les comités révolutionnaires, en les arrêtant, n'ont pas besoin d'expliquer leurs motifs.* » C'était écrit ; c'était la loi ! Alors la plupart cédaient, un peu honteux. Oui, cet innocent s'était laissé aller, bavard comme il l'était, à dire que les pauvres souffraient moins de la misère du temps des rois, qu'un troupeau sans berger courait à sa perte, que le Bon Dieu, mieux que les chambres et les districts, pouvait arranger les choses, que depuis qu'on avait coupé la tête du roi le Ciel se vengeait sur le peuple de France...

Ne voulant pas paraître en reste sur leurs collègues de Tulle, les membres du Comité de salut public d'Uzerche, qui s'étaient constitués en Cour d'instruction criminelle, conclurent à la culpabilité de Picharou et décrétèrent la mort. Il fallait, dans cette ville qui ne manifestait guère d'ardeur révolutionnaire, un exemple : Picharou fut choisi comme bouc émissaire.

Précédée de la voiture des juges et des notabilités de Tulle, encadrée de quatre gendarmes, la carriole s'engagea dans la pente raide qui menait au bourg d'Uzerche ; le conducteur serra les freins. Ce n'était pas un chargement ordinaire, et il fallait bien deux chevaux pour le tracter.

Dans la traversée des hameaux et des villages, les gens sortaient sur le pas des portes et s'interrogeaient : pourquoi ces bois de charpente peints en rouge ? Où se rendait ce singulier attelage ?

Le conducteur de la carriole, Foussart, faisait fonction de bourreau ; sa femme l'accompagnait pour l'assister. Il était inquiet : c'était la première fois qu'on allait faire fonctionner dans le département cette foutue machine à raccourcir les ci-devant et les ennemis de la République. Cette guillotine, comme on l'appelait, il l'avait montée à Tulle quelques jours auparavant pour s'exercer sur des moutons : la mécanique fonctionnait à merveille. Pourquoi ne fonctionnerait-elle pas à Uzerche sur un criminel ? Lui, Foussart, il préférait la corde : moins rapide, mais plus propre.

Uzerche semblait frappée par la peste. Portes et fenêtres fermées, boutiques closes. Quelques chiens, intrigués par cette solitude, erraient dans l'avenue centrale. Seul bruit dans ce désert : le heurt des sabots des montures sur le pavé, dont les murs se renvoyaient en échos le crépitement. Tôt dans la matinée, le tambour de ville avait averti la population de quitter le bourg avant midi pour se disperser dans les campagnes environnantes. A juste titre, les autorités redoutaient une nouvelle émeute.

C'était une de ces journées de chaleur molle, avec un couvercle de nuages qui touchait presque la flèche de l'église Saint-Pierre et, au-dessus de la Vézère, sur la colline d'en face, les tours du château de Puygrollier. On devinait des bourrelets de pluie prêts à se déchirer, des vents noirs sur le point de surgir derrière la pyramide de murailles rousses et de toitures grises. Une mauvaise chaleur accablait le pays déserté par le soleil.

Le sinistre cortège accéda au centre du bourg par une ruelle montante qui se glissait sous la monumentale porte Bécharie portant en son milieu une Vierge de pierre. Il fit halte sur la place du Marché, près du pilori. Un peloton de la Garde nationale commandé par M. Clédat y stationnait depuis un bon moment.

— C'est pas tout, dit Foussart en descendant de son siège. Il me faut des compagnons pour m'aider à monter l'estrade et la machine.

Tous les hommes ayant été chassés de la ville, il dut, aidé de sa femme et de quelques gardes, charrier des barriques, des madriers et des planches pris dans les maisons voisines. Quand il s'agit de dresser la machine, les gardes se retirèrent et rentrèrent dans le rang d'où aucune menace ne put les faire bouger. Foussart opéra seul, avec son épouse. Ils y mirent du temps. Quand il eut terminé, il cueillit une rose sur la façade de l'auberge et se la glissa au-dessus de l'oreille.

Il était quatre heures de relevée lorsque la charpente de bois rouge se trouva debout sur l'échafaudage branlant. Elle présentait un aspect sinistre, avec son architecture rigide et ce couteau qui brillait, oblique, à son sommet. Le bourreau graissa la corde, disposa le panier de son sous la lunette, un grand coffre d'osier sur le côté, et déclencha le mécanisme.

— C'est bon, dit-il, tourné vers les messieurs de Tulle. Ça freine un peu mais ça suffira. Vous pouvez m'amener le condamné.

Des murmures planèrent sur le groupe des « messieurs de Tulle » lorsqu'ils virent arriver, enchaîné, hagard, entouré de gendarmes, le criminel accompagné d'un prêtre portant une croix. Jumel tenta de protester contre la présence du « calotin », mais le maire le fit taire.

Picharou protestait, criant qu'il n'avait fait de tort à personne, qu'il était innocent. Lorsqu'il se trouva au pied de l'échafaud, il esquissa un mouvement de recul, se débattit, renversa deux gendarmes. On dut faire appel aux gardes pour le maîtriser. Il ne quittait pas de l'œil cette inquiétante machine de mort qui le fascinait, cette porte sans battant derrière laquelle il n'apercevait qu'un pan de ciel épais comme de la glu, une douce pente de colline d'un gris de cendre, un groupe de maisons qui semblaient se fondre sous une brume de chaleur.

Dans le roulement des tambours il se laissa entraîner sur l'échafaud qui pliait sous son poids. S'agenouillant à la demande de l'abbé pour baiser la croix qu'il lui tendait, il gémit : « Je jure que je n'ai pas fait de mal ! Je suis innocent ! » L'abbé lui murmura à l'oreille quelques mots de réconfort pour lui promettre la vie éternelle, alors que lui, Picharou, ne pensait qu'à ce tas de bois qu'il avait encore à fendre chez François Delort, une tâche pour laquelle il avait été payé d'avance...

Le condamné se laissa avec indifférence coucher et lier sur la planche à bascule. Le couperet tomba comme la foudre. Il se débattit en beuglant de douleur.

— Ce bougre a un cou de taureau, dit Foussart en se grattant le menton. Va falloir recommencer.

Au deuxième essai, le sang jaillit en gerbe, mais la tête resta rivée au corps. La victime se débattait si fort en hurlant qu'on crut bien que l'estrade allait s'effondrer. Des protestations commençaient à fuser au milieu du peloton de la Garde ; un sergent s'avança pour demander la grâce du condamné, mais les « messieurs de Tulle » firent la sourde oreille.

Après que le bourreau, qui commençait à perdre patience et à se quereller avec sa femme, eut graissé les rainures, le couperet plongea une troisième fois, sans résultat. Il fallut que la bourrelle, munie d'un couteau, achevât de séparer la tête du tronc dans une violente pulsion de sang.

Maîtrisant son émotion, Jumel s'avança jusqu'au pied de l'estrade et, bombant le torse, son « gourdin patriotique » pointé vers le ciel, s'écria :

— Cet individu était un traître à la nation, indigne du nom de citoyen. Il a mérité sa peine. Ainsi périront tous ceux qui, par leurs paroles ou leurs actes fanatiques, attenteront à la République !

Avant de franchir la grille, il avait attendu d'être certain qu'il n'y avait aucun visiteur au château. Il aurait pu se présenter avant l'aube, mais il craignait d'effrayer Diane et ses sœurs. C'est dans la ferme du Pradeloux, à une centaine de pas de l'allée de hêtres conduisant au château, qu'il avait passé la nuit, enroulé dans la couverture qui lui servait à envelopper son bagage.

En le voyant s'encadrer dans la porte, ombre confuse sur le gris de l'aube, Diane ne put retenir une exclamation.

— Toi ! D'où viens-tu ? Pourquoi cette tenue de vagabond ? Où est ton cheval ?

Bernard Lidon sourit tristement sous l'avalanche des questions. Il serra Diane contre sa poitrine et, sans un mot, alla s'asseoir dans le coin de l'âtre où fumait un feu de tourbe. Il resta quelques instants les mains plaquées sur son visage, les coudes sur les genoux. Diane observa avec stupeur qu'il était pieds nus, vêtu comme un mendiant d'une vareuse élimée, de pantalons déchirés et effrangés, noués aux mollets d'une ficelle ; il était coiffé d'un chapeau de paysan verdi par la pluie.

— Vas-tu m'expliquer ? dit-elle avec une pointe d'irritation.

— La soupe d'abord ! dit Marion. Elle est chaude. Tu dois avoir faim, citoyen député ?

Le « citoyen député » avoua n'avoir rien mangé de deux jours. La veille, dans les parages de Treignac, il avait volé une rave dans l'auge d'un porc en passant près d'une ferme. Son dernier repas, il l'avait pris entre Brive et Tulle, dans une auberge des hauteurs : un plat de haricots et un quart de livre de pain noir. Il avala sa soupe au coin du feu. Quand il eut terminé, il se laissa aller en arrière, les yeux clos. Aidée de Marion, Diane le soutint jusqu'à leur lit sans qu'il s'éveillât.

Avide d'en savoir plus sur cette métamorphose consternante, Diane fouilla le bagage du voyageur. Il contenait cinq pistolets, quelques paquets de cartouches, un cornet à poudre, ainsi qu'un brouillon de lettre destinée au président de la Convention nationale et un passeport au nom de Debrandes, daté de Libourne...

Après avoir lu la lettre, Diane soupira :

— Il est en fuite, sans doute à la suite de ce conflit entre les Montagnards et les Girondins. Il était girondin ; les Montagnards veulent sa peau. Il a réussi à prendre le large et à s'arrêter à Bordeaux où, avec son ami Chambon et quelques autres, il a tenté d'organiser un soulèvement. Il a échoué. Aujourd'hui, sa tête est mise à prix. Il est traqué comme un loup.

— Nous ne pouvons pas l'héberger, dit Marion. Suppose qu'on le découvre ici... Avec tous les ennuis que nous avons déjà... C'est chez lui, à Brive, qu'il aurait dû se réfugier.

— Il y est trop connu, dit Diane. Brive est un repaire de Jacobins enragés. Ils n'auraient pas tardé à le découvrir.

Lorsque Diane replia le bagage, Lidon dormait toujours, à plat ventre, les bras écartés sur toute la largeur du lit : son visage noir de hâle et de crasse était envahi d'une barbe épaisse, ses cheveux mêlés de brindilles. Diane le couvrit avec la courtepointe et resta un long moment à le regarder dormir. Vers midi, réveillé par le babil de Félix, il fit une rapide toilette et se mit à table en s'excusant sur sa tenue. Tout le temps que dura le repas, il ne dit rien et tous respectèrent son silence. Diane lui prépara un café avec les quelques grains restant au fond d'une boîte, reliquat d'un cadeau de Brival.

— Du café ! s'exclama-t-il. Quelle merveille... Il y a des semaines que je n'en ai pas goûté ! Exactement depuis mon départ de Bordeaux.

Il le but les yeux clos, sans sucre, à petites gorgées qui lui mirent une buée de bonheur dans la tête et dans le cœur. Ayant reposé sa tasse — une vieille porcelaine aux armes des Marsanges, ébréchée et dédorée —, il promena son regard sur les quatre sœurs et sur Florent, comme s'il découvrait soudain leur présence.

— Ne soyez pas inquiets, dit-il. Je ne fais que passer, malgré le bonheur que j'aurais à m'enfouir ici et à n'en sortir que lorsque la folie du monde aura cessé. Ma présence constitue un danger pour vous, je le sais.

— Que vous reproche-t-on ? demanda Marion.

Il eut un geste d'impatience — dans quel monde vivaient-elles ?

— C'est une longue histoire, soupira-t-il.

— Nous avons le temps, dit Diane. Il reste du café. Finis-le.

Il prit sa main, l'embrassa, un éclat de larmes dans les yeux.

— C'est pour toi, dit-il, que j'ai fait cet interminable chemin en me cachant. Je ne voulais pas mourir avant de t'avoir revue.

— Mourir ? Qui donc souhaite ta mort ?

— Les loups ! Une meute féroce qui me poursuit depuis des mois. S'ils ne me tuent pas, c'est moi qui me tuerai. Je sais depuis longtemps que ma vie sera brève. Peut-être aurais-je dû rester à Paris. On m'aurait arrêté pour mes opinions, mais j'aurais pu me promener en liberté, accompagné seulement d'un gendarme, et j'aurais pu vivre avec les dix-huit francs d'indemnité qu'on m'aurait alloués chaque jour.

Sa *libido moriendi,* cette hantise de la mort par le suicide, Diane la connaissait bien mais ne la prenait guère au sérieux. Une sorte de coquetterie de sa part. Il citait avec suffisance Épicure, Sénèque, Hégésias le Cyrénaïque, les stoïciens... Il avait projeté d'écrire sur cette obsession un essai qu'il aurait intitulé : *Les chemins de la liberté,* pour reprendre une expression de Sénèque. Paradoxalement, la mort ne lui en laisserait pas le temps.

Il parla deux heures durant. Véronique et Julie elles-mêmes buvaient ses paroles sans bien comprendre le monde étrange qu'elles évoquaient.

Pourquoi ces Montagnards et ces Girondins, issus du même milieu social, animés du même patriotisme, des mêmes sentiments révolutionnaires, qui avaient d'un élan unanime voté la mort du roi, la proscription des prêtres, l'aliénation des biens des émigrés, pourquoi se déchiraient-ils maintenant, dans la salle des Tuileries où s'était installée la Convention ? Pourquoi Paris avait-il faim alors que les dernières récoltes avaient été bonnes ? Pourquoi la Commune de Paris prétendait-elle dicter sa loi à la France entière ? Pourquoi les Montagnards accusaient-ils les Girondins d'avoir protégé le traître Dumouriez et pactisé avec l'ennemi, alors qu'ils avaient été les premiers à réclamer la guerre contre l'Europe coalisée ?

Ce qu'elles retenaient de plus évident, c'est que, tandis que le pays se mourait de plusieurs plaies aux flancs, empoisonné de l'intérieur, ces messieurs de la Convention, de la Commune, des sections, passaient leur temps à se défier et à se menacer.

— L'erreur que nous avons commise, avoua Lidon, a été de refuser la main que nous tendait Danton. Nous aurions pu, à partir de ce geste de conciliation, rétablir l'union entre Paris et la fédération des provinces, faire que la France ne soit pas un corps sans tête ou une tête sans corps. Aujourd'hui, Paris l'a emporté, mais une soixantaine de départements ont fait sécession. Une armée se constitue dans les six départements de la Normandie pour faire échec à la République. La Vendée s'est soulevée. L'invasion nous menace par les Pyrénées, le Nord et l'Est. L'Angleterre de Pitt se prépare à nous attaquer sur mer. Je suis persuadé, mes amis, que la France ne survivra pas à tous ces dangers. C'est en quelque sorte notre revanche, mais elle est amère et ne nous procure aucune joie.

Violemment attaqués à la tribune de la Convention par Marat qui leur reprochait d'avoir trempé dans un trafic d'animaux de boucherie destinés à l'armée, afin de les livrer aux rebelles de Vendée, Lidon et Chambon avaient réussi, au mois de juin, à échapper au blocage des Tuileries par les canons de la Garde nationale et par des groupes d'enragés. Ils avaient pu fuir en province, s'étaient réfugiés à Bordeaux qui venait de hisser le drapeau de l'insurrection, de même que Lyon, Marseille, Toulon et la Corse. L'assassinat de Marat par Charlotte Corday, en juillet, avait sonné le glas pour les Montagnards. Les Girondins fédéralistes, appuyés par la province, paraissaient triompher et leur revanche se dessinait. Pourquoi avaient-ils échoué ? Manque de liaison entre les responsables des provinces, discordes et jalousies... La tempête de l'insurrection fédéraliste se brisait contre les récifs de la Montagne.

Épuisée par la famine, la ville de Bordeaux avait fini par ouvrir ses portes aux commissaires envoyés par Danton et Robespierre. Tandis qu'ils entraient par une porte, les députés girondins prenaient la fuite par une autre. Regroupés dans les grottes de Saint-Émilion, traqués par les policiers accompagnés de chiens, ils avaient jugé plus prudent de se disperser.

Bernard Lidon avait pris, en compagnie de Marie Percas, la direction de la Corrèze, tandis que son ami Chambon se rendait directement de Paris dans ses terres de Lubersac. Après la halte à Saint-Émilion, Marie Percas s'était engagée dans une autre direction que celle de Lidon, dans l'espoir d'égarer les limiers : la stratégie du lièvre talonné par les chasseurs...

Lidon avait dû abandonner son cheval pour se procurer un peu d'argent et ne pas attirer l'attention, dans la traversée du Périgord, des policiers de Lakanal, commissaire de la Convention dans ce département. Il avait erré par des chemins de traverse pour arriver chez le curé de Doudrac où il avait passé deux semaines, choyé par son hôte et par ses sœurs, deux charmantes demoiselles. Il lui avait ensuite fallu plus d'une semaine avant de se retrouver à Marsanges.

— Je n'ai plus qu'un désir, dit-il, c'est rester ici. Pourtant il faut que je parte. Je dois rétablir le contact, depuis Périgueux, avec mon ami Aubin Chambon. Nous n'avons pas renoncé à nous battre. Le jour où tout combat sera inutile, je sais ce qu'il me restera à faire...

— Cesse de parler de suicide ! s'écria Diane, excédée. Il est vrai que tu ne peux rester ici sans nous compromettre, mais je peux te trouver une cachette sûre dans les parages. Si tu continues à provoquer tes poursuivants, ils finiront par mettre la main sur toi.

— Je ne puis rester. C'est à Périgueux que tout doit se décider.

— Eh bien, pars ! Va rejoindre cette femme qui risque sa vie pour sauver la tienne. Pourquoi es-tu revenu ? Je m'étais habituée à ne plus te voir, à ne plus recevoir de tes nouvelles. Je te croyais en prison, mort peut-être sur la guillotine, comme notre pauvre Picharou, et voilà que tu surgis pour me dire qu'une autre t'attend !

Elle se dressa, le visage en feu, prit le bagage posé sur la table, le jeta à terre et le poussa du pied vers la porte.

— Eh bien, cria-t-elle, qu'attends-tu ? Pars, et surtout garde-toi bien de revenir.

Il ramassa le bagage, le jeta dans son dos, prit sa canne-épée et décrocha de la patère le chapeau de paysan.

— Me pardonneras-tu pour tout le mal que je te fais ? dit-il. Si j'en réchappe, je reviendrai, je le jure, et je saurai bien obtenir ton pardon.

Marion lui tendit ce qui restait de pain. Il la remercia d'un triste sourire.

— Même un chien, dit-elle, on ne le laisserait pas mourir de faim.

La paix. Elle descend du ciel gris d'automne comme un vol pesant de ramiers, monte de la terre avec les brumes légères du matin, ruisselle sur les collines âpres du Périgord qui viennent mourir en marge de la puissante vallée. Elle est partout, palpable presque : dans les odeurs, la lumière, le silence. Elle incite au sommeil plus qu'à l'action.

Autour de la crête où se tassent les demeures de La Gironie, hameau proche du bourg de Cublac dominant la Vézère, les terres plongent dans des ravins dont on n'aperçoit pas le fond, s'exhaussent hardiment sous un pelage de taillis, s'ornent de quelques arpents de vignes et de pâturages. C'est un moutonnement sans fin qui se perd dans le bleu, à la limite du Périgord et du Limousin.

« Un refuge idéal pour un proscrit... », se dit Lidon. Ce poste d'observation ne laisse pas inaperçue la moindre présence humaine à une lieue à la ronde.

La maison fruste, de modestes dimensions, bâtie de pierres rosâtres taillées en gros moellons, où Lidon a trouvé refuge, est celle de Me Jean-Baptiste Ségéral, notaire, maire de Cublac. On a logé le proscrit dans un pavillon accoté au bâtiment central, ouvrant sur lui par une porte intérieure, une autre porte et une fenêtre donnant sur une terrasse d'où l'on découvre le large du pays.

Me Ségéral a dit à Lidon :

— Mon neveu, Lapeyre, juge de paix, a refusé de t'héberger. Moi, je prends ce risque. La contrée est parcourue en tous sens par les gendarmes. Repose-toi avant de repartir. Prends garde une fois sur les chemins : on arrête les mendiants et les colporteurs...

Ségéral ? Un homme sûr.

Lidon s'est installé, a vérifié ses pistolets, les a rangés sur une étagère avec les boîtes de cartouches et la poire à poudre ; de temps en temps, il les regarde, les prend entre ses mains, vise une cible invisible par la fenêtre, et c'est soudain comme s'il se trouvait à cent lieues des limiers de Lakanal, des gendarmes et des traîtres de tout acabit. Sur une petite table, en face du lit, il a disposé quelques feuillets et l'écritoire prêtée par son hôte. Après deux journées de repos, il se sent de nouveau prêt à affronter le monde. Il n'est pas seul ; d'autres sont prêts à risquer leur liberté et leur vie pour susciter dans la région l'insurrection qui a déjà éclaté ailleurs.

Ce matin, Me Ségéral a glissé sous sa porte copie d'une adresse émanant de la commune de Pompadour et destinée aux habitants de Bordeaux. Lidon l'a lue en souriant sous ses moustaches :

« *L'on dit que Lidon est dans vos murs, qu'il cabale, qu'il intrigue pour vous armer contre Paris, que déjà ses manœuvres réussissent. Si cela est, il faut que votre jugement soit étrangement dépravé, il faut que la baguette magique vous ait frappés. Certes, si un homme, pris parmi les plus ignorés dans le pays, le plus stérile en talent, a pu fasciner les Bordelais, n'en doutons plus, nous touchons au moment de voir les événements les plus étonnants... Rome et Athènes vont encore se prosterner devant des Jacques et des Mathieu... Voilà de quelles mains vous allez recevoir les torches de la guerre civile !...* »

Le libelle se poursuit sur une vision d'Apocalypse : les « *sultans de la sombre Germanie* » s'apprêtant à dépecer la patrie... les « *bras vigoureux* (des patriotes) *aux prises avec les barbares ou les fanatiques de l'Ouest* »... « *la faux de la cruelle Bellone moissonnant* (les soldats républicains) *sur les bords du Rhin, de l'Escaut ou dans les noirs marais de Vendée* »...

Lidon résiste à l'envie de froisser ce torchon et de le jeter au feu. Tout est clair dans son esprit : il veut une République saine, forte, unie où des folies comme les massacres de septembre, les jugements sommaires, la guillotine ne seront qu'un souvenir sanglant. S'il a voté la mort du roi, comme Brival, Chambon ou son maître à penser, Vergniaud, c'est parce qu'il a trahi — les papiers découverts dans la fameuse armoire de fer en font foi.

Il est sur cette haute colline comme sur la crête d'une vague qui le propulse vers un destin de lumière et de beauté. Il a toujours été sensible à la beauté : celle de ses enfants qui sont il ne sait où, celle de Marie Percas, celle de Diane. Diane qu'il ne reverra sans doute jamais. Celle aussi des deux sœurs du curé de Doudrac qui le frôlaient par jeu de leurs jupes, de leur chair, de leurs regards, lui ouvraient des perspectives d'aventure amoureuse auxquelles il n'avait eu ni le temps ni le goût de se livrer, lui, le « beau Lidon » auquel, disait-on, aucune femme ne résistait et qui ne savait pas repousser la tentation.

Il attend Guichard pour le charger d'un message à destination d'un ami conjuré. Guichard : un homme sûr lui aussi. « J'en réponds comme de moi-même », lui a dit Me Ségéral.

La lettre qu'il vient de rédiger est sur la table. Il la relit : « *Je compte sur votre amitié. Je vous prie d'envoyer demain, samedi 2, votre frère avec un cheval. Je serai sans faute vers les neuf heures du soir, entre Terrasson et Larche. Recommandez qu'on n'avance pas plus que le pré de Montmège ; mais il n'est pas possible d'attendre un autre jour. Je suis prévenu de tout ; ne parlez de rien aux miens s'il est possible.* » Pas de nom de destinataire, pas d'adresse, un style volontairement flou.

Guichard attendait dehors. Lidon le fait entrer. C'est un garçon aux yeux clairs, au visage honnête, qui connaît Me Ségéral depuis longtemps et lui rend de menus services.

— Tu as bien compris, lui dit Lidon dans la langue du pays : à remettre en main propre, le plus vite possible, à la personne que je t'ai indiquée, et cela dans le plus grand secret.

Guichard hoche la tête, recoiffe son bonnet et s'en va.

Quelques heures plus tard, il est à Brive. Le billet, c'est au Comité de surveillance qu'il le remettra, conformément aux indications de Me Ségéral.

Lidon, ayant dîné d'une salade aux œufs durs, bu une demi-bouteille de vin blanc de la vigne de son hôte, située sur la pente, derrière la maison, s'allongea pour une courte sieste, volets et portes clos.

Il commençait à somnoler lorsqu'il entendit frapper à la porte intérieure. Il sursauta, se leva lentement pour se saisir d'un pistolet et l'armer. A la suite du deuxième coup, une voix cria d'ouvrir « au nom de la loi ». Il arma un second pistolet, ouvrit brusquement la porte donnant sur la terrasse, de l'autre côté de la pièce. Le gendarme qui s'y tenait en faction l'ayant mis en joue, Lidon appuya sur la détente, mais le pistolet n'émit qu'une flamme rouge. Il eut plus de chance avec le second : foudroyé, le gendarme s'écroula au moment où un autre surgissait. Lidon referma précipitamment, plaça la barre dans son encoche. Des cris éclatèrent de l'autre côté de la porte intérieure, que l'on menaçait d'enfoncer. Sans se départir de son calme, Lidon réarma un pistolet, ouvrit violemment la porte, fit feu au jugé, repoussa le verrou et, posément, se mit en devoir de recharger ses pistolets.

Debout au milieu de la pièce dont les volets venaient de se déchirer sous une salve, il sourit en songeant qu'on devait le vouloir vivant. Il ne ferait pas ce plaisir à ses adversaires. La prison, le procès interminable, l'humiliation, pour finir sur la guillotine ? Jamais ! Il songea aux reproches de Diane, à l'horreur qui se lisait sur ses traits lorsqu'il ressassait les obsessions de cette *libido moriendi* qui remontait en lui dans les moments difficiles, tantôt pour l'accabler, tantôt pour l'exalter. Diane... Il murmura son nom à plusieurs reprises, du bout des lèvres, tenta d'extraire de sa mémoire une image de bonheur à laquelle elle fût mêlée, ne retrouva que son expression de mépris lorsqu'elle lui avait jeté : « Pars et garde-toi bien de revenir ! » Il ne reviendrait pas ; le souvenir de Diane allait se dissoudre à jamais dans sa nuit, s'échapper de lui, se mêler à la poussière avec son sang.

Il était tel qu'il avait toujours souhaité être à l'ultime moment de sa vie : détendu, serein, décidé. Un seul regret l'effleura : ne pas avoir le temps de plonger dans ses souvenirs, de s'envelopper de ces images fragiles, de s'y enfouir comme dans un linceul avant de s'endormir, un goût de bonheur sur les lèvres.

Il leva la tête, plaça le canon du pistolet sous son menton et appuya sur la détente.

Au moment où il s'effondrait, la porte éclata comme sous la pression d'une bourrasque. Les gendarmes envahirent la pièce, accompagnés par un commissaire en tenue et par un garçon aux yeux clairs et au visage honnête. Curieusement, la tête du malheureux était placée sous le lit, comme s'il avait voulu y chercher un dernier refuge.

— C'est bien lui, dit Guichard. Pas de doute.

— Me Ségéral et toi, dit le commissaire, vous êtes de bons citoyens. La République vous remercie.

Quelques jours après le drame, *l'Observateur montagnard* publiait

un rapport sous forme de lettre aux « frères et amis ». On y lisait :
« *La République vient de voir tomber un de ses plus cruels ennemis : Lidon n'est plus... A bas le fédéralisme, et vive la République une et indivisible !* »

12.

PRINCE DU SANG
ET SANG DE PRINCE

Automne 1793 : Paris.

Depuis le départ de Choderlos de Laclos, son éminence grise, de sa favorite, Mme de Genlis, de son fils Louis-Philippe, embarqué au côté de Dumouriez dans la tempête de la guerre, le duc Philippe d'Orléans, devenu Philippe-Égalité, était comme une âme en peine. La situation politique évoluait avec une telle rapidité et une si grande incohérence qu'il avait du mal à s'y faire. La Révolution, tel un torrent, emportait l'imprudent qui trempait un orteil sur la rive et ne lui laissait aucune possibilité de se gouverner.

Lorsqu'il avait manifesté son intention de se faire élire à la Convention, le prince jacobin, Grand Maître de la franc-maçonnerie, avait essuyé la réprobation de ses proches qui lui reprochaient de vouloir siéger sur les mêmes bancs que les extrémistes de la Montagne. Il répliquait qu'il n'avait pas le choix : c'était cette redoutable promiscuité ou la prison et la guillotine.

Élu le dernier de la liste, il siégeait tout en haut de la Montagne. Suprême déshonneur pour les siens : il avait voté la mort de son cousin, le roi, sans sursis et sans appel. Un vote d'indulgence l'aurait condamné lui-même à la guillotine à brève échéance. Il n'avait guère de remords : Louis le détestait et il le lui rendait bien, mais cette exécution sonnait en lui comme le glas de sa propre fin. Ses espoirs d'accéder au trône à jamais condamnés, il avait beau se proclamer bon républicain, multiplier les palinodies comme porter le bonnet rouge, cette marionnette avait cessé de faire illusion. Ses alliés jacobins ne manquaient aucune occasion de l'humilier, sans doute afin d'être plus libres de le condamner, le moment venu. Il ne pouvait prendre la parole à la tribune de la Convention sans blêmir et perdre contenance ; on riait de lui et ses arguments perdaient toute crédibilité. Il avait beau tergiverser, il sentait sur ses talons le souffle du monstre.

Le prince convoquait parfois Hyacinthe de Marsanges afin qu'il l'informât de la marche des événements lorsqu'un accès de morosité l'incitait à garder la chambre.

Hyacinthe lui apportait les journaux du jour en prenant soin d'éliminer ceux qui prenaient le prince trop violemment à partie ; ils les commentaient ensemble, Hyacinthe nourrissant la conversation de quelques nouvelles qu'il avait apprises de bouche à oreille ; ces entrevues se poursuivaient par une partie d'échecs que le prince ne terminait jamais.

Ces humeurs sombres l'avaient envahi à l'automne, alors qu'il revenait d'un séjour en prison, à Paris, puis à Marseille, et de nouveau à Paris où on le surveillait de près. Un jour d'octobre où il semblait particulièrement abattu, il dit à Hyacinthe :

— Mon petit Marsanges, je suis un homme fini. Moi, l'aristocrate le plus fortuné du royaume, je ne puis jouir de mes biens. Naguère, je pouvais à ma fantaisie manier les gens, soulever les foules, changer le gouvernement ; aujourd'hui, plus personne ne me respecte et ne me craint. J'étais aimé des femmes, et le « citoyen » que je suis devenu doit se contenter des catins qui hantent mes galeries et mes jardins. J'avais la plus belle écurie du royaume, les réquisitions l'ont vidée, et mes pur-sang caracolent sous des généraux de la Révolution. Je trônais au milieu d'une cour aussi brillante que celle de feu mon cousin, et je ne règne plus que sur des ombres, des bureaux vides, des appartements déserts. J'avais espéré présider aux destinées de mon pays, et je ne suis même plus le père de mes enfants et le mari de mon épouse. Comment en suis-je venu là ?

— La fatalité, Votre Altesse, et les mauvais conseils, répondait Hyacinthe.

— Ne me donne plus de l' « Altesse », protestait mollement le prince. Appelle-moi « citoyen ». Tu devrais même me tutoyer !

— Pardonnez-moi, mais je ne pourrai jamais.

— Comme tu voudras, soupirait le prince. Tu as raison pour ce qui est des mauvais conseils : j'en fus abreuvé durant toute mon existence. Ceux qui m'ont poussé dans ce bourbier m'y laissent m'enliser aujourd'hui. Le seul que j'aurais dû suivre est celui de partir pour l'Amérique. Je m'y serais taillé un royaume parmi les sauvages, et je serais aujourd'hui un grand chef coiffé de plumes et fumant le calumet de la paix.

Ils riaient de bon cœur. Le duc ajoutait :

— Mon petit Marsanges, tu es un bon garçon et j'ai confiance en toi. Tu sais écouter mes balivernes et je suis persuadé que tu ne vas pas les colporter dans des oreilles indiscrètes.

Ils échangeaient des nouvelles concernant leur ami commun, Laclos. A la suite de la trahison de Dumouriez et du duc Louis-Philippe, dont il était l'ami, le bon Choderlos avait été enfermé à la prison de l'Abbaye, puis assigné à résidence. Robespierre, dont il rédigeait, disait-on, les discours du fond de sa prison, l'avait sauvé de justesse de la guillotine. L'année précédente, promu au grade de général, il avait organisé l'armée des Pyrénées destinée à prévenir une invasion des troupes espagnoles; il avait séjourné ensuite à l'École militaire de La Fère où, passionné depuis toujours par l'artillerie, il avait réalisé son rêve : la mise au point d'un boulet creux et de nouvelles formules de poudre.

Laclos manquait beaucoup à Hyacinthe qui ne pouvait, sans risquer sa propre sécurité, lui rendre visite. Hyacinthe ne l'avait pas revu depuis des mois. Au moment de son arrestation, Choderlos était sur le point de faire entrer son ami dans une loge maçonnique, celle de la « Candeur », en l'assurant que les relations qu'il y nouerait lui seraient profitables. Hyacinthe avait refusé et ne le regrettait pas — on voyait, par l'exemple de Laclos et du prince, le bien qu'on pouvait retirer de ces simagrées.

— Je t'envie, citoyen, lui disait le prince. Tu mènes dans mon ombre une vie obscure et anonyme. Tu as échappé par chance aux massacres de septembre et, depuis, tu n'as pas été inquiété. Moi, en revanche, je suis comme le paratonnerre de M. Franklin : exposé à la foudre dès que se lève un orage. Tu es aussi sage que M. de Montchamp, le commis le plus discret qui soit, que nous ne verrons jamais embarqué dans une cause. Tout ce qui l'intéresse, en plus de son travail, ce sont les chaussures de femmes, celles qui ont été portées. Que peut-il bien en faire, le bougre ?

— Il les regarde, les respire, les caresse. A partir du pied, il imagine la femme. Cette manie fétichiste lui coûte cher, mais c'est son seul plaisir.

Ils en venaient à parler de Mme de Montchamp, avec qui le prince avait eu jadis une liaison brève et sans conséquence.

Le prince se levait avec effort. En quelques semaines, il avait pris l'apparence d'un vieillard, alors qu'il n'avait pas la cinquantaine. Il propulsait sa mince silhouette jusqu'à la fenêtre de son cabinet donnant sur les jardins. Les mains dans le dos, se balançant sur la pointe des pieds, il contemplait la foule bigarrée, écoutait les orateurs pérorer, des femmes crier les nouvelles des gazettes. La lumière du jour détaillait cruellement son profil aigu : prunelles enfoncées dans les orbites, long nez pendant, lèvres minces, menton pointu, joues creuses et bourgeonnantes. Sa calvitie s'était accusée et ce qui lui restait de cheveux tournait au gris. Il avait jadis lancé la mode des fronts dégagés — le sien l'était naturellement — et toute sa cour masculine se faisait épiler, afin de lui ressembler.

— Mon seul plaisir à présent... soupirait-il : respirer l'odeur familière de mes jardins, écouter, regarder. C'est ici qu'est née la Révolution. Les grandes idées, les décisions importantes, les mouvements qui bouleversent Paris et le monde partent de ce creuset où l'on vient encore puiser l'inspiration politique. C'est mon œuvre. Elle me condamnera, mais me survivra.

Un petit rire secouait son grand corps amaigri.

— Marsanges, viendras-tu assister au spectacle de ma mort, lorsque je monterai au « rasoir national », comme disent mes amis jacobins ?

Hyacinthe protestait : on n'en était pas là ! Il avait accepté de suivre Laclos au supplice du roi. Il n'en avait pour ainsi dire rien vu, mais avait néanmoins failli perdre connaissance : tous ces badauds qui se laissaient asperger du sang royal et en mouillaient leur mouchoir, ces militaires qui venaient y tremper leur épée, cette meute de femmes hystériques qui se ruaient à la curée...

Appuyé contre le chambranle, le prince poursuivait son monologue :

— Ah ! Marsanges... Je ne me lasse jamais de ce spectacle. Les femmes et les filles sont toujours plus séduisantes, les hommes plus élégants. La nation est au bord de la ruine, mais ici l'argent coule à flots. J'étais jadis le roi de Paris ; je ne suis plus qu'un spectateur incapable de participer à la comédie, mais qui s'en repaît.

La tête rentrée dans ses maigres épaules, il retournait à pas lents vers son bureau et, d'un geste, congédiait son conseiller, après lui avoir demandé de tirer les rideaux. L'ombre et la solitude étaient désormais son domaine. Il ne les quitterait que pour une autre solitude et une ombre plus profondes.

La Folie Montchamp s'épanouissait dans un automne qui revêtait la douceur et la splendeur d'un tableau de Fragonard. Paris semblait s'éloigner à des distances incommensurables ; on se disait que les coches d'eau et les péniches qui sillonnaient le fleuve mettraient des années à y parvenir. Il n'en transpirait rien : pas une rumeur de tocsin, pas un tonnerre de canonnade, alors que la Terreur en avait fait la ville la plus folle du monde.

Hyacinthe avait ses habitudes à Saint-Cloud. Il s'y savait en sécurité, alors qu'à Paris la moindre imprudence pouvait le perdre.

Il se trouvait au Palais-Égalité peu après l'arrestation du prince, lorsque les sans-culottes de la section des Invalides, dont dépendait le domaine de Mme de Montchamp, étaient venus perquisitionner et avaient réquisitionné les derniers chevaux et le carrosse, ne laissant à la « citoyenne Montchamp » qu'une horse efflanquée dont Hyacinthe se servait parfois pour se rendre à Paris.

Cette alerte l'avait incité à une prudence accrue.

Il avait aménagé dans l'orangerie, sous un monceau de terreau, un caisson de planches où il pouvait disparaître en cas de besoin, mais il n'avait pas eu à ce jour l'occasion d'en faire usage. Il logeait d'ordinaire dans le vaste bureau qui lui servait également de chambre, ouvrant par une porte-fenêtre et un balcon sur la gloriette où ne venaient plus jouer les musiciens, le bassin de la cascade d'où les cygnes avaient disparu pour reparaître sur la table sous forme de rôti, comme de vulgaires volailles. L'automne commençait à embuer de tons roux la forêt au-dessus de laquelle tournoyaient interminablement des vols de corneilles.

A la suite des scènes violentes qui l'avaient opposé à sa mère, « monsieur Gustave » avait fini par tolérer l'intrus, même en sa présence, sans toutefois lui manifester le moindre signe d'amitié. Il s'était peu à peu départi de cette rigueur juvénile qui, chez certains êtres, condamne volontiers les adultes sans jugement et sans appel, au nom d'une morale dont ils font le fondement de la société. Il ne rêvait que d'aller se battre aux frontières avec les jeunes généraux de la Révolution dont il avait fait ses idoles. Sa mère tempérait de son mieux ces penchants et ces enthousiasmes sans parvenir à les juguler ; elle s'évertuait à lui démontrer qu'il lui fallait, avant de faire sa cour à la guerre, montrer sa valeur sur un autre champ de bataille : celui de ses études où, d'ailleurs, il se montrait brillant.

L'ambiance des repas qu'ils prenaient tous trois ensemble n'était pas un modèle d'alacrité. La conversation y était rare et brève ; elle se bornait à des échanges entre la mère et le fils. M. de Montchamp ne venait que rarement se joindre à eux — il s'enlisait dans le marécage désert du Palais-Égalité où, depuis la nouvelle incarcération de son maître, il faisait office de concierge, avec un autre conseiller du prince, M. de Monville, qui s'attendait à tout moment à rejoindre Philippe-Égalité à la Conciergerie.

Peu à peu, sous l'empire de la nécessité, le train de maison s'était réduit. Seuls demeuraient au service de Mme de Montchamp Laurette qui, ne pouvant tout faire, ne faisait presque rien, et un brave homme de jardinier dont les siestes prolongées étaient proverbiales, mais qui alimentait la table en mets divers. Plus de réceptions, plus de visites. Les habitués qui n'étaient pas en prison avaient fui à l'étranger, péroraient à la tribune de la Convention ou se terraient dans Paris.

L'un des derniers visiteurs avait été Jacques Brival, ce farouche Montagnard qui avait été le premier à réclamer la guillotine pour la reine et s'était réjoui de l'arrestation des Girondins et de leur exécution. Il révéla à Hyacinthe le suicide de Bernard Lidon, la mort de Chambon sous les balles des gendarmes, dans sa retraite corrézienne et l'exécution de Picharou, qui lui avait paru une telle aberration qu'il avait réclamé une enquête.

— Le peuple réclamait un régime de Terreur, avait-il proclamé. Ses vœux sont exaucés. Aujourd'hui sainte Terreur est à l'ordre du jour et les ennemis de la République sont anéantis.

— Si vous continuez de ce train, lui avait répondu Hyacinthe, cette sainte n'aura plus de fidèles : ils se seront massacrés les uns les autres et Paris sera devenu un cimetière sur lequel veilleront les Prussiens et les Autrichiens.

— Je sais que tu n'approuves pas le gouvernement, mais je ne t'en tiens pas rigueur car tu manques de maturité politique. Rassure-toi, ce n'est pas moi qui te dénoncerai à un Comité de surveillance. Je regrette que tu ne voies que le côté sombre, tragique, de la Terreur. Nous travaillons au bien-être des Français. L'avenir nous rendra justice.

Hyacinthe devait bien convenir que, malgré les guerres intérieures et extérieures, la misère et les tempêtes fratricides du gouvernement, la Convention s'attachait à préparer un avenir lumineux : elle décrétait que l'instruction était, après le pain, le premier besoin du peuple et dressait un programme rigoureux ; elle développait les sciences et les arts, décidait d'universaliser l'usage de la langue française, installait des télégraphes sur les grandes voies de communication, préparait le Code civil avec le soutien du Corrézien Treilhard, lançait l'idée du système décimal, uniformisait les poids et mesures, créait des musées...

— Je ne suis pas un fanatique comme nombre de vos amis, ajouta Hyacinthe, et je m'incline devant ce souci de préparer l'avenir de la nation, mais la balance n'est pas égale entre les horreurs commises par tes pairs et les bienfaits qu'ils prodiguent au peuple.

— Tu raisonnes comme les Girondins ! s'écriait le député. Je souhaite sincèrement que tu puisses éviter de connaître leur sort, mais sache qu'en d'autres lieux et en présence d'autres que moi de tels propos te vaudraient la guillotine.

Brival avait été envoyé en mission en Corrèze avec son collègue Lanot, dont il devait modérer le zèle révolutionnaire et la propension à l'ivrognerie. Ses excès n'étaient que de paroles ou d'écriture ; Lanot, lui, ne jurait que sur « sainte Guillotine ».

En l'absence de M. de Montchamp, un semblant de vie matrimoniale s'était installé entre Adélaïde et Hyacinthe. Ils se voyaient presque aussi souvent qu'au temps de leur première flamme, qui avait perdu en régularité ce qu'elle gagnait en intensité. Ils prenaient souvent leur plaisir ensemble mais faisaient chambre à part ; leurs querelles, plus rares et moins âpres, apportaient une salutaire animation à leurs rapports.

Hyacinthe revenait de Paris une fois par semaine, avec de pleines sacoches de courrier administratif qu'il partageait avec M. de Montchamp, mais il se contentait d'expédier le plus urgent. Enfermé dans son cabinet, en tête à tête avec une cafetière et une pipe — il avait repris l'habitude du tabac — il veillait tard et ne se réveillait que pour dîner.

Parfois, enfoui dans ses paperasses, il posait sa pipe dont le fourneau de fer rougeoyait, ouvrait la fenêtre sur la nuit où l'automne gorgé de pluie faisait ruisseler ses fragrances profondes. Les nouvelles que Brival lui avait rapportées de la Corrèze et de sa famille l'inquiétaient. Il supputait les ennuis que le caractère vif et intransigeant de Diane risquait de susciter. L'aliénation des biens de Marsanges le laissait indifférent ; il se disait que, la Révolution ayant trouvé une aire de tolérance, la royauté peut-être restaurée, on serait toujours à même de racheter ces terres ; la petite fortune qu'il avait amassée et soigneusement mise à l'abri aiderait à cette entreprise. Il s'inquiétait davantage quant au sort de ses frères : François et Louis-Amour, et imaginait le pire.

A travers la nuit pluvieuse, il regardait se lever des images de son enfance sur l'écran de la forêt qui luisait au loin de toutes ses feuilles et que le vent animait. Son enfance ? Elle lui semblait légère, insouciante comme une aube de printemps ; il y avait amassé un capital de bonheur sur lequel, aujourd'hui encore, il vivait. De cette île perdue dans le temps, si lointaine, si différente du continent sur lequel il s'était engagé, il gardait surtout, à travers le flou des horizons, l'image d'une mère qu'il n'avait connue qu'impotente et déjà moribonde, d'un père qui s'était fait un principe de n'en pas avoir, de sœurs poussées comme des plantes sauvages de tourbières, de frères qui menaient leur vie dans un aimable désordre — un magma de personnages dissemblables, aux destinées divergentes, mais que le moindre coup de tonnerre pouvait rassembler comme des moutons sous un arbre par temps d'orage.

Un matin, au Palais-Égalité, Hyacinthe trouva M. de Montchamp blême d'émotion, effondré dans le fauteuil de son cabinet, gémissant :

— C'est la mort, mon ami. La mort !

— Que voulez-vous dire ?

— Le prince... Il est passé en jugement hier, devant le Tribunal révolutionnaire.

Depuis qu'il avait appris la nouvelle de la bouche de Monville, M. de Montchamp était incapable de se lever et de prononcer plus de deux ou trois phrases sans que son cœur menaçât de cesser de battre. Il annonça que les scellés allaient être posés sur les appartements du prince. Et lui, Montchamp, qu'allait-il devenir ? Il se voyait réduit à aller mendier, alors qu'ayant placé des fonds en Suisse, il n'aurait pas dû avoir de souci à se faire pour ses vieux jours, s'il franchissait sans encombre la tourmente révolutionnaire.

— Monseigneur vous a fait tenir un billet, dit-il.

Il tendit à Hyacinthe la feuille pliée et non cachetée, portant quelques mots griffonnés avec une mauvaise plume et une encre brunâtre : « *Mon ami,* disait le billet, *veuillez me faire l'amitié de venir dîner avec moi aujourd'hui. Vous me trouverez chez le concierge où j'ai mon logement. VOUS NE RISQUEZ RIEN. Apportez, je vous prie, des huîtres et des citrons, un poulet, des bouteilles de bordeaux, du pain, et ce que vous jugerez digne de flatter notre palais.* »

Hyacinthe montra le message à M. de Montchamp qui, l'ayant lu, le jeta sur le bureau comme s'il était écrit avec du venin. Sans le manifester trop ostensiblement, il éprouvait un peu de jalousie pour son jeune confrère.

— Irez-vous ? demanda-t-il avec une expression de terreur sur le visage.

— Que feriez-vous à ma place ?

— Je m'abstiendrais. Monseigneur n'a jamais eu la moindre conscience du danger qu'il court et fait courir aux autres. S'il avait écouté Mme de Genlis et des amis sincères comme moi, il serait aujourd'hui propriétaire d'un domaine en Virginie ou en Caroline, avec des centaines d'esclaves pour le travailler. Qu'allez-vous faire ?

— Ce qu'il me demande.

— Alors, mon jeune ami, adieu, et que la Providence vous protège. Moi, je vais me mettre à l'abri.

Hyacinthe consulta sa montre et se retira. Il savait à quelles portes frapper et trouva aisément des victuailles qu'il paya le prix fort, mais en évitant de faire queue interminablement. Il n'eut aucun mal à se faire ouvrir la porte de la Conciergerie (il était plus facile d'y entrer que d'en sortir) et celle de l'appartement occupé par le prince, dans une cellule proche de la loge du concierge dont il s'était fait un ami et qu'il chargeait de menus services. Hyacinthe eut la surprise de constater que M. de Monville était déjà là : c'était un gros homme affligé d'une goutte qui lui imposait l'usage de deux cannes, mais dont le visage rubicond et les yeux pétillants de malice proclamaient l'éternelle bonne humeur.

— Monseigneur, murmura Hyacinthe, la gorge serrée, j'ai appris...

Après l'avoir débarrassé de son panier à provisions, le prince posa les mains sur les épaules de son commis et l'embrassa.

— Citoyen Marsanges, dit-il, ce 6 novembre est pour moi un jour comme un autre, sauf que la nuit tombera plus vite. Je te préviens que je ne veux pas de la mort comme convive. Ce dernier repas sera dédié à la vie. J'aurai comme compagnons d'agapes le passé représenté par mon vieil ami Monville et l'avenir que tu préfigures. Nous allons passer un bon moment ensemble. Tu n'as pas oublié les citrons ? A la bonne heure !

La femme du concierge avait fourni une nappe blanche, le couvert, et placé quelques fleurs d'arrière-saison au milieu de la table. Elle avait balayé le plancher, allumé du feu dans la petite cheminée et jeté dehors le sans-culotte préposé à la garde du prince, qui somnolait sur un banc et empuantissait l'atmosphère de sa pipe. De l'autre côté de la rue, une femme chantonnait à son balcon en distribuant des graines à ses oiseaux ; une autre criait et se lamentait dans la cour de la prison réservée aux femmes ; au loin, les tambours de la Garde nationale grondaient comme un orage ; le soleil qui passait par vagues laissait dans son sillage des traînées de cendres qu'il balayait peu après, comme par facétie.

Hyacinthe observa que le prince était vêtu d'un frac vert, d'un gilet de piqué blanc, d'une culotte de peau, et chaussé de bottes fraîchement cirées.

— Eh bien, mes amis, dit-il joyeusement, nous passerons à table dès que Marsanges aura fini d'ouvrir les huîtres. Monville, coupez les citrons, je vous prie. Je me sens d'excellente humeur et d'un appétit d'ogre. Et ce poulet embaume !

En plus de ce qui lui avait été commandé, Hyacinthe avait apporté un flacon de jerez sec, comme l'aimait le prince. On lui fit honneur et l'alacrité monta d'un ton dès le premier verre.

— Je me suis abandonné toute ma vie durant, dit Monville, à deux vices impardonnables : la table et les femmes. Lorsqu'il me verra paraître, moi et cette fichue goutte que je traîne comme un boulet, le bon Dieu froncera les sourcils et m'enverra droit au purgatoire, si ce n'est en enfer. Eh bien, j'accepte le risque ! Pour le reste, je laisse aux hommes le soin de me juger. Je devine que je verrai les premières flammes de l'enfer sans tarder, à travers une certaine lucarne...

— Cessez ! lui jeta le prince. Ne nous sommes-nous pas promis un entretien joyeux ? Parlez-nous plutôt de vos conquêtes et de vos parties de gueule.

— Monseigneur ! Nous n'en aurions pas fini avant demain, à supposer que nous y passions toute la nuit.

— Cherchez dans vos souvenirs. Il doit bien en émerger quelque silhouette de sylphide ou quelque balthazar digne de passer à la postérité ?

Monville goba une huître, toucha délicatement le coin de ses lèvres charnues avec sa serviette et parut se recueillir. Il dit soudain :

— Mme de Saint-Romains... C'est à elle que je dois l'une de mes dernières et de mes plus fastueuses soirées. Cela remonte à deux ou trois mois, je ne sais plus. Ma mémoire, monseigneur, m'est infidèle, comme les femmes elles-mêmes.

Mme de Saint-Romains avait installé au-dessus du Caveau du Palais-Égalité une suite vaste et luxueuse, ouverte aux artistocrates qui devaient, pour être admis, faire briller quelques « jaunets ». Elle régnait sur un escadron de jolies filles qu'elle appelait ses « nièces », et dont la plus âgée n'avait pas vingt ans. Elle devait à la protection de Danton et de quelques amis du tribun qui fréquentaient son établissement de n'avoir pas reçu la visite des argousins. La table dressée pour douze convives ruisselait, sous les feux des lustres et des chandeliers, de cristaux, d'argenterie et de porcelaines précieuses. Le ci-devant, ami de Monville, qui fêtait son élargissement par le Tribunal révolutionnaire, avait donné le signal. Au milieu du repas, une porte s'était ouverte et Mme de Saint-Romains, froufroutante de soiries, étincelante de faux diamants, avait fait son entrée à la tête d'une troupe de nymphes vêtues de tuniques si légères qu'elles ne résistèrent pas longtemps aux feux du désir.

— Ah, mes amis, dit Monville, une larme au coin de l'œil, quelle fête ! Dieu me pardonne, mais si son paradis est à l'image d'une telle soirée, je veux bien mourir sur l'heure.

Il se tut et toussa légèrement. Le prince était ailleurs ; une de ses mains pétrissait une boulette de mie ; l'autre s'agitait nerveusement sur la nappe. Les yeux perdus, les traits soudain figés, il semblait repris par l'obsession de sa fin prochaine. Hyacinthe fit signe à Monville d'enchaîner discrètement, mais le cœur n'y était plus et le vieil homme, perdu dans ses souvenirs, se mit à radoter.

Le prince soupira, sortit sa montre de son gousset, parut redescendre sur terre.

— Eh bien, citoyen Marsanges, dit-il jovialement, as-tu juré de nous laisser mourir de soif ? Ce bordeaux blanc est une merveille et je me sens déjà un peu gris. Pardonnez-moi, Monville : que disiez-vous ?

— J'en avais fini de mon histoire, monseigneur. Avec votre permission, je me sers de poulet.

D'un habile revers de poignet, il détacha le pilon et le porta à sa bouche, avec une expression gourmande.

La main du prince se posa sur celle de Hyacinthe. Il paraissait soudain très ému.

— Mon petit Marsanges, dit-il avec des graviers dans la voix, j'ai mis longtemps à découvrir tes mérites et ta fidélité, noyé que tu étais dans la masse de mes collaborateurs. Tu aurais pu émigrer. Laclos t'y aurait aidé, mais tu es resté. Est-ce moi que tu refusais d'abandonner ou ta bien-aimée ? Réponds-moi franchement.

— Monseigneur, vous m'avez toujours fasciné. Vous étiez — pardonnez-moi ! — vous êtes le souverain d'un royaume dans l'État, modèle d'une Révolution heureuse, sans prisons, sans guillotines. J'ai toujours pensé que, si vous n'assumiez pas la régence, du moins vous pourriez prendre la tête d'un parti qui aurait relégué les pourvoyeurs des prisons et des cimetières au rang d'une minorité turbulente mais impuissante.

— C'est juste, dit le prince, mais il m'aurait fallu des dons de tribun que je n'ai pas. Ah ! si j'avais le verbe de Danton, le flegme de Robespierre, la démagogie de Marat... Mais voilà : je ne puis parler à la foule ; elle me paralyse.

— Allons donc ! s'écria Monville. Vous avez fort impressionné le Tribunal révolutionnaire en rabaissant les accusations calomnieuses du procureur au rang de ragots de cabaret.

— C'est vrai, dit avec satisfaction le prince. Je me sentais soudain serein, décidé à jouer sur le clavier de l'ironie, face à mes juges, si bien que j'ai exprimé mes idées avec aisance. J'en suis encore surpris.

Il ajouta sèchement, paupières mi-closes :

— Pourquoi ceux de la Convention qui se disent mes amis n'ont-ils pas levé le petit doigt pour me protéger ?

Monville haussa les épaules, soupira :

— Parce que, monseigneur, ils font de vous ce que je fais de ces citrons...

Il prit les écorces vides et les jeta dans la cheminée. Le prince sourit en se servant le second pilon de la volaille.

— Citoyen Marsanges, dit-il, ta confidence me va droit au cœur. Je vais t'en remercier d'un conseil : fuis cet enfer, va t'enterrer dans quelque grotte de ton pays, pars pour l'Amérique, mendie ton pain sur les routes, mais quitte Paris, ce bourbier sanglant qui t'engloutira un jour prochain. Reste, et tu es perdu. J'aimerais être certain que tu suivras ce conseil. Vous de même, mon cher Monville.

— Oh, moi... Ma vie s'achève. Un peu plus tôt, un peu plus tard...

— Je m'efforcerai de suivre votre conseil, monseigneur, dit Hyacinthe.

Le prince opina avec un sourire dubitatif, se versa un verre de bordeaux, en but une rasade, les yeux mi-clos, posa ses mains à plat sur la table.

— Eh bien, mes amis, dit-il, je crois que le moment est venu de nous séparer. Je dois rester seul et mettre de l'ordre dans mes idées à défaut d'avoir pu le faire dans ma vie. Le père Lothringer va venir me réconcilier avec la religion de mes pères et m'entendre en confession. Cela risque d'être long...

Il se leva, serra ses deux invités contre lui, longuement, en contenant son émotion.

— Allons ! dit-il avec une jovialité qui sonnait faux. Pas de larmes, je vous prie. M'accompagnerez-vous jusqu'à mon ultime étape terrestre ?

— Pardonnez-moi, dit Monville en s'essuyant les yeux, mais c'est un dernier devoir que je ne puis accomplir. Mes pauvres jambes ne pourraient me soutenir et mon cœur n'y survivrait pas.

— Moi, monseigneur, dit Hyacinthe, je serai là.

Philippe-Égalité fut hissé sur une charrette dans laquelle se trouvaient déjà le général Coustard et trois autres condamnés, dont un royaliste convaincu qui l'accabla d'un regard de mépris et s'écria :

— Je suis en bien mauvaise compagnie ! Décidément, on ne m'aura rien épargné...

Précédé d'un détachement de la maréchaussée, la charrette s'enfonça dans la foule menaçante, au point que les gendarmes durent tirer le sabre pour se frayer un passage. Le poing tendu, des mégères s'accrochaient aux ridelles, crachaient sur les condamnés et les injuriaient. En passant devant le Palais-Égalité, le prince eut un haut-le-cœur : on avait accroché au fronton du bâtiment une banderole portant les mots : « Propriété nationale » — le dernier vestige de son royaume lui était confisqué. Il ne put retenir son émotion, un peu plus loin, en apercevant, au balcon du pavillon qu'elle occupait, à l'angle de la rue des Bons-Enfants, la plus chérie de ses dernières maîtresses, Mme de Buffon ; elle lui faisait de la main un signe d'adieu. Il noua son regard au sien, laissa les souvenirs remonter à flots, tandis qu'une poissarde édentée lui crachait sa haine au visage ; il retrouvait dans ces propos et dans ceux que vomissait la populace les calomnies répandues sur son compte par les Jacobins et les royalistes, si dérisoires parfois qu'il en riait avec ses amis Laclos et Beaumarchais.

Bloquée par la foule malgré les évolutions menaçantes des gendarmes, la charrette n'avançait que par sursauts. Plus on approchait de la place de Révolution, où l'on apercevait la guillotine entourée de gardes nationaux, au-delà du temple du Génie et du jardin des Tuileries, plus l'assistance devenait serrée et hostile.

— Voilà, dit le royaliste en s'approchant du prince, qui devrait vous inciter à l'humilité. Vous qui avez toujours aimé jouer la comédie sur la scène du monde, vous n'aurez jamais eu autant de spectateurs, sauf qu'ils ne sont pas là pour vous applaudir.

Le prince le toisa d'un regard méprisant et répondit :

— On me condamne aujourd'hui, monsieur, mais on me rendra justice demain. Vous, personnage insignifiant, vous ne laisserez pas la moindre trace de votre passage sur terre.

— Bien dit ! s'exclama le général. Vous lui avez cloué le bec, à ce perroquet ! Monseigneur, j'admire votre flegme. Moi, j'ai peur, comme si je me trouvais seul devant un escadron de hussards autrichiens.

— Vous serez bientôt soulagé de votre peur, dit le prince. Nous sommes rendus. Adieu, général.

Il repoussa l'un des valets du bourreau qui s'apprêtait à lui enlever ses bottes, et lui dit :

— Patiente un moment, citoyen. C'est plus facile sur mon cadavre.

Sans se préoccuper de la foule hargneuse qui grondait autour de lui, Hyacinthe enleva son chapeau et le brandit en direction de la guillotine. Il s'en trouvait assez éloigné, derrière la compagnie de gardes qui battait la caisse depuis que la charrette avait fait son apparition ; il y avait peu de chance pour que le prince remarquât son signe d'adieu.

Les spectateurs s'entassaient jusque sur les murs du jardin, le socle des statues et les statues elles-mêmes : un public ardent et joyeux comme pour une fête. Hyacinthe se sentait parfois soulevé, emporté de plusieurs pas en avant ou en arrière par des houles venues il ne savait d'où, qui arrachaient des cris aux femmes et des rires aux hommes.

Dressé sur la pointe des pieds, Hyacinthe vit le prince monter d'un pas ferme à l'échafaud, puis les aides du bourreau le lui cachèrent, et il ne vit plus rien qu'un corps qui basculait, un froid éclair de métal et la tête sanglante que Sanson tenait par les cheveux pour la montrer à la foule.

Quand la charrette fut vide, que la foule, cessant de clamer sa haine, commença à refluer, Hyacinthe se sentit soudain comme vidé de sa substance, sec et mort, pareil à une de ces feuilles que le vent noir du crépuscule faisait voler au-dessus des jardins. Il laissa les spectateurs se disperser autour de lui, résistant au courant à coups d'épaule. Lorsque l'accès au lieu du supplice fut possible, il s'avança, seul, à pas prudents. Parvenu au dernier rang des gardes au repos, il aperçut une jeune et jolie femme qui accourait vers lui en riant, un mouchoir rouge à la main.

Elle s'approcha de lui et, avant qu'il ait eu le temps de l'éviter, elle lui barbouilla le visage avec sa main.

— N'aie pas peur, citoyen ! s'écria-t-elle. Du sang de prince, cela porte bonheur...

13.

LA « MONTAGNE TERRIBLE »

Hiver 1793-1794 : Corrèze.

Il secoua son manteau sur le seuil, fit claquer son bonnet contre son genou pour en faire tomber la neige et laissa ses sabots sur le seuil. A peine entré dans la grande salle, il promena son regard autour de lui, surpris de constater que ce château qu'on lui avait présenté comme une masure habitée par des folles était fort convenablement aménagé, propre, bien chauffé, et qu'il y était courtoisement reçu. Les meubles anciens, les livres rangés soigneusement dans la bibliothèque, les portraits et les panoplies qui ornaient les murs lui imposaient. Il avança de quelques pas, son bonnet à la main, et dit :

— Bien le bonjour, demoiselles. Je m'appelle Combarel. Augustin Combarel. Je suis le nouveau maître d'école nommé par le département, pour Marsanges et les communes d'alentour.

— Le « nouveau » maître ? s'étonna Marion en posant son tricot sur la bergère, à côté d'elle. C'est curieux : je n'ai pas connu votre prédécesseur...

Embarrassé, il toussa, rougit. On lui avait dit que Mlle Marion, avant lui... Elle rit. Une maîtresse d'école, elle ? Tout ce qu'elle avait pu faire, souvent en opposition avec les familles qui ne ressentaient nullement l'utilité de savoir lire et écrire pour tenir le manche de l'araire ou garder les moutons, c'était faire entrer dans la cervelle réfractaire des garnements de Marsanges les lettres de l'alphabet et quelques notions d'arithmétique. Elle lui souhaita bien du bonheur.

— Vous êtes vraiment maître d'école ? demanda Diane. Pardonnez-moi ma franchise, mais vous n'en avez guère l'apparence.

Il était vêtu comme un commis de boutique, d'une veste élimée à laquelle manquaient des boutons, d'un mauvais pantalon de droguet, le tout d'un noir qui virait au brun ; il portait une médaille à sa boutonnière. Son visage rond, grêlé de son, coiffé de cheveux plats dont les mèches lui tombaient sur le front, collées par la neige, était à la fois fruste et attendrissant, avec un assez beau regard honnête. Il rougissait facilement, ce qui amusa Marion. Elle lui demanda ce que signifiait cette médaille. Il la lui tendit et elle lut : « *Celui qui instruit est un second père.* » Augustin avait obligation de la porter dans ses démarches, dans l'exercice de ses fonctions ainsi qu'aux fêtes nationales ; c'est ce que lui avait dit le maire, Léonard Sauviat, en la lui épinglant sur la veste.

— C'est donc Sauviat qui vous a déniché ? demanda Marion en lui rendant sa breloque.

— Il a fait une demande au Directoire du département qui m'a désigné à la suite d'une lettre de candidature que mon père m'a fait écrire. Ma famille habite Saint-Salvadour. Mon père était régisseur chez les ci-devant. Je sais lire et écrire. Enfin, à peu près...

— A la bonne heure ! s'écria Marion. Vous aurez la tâche difficile, je vous en préviens. Ce que les enfants savent le mieux faire, c'est l'école buissonnière. Vous aurez de la peine à les rassembler et plus encore à faire respecter la discipline. Fort heureusement, ils sont peu nombreux.

Augustin le savait : il avait commencé ce matin même, avec une dizaine de morveux qui le regardaient d'un air goguenard. Après une heure, il en restait trois, dont une fille qui dormait. Il est vrai que le local choisi — le presbytère racheté par la commune et abandonné depuis le mariage de l'abbé Rochette — manquait de confort et de chauffage. Le logement du maître comportait un lit, une table et une chaise ; le chaume était pourri et il pleuvait partout.

— Avez-vous, demanda Marion, des cahiers, des livres, le matériel nécessaire ?

Augustin baissa la tête avec un haussement d'épaules désabusé. L'école ne possédait rien ! Mais Sauviat lui avait promis que tout viendrait à son heure, peu à peu. Il allait faire tenir une délibération municipale pour l'achat du nécessaire.

— J'avais souhaité enseigner à Tulle, dit Augustin, et c'est ici qu'on m'envoie. Jugez de ma déception.

— Peut-être votre demande n'était-elle pas présentée dans les formes ?

Il en avait gardé une copie ; il la tendit à Marion qui soupira en la lisant.

— Non seulement elle est incorrecte dans la forme, mais aussi dans sa rédaction. La vérité, c'est que vous ne savez pas écrire. Il y a une faute à chaque mot, ou presque. Et vous voulez enseigner les enfants !

Le visage d'Augustin Combarel vira au pourpre.

— Eh bien, soupira Diane, vous voilà dans de beaux draps !

— Que me conseillez-vous ?

— Démissionnez. Retournez à vos moutons comme si rien ne s'était passé. De toute manière, même si vous étiez Diderot, vous ne feriez rien entrer dans la tête de ces vauriens.

Il demanda si ce Diderot était un de ses collègues, plus doué ou plus chanceux que lui, s'étonna des rires étouffés que suscitait sa question et poursuivit :

— Si j'osais, mademoiselle Marion, je vous demanderais un service.

— Eh bien, dites, Augustin.

— Apprenez-moi à lire et à écrire correctement. Montrez-moi comment il faut enseigner et tenir les enfants. Vous le savez, vous ! Moi, je ne sais rien. Je suis le dernier des derniers. Pourtant j'aimerais bien être utile à la République qui fait tant d'efforts pour l'éducation du peuple.

— Ça, s'exclama Diane, c'est un comble !

Marion lui fit signe de se taire. Après l'avoir amusée, ce garçon la troublait. Elle prit le parti de le tutoyer pour le mettre en confiance.

— Reviens quand tu veux, Augustin, dit-elle. J'essaierai de te tirer d'affaire. Pas pour rendre service à Sauviat, à la République et aux cancres du village, mais parce que tu es plein de bonne volonté. Mais je te préviens : n'attends pas de miracle.

Rouge de confusion et de reconnaissance, il se leva, balbutia des mots de remerciement avant de demander poliment la permission de se retirer.

— A bientôt, cher collègue, dit Marion en posant la main sur son épaule. Un premier conseil : efforce-toi de regarder tes élèves dans les yeux et de leur parler d'un ton ferme. Pour un maître d'école, l'autorité est la première étape de l'enseignement.

— Merci ! dit-il avec effusion. Je reviendrai.

La petite communauté du château s'était restreinte une fois de plus. A la fin de l'automne, après les travaux, Julie avait disparu sans prévenir ; un mois avait passé sans qu'elle donnât de ses nouvelles.

Elle était revenue un après-midi d'octobre en compagnie de Gaspard, un ouvrier, un rude travailleur, que Diane et ses sœurs rencontraient chaque année lors de la moisson. Ils se tenaient par la main.

En se présentant devant Diane, Gaspard avait ôté son bonnet. C'était un grand gars, brun de peau, aux yeux clairs, riche de muscles, avec une tête solide et un regard intelligent ; il savait parler, bien qu'il fût d'ordinaire peu loquace.

— Voilà, dit-il en bon français, Julie et moi, nous nous aimons et nous voulons vivre ensemble. Je n'ai pas de biens au soleil, contrairement à vous, mais je connais la terre et le métier de boulanger n'a plus de secret pour moi. Je ne suis ni riche ni pauvre et tout le monde pourra vous dire que je suis honnête et travailleur.

Suffoquée de surprise et d'émotion, Diane le laissa poursuivre. Il lui proposait de vivre au château avec Julie et de l'épouser. Ce qui restait de la famille avait besoin de bras solides et d'une tête froide.

— Et si nous refusions ? dit Diane.

— J'en aurais beaucoup de regret, et Julie de même. Alors nous irions vivre à Meymac avant d'aller nous établir à Brive. J'ai de quoi acheter un petit fonds de boulangerie.

— Suivez-moi, dit Diane, mystérieusement.

Elle les fit entrer dans la grande salle et, très digne, haussant le ton, mais juste ce qu'il fallait pour ne pas laisser s'exprimer sa colère, elle dit :

— Vous êtes ici, Gaspard, dans la demeure des comtes de Marsanges. Voici les armes de notre famille, là, gravées au manteau de la cheminée. Ce sont celles des premiers seigneurs partis se battre en Terre Sainte. Ils étaient solitaires, fiers, sauvages comme le loup qui figure sur leur emblème. Ces portraits que vous voyez sont ceux de nos ancêtres. Certains ont vécu à la cour de France et ont combattu sur les champs de bataille, jusqu'en Allemagne, en Italie et en Amérique, comme le père de Julie. Avant la Révolution, notre famille recevait ici la bonne noblesse du Limousin et de l'Auvergne. Certes, notre fortune n'est plus qu'un souvenir, mais rien ni personne ne pourrait nous faire oublier notre passé. Il n'y a jamais eu de mésalliance dans notre famille et il n'y en aura pas tant que je vivrai. C'est une loi sacrée. Julie de Marsanges, ma sœur cadette, ne fait pas exception à la règle.

Les bras croisés sur son châle de laine brute, elle ajouta :

— Vous êtes un brave garçon, Gaspard, et j'apprécie vos mérites, mais Julie n'est pas pour vous, en dépit des apparences. Qu'en penses-tu, petite sœur ?

Pour toute réponse, Julie prit Gaspard à bras-le-corps, une étincelle de défi dans le regard.

— Ton devoir, ajouta Diane, est de rester parmi nous. Lorsque nous aurons retrouvé notre liberté et notre prospérité, que tes frères seront revenus, nous te trouverons un parti digne de ton nom.

— Je vous comprends, dit Gaspard, mais mon devoir à moi est de l'épouser. Question d'honneur, madame, vous me comprenez...

Socrate et Félix étaient devenus une paire d'amis. Dès l'âge de deux ans, Diane avait fait monter le bambin avec elle ; il tenait ferme le pommeau, riait, tirait sur la crinière et battait le garrot de ses petites jambes nerveuses. Florent avait pris l'habitude de lui faire effectuer de longues promenades sur le plateau, par tous les temps. Un jour, même, il l'avait laissé monter seul dans la cour, comme au manège.

— Bientôt, disait Diane, nous lui achèterons un beau cheval, comme ceux des Tourdonnet, et il pourra partir seul. Il deviendra un aussi bon cavalier que son oncle François.

Ces perspectives laissaient Félix indifférent. Ses grandes joies, c'était lorsque Diane l'amenait à Tulle voir sa grand-mère. La vieille dame le gavait de friandises et de livres d'images, animait pour lui les ombres mystérieuses de la lanterne magique qui avait enchanté l'enfance de Jacques Brival, le mettait en garde contre les Jacobins, ces croquemitaines tueurs de bonnes gens.

— Ces « Jacoquins », dit-elle à Diane, savez-vous qu'ils ont failli me jeter en prison. Ils sont venus pour m'arrêter : des gardes nationaux conduits par un membre du Comité de surveillance, le sinistre Jumel, cet antéchrist ! J'ai pris deux pistolets et je les ai mis en joue. Ils n'ont pas osé pousser plus loin leur mission. En apprenant l'incident, Jacques était furieux contre Jumel qu'il a menacé de faire traduire en justice pour abus de pouvoir !

— Auriez-vous tiré ? demanda Diane.

— Certes non ! Je ne suis pas une criminelle. D'ailleurs ces armes n'étaient pas chargées. Depuis, elles le sont.

Le vrai maître de la ville était Jean-Charles Jumel. On le voyait dans toutes les circonstances de la vie locale : réunions, fêtes, banquets civiques, et jusque dans les jurys des tribunaux. Il avait traqué Lidon jusqu'à sa mort et provoqué celle de Chambon. Il passait son temps à claironner ses opinions devant la foule ou dans les pages de *l'Observateur montagnard,* ponctuant ses discours et ses articles de « bougre ! » et de « foutre ! » pour faire peuple, brandissant sa « trique patriotique » à la tête des cortèges et des farandoles qu'il organisait ou suscitait. Personne n'osait lui tenir tête ; d'un mot, d'une phrase lâchés de sa voix tonitruante, il clouait le contradicteur au pilori et mettait les rieurs de son côté. Brival le détestait, mais il avait besoin de lui pour se maintenir en son absence dans les bonnes grâces de son électorat. Le Conventionnel Lanot, que l'on appelait « La Hyène » depuis l'exécution à la guillotine de deux prêtres, l'été passé, à Tulle, en avait fait, durant ses missions en Corrèze, le compagnon de ses beuveries qui s'achevaient en folles équipées nocturnes.

— Tulle livrée aux ivrognes et aux bourreaux ! s'indignait Agathe Brival. Savez-vous, ma fille, ce qu'ils ont imaginé de faire pour terroriser les braves gens ? Ils ont organisé une « brigade noire » recrutée parmi les meneurs de la Manufacture d'armes. Cela prouve quoi ? que ces brigands qui nous gouvernent ont une peur bleue. Ils ne savent pas exactement de quoi, et c'est peut-être ce qui leur fait mouiller la chemise.

— Ils ont peur d'être allés trop loin, dit Diane. Pour se donner bonne conscience, ils cherchent à aller plus loin encore, en faisant table rase de tous ceux qui pourraient être appelés à les juger, à commencer par Dieu.

— Curieux... dit la vieille dame. Vous raisonnez comme l'oncle de Jacques, le ci-devant abbé Joseph Brival, qui commence à tourner casaque et à revenir vers la religion de ses ancêtres. Je n'en veux pas à ceux qui se trompent de bonne foi, mais je condamne ceux qui persistent dans l'erreur.

C'était au début de l'automne, pour les deux ans de Félix. Diane était restée trois jours à Tulle, en compagnie de son enfant et de Florent qui, en fait de grande ville, ne connaissait qu'Ussel. Ses quinze ans avaient fait éclater l'écorce un peu fruste de l'enfance ; il avait poussé haut et droit, atteignant la même taille que Diane qui faisait presque ses six pieds de roi. Quand ils se promenaient dans Tulle et qu'elle le tenait au bras, on eût dit deux fiancés.

La ville était calme, contrairement au tableau dramatique que Mme Brival avait fait de la situation. Après la guerre qui l'avait bouleversé l'année précédente, le Trech avait retrouvé son activité boutiquière et ses promeneurs du soir. Pêcheurs et lavandières échangeaient des grivoiseries de part et d'autre de la Solane. Les patrouilles de la Garde nationale ne faisaient fuir que les chiens et les chats. On n'y croisait que peu d'adultes et de jeunes hommes, la plupart étant partis aux frontières, mais beaucoup de mendiants, de vagabonds, d'enfants qui ne paraissaient pas trop pâtir de la crise des subsistances.

Il y avait toujours, près du pont Choisinnet, faubourg de la Rivière, une lumière aux fenêtres de Jacques Brival qui avait, du fait des querelles de plus en plus fréquentes avec sa mère, installé là son cabinet, avec un secrétaire pour s'occuper des affaires du département et de quelques autres dossiers, plus secrets — les mauvaises langues prétendaient que l'ancien avocat s'enrichissait dans le trafic des biens nationaux.

Dans une lettre datée du début de novembre, Brival avait raconté à Diane l'arrestation du duc d'Orléans et son exécution au milieu d'un afflux considérable de patriotes. Le Palais-Égalité confisqué au profit de la nation, les bureaux et les appartements du prince mis sous scellés, cette mort civique, après l'exécution à la guillotine, marquait, disait-il, « la fin d'une époque, la destruction d'une autre Bastille, la dernière ». C'était, à mots couverts, faire comprendre à Diane que Hyacinthe était désormais sans emploi ; il se promettait de lui en dire plus sur son frère lors d'une prochaine mission à Tulle avec son inséparable Lanot. Son dernier voyage, destiné à faire activer la production d'armes, remontait à l'automne.

Toute la ville, en ce début d'hiver, ne parlait que du mariage de Jumel et des aléas qu'il rencontrait dans cette entreprise.

S'il se faisait souvent accompagner de femmes dans sa vie civique, le ci-devant abbé n'en trouvait aucune qui fût de qualité et assez inconsciente pour partager la vie de ce sinistre histrion. Celles qu'il avait pressenties — une nonne emprisonnée et une ci-devant comtesse — s'étaient récusées avec horreur, et il gardait une profonde rancœur de cette double humiliation. En revanche, les bonnes patriotes ne manquaient pas, catins et poissardes traînant leurs oripeaux républicains dans le sillage du grand homme, qui eussent accepté de passer avec lui devant le maire, mais celui qu'on appelait le « Père Duchesne de la Corrèze » — souvenir du polémiste parisien Hébert dont la feuille épongeait les humeurs coruscantes de l'ex-abbé — faisait la fine bouche et recherchait toujours « une Mère Duchesne » qui ait de la classe et du panache.

Chaque fois qu'elle annonçait son départ, Diane recevait la même demande pressante de Mme Brival, à laquelle, dans son dos, Flavie mêlait un grommelo attendri :

— Laissez-moi mon petit Félix. L'hiver est trop rude pour lui dans votre montagne et je crains qu'il ne prenne un mauvais mal de poitrine. Ici, il sera comme un coq en pâte. Vous viendrez le reprendre au printemps.

Diane, qui avait lu l'*Émile,* de Rousseau, prétendait qu'il fallait apprendre aux enfants, dès leur plus jeune âge, à affronter les intempéries. Elle n'osait ajouter qu'elle faisait prendre à Félix, une fois par semaine, en toute saison, un bain froid, qu'il sortait sans bonnet sous la pluie, la neige ou le soleil, qu'elle ne lui donnait à porter que les vêtements nécessaires pour qu'il ne grelottât point — la vieille dame l'aurait traitée de folle.

Avec une partie de l'argent de Mmc Brival, Diane fit acheter par Florent quelques sacs de « blé » à la foire de Bugeat. Comme il réglait son emplette en métal et non en assignats, il fit une bonne affaire, et le marchand aussi. On était assuré, avec cette réserve, de ne pas souffrir de la faim durant deux ou trois mois. La récolte de pommes de terre et de raves avait été relativement abondante sur les anciennes bruges mises en exploitation ; les abeilles avaient allègrement butiné au cours de l'été et le miel de bruyère se vendait bien ; Florent avait pris à cœur le métier d'apiculteur, qui lui plaisait ; dans le courrier qu'il avait adressé à sa famille après la prise de Landau par les armées de Hoche, Louis-Amour, devenu caporal à la suite d'un exploit qu'il détaillait complaisamment, donnait à Florent de nouveaux conseils glanés auprès d'apiculteurs d'Alsace et d'Allemagne. Il comptait venir en permission au printemps.

Florent avait rapporté de Bugeat un exemplaire du nouveau calendrier, dit « républicain », que la Convention venait, par décret, d'imposer à la nation.

L'année révolutionnaire débutait le 29 septembre, date où les jours et les nuits avaient même durée. Elle comptait dix mois de trois décades chacun. Les jours s'appelaient primidi, duodi, tridi... Les dimanches étaient remplacés par le décadi. Plus de fêtes religieuses, mais des fêtes civiques en abondance. Les mois portaient de jolis noms : prairial, floréal, vendémiaire, germinal... Les jours ne comportaient plus de noms de saints mais de curieuses appellations que Florent lut en se tordant de rire : Raisin... Safran... Châtaigne... Colchique... Cheval...

Florent épingla au mur la grande feuille ornée d'un bonnet rouge, d'un faisceau de licteur, d'un bandeau tricolore et surmontée de devises : « *République française, une et indivisible* »... « *Liberté, Égalité* »... Marion arracha le calendrier, le froissa et le jeta au feu en criant :

— Quelle horreur ! Ces gens ne reculent pas devant le ridicule ! Appeler un enfant Raisin ou Cheval...

— Moi, dit Florent en plaisantant, j'aurais bien aimé qu'on m'appelle Safran. On pourrait appeler Sauviat Chardon et toi, Marion, Libellule... si tu étais un peu plus mince.

Peu de temps après la foire de Bugeat, les campagnes s'animèrent dans le district, autour de Meymac notamment où, disait-on dans les milieux républicains, montaient des « bruits sourds » de manœuvres contre-révolutionnaires qui ne laissaient pas d'inquiéter les autorités.

Il vint à Marsanges de drôles de gens.

Un jour, ce fut un grand escogriffe habillé d'une tenue disparate, qui ne correspondait à aucun critère administratif connu ; il était accompagné d'un char à banc monté par deux individus aussi mal fagotés que lui et qui n'avaient pas les yeux dans la poche. Ils venaient, dit le chef, de la part des quatre commissaires envoyés par le Comité de salut public de Tulle à travers le district afin de rechercher les réserves illicites de subsistances, d'arrêter les suspects ci-devant prêtres et nobles, de s'assurer de la bonne exécution des lois et d'élever l'esprit public...

Il récitait mal sa leçon.

— Eh bien, dit Marion, qui se trouvait seule avec Angélique, cela doit te faire du travail !

— Tu peux le dire, citoyenne ! Nous devons passer dans tous les villages et hameaux et nous avons ordre d'opérer « sans animosité individuelle ».

— A la bonne heure ! Tu peux donc passer ton chemin, car je ne pense pas t'avoir jamais vu, et donc tu ne peux avoir d'animosité contre moi.

L'escogriffe jura ses grands dieux que non. Il devait en revanche opérer une « petite perquisition » et ramener un peu de blé pour les greniers qui n'avaient d' « abondance » que le nom. Marion fronça les sourcils, riposta qu'ils vivaient au jour le jour et n'avaient pas un boisseau de « blé » d'avance. L'autre le prit de haut, ripostant qu'on connaissait bien les sympathies des Marsanges pour la contre-révolution. Il ferait son rapport au comité central, et...

— A propos, dit Marion qui commençait à flairer l'escroquerie, montre-moi ta lettre d'accréditation. Je ne sais pas lire, mais cela me rassurera.

L'escogriffe tira de sa veste un pli crasseux auquel pendait un sceau destiné à faire impression. Marion hocha la tête : c'était un fragment d'acte notarié concernant une sommation pour dette.

— Bien, dit-elle. Ça, c'est du sérieux. Attends-moi. Il faut que j'en parle à mon mari. C'est lui qui a les clés du grenier.

Elle revint quelques instants plus tard avec un pistolet dans chaque main.

— Tu vois, citoyen, je suis bigame. Ma sœur, qui se tient là-bas derrière, l'est aussi. Alors déguerpis avant que nos « maris » ne se fâchent.

L'escogriffe fit le geste de porter la main à sa ceinture. Marion pressa la détente et le chapeau s'envola. L'homme fit quelques pas en arrière et jeta à ses complices l'ordre de faire demi-tour.

— Ne t'avise pas de revenir ! lui cria Marion. Tu vois que je vise assez bien...

Le soir, tous réunis, ils s'offrirent une pinte de bon sang, mais, néanmoins, décidèrent pour une nuit au moins de monter la garde à tour de rôle afin d'éviter une mauvaise surprise. Les jours passés, dans la région, deux granges avaient brûlé inexplicablement.

Au cours de la première semaine de décembre, ils eurent une autre visite, plus honnête et plus sérieuse, celle-ci.

Le cavalier, qui prétendait se nommer Marc-Antoine Audin et occuper le poste de maire de Davignac, commune proche de Meymac, était un paysan fortuné : visage honnête, regard froid, bouche mince peu faite pour les sourires et les mots creux... Il était accompagné d'un jeune homme d'allure timide : Pradeloux, fils de l'officier municipal d'une commune voisine de Marsanges — Diane connaissait ce dernier, qu'elle avait rencontré dans les foires des environs où il allait vendre des œufs et du fromage.

— Au cas où je ne vous inspirerais pas confiance, dit Audin, voici qui vous rassurera.

Il sauta de cheval et sortit une lettre de sa poche.

— Inutile, dit Diane. J'ai confiance en vous, mais j'avais pris mes précautions.

Elle écarta son châle, montra deux pistolets glissés dans sa ceinture. Audin écouta en plissant ses yeux de couleuvre le récit que Diane lui faisait de la visite des escrocs.

— Ils ne vous importuneront plus, dit-il. On a mis la main sur la bande et on leur a offert un voyage gratis à Tulle. Beaucoup n'ont pas eu votre sang-froid et votre jugeote. Moi, je ne viens pas vous voler votre « blé » ni vous menacer de la prison. Je ne vous demande rien, si ce n'est un peu de soupe, car moi et mon gendre sommes transis. Et j'aimerais vous parler.

Marion fit réchauffer la marmite, coupa du pain dans les écuelles. Ils mangèrent en silence, firent chabrol avec le vin dont Florent avait rapporté une bonbonne de Bugeat. Audin écarta ses coudes sur la table.

— Il se prépare des événements graves, dit-il. Les Jacobins de Meymac ont décidé, pour le 12 de ce mois, d'organiser la fête du décadi, comme ils disent dans leur jargon révolutionnaire. Si ça les amuse, moi je n'ai rien contre, mais, comme ils jugent la population un peu tiède, ils font venir des messieurs de Tulle, notamment le Conventionnel Lanot, « la Hyène », pour souffler sur la braise. Là encore, rien à dire : c'est leur droit. En revanche, nous avons appris que des sans-culottes d'Ussel et de Saint-Angel, aidés de quelques émeutiers locaux, ont décidé de commettre des sacrilèges contre la religion. Et ça, nous ne pouvons le tolérer.

— Je vous en félicite, dit Diane, mais je comprends mal le but de votre visite. Il n'y a ici que des femmes et notre jeune commis. En quoi pourrions-nous vous être utiles ?

— J'y viens, dit Audin. Notre intention est de montrer aux Jacobins qu'il y a des limites à ne pas dépasser et qu'il est dangereux de nous traiter comme des moutons. J'ai fait le tour de nos amis qui refusent de se laisser tondre et endoctriner. Nous serons plus de quatre cents, bien décidés à ne pas laisser ces pilleurs d'églises insulter la religion de nos pères. J'aimerais que vous en soyez.

— Il y aura du danger ? demanda Marion.

— Je ne puis vous promettre une partie de plaisir, mais nous serons les plus forts. Me Gabriel Lafon, le notaire de votre famille, est avec nous.

— Me Lafon..., dit Diane en fronçant les sourcils. Il me semble qu'il porte le bonnet rouge et fait partie de la société populaire.

— Il en « faisait » partie. On l'en a exclu. A présent il est des nôtres.

— Êtes-vous passé chez Sauviat ? demanda Marion.

Audin eut un mince sourire.

— Inutile... Vous savez bien que c'est un irréductible. J'ai appris qu'il s'est porté acquéreur de vos terres séquestrées. Autant prêcher un âne pour qu'il renonce à son picotin. En revanche, quelques femmes de Marsanges seront parmi nous. Que décidez-vous ?

— On n'a pas fait que nous voler nos terres, dit Diane. A la moindre incartade de notre part, vous savez ce qui nous attend. Après ce que les Jacobins ont fait à ce pauvre innocent de Picharou, nous sommes prudents. Chat échaudé...

— Nous en sommes tous au même point, soupira Audin. Alors, c'est non ?

— C'est oui, dit Marion. Je serai des vôtres.

— Soit, dit Diane. J'en serai aussi.

Audin se leva et coiffa son chapeau.

— Si vous avez des armes, dit-il, prenez-les. Nous tiendrons en réserve une troupe de paysans armés de faux et de fusils. Si nous réussissons notre coup, nous occuperons la région. A Tulle, on commence à parler d'une « petite Vendée » et certains, comme Brival et Lanot, font dans leurs braies. L'insurrection touchera une vingtaine de communes, davantage peut-être. Si nous gagnons Ussel, c'est tout le plateau que nous tiendrons et nous pourrons assurer la liaison avec les insurgés d'Auvergne.

Il parlait maintenant comme un général. La démonstration insurrectionnelle par laquelle il avait débuté son exposé avait pris peu à peu les dimensions d'une proclamation. Il en avait de l'émotion dans la voix et du feu dans le regard. Arrivé sur le seuil, il dit :

— J'ai bien connu M. de Marsanges, votre père, et je sais comment il est mort, et pourquoi. Il serait fier de ses filles.

Elles partirent pour Meymac dans une aube craquante de gel, avec le cheval Socrate, ce 12 décembre — 20 frimaire du nouveau calendrier — Florent restant à la garde du château avec Félix et Angélique qui pleurèrent en les voyant s'éloigner.

Le ciel couvrait d'un dais de soie noire les immensités de neige sur lesquelles floconnaient les panaches roux et blanc des bouleaux. Afin d'éviter le village, elles passèrent sous le mont Ventéjoux, piquèrent droit sur Combe-Prunde pour atteindre, dans les parages de la Croix-

Blanche, la route de Meymac à Bugeat où elles rencontrèrent des groupes de paysans armés auxquels elles se joignirent. Ce mouvement de population muette et hostile inquiétait Diane : il figurait assez bien un départ pour la guerre ; il n'y manquait que la musique et les drapeaux.

Meymac grouillait de monde, au point qu'elles durent patienter devant la porte monumentale dont les gardes — des nationaux en tenue — affolés par l'affluence, commençaient à perdre la tête.

Elles ne savaient trop ce qu'elles venaient faire là et cherchèrent des yeux Audin et Me Lafon ; elles eurent la surprise de voir ce dernier dans le groupe des autorités, près du maire et du Conventionnel Lanot, commissaire de la République, que Diane reconnut : il était pâle, les traits tirés, le regard fuyant. Leur groupe sortait de l'église transformée en temple de la Raison, où la cérémonie civique, assortie de discours et de chants patriotiques autour de la statue de plâtre de la Liberté, venait de s'achever. Une aigre musique militaire montait de la halle où une ribambelle de gamins agitaient des drapeaux et vendaient des cocardes. Les autorités coiffées du bonnet rouge, sauf Me Lafon, pénétrèrent dans la maison commune où devait avoir lieu le repas civique du décadi.

Marion attacha le cheval à une barrière édifiée autour de la fontaine et alla s'installer au soleil, avec Diane, sur les marches d'un immeuble, pour déballer les provisions du dîner, lorsque leur attention fut attirée par un groupe de joyeux drilles travestis de chasubles et de linges d'église qui brandissaient les objets du culte derrière un cheval harnaché d'une étole et d'une nappe d'autel. L'un d'eux, que l'on appelait le « cagaïre », posa culotte au milieu d'un cercle de curieux et se soulagea dans un ciboire, acclamé par les femmes, avant d'être porté en triomphe jusqu'aux portes du temple aux accents de *la Carmagnole,* en dépit des protestations indignées qui jaillissaient de la foule.

— Nous dînerons plus tard, dit Marion. Allons voir ce qui va se passer à l'intérieur.

— Ils n'oseront tout de même pas faire entrer le cheval dans l'église ! protesta Diane.

Ils osèrent. Les deux sœurs suivirent la foule, jouant des coudes pour s'approcher du théâtre de l'événement. Un drôle hissé sur une borne invitait les gens à entrer pour assister à la « messe républicaine ».

— C'est gratis, bonnes gens ! Vive Robespierre !

Le sang de Diane se glaça lorsqu'elle entendit dans son dos une voix puissante :

— Bandits ! Vous ne respectez rien ! Vive Louis XVII !

Plusieurs voix répondirent en écho :

— Vive Louis XVII ! Dieu est avec nous !

Marion mêla sa voix à ce concert, mais Diane préféra se taire. Une vague profonde accompagnée d'une bousculade les propulsa, la main dans la main, à l'intérieur de la basilique. Le meneur, qui était un aubergiste de la cité, conduisit le cheval jusqu'au pied de l'autel, réclama le silence et s'écria en montrant l'animal :

— Vous réclamiez Dieu ? Le voici. Inclinez-vous, citoyens !

Un murmure de réprobation mêlé à des rires étouffés déferla jusqu'à lui. Toujours en selle, imperturbable, il continuait de vociférer, provoquant du geste et de la voix l'assistance indignée. Un homme se détacha de la foule, s'avança vers lui d'un air menaçant et le jeta à terre d'un coup de canne.

Diane et Marion qui, pressées de toutes parts, s'étaient retrouvées bloquées au pied de la chaire, entendirent au-dessus d'elles tonner la voix puissante de Lanot qui, passant par la sacristie, avait pu se glisser jusqu'à cette tribune. Ayant apaisé le tumulte, il ordonna aux patriotes de garder leur dignité et d'éviter toute provocation qui eût risqué de faire dégénérer en accès de folie dangereuse cette « sainte journée dédiée à la Raison ». Il tendit le bras vers la statue de la Liberté abattue dans la bousculade et haussa le ton jusqu'au trémolo pour ajouter :

— Citoyens ! Citoyennes ! C'est pour la liberté que vos enfants, nos volontaires, se battent sur les frontières du Rhin, en Vendée, aux portes des Alpes et des Pyrénées. La liberté est sœur de la Révolution ; toutes deux marchent, la main dans la main, vers l'avenir. Les principes dont elles sont l'émanation, quiconque oserait les fouler aux pieds encourrait la colère du peuple !

Amorcé par quelques cris séditieux dont l'anonymat était protégé par la densité de l'assistance, un énorme hourvari déferla vers la chaire, suivi d'un remous qui, plaquant Diane et Marion contre un pilier, jeta une vague humaine à l'assaut de la tribune qui vacilla. Lanot, secoué comme un capitaine de navire dans la tempête, conjura les patriotes et leurs adversaires de garder leur calme, mais sa voix se perdait dans le tumulte. Il parvint, sous les horions, à s'échapper en direction de la sacristie, tandis que la bataille reprenait aux alentours de l'autel où les insurgés venaient d'assommer le cheval qui se débattait à terre en poussant des hennissements lamentables.

— Ne bougeons pas, dit Diane. Attendons que tous ces fous se soient retirés.

Frappés à coups de poing et de bâton, les patriotes s'abritaient comme ils pouvaient, blottis au pied des colonnes et des murs, couchés sur les dalles, les mains abritant leur nuque, entassés dans les moindres recoins et jusque dans le confessionnal, certains montrant les dents ou le couteau. L'un d'eux se roulait à terre, une oreille arrachée d'un coup de bâton. Une femme, devenue folle, appelait son mari en tournoyant sur l'autel comme une toupie.

Diane et Marion suivirent un groupe de rebelles qui réclamaient les têtes de Danton et de Robespierre ; elles passèrent près du cheval que l'on achevait au couteau et qui raclait le sol de ses sabots.

Sur la place, la violence reprenait de plus belle. Des énergumènes avaient allumé un bûcher et y jetaient bonnets rouges, drapeaux et cocardes ; ils poursuivaient les rares patriotes qui n'avaient pu se retirer à temps dans leur demeure, les accablaient de sarcasmes et de coups. Audin et Lafon, très pâles, tentaient de faire barrage à la violence qui menaçait de dégénérer. Des groupes de paysans insurgés se pressaient contre les demeures des patriotes, enfonçaient portes et fenêtres, se ruaient au pillage, jetant les meubles par les fenêtres, raflant dans les caves des bouteilles qui passaient de main en main.

— Vous, ici ! dit une voix qu'elles connaissaient.

Elles se retournèrent. C'était le cabretaïre, Félicien « Siouplaï » venu à la demande des officiers municipaux faire danser la population.

— En fait de musique et de danse, dit-il, nous sommes servis. Je préfère ma musique à moi ; celle-ci m'écorche les oreilles. Je retourne à Chavanac. S'il vous plaît, prenez le large vous aussi. Ça va barder. Ussel et Tulle vont envoyer la garde. Un régiment parti de Bort est dirigé vers Meymac et vers Bugeat qui vient aussi d'entrer en insurrection. Mes petites, c'est une nouvelle Vendée qui se prépare. Mettez-vous à l'abri : c'est un conseil d'ami.

Il toucha le bord de son chapeau et s'éloigna rapidement.

— Il a raison, dit Diane. Nous n'avons plus rien à faire ici. Suivons-le. Il nous tiendra compagnie.

Elles le retrouvèrent, menant sa mule à la longe, à la porte de la ville où des essaims d'insurgés bourdonnaient autour des gardes nationaux trop jeunes ou mal aguerris à ce genre de situation et qui, d'une main tremblante, avaient mis la baïonnette au canon.

— Les routes en direction d'Ussel et de Bugeat, dit Félicien, sont barrées par la garde, qui empêche tout le monde de circuler. On peut lui échapper en passant par Ambrugeat. Des groupes d'insurgés s'y sont installés ; ils nous laisseront passer. S'il vous plaît, suivez-moi. Je connais le chemin.

Sans qu'ils s'en rendent compte, le ciel s'était couvert de nuages épais comme de la crème de lait sur laquelle le vent aurait soufflé de la cendre. Le jour commençait à basculer insensiblement vers le crépuscule, et il se mettait à neiger.

Le petit bourg d'Ambrugeat se situait à peu de distance de Meymac. On y sonnait le tocsin à toute volée, auquel répondait celui des communes voisines, ce qui ajoutait à l'aspect sinistre du paysage de landes et de forêts.

Au fur et à mesure qu'ils se rapprochaient de l'église, Diane et Marion montant le vieux cheval à tour de rôle pour ne pas le fatiguer, les insurgés se faisaient plus nombreux : c'étaient des paysans aux visages noirs de colère, maigres comme des loups ; certains arboraient une croix sur la poitrine. Tous, même certaines femmes, étaient armés de fusils, le plus souvent, de faux ou de simples bâtons terminés par des serpes ou des couteaux à saigner les porcs. Il ne montait de l'interminable cortège et des groupes denses qui se formaient autour de l'église ni cris ni chants, mais il en émanait une sourde résolution qui faisait froid dans le dos.

Aux abords du village, un service d'ordre hâtivement organisé par le jeune Pradeloux barrait les issues et dirigeait le flot humain vers le même point, en direction de l'ouest, où le chemin se perdait dans les bruges enneigées.

— Nous allons vers Bugeat, dit Félicien.

— C'est la bonne direction, dit Pradeloux, mais faudra t'arrêter là-haut avec les nôtres. Tes compagnes de même.

Il montrait la montagne qui écrasait l'horizon, couverte d'une forêt de chênes saupoudrée d'une vieille neige, vers laquelle progressait une colonne de rebelles : le puy Roudeix.

— C'est là qu'a lieu le rassemblement et que tu recevras des consignes, ajouta Pradeloux. Prenez la file, tous les trois. Il y aura de la place pour tous, et on a de là-haut une belle vue sur le pays.

Félicien voulut ergoter. Pour toute réponse, Pradeloux sortit son pistolet et le lui mit sur le ventre.

— Allons-y, soupira le musicien. A la grâce de Dieu...

La nuit tomba de bonne heure. Des draperies de neige flottaient sur l'horizon qui avait pris la couleur de la tourbe. Précédant ses compagnes, Félicien avait tenté de s'esbigner entre des bouquets de houx, mais ils avaient vite été rejoints et ramenés dans le groupe. Il y avait là des chefs au verbe haut, qui parlaient la langue du pays et menaçaient de punir de mort les « déserteurs ».

— Pour être déserteur, protesta Félicien, il faut être soldat. Moi, je ne suis qu'un musicien, et ma seule arme est la cabrette.

— Les armes, dit l'un des « chefs », ça ne manque pas. T'en voilà une.

Il lui tendit un bâton, ajoutant qu'il le nommait caporal, sur sa bonne mine.

— Eh bien, mes petites, dit le cabretaïre, nous voilà dans de beaux draps, si l'on peut dire, car, en fait de draps pour cette nuit, je n'ai qu'une couverture.

— Nous en avons deux, dit Diane.

Ils déblayèrent un espace sous un petit chêne beau comme un arbre de Noël avec ses guirlandes de glace et ses bourrelets de neige ; ils le tapissèrent d'une bonne épaisseur de fougères ; au-dessus, ils tendirent une couverture, maintenue au-dessus du sol par les branches. Entre deux pierres, ils firent un petit feu de vagabond, histoire de se chauffer le bout des doigts. Autour d'eux, à travers la nuit traversée de molles bourrasques neigeuses, les campements s'organisaient tant bien que mal, et la montagne ponctuée de feux brillait comme un four de charbonnier.

Ils mirent en commun leurs victuailles, burent quelques gorgées de ratafia que Félicien, prévoyant, avait emporté pour se mettre de la chaleur au ventre. Ils étaient presque bien.

La tête un peu brouillée par la boisson, Diane songeait que Florent et Angélique allaient s'inquiéter ; Félix mettrait longtemps à s'endormir, en l'absence de sa mère qui le berçait d'une chanson avant de souffler la chandelle. Elle restait assise, le visage tendu, les genoux sous le menton, à regarder le feu.

— Mes petites, soupira Félicien en s'asseyant entre elles, il faut faire contre mauvaise fortune bon cœur. A la guerre comme à la guerre ! Et la guerre, il semble bien que nous y soyons, soldats ! Le caporal Félicien vous ordonne de sourire, s'il vous plaît...

Elles se forcèrent à sourire. Il en parlait à son aise : personne ne l'attendait, lui, et il avait sa musique pour se consoler. Marion le lui dit sans cérémonie. Piqué au vif, il se leva.

— C'est vrai, dit-il, mais la musique, ça se partage. Je vais vous en servir, et si vous voulez danser, personne ne vous en empêchera. Moi, Félicien, me voilà devenu le barde de la contre-révolution !

Il essaya quelques gammes avec sa cabrette dont le froid avait enroué la voix, en tira péniblement une aigre mélodie. La pauvre : elle s'était enrhumée. Juché sur un rocher qui faisait le dos rond au milieu de la bruyère, debout dans la neige et le vent qui soulevait sa cape noire et retroussait le bord de son chapeau, il égrena sa musique de soleil et d'été, laissant fluer sous ses doigts gourds des sources fraîches, des images de prairies tièdes sous le vent d'août, de hameaux engourdis dans la torpeur des soirs de moisson, de places de village un jour de fête, avec les odeurs de beignets et de sucre chaud, d'horizons infinis, moites de printemps.

Ils vinrent de toutes parts, s'assemblèrent autour de lui, ces paysans hargneux, aux mines longues, au ventre vide. Le cœur lourd de haine, le visage perdu entre la barbe et le bord du chapeau, ils grelottaient sous leurs haillons.

Marion prit un vieux par la main et réclama une bourrée. D'autres couples se formèrent, ici et là, sabotant dans la bruyère, poussant leur hennissement de chevaux fous, ce cri de guerre et de misère venu du fond des temps comme un défi aux lois inexorables du monde, un appel de la liberté. Soudain, la nuit sinistre devenait amicale, complice ; la neige paraissait faire danser ses voiles au-dessus de la montagne en folie.

Encadré de Gabriel Lafon et de Pradeloux, Marc-Antoine Audin vint se mêler à la fête et contempler, immobile et muet, cette étrange danserie nocturne. Il s'approcha de Diane qui était restée à l'écart, assise près du feu qu'elle alimentait de brindilles mortes. Il s'assit près d'elle.

— C'est bien d'être venue, dit-il. Le regrettez-vous ?

— Non, dit Diane. Je réponds toujours de mes décisions.

— Vous avez des pistolets. Il faudra nous les remettre ou vous battre demain.

— Je me battrai. Ce ne sera pas la première fois.

Il lui confia de mauvaises nouvelles : la troupe faisait mouvement autour du village ; Tulle envoyait de l'artillerie ; un régiment venu de Bort était en route...

— Nous sommes, dit-il, quatre cents environ, avec beaucoup de vieux et de femmes, un armement sans commune mesure avec celui de nos adversaires. La partie est inégale. S'il y a une bataille, nous la perdrons.

— C'est possible, mais ce n'est pas une raison pour abandonner. Vous pouvez compter sur nous. C'est une affaire personnelle que nous avons à régler : nous avons notre père à venger.

Ils dormirent tous trois côte à côte sous les couvertures des filles, bien serrés les uns contre les autres, Félicien au milieu. Il avait passé ses bras autour de la poitrine de Marion, ses mains enveloppant ses seins, sa bouche dans son cou ; parfois elle se retournait vers lui et leurs lèvres se cherchaient, échangeaient leur souffle et des mots que Diane ne pouvait entendre. De temps en temps, il se levait pour jeter des branchettes sur le feu, respirait la nuit glacée, allait rassurer le cheval et la mule dont le pelage frémissait de froid, leur murmurer des mots rassurants à l'oreille.

L'aube figea le pays dans un silence de banquise. Les paysans se levaient lentement, comme des spectres, blêmes de froid, secouaient la neige qui les avait saupoudrés durant leur sommeil, tâchaient de ranimer leur feu. Jusqu'à l'horizon des Monédières, la vallée disparaissait dans une brume légère que le vent, en tombant, avait laissé s'accumuler.

Félicien prépara pour ses compagnes les maigres rogatons de la veille et partagea ce qui restait d'avoine entre les montures, après les avoir vigoureusement bouchonnées avec des poignées de fougères.

Audin surgit sur son cheval au moment où la brume se dissipait en découvrant les toits du village. Les coqs se répondaient de ferme en ferme. C'était le moment. Il recensa les porteurs d'armes à feu, en forma une compagnie qu'il conduisit jusqu'aux abords du village. Diane et Marion laissèrent Socrate à l'attache et suivirent le peloton, les membres engourdis, la tête vide.

— Il y a toute une armée en bas ! s'écria Diane. Nous n'avons aucune chance.

On distinguait les compagnies de gardes disposées en bon ordre en avant de l'église, les baïonnettes scintillant dans les flocons d'haleine, les chevaux sabotant d'impatience derrière les drapeaux tricolores qui pendaient sur leur hampe.

Audin fit ranger les porteurs de fusils sur une petite butte dominant les premières maisons du village et ordonna le feu. La maigre salve déchira le silence et se répercuta comme un tonnerre sur la vallée. Une mousquetade nourrie lui répondit. Près de Diane, un paysan s'effondra, une balle dans l'épaule ; un autre hurlait à la mort, non loin de là.

— Rechargez ! cria Audin.

Il se tenait en avant du premier rang, séparé de lui par quelques pas. La deuxième décharge des paysans déclencha chez les gardes un mouvement d'attaque : ils commençaient, en hurlant, à escalader la pente.

Leurs pistolets chargés à la main, Diane et Marion firent quelques pas vers les assaillants, attendant pour tirer qu'ils fussent à bonne distance. Après une première décharge, elles virent des soldats blessés s'effondrer en lâchant leurs armes.

— Repliez-vous ! leur cria Audin. Nous nous regroupons plus haut !

Ils obéirent. Diane et Marion suivirent le mouvement. Pour les porteurs de faux et de bâtons, la retraite dégénérait en débandade ; en quelques minutes, ils avaient disparu sous le couvert de la forêt, abandonnant les blessés qui gémissaient et hurlaient en se traînant dans la neige. Audin, qui avait fait le coup de feu jusqu'au dernier moment pour tenter d'enrayer la progression des attaquants, rejoignit en courant, courbé en deux, Diane et Marion au moment où elles atteignaient leur campement. Blême de peur, Félicien les attendait.

— Vous avez de la chance d'avoir un cheval, dit Audin. Alors, filez et surtout ne vous arrêtez sous aucun prétexte. Si vous rencontrez des gardes ou des soldats, débarrassez-vous de vos armes, sinon vous seriez fusillées sur place.

Il ajouta en embrassant les deux combattantes :

— Il me reste quelques cartouches. Je vais tâcher d'en faire bon usage.

Elles jetèrent leurs pistolets dans le tronc d'un arbre creux et rejoignirent Félicien qui les avait devancées de quelques pas.

S'ils atteignaient sans encombre la crête du puy Richard, au-delà du puy Roudeix, ils étaient sauvés. Les immensités de la forêt loubatière étaient bien connues du cabretaïre qui venait souvent y chasser. En suivant les couverts par le village de La Sagne et de Matrillat, ils retrouvèrent sans trop de peine leur chemin. Evitant la grand-route de Meymac à Bugeat, ils obliquèrent par le pays profond vers Lissac où ils se séparèrent, Félicien prenant par une « escoursière » la direction de Chavanac.

A trois jours de là, le cabretaïre se rendait à Marsanges avec les pistolets des demoiselles, qu'il était allé récupérer dans le tronc d'arbre. Il apportait également des nouvelles. Une soixantaine de rebelles avaient été capturés et emprisonnés. Parmi eux, cinq meneurs : Audin, Lafon, Pradeloux, Bunisset et Mathieu. Les autorités avaient demandé à Tulle des troupes, des canons ainsi que la guillotine. Des patrouilles fouillaient sans relâche les environs de Meymac et de Bugeat, perquisitionnaient dans les villages et les hameaux, questionnaient les paysans. On n'entrait dans Meymac que sous la gueule des canons ; sur la grand-place, on dressait la guillotine — Meymac était devenue une « ville de guerre ».

— Un représentant du peuple est passé hier par chez moi, dit Félicien, mais j'ai réussi à quitter le village et n'y suis pas revenu, de crainte d'une dénonciation. Il a emporté mon fusil. Pour avoir fait danser les insurgés, je risque ma vie. Quant à vous, quittez Marsanges dès que possible en attendant que l'affaire se tasse.

Marion ouvrit de grands yeux, écarta les bras.

— Où veux-tu que nous allions ? En dehors de cette demeure, nous n'avons pas une pierre où poser notre tête.

— Sans compter, ajouta Diane, que notre fuite serait considérée comme un aveu de culpabilité.

— Vous pourriez trouver refuge à Tulle, chez Brival, en laissant à Florent et à Virginie le soin de garder le domaine. C'est l'affaire d'un mois tout au plus. On dit partout que la Terreur est à l'ordre du jour, mais la terreur, c'est le fond de la nature humaine ; il est impossible de descendre plus bas. Alors, pour ceux qui craignent d'en être victimes, la sauvegarde est une question de patience. Croyez-moi : la Terreur que nous connaissons se détruira d'elle-même, comme un monstre qui se dévorerait la queue et les pattes pour survivre. Je ferai une chanson là-dessus... Alors, vous partez ?

— Non, dit Diane.

— Non, dit Marion : notre place est ici.

Marion l'avait vu venir de loin.

Il marchait lentement, les mains dans le dos, son chapeau sur le nez ; il semblait se promener en cueillant quelques brins de philosophie. Elle avait compris qu'il souhaitait la revoir, à l'occasion de la visite qu'elle lui avait faite le matin même, au presbytère où il s'évertuait à faire rejaillir sur les cancres du village les quelques rudiments de connaissances que Marion lui avait inculqués. « Toi, se dit-elle, tu viens me régler mon compte. » Elle ne savait pas pourquoi.

Il le lui dit avec embarras, en toussant pour expectorer ses mots rebelles.

— Eh bien, dit-elle en riant, tire sur la ficelle, Augustin, ça viendra mieux. Tu disais ? Sauviat...

— J'ai reçu sa visite, il y a deux jours... Hum ! Il m'a fait des compliments sur la façon dont je tiens ma classe... Hum ! hum ! Puis il m'a entraîné dehors et m'a ordonné de ne plus te revoir ! Voilà...

— Alors, soupira Marion d'un air désinvolte, nous ne nous reverrons plus. Je le regrette. Merci, Augustin ! Si tous les patriotes étaient comme toi...

La sérénité de Marion parut le décontenancer. Sans cesser de filer la quenouille, elle lança le labrit sur un mouton qui s'était éloigné, suça une prunelle pour se faire la salive et dit en plaisantant :

— Tu viens de braver courageusement les consignes de ton maître. Il pourrait t'en cuire, mon petit Augustin...

Il protesta, avalant la queue de ses phrases dans son indignation. Sauviat, son « maître » ! Ce n'était qu'un jean-foutre, un lèche-bottes, un « rapagon », un...

— Un Harpagon... rectifia Marion. C'est vrai qu'il est tout ça, mais c'est ton maître. Alors il faut lui obéir. Va-t'en !

— Ça risque de me coûter gros, dit-il en rougissant, mais faut que je te dise : Sauviat vous a dénoncées au Comité de salut public du district. Toi et ta sœur, vous étiez, dit-on, à la bataille du puy Roudeix, et vous étiez armées de pistolets. Avoir été présentes, c'est une faute ; avoir tiré sur des patriotes, c'est un crime. Et on vous a vues tirer. C'est ce qu'a dit Sauviat devant le conseil de la commune. Moi, à votre place, j'irai me cacher dans le Longeyroux.

— Merci de ton conseil, soupira Marion. C'est bon de savoir qu'on a un ami.

Trois jours plus tard, ils étaient là.

Diane et Marion avaient pris soin de faire disparaître, avec leurs armes et leurs munitions, les quelques pièces d'or qui leur restaient. Elles pensaient à une simple visite domiciliaire, à un interrogatoire rapide, du fait que les commissaires avaient à visiter toutes les campagnes, sans omettre les cabanes de charbonniers.

Trois gardes nationaux et deux gendarmes accompagnaient un homme à cheval qui se nomma en mettant pied à terre : « Citoyen Hyvernat, de Bort, administrateur du département et commissaire de la République en mission. » Le « missus dominicus » garda sur la tête son bicorne à cocarde d'où dépassaient des mèches grisâtres qui semblaient raidies par le froid. Sa large ceinture tricolore, sa culotte de peau et son sabre lui donnaient des allures martiales, mais on devinait, à sa façon de se tortiller par petits mouvements nerveux d'épaules et de reins, de rejeter le dard du sabre attaché trop bas et qui risquait de le faire trébucher à chaque pas, qu'il n'avait pas l'habitude de l'uniforme militaire.

Il sortit de sa veste un ordre de mission qu'il tendit à Diane en ajoutant qu'il venait perquisitionner pour tâcher de découvrir les « ennemis de la République » qui avaient participé au rassemblement de Meymac. Diane risposta avec hauteur qu'elle n'avait rien contre la République, qu'un de ses frères se battait même pour elle, qu'elle et sa sœur avaient été entraînées à leur corps défendant par la rébellion.

Hyvernat fronça ses sourcils broussailleux, mordilla sa moustache amidonnée de givre, riposta durement que tout cela demandait à être élucidé, mais qu'il y avait des témoignages qui... des témoignages dont... Il dit abruptement :

— Vous aviez des armes ? Où sont-elles ? Il faut nous les remettre.

Diane montra le fusil de bois que Félix, qu'elle tenait dans ses bras, portait en bandoulière.

— Il n'y a pas d'armes ici, dit-elle, sauf celle-ci. Ah ! j'oubliais le canon. Il est dans la cave.

Hyvernat marqua sa stupeur par un trémoussement frénétique sous la jaquette bleue.

— Un canon ? Tu te moques de moi, citoyenne !

— Suis-moi, citoyen.

Elle le conduisit à la cave, lui montra le glorieux vestige des guerres royales, guetta en vain une expression de bonne humeur sur le visage du commissaire. Il parut accepter les explications qu'elle lui donna sur cette présence insolite. Elle ajouta :

— Il n'y a pas d'autres armes. Vous pouvez fouiller la maison.

— C'est ce que je comptais faire.

Ils s'y mirent tous, avec acharnement, le feu aux joues, mais firent buisson creux. Hyvernat paraissait couver une rage froide et s'opiniâtrait à réclamer la « cachette ». Diane souriait, haussait les épaules. Il demanda à voir Marion ; elle « gardait ». Il n'eut pas un regard pour l' « innocentoune » qui épluchait les patates en suivant d'un regard de génisse ces évolutions importunes.

Hyvernat se laissa tomber sur un banc de la cuisine.

— Je prends note, dit-il, que tu refuses de nous livrer vos armes. De toute manière, toi et tes sœurs vous êtes bonnes pour le Tribunal criminel. Votre réserve de « blé » est supérieure à celle qu'autorise la loi. Vous relevez de la législation sur les accapareurs.

— Il y a donc, s'étonna Diane, des lois pour nous obliger à mourir de faim ?

Hyvernat avala sans broncher l'impertinence et se leva brusquement en frappant la table du poing.

— Vous, les aristocrates, s'écria-t-il, vous vous imaginez que vos belles paroles vous mettent à l'abri des lois. Je vais te montrer que nos arguments à nous peuvent vous rabattre le caquet. Suis-moi !

Les gardes avaient entassé dans la cour des fagots et de vieux meubles découverts dans la cave et dans la demeure de Valentin, dont ils avaient enfoncé la porte.

— Vous n'allez pas mettre le feu au château ! s'écria Diane.

— C'est tout comme, dit Hyvernat. J'ai des ordres, citoyenne.

Il fit descendre des combles les coffres contenant les papiers de la famille, amassés depuis les origines, en jeta quelques poignées sur le bûcher, battit lui-même le briquet.

— Alors, dit-il en se relevant : les armes ?

— Je vous répète qu'il n'y en a pas ! s'écria Diane. On nous les a confisquées.

Hyvernat fit un geste et les gardes continuèrent à jeter au feu les papiers ; cela fit un ballet de flammes et de cendres qui montait haut dans l'air froid. Lorsqu'ils y ajoutèrent les portraits d'ancêtres, Diane, abandonnant Félix à Angélique qui pleurait, tenta de s'opposer à l'holocauste, s'écriant qu'elle se plaindrait à Jacques Brival pour obtenir réparation et justice. Hyvernat lui rit au nez.

— Dommage que le traître Lidon, que tu connaissais bien, ne soit plus de ce monde. Tu pourrais te plaindre à lui aussi !

Alertée par la fumée de l'autodafé, Marion arriva affolée, précédée de la chèvre Rochette et du labrit qui montrait les crocs, suivie du troupeau. Hyvernat l'accueillit avec un sourire en lame de couteau.

— Tu arrives à point, citoyenne ! Nous nous apprêtions à venir te chercher. Mais sans doute sais-tu, toi, où sont les armes ?

— Je ne sais pas de quelles armes vous voulez parler, répondit Marion, mais si j'avais en mains deux bons pistolets, je vous ferais avec plaisir péter la gueule.

— Menace à un agent de la force publique..., dit Hyvernat en se trémoussant. Voilà qui risque de peser lourd dans l'instruction.

— Quelle instruction ? demanda Marion.

— Tu en sauras davantage demain, quand vous comparaîtrez. Allons, préparez-vous, citoyennes, et en route !

Elles tournaient en rond dans les chambres et la grande salle, affolées comme si quelque ouragan venait de bouleverser leur vie et les pousser au bord d'un gouffre sans fond.

Sous le regard glacé du commissaire de la République qui s'impatientait en faisant claquer ses gants au creux de sa main, elles ouvraient des coffres, en retiraient des vêtements, les abandonnaient, les reprenaient, s'interrogeaient du regard puis, brusquement, s'étreignaient en pleurant. Hyvernat leur répétait de ne se munir que du strict nécessaire, car elles devraient marcher jusqu'à Ussel où elles feraient halte, puis jusqu'à la prison de Saint-Angel, où étaient déjà enfermées quelques femmes aristocrates et les ci-devant Ursulines. Il ajouta qu'il n'y avait pas de temps à perdre car la nuit tombait vite en cette saison.

Elles roulèrent chacune leurs effets dans une couverture, l'attachèrent de manière à la porter en bandoulière, choisirent leur meilleure paire de sabots et de grosses chaussettes tricotées par Angélique. Hyvernat qui, malgré ses airs farauds, redoutait une dramatique scène d'adieux, les pressa et leur dit :

— N'emportez de vivres que pour une journée. On est bien nourri dans les prisons de la République.

Florent revenait de visiter ses ruches. Il s'arrêta, interdit, en voyant les deux sœurs sur le départ. Diane lui expliqua rapidement les raisons de ce remue-ménage et lui dit, en le prenant par le bras :

— Mon garçon, c'est toi, désormais, le maître de ce domaine. Je ne sais combien de temps nous resterons absentes ni même si nous reviendrons. Je ne te demande pas d'accomplir de miracles, mais seulement de faire de ton mieux pour que les choses n'empirent pas. Au besoin, vends quelques bêtes et puise dans la réserve de monnaie que nous te laissons — tu sais où est la cachette, et celle des armes... S'il te faut de bons conseils, n'hésite pas à faire appel à M. d'Ussel. Préviens Jacques Brival de ce qui nous arrive. Tu sais où le trouver. Garde toujours deux pistolets à portée de la main, non pour sauver nos biens, mais pour te défendre.

— Et Félix, dit-il, vous ne l'emmenez pas ?

— Je n'en ai pas le droit et, de toute manière, il est préférable qu'il ne connaisse pas la prison. Toi et Angélique, prenez soin de lui. Au besoin, conduis-le à sa grand-mère ; c'est encore chez elle qu'il sera le mieux. S'il nous réclame, dis-lui que nous sommes parties pour un long voyage et que nous lui ramènerons des friandises, des jouets et un bon cheval. Quant à Angélique, tu la connais : elle va se lamenter, mais elle retrouvera vite son train-train.

— Maîtresse, gémit Florent. Oh, maîtresse...

— Je t'en prie, dit Diane d'une voix brisée, ne pleure pas, mon garçon. Sois fort et courageux. Tu vois, je ne pleure plus, moi. Allons, viens faire tes adieux à Marion.

Ils s'étreignirent tous les trois, consolèrent Angélique qui gémissait comme une bête blessée en leur amenant Félix qu'elle gardait dans la cuisine.

— Félix, mon petit, dit Diane en le soulevant contre sa poitrine, sois bien sage. Ta maman ne tardera pas à revenir avec plein de bonnes choses pour toi. Si tu ne fais pas enrager Florent et Angélique nous t'amènerons à la fête de Bugeat, au printemps, et nous t'achèterons un cheval.

Hyvernat lui toucha l'épaule.

— Excuse, citoyenne, dit-il, mais nous devons partir.

Il sortit de sa poche un gros mouchoir à carreaux pour essuyer ses yeux que mouillait le froid.

14.

ADIEU À L'ÉDEN

Printemps 1794 : Paris.

— Vois-tu ce que je vois ? demanda Hyacinthe en se frottant les paupières. Le temps de Carnaval est pourtant passé, et...

— Je t'en conjure, dit Adélaïde, ne fais aucune remarque déplacée. Tu sais que Gustave est susceptible et que, pour notre sécurité, la tienne surtout, nous avons intérêt à le ménager.

Il montait lentement, à cheval, la pente menant au perron. Le soleil de mai en faisait une éclatante enluminure. Il chevauchait avec une élégance négligée, une de ses mains abandonnée contre sa cuisse, l'autre posée sur le pommeau, le buste droit, la tête haute. Le jardinier vint à sa rencontre pour conduire le cheval à l'écurie.

— Mon petit ! s'écria Adélaïde, comme si elle venait de découvrir sa présence à l'instant. Comme tu es beau ! Quelle allure martiale !

— Compliments ! dit froidement Hyacinthe. Je n'ai pas vu de plus bel uniforme depuis les dragons du roi.

Le citoyen Gustave Montchamp eut un mince sourire empreint de fatuité sous l'ombre de moustache qui surlignait ses lèvres charnues. Il enleva ses gants, réclama une orangeade que Laurette lui apporta toute givrée, s'assit sur la terrasse, à l'ombre du tilleul, et gourmanda la servante qui, avec un petit cri de surprise, avait failli renverser le plateau et mouiller la culotte du jeune maître.

— Relève-toi ! dit Adélaïde, les mains jointes sur sa poitrine. Tourne-toi. Encore ! Laisse-moi t'admirer. Quel artiste a conçu cette merveille ?

— Un vrai républicain, mère : le peintre David. C'est l'uniforme des trois mille quatre cents cadets de la Révolution. Le mien est celui des cavaliers. Je commande une centurie depuis hier, ce qui m'a valu deux jours de permission, dont je profite pour venir vous embrasser. La plaine des Sablons, où est installé notre camp, n'est pas loin d'ici.

— Ce David, dit Hyacinthe, a du génie en toute chose. Il était peintre, puis organisateur de spectacles... Le voilà costumier. Cet habit nous change des haillons de nos sans-culottes et des uniformes râpés des volontaires. Vous ferez bonne figure face aux cavaliers autrichiens et prussiens.

En sirotant son orangeade à l'aide d'un chalumeau, Gustave expliqua que l'École de Mars, récemment créée par la Convention, serait le fer de lance des armées républicaines. Née d'une conception entièrement nouvelle de la formation militaire, elle ne se contentait pas de distribuer des uniformes prestigieux ; elle forgeait aussi les corps, les cœurs et l'esprit des jeunes recrues qui parvenaient à s'y faire admettre. On y pratiquait les « vertus républicaines » et la « haine des despotes ». La discipline comme le régime alimentaire étaient dignes de Sparte.

— Mon Dieu ! s'écria Adélaïde, manges-tu au moins à ta faim ?

Gustave haussa les épaules : une livre et demie de mauvais pain, une petite ration de légumes secs, un quart de livre de porc par jour... On était loin des orgies du Caveau du Palais-Égalité, mais il s'y faisait. Le plus dur était l'interdiction des boissons alcoolisées : on n'était autorisé à boire que de l'eau additionnée de vinaigre. On couchait sur la paille ; les sorties étaient interdites, l'argent prohibé — en principe — et l'on ne touchait pas de solde...

— Voilà, murmura Hyacinthe, qui est digne des stoïciens.

Complaisamment, le cadet de la Révolution présenta la nomenclature de sa tenue vestimentaire : le haut képi tronconique rehaussé d'un panache, la tunique tombant aux genoux, ornée d'une cravate d'étamine rouge nouée sous le col de la chemise et descendant à la taille, le pantalon collant à entre-jambes de basane délicatement festonnée, les demi-guêtres de toile brune bordée de rouge, les buffleteries d'un blanc éclatant en guise d'épaulettes, un sabre courbe attaché à un baudrier de cuir noir...

— Le capitaine Fischer, qui commande notre unité de cavalerie, dit Gustave, est devenu mon ami. Il a servi plus de vingt ans dans les hussards et connaît son affaire. Mes rapports sont tendus, en revanche, avec le général Bertèche, commandant du corps des cadets, mais qui n'est pas plus général que vous ou moi. Tête creuse mais bon soldat, j'en conviens. Il met sa coquetterie dans ses cinquante blessures... que personne n'a comptées.

— Je vais te faire servir un bon repas et préparer ta chambre, dit Adélaïde, au comble de l'adoration.

— N'en faites rien ! Je me contenterai de votre ordinaire, à condition qu'il soit frugal, et je coucherai dans une couverture, là, sur cette terrasse.

Il ajouta avec un brin de fatuité :

— Il ne faut pas perdre les bonnes habitudes. Je dois refuser toutes les douceurs, même venant de vous, ma mère. Mon but est de devenir un héros, à l'égal des modèles de notre unité : Bara et Viala.

Le souper fut sinistre.

Ils avaient fait installer la table et les chandelles sur la terrasse. Le repas se composait d'un maigre brouet agrémenté d'eau claire à laquelle Adélaïde eut le bon goût de ne pas ajouter de vinaigre. Se souvenant que Gustave avait naguère la passion du tabac, Hyacinthe lui proposa cette nouveauté venue des Amériques et qu'on appelait « cigare ». Gustave en prit un, le tourna entre ses doigts, le rejeta avec un air de dégoût mêlé de mépris : ces « agréments d'aristocrates » lui soulevaient le cœur — Hyacinthe devait le surprendre, deux heures plus tard, de sa fenêtre, tirant d'odorantes bouffées, seul sur la terrasse, assis sur sa couverture.

Soucieux de ne pas contrarier Adélaïde en ironisant sur monsieur Gustave, Hyacinthe avait écouté d'une oreille distraite les commentaires du cadet sur les événements qui secouaient la capitale : la Terreur y faisait bouillir ses chaudrons de sorcière d'où montaient des fumets de sang et des buées sauvages. Il évoqua, avec le détachement d'un commis des Grandes Boucheries et un air méprisant pour les valets de la tyrannie, les exécutions qui avaient lieu par dizaines chaque jour, à la guillotine. L'assassinat de Marat par Charlotte Corday ne l'avait guère ému car il tenait le personnage pour un brigand fourvoyé dans les avenues lumineuses de la Révolution. Son héros était Robespierre ; il admirait son verbe châtié, son élégance stricte, sa rigueur morale. Il détestait Danton, cet « aboyeur pour tricoteuses et pochardes ».

Plus que les remous de la politique, les événements de la guerre, à laquelle le destinait sa nouvelle vocation, suscitaient son enthousiasme. La reconquête de Toulon sur les troupes anglaises par un certain Buonaparte ou Bonaparte, officier républicain de vingt-six ans, le faisait rêver, et il ambitionnait comme un honneur suprême de combattre sous ses ordres. Le regard prophétique, il escaladait avec indifférence les trois cent mille victimes des « colonnes infernales » de Turreau pour découvrir, du haut de cette montagne de cadavres, une province vendéenne enfin jugulée (il disait « pacifiée »). Les cinq mille noyés de Nantes descendaient le fil de la Loire sous son regard blasé. Il applaudissait à la victoire des patriotes sur les troupes espagnoles des Pyrénées, à celle de l'armée des Alpes au mont Cenis, traitait par le mépris la défaite de notre flotte devant l'escadre anglaise, à Ouessant...

Abasourdi, Hyacinthe considérait sans souffler mot ce produit d'une mutation singulière. D'aristocrate farouche qu'il était deux ans auparavant, fidèle jusqu'au sacrifice au monarchisme à la mode d'Orléans, le jeune aristocrate avait basculé au sortir du collège dans les idées révolutionnaires sans que le fond de sa nature eût changé. Sa haine de la populace, des clubs, des agitateurs en sabots, des égorgeurs, n'avait fait que s'affirmer ; l'idée qu'il se faisait d'une Révolution propre, comme la voulait Robespierre, et d'une jeune République passait par sa nature et ses convenances personnelles. Investi d'une mission héroïque, il rejetait au second plan de ses préoccupations les tourments de la politique. Il était amoureux d'une République ardente et pure comme un prince d'une bergère : en espérant faire sa conquête et l'élever jusqu'à lui.

Le lendemain, à peine debout, sustenté d'un verre d'eau fraîche et d'un morceau de pain rassis, le centurion Gustave Montchamp donna quelque exercice à son cheval dans le parc et le bois, descendit faire quelques brasses dans la Seine et s'enferma dans le cabinet de son père en compagnie d'un traité d'art militaire de Machiavel : *De l'arte della guerra ;* il n'en bougea pas jusqu'au dîner, dont il écarta avec hauteur les superfluités. Il demanda distraitement des nouvelles de son père et apprit avec satisfaction qu'il avait échappé à l'inquisition jacobine. Installé dans la loge du concierge du Palais-Égalité depuis l'exécution du prince, M. de Montchamp occupait sans être inquiété le poste de conservateur des illusions perdues.

— Il veille comme un chien sur la tombe de son maître, dit Adélaïde.

Ayant lu et rêvassé tout l'après-midi, monsieur Gustave décida, le soir venu, de reprendre la route des Sablons où, disait-il, des obligations l'attendaient. En fait — Hyacinthe le devina — il regrettait le compagnonnage de sa centurie. Sa mère tenta vainement de le retenir, versa une larme en voyant cette fugitive apparition de théâtre disparaître derrière un bouquet d'arbres, dans la brume du soir ; elle se consola, la nuit venue, en accablant Hyacinthe d'une grosse tendresse.

— Mon Gustave, dit-elle, n'a jamais vraiment toléré ta présence. Les concessions qu'il a consenties à ma demande lui sont restées sur le cœur. Souviens-toi : il a fallu que je m'occupe de lui pour le convaincre que, son père m'ayant délaissée, j'avais besoin d'une compensation à ma solitude. Il a fini par l'admettre, mais il ne t'en aime pas pour autant. Tu seras toujours pour lui l'intrus. Je me réjouis pourtant que vous ayez évité de vous quereller.

Alors que la Terreur régnait sur Paris, ils menaient sur la colline de Saint-Cloud une existence de vieux époux. Hyacinthe ne quittait la « folie » que deux ou trois fois par semaine pour aller écumer les brelans du Palais-Égalité, moins par nécessité que par passion.

Mêlé à la foule, à la sortie d'une séance de la Convention, il avait abordé Jacques Brival pour lui demander des nouvelles de sa famille. L'annonce de l'arrestation, à la suite de l'affaire de Meymac, où ces deux folles étaient allées se fourvoyer, de Diane et de Marion, l'avait bouleversé. Brival avait envoyé un courrier à son collègue Lanot, en mission en Corrèze, pour lui demander la grâce des condamnées, mais la réponse se faisait attendre, peut-être du fait que Lanot avait toujours réprouvé la liaison entre Brival et Mlle de Marsanges, qui risquait de compromettre la carrière de son compagnon.

— Lors de ma prochaine mission, dit Brival, je ferai l'impossible pour les faire libérer, mais je ne te cache pas que ce sera difficile. Je connais Diane : elle a dû se montrer arrogante, voire insolente avec l'autorité judiciaire. Je suis inquiet pour elles et pour mon fils. Peut-être Diane l'aura-t-elle confié à la garde de ma mère, mais je me méfie aussi de ma mère : une sainte femme mais une excitée. Lanot m'a écrit qu'elle a de nouveau fait des siennes en criant de sa fenêtre des injures contre la Révolution. Elle a comparu devant le Comité de surveillance qui l'aurait jetée en prison sans l'intervention de notre compatriote, Gabriel Malès, le nouveau président du Directoire de la Corrèze, qui a poussé la colère jusqu'à briser sa chaise sur la table des juges !

Il avait ajouté en posant ses mains sur les épaules de Hyacinthe :

— Mon garçon, prends garde ! Tu es d'une imprudence folle. Si quelque mouche de la police te reconnaît, tu es fichu et je ne pourrai rien pour toi. Retourne dans ta thébaïde et restes-y, en attendant que le vent tourne.

Dans la thébaïde dont parlait Brival, les jours s'écoulaient avec une lenteur obsédante.

Au début de mai, là « folie » avait reçu la visite d'un commissaire chargé de découvrir des armes cachées ; en fait — Adélaïde l'avait compris — pour s'assurer de la personne de Hyacinthe, qui avait eu tout juste le temps de plonger dans sa cachette de l'orangerie où il avait passé deux heures à se morfondre.

— J'ai la conviction que tu as été dénoncé, dit Adélaïde. Ces messieurs ont fouillé ta chambre et ta garde-robe. Je leur ai dit que c'étaient la chambre et les effets de Gustave, centurion aux cadets de la Révolution.

— Qui aurait pu me dénoncer ? Ton jardinier ?

Elle dit à voix basse :

— Je pense plutôt à Laurette. Lors de tes premiers séjours, elle cherchait à t'aguicher ; elle n'a pas dû renoncer depuis : il suffit de voir ses regards langoureux. Cette fille est une garce, une « basse-mouche », une intrigante. J'aurais dû la chasser depuis longtemps, mais elle en sait trop sur notre situation. Je vais la questionner.

— N'en fais rien. Cela l'inciterait à recommencer. Contentons-nous de la surveiller. Tant qu'elle ne connaît pas ma cachette, je ne risque pas grand-chose.

A une semaine de la visite de Gustave, Laurette demanda à s'absenter pour la journée, afin, comme elle le faisait fréquemment, de rendre visite à ses parents qui demeuraient à Neuilly. Le soir, elle ne reparut pas, mais ni Adélaïde ni Hyacinthe ne se préoccupèrent outre mesure de cette absence ; ils pensèrent qu'elle avait dû manquer le coche d'eau.

Le jour venait à peine de naître lorsque le jardinier vint prévenir sa maîtresse d'une visite. Hyacinthe s'empressa pour regagner sa cachette, mais il était trop tard : un commissaire au ventre bardé de tricolore, entouré de quelques sans-culottes armés de piques le cueillit sur le perron. Il dut montrer le certificat de civisme délivré par les soins du prince et répondre au feu roulant des questions avant de se voir intimer l'ordre d'accompagner le commissaire et ses sbires. On en savait long sur lui : sa véritable identité, sa réputation de tricheur professionnel, son arrestation et son évasion de la prison d'Uzerche, quelques années auparavant, sa situation de frère d'émigré et de contre-révolutionnaire notoire, de « conseiller » du ci-devant Philippe-Égalité, et surtout son évasion de la prison de l'Abbaye lors des massacres de septembre... Le moindre de ces chefs d'inculpation eût suffi à le faire comparaître devant le citoyen Fouquier-Tinville et à l'envoyer au « rasoir national ».

— Citoyen Marsanges, dit le commissaire, tu mérites la pire des prisons : celle de Bicêtre, qui est consacrée aux prisonniers de droit commun, faux-monnayeurs, voleurs et tricheurs, mais nous avons l'ordre de te conduire au Luxembourg. Prends un nécessaire et suis-nous. Une voiture de police nous attend.

Hyacinthe, ayant préparé son bagage, rejoignit dans le salon Adélaïde qui, effondrée sur la bergère, respirait une cassolette de sels. Il s'assit près d'elle, essuya son visage baigné de larmes, embrassa ses lèvres décolorées et fiévreuses, lui prit les mains.

— Mon cœur, dit-il, soyez aussi courageuse que je le suis moi-même. J'ai la conviction que mon absence sera de courte durée. Pour votre propre sécurité, retirez-vous dans votre domaine de Normandie et attendez de mes nouvelles. Je ne sais comment je m'y prendrai pour vous les faire parvenir, mais j'y réussirai. Quant à mon sort, ne vous tracassez pas ! J'ai passé jusqu'à ce jour à travers les mailles du filet. Ma bonne étoile continuera à me protéger. Merci de votre amour et de votre soutien. Je ne vous oublierai pas. Dès que possible, nous reprendrons notre vie commune. Au revoir, mon amie, et que Dieu veille sur vous.

Un lourd sanglot lui monta à la gorge et les larmes jaillirent sur ses joues. Adélaïde n'avait ni la force de se lever ni celle de parler. Elle voulut s'accrocher à lui ; il la repoussa avec douceur.

C'était une merveilleuse journée de printemps. Le vent léger qui montait du sud faisait courir sur les frondaisons qu'avait aimées Fragonard des frissons d'argent jusqu'au sommet de la colline, là où s'arrêtaient les pistes cavalières. L'air était tendre et chaud comme du pain ; on avait plein les narines et la gorge de cette odeur et de cette chaleur. Sur les pelouses pas encore fauchées où le jardinier avait lâché le vieux cheval, s'épanouissaient des flaques mouvantes de soleil et de fleurs sauvages. Tout était si dramatiquement beau que Hyacinthe ne pouvait croire à un au revoir mais à un adieu. Il ne reviendrait jamais ici, il en était sûr ; tout ce qu'il avait confié à

Adélaïde était pour lui donner confiance. On ne vit pas deux fois son paradis. Celui-ci, désormais, lui était condamné.

Il tourna ses regards vers Paris qui scintillait à travers brumes et fumées comme un lointain paysage d'enluminure.

15.

COMPLAINTE POUR DEUX CAPTIVES

Printemps-été 1794 : Corrèze.

On n'avait pas fait traîner les choses. A peine les portes du château de Saint-Angel s'étaient-elles refermées sur les deux captives, la mise sous séquestre du bâtiment et du domaine de Marsanges était décrétée. On assignait pour domicile à Angélique et à son « valet » Florent l'ancienne ferme du Pradeloux, inoccupée depuis plus d'un siècle et quasiment en ruine. Les proscrits n'étaient autorisés à emporter que le strict nécessaire : une table, deux chaises, deux paillasses, quelques ustensiles de cuisine... De l'autodafé des titres nobiliaires et des portraits de famille, Florent n'avait sauvé que peu de choses.

C'est Sauviat qui vint signifier à Angélique le décret de séquestre que devait suivre de peu une opération de vente aux enchères. Il lut le feuillet qui contenait une liste d'attendus auxquels la pauvre fille ne comprit rien.

— C'est une mesure abusive ! protesta Florent. On ne tient pas compte de la présence de Louis-Amour dans les armées de la République. Sa part devrait être préservée de l'aliénation.

Le mince visage de Sauviat se crispa de surprise et de colère. Il remit le feuillet à Angélique, s'approcha de Florent, le souffleta à toute volée.

— Insolent ! Voilà pour t'apprendre à parler seulement quand on t'y invite.

Il dit à l'intention d'Angélique :

— Les scellés seront posés sur toutes les voies d'accès au château, à commencer par le portail. Ça veut dire qu'il t'est interdit d'y pénétrer. Tu auras cependant accès aux tombes des tiens, avec ma permission. Si je te prends à enfreindre la loi, je te fais arrêter, et le bâtard de ta sœur sera confié à l'Assistance publique. Quant à Louis-Amour, je sais que vous n'avez pas de nouvelles depuis longtemps. Ce traître a déserté pour passer chez les Prussiens.

— C'est faux ! s'écria Florent. Il est enfermé dans la citadelle de Landau.

— Tu m'accuses de mensonge, à présent ? rugit Sauviat. Il y a belle lurette que Landau est débloquée. S'il était toujours dans son régiment, il vous aurait donné de ses nouvelles.

— Qu'est-ce qui me prouve que vous dites la vérité ?

— Mon fils, Tiénou, est dans le même bataillon. Il nous l'a écrit. Ça devrait te suffire.

— Non, dit Florent d'un air sombre en guettant la main rapide et sèche de Sauviat qui venait de se lever de nouveau. Ça ne prouve rien.

— Tu traites mon fils de menteur lui aussi ? Tu mériterais...

Le maire laissa retomber sa main, s'éloigna, l'air courroucé, revint sur ses pas en grattant sa joue râpeuse.

— Je suppose, dit-il à Angélique, que tu veux garder ta chèvre et ton vieux cheval, mais que vas-tu faire de tes moutons ? Tu ne peux pas les garder tous, maintenant que vous n'avez plus de pâturages. Si tu souhaites t'en débarrasser, je t'en donnerai un bon prix, bien qu'ils ne soient pas de première qualité.

— Vous savez bien, dit Florent, qu'elle est incapable de vous répondre et de se défendre. Ça ne vous suffit pas d'avoir dépossédé la famille, il faut encore que vous poussiez cette pauvre innocente à la famine. Si nous vendons nos moutons, ça ne sera sûrement pas à vous !

— Mauvais bougre ! grogna le maire en tendant le poing. Tu finiras en prison, toi aussi.

Il s'apprêtait à frapper de nouveau le baïlero lorsque Angélique s'interposa et prit le bonhomme à la gorge. Comme elle était plus grande et plus robuste que lui, elle n'eut pas de peine à le maîtriser et à le rejeter de la cuisine dans l'allée. Elle se mit à le frapper comme grêle, sans un mot, sans un cri, sans la moindre expression de colère ni de plaisir sur son visage, calme comme si elle époussetait un tapis dans le jardin.

— Arrête ! dit Florent en tentant de lui retenir le bras. Tu vas l'assommer. Il ne vaut pas les tracas que ça nous vaudrait.

Remontant la ceinture tricolore qui s'était affaissée dans la lutte,

Sauviat traversa la cour comme s'il avait le diable à ses trousses. Ils l'entendirent crier en se retournant près du portail :

— Brigands ! Vous aurez de mes nouvelles. Vous irez rejoindre en prison les deux garces qui y sont déjà !

Florent serra Angélique contre lui ; elle n'avait pas un frémissement : toute sa colère s'exprimait dans ses yeux où brûlait un feu sombre.

— Tu as eu tort, dit-il. Il ne nous pardonnera pas et continuera de nous persécuter de plus belle. Tu comprends ? Tu n'aurais pas dû... Et pourtant j'ai envie de t'embrasser tant tu m'as donné de plaisir, petite sœur.

Elle se suspendit à son cou et murmura d'une voix qui semblait venir de très loin :

— Le tuer... J'aurais voulu le tuer...

Le premier soin de Florent fut de réparer la toiture, avec l'aide d'un chaumier de Pérols qui refusa de se faire payer. Débarrassée des floraisons éclatantes de joubarbe et d'herbe-à-Robert qui l'avaient envahie, rapetassée avec soin, bien peignée, la masure était prête à remplir de nouveau son office, pour un siècle de plus.

Lorsque Angélique eut fini de récurer l'intérieur, Florent y distribua le mobilier, aidé par Augustin, le maître d'école, venu courageusement proposer son aide : il le compléta avec deux vieux coffres, des étagères où il rangea ses livres et ceux de Louis-Amour, le matériel propre à fabriquer le miel, les ruches ayant été oubliées dans la nomenclature du séquestre.

C'était une des plus pauvres masures de la commune. La pièce principale, qui avait de tout temps servi de cuisine et de chambre, communiquait avec la bergerie ; le grenier, dont il avait fallu changer les solives et le plancher vermoulu, servirait de séchoir aux herbes, de réserve de grains et de fourre-tout ; agrandi et réparé, l'appentis ferait une écurie convenable. Une fois ramonée et son chapeau recouvert de tuiles intactes, la cheminée tirait parfaitement ; la première flambée fut un moment de plaisir intense et lumineux dans cette brume de misère. Le berceau de Félix occupa l'espace entre les deux cadres de bois où étaient disposées les paillasses. On entrait dans la saison chaude et les moutons pourraient coucher dans le petit enclos, sous la garde du labrit, en attendant de les vendre ou de construire une bergerie. Il n'y avait aucune protection aux fenêtres, mais on s'en passerait. C'était une sorte de bonheur.

— Mes amis, dit Augustin, vous donnez une belle leçon à Sauviat. Il croyait que vous n'arriveriez jamais à vous installer et à survivre. Les hommes du village n'osent pas broncher, mais presque toutes les femmes, y compris la sienne, lui reprochent son comportement. On l'appelle le « châtelain »...

Léonard Sauviat voyait son vieux rêve proche de se réaliser : il voulait Marsanges, les bonnes terres, mais surtout le château. Augustin, qui assistait, avec le titre de secrétaire, aux séances du conseil de la commune, avait appris qu'il s'en porterait acquéreur et que la vente était imminente. A ceux qui lui reprochaient ses ambitions — les femmes surtout — il répliquait avec aigreur : « Vous préféreriez qu'un bourgeois d'Ussel ou de Treignac mette la main dessus ? Si ça vous chante et que vous en ayez les moyens, personne ne vous empêche de vous porter acquéreurs vous-mêmes. »

On ne pouvait que lui donner raison. Avec Sauviat au château, on était tranquille : il ne ferait pas d'histoires, tandis qu'un de ces parvenus de la ville, bourgeois arrogants, enrichis par le trafic des biens d'Église ou des subsistances, on ignorait comment les rapports avec la population pourraient tourner. Généreusement, Sauviat avait abandonné des miettes du patrimoine des Marsanges, pour des sommes modestes, à des journaliers, de petits laboureurs qui se contentèrent de quelques arpents de bruges ou de forêts. Lui, le lion, s'attribuait les meilleurs morceaux de la curée, au besoin en grondant et en montrant les crocs.

Malgré son interdiction implicite, des hommes et des femmes de la commune montaient rendre visite aux proscrits. Ils hochaient gravement la tête en constatant que Florent et Angélique ne vivaient pas dans une bauge à sanglier comme l'avait laissé entendre le maire. Le petit Félix avait de belles couleurs ; les visiteurs s'extasiaient à le voir monter seul Socrate, s'essayer à parler et commencer à crayonner sur des feuilles de papier. Ils apportaient des pommes, des châtaignes, de la mélasse de myrtille ou de canneberge, parfois une petite miche de pain. Florent remerciait, ajoutant que ces générosités étaient superflues, qu'ils avaient « de quoi ». Et c'était vrai. La vente, à la foire de Bugeat, d'une partie du troupeau — quelques splendides doublons — de la laine et du miel, la petite réserve de grains qu'on leur avait laissée leur évitaient de souffrir de la faim. Ils avaient même pu acquérir un coq, quelques poules, les outils et ustensiles qui leur manquaient. La réserve de pièces d'or, cachée par Florent derrière un moellon de la cheminée, était intacte.

En quittant Marsanges avec le commissaire Hyvernat et son train, Diane et Marion, sur le chemin d'Ussel, passèrent par Meymac.

La ville semblait frappée de terreur. Les gens qu'on y croisait n'avaient d'yeux que pour le ciel et la chaussée où la neige tournait à la boue. Fenêtres et portes claquaient au moindre mouvement qui troublait cette procession de fantômes aveugles ; au moindre galop de cavalerie on fermait les volets, et Dieu sait qu'il en passait, des chevaux : des beaux, du genre militaire, avec des robes moirées et des queues tressées.

Diane et Marion partagèrent le dortoir des soixante prisonniers qui attendaient depuis des jours leur transfert à Ussel où ils devaient être déférés au tribunal. Rassemblés dans l'ancien réfectoire du couvent jouxtant l'église, ils avaient des tas de paille en guise de lits et deux mauvaises soupes par jour en guise de nourriture. Une odeur de chiourme commençait à flotter entre les murs nus, que traversait le froid — on était à trois jours des ci-devant fêtes de Noël.

— Tâchez de bien vous reposer, dit Hyvernat en les quittant. Mes petites, demain sera une rude journée. Il y aura du spectacle.

Elles n'eurent de cesse de savoir de quel « spectacle » il pouvait bien s'agir, en se renseignant auprès des prisonniers.

— Si vous avez bien ouvert vos yeux en débarquant, dit l'un d'eux, vous avez pu voir sur la place, près de la fontaine, une drôle de machine montée sur une estrade. C'est la guillotine. Demain, cinq des nôtres y monteront. En fait de « spectacle », comme dit le commissaire, nous serons gâtés. Peut-être même que les Jacobins ne s'arrêteront pas en si bon chemin.

Loin de leur apporter le repos, la nuit qui suivit fut pour les deux captives un interminable carrousel de cauchemars. Elles s'éveillaient en sursaut, regardaient passer entre les rangées de prisonniers des soldats tenant une lanterne qu'ils approchaient parfois d'un visage. A l'aube, elles étaient sur pied pour la soupe, jambes molles et reins moulus. Hyvernat, venu leur rendre visite, leur annonça que le « spectacle » était pour dix heures et qu'elles ne pouvaient s'y soustraire, pas plus que les autres prisonniers.

— Vous êtes les seules femmes, leur dit-il. Je me demande encore ce que vous êtes allées foutre dans cette galère !

Dix heures sonnant à l'unique cloche — les autres avaient été fondues pour l'armée — les prisonniers, autour desquels se pressait peu à peu une foule silencieuse, furent conduits au pied de l'échafaud, face à la Garde nationale et à la troupe. Dans le groupe des condamnés que l'on amenait entre deux haies de gendarmes, les deux sœurs reconnurent Audin, qui fanfaronnait, Lafon, accablé comme un atlante sous le poids de la fatalité, Pradeloux qui paraissait à chaque pas sur le point de s'effondrer dans la boue neigeuse. Les deux autres, Mathieu et Bunisset — deux paysans de la montagne — elles ne les avaient jamais rencontrés. Le roulement des tambours parut se répercuter contre le ciel de fer, au-dessus d'une population muette et sans joie.

— Ne regardons pas, dit Marion. Moi, je ne m'en sens pas la force.

Diane la prit contre elle, abrita son visage sous son châle de laine. D'un œil froid, jusqu'au bout, elle assista aux exécutions ; elles n'avaient rien du « spectacle » dont avait parlé Hyvernat, tant chacune était rapide. Seul, Audin tenta de haranguer la foule, mais les caisses couvrirent sa voix et celle de sa femme qui hurlait son nom derrière les baïonnettes croisées de la garde. Penché au-dessus de l'échafaud, Lafon sembla s'entretenir avec son chien, qui jappait lamentablement et se réfugia sous l'édifice d'où, le couperet ayant tranché la tête de son maître, il ressortit couvert de sang. Pour les autres, tout se passa en un clin d'œil, comme si le bourreau Foussart et son épouse eussent été pressés d'en finir face à cette foule amorphe.

— Le supplice est terminé, dit Diane. Dieu merci, ils ont tous fini courageusement.

— Ce bruit du couperet, dit Marion, il me semble que je l'entendrai toute ma vie.

Le silence était oppressant ; il semblait porter un gros orage fait de clameurs contenues, de haines inexprimées. Sans le grondement des tambours, il eût été insupportable, d'autant que le ciel de neige laissait descendre insensiblement son dais funèbre au ras des toitures, libérant des flocons rares, lourds comme des larmes.

Le chariot qui transportait le corps des victimes, suivi de la veuve d'Audin que deux paysans soutenaient par les aisselles et du chien de Lafon, s'achemina vers le cimetière, tandis que l'on groupait les prisonniers en contrebas de la place, sur le chemin d'Ussel où les attendaient des gendarmes et un détachement du régiment venu de Bort. Le cortège traversa des villages déserts, portes et fenêtres fermées sous la neige qui tomba dru tout l'après-midi. Ce silence, ces demeures closes ne laissaient pas d'inquiéter la troupe. Dans plusieurs communes, et notamment à Bugeat et à Égletons, la bataille du puy Roudeix avait déclenché un réflexe de terreur et d'agressivité. Aux entrées des agglomérations, les soldats et les gendarmes mettaient l'arme au poing et serraient les dents.

Le cortège arriva à Ussel au soir tombant, sous la pluie qui, le temps ayant molli, succédait à la neige. Les prisonniers furent conduits au couvent des Ursulines, car la « pension Bronde », où Ambroise de Marsanges avait passé ses derniers jours, était comble.

Le lendemain, les interrogatoires d'identité débutaient sous la conduite d'Antoine Delmas. Menés tambour battant, ils prenaient fin deux jours plus tard. Les hommes seraient incarcérés à Ussel et les deux captives acheminées sur le château de Saint-Angel qui servait de prison à quelques aristocrates en jupons et à des religieuses.

On accédait au sommet de l'éminence, coiffée d'une colossale et sinistre basilique flanquée du château, par une large montée pavée de blocs disjoints, recouverte d'une neige glacée. Des forêts de chênes et de hêtres moutonnaient autour du piton, jusqu'aux confins de l'Auvergne écrasée par un ciel de suie. Bien qu'il n'y eût sur le parvis trace d'aucun instrument de supplice, Diane ne put s'empêcher de murmurer :

— Eh bien, voici notre Golgotha.

Elle ajouta, en prenant la main de Marion qui chancelait de fatigue :

— Ma petite sœur, ce soir, c'est Noël. T'en souviens-tu ?

Profitant d'une accalmie, Florent conduisit Félix en carriole à Tulle où Mme Brival, dans une lettre émouvante, réclamait la présence de son petit-fils. Il avait décidé de remonter jusqu'à Saint-

Angel où il comptait remettre à ses maîtresses l'argent nécessaire à payer gardien et nourriture et les voir si le règlement ne l'interdisait pas.

Agathe Brival s'était démenée pour faire libérer les deux sœurs. Jumel et Lanot, qui ne se quittaient plus et ne dessoûlaient pas, lui riaient au nez ; le Comité de surveillance se déclara incompétent, de même que le Tribunal criminel, l'affaire à laquelle elles étaient mêlées étant du ressort du district d'Ussel. Elle parvint à joindre un ami de son fils, le Conventionnel Jean-Augustin Pénières, adversaire farouche de Jumel, qui, depuis la chute et la condamnation des Girondins, s'abstenait de siéger à l'Assemblée : il répondit qu'il n'avait aucun pouvoir en la matière et qu'en intervenant il risquait de se compromettre inutilement. Chaque jour elle écrivait à son fils ; il lui répondait qu'il prendrait en main cette affaire à sa prochaine mission en Corrèze, mais qu'il était déjà intervenu pour qu'on épargnât la vie des deux captives, malgré les soupçons qu'il risquait d'attirer sur sa personne.

La vieille dame couvrit Félix de baisers, le gava de friandises, complimenta Florent pour la fidélité qu'il témoignait à ses maîtres et insista pour qu'il acceptât de prendre un pistolet et quelques amorces, qu'il se hâta d'aller jeter dans la Corrèze pour ne pas risquer lui-même la prison. En revanche, elle faillit se fâcher lorsque l'adolescent lui donna les consignes à observer pour les soins destinés à Félix — ses méthodes à elle valaient bien celles que prônaient les éducateurs modernes !

Florent s'arrêta pour la nuit à Ussel, couchant dans la carriole pour économiser quelques sous. Le matin, il se rendit chez Manon qu'il trouva à sa table de toilette, en train de se faire une beauté après la visite du perruquier. Assise devant sa glace, elle enlevait, avec un petit couteau de toilette en or, la crème qui masquait son visage.

— Toi ! s'écria-t-elle. Mon petit Florent...

Elle l'embrassa à pleine bouche, laissant sur son visage des traces de cosmétique et une odeur de violette. Elle le fit asseoir près d'elle, sur la bergère et demanda à sa camériste, Victoire, une jeunesse de dix-huit ans, d'apporter pour son visiteur du café et des brioches.

— Je ne voudrais pas vous déranger, balbutia Florent. Je ne fais que passer. J'allais...

Elle protesta qu'il ne la dérangeait pas, lui demanda où il allait.

— A la prison de Saint-Angel. Mes maîtresses, Diane et Marion, y sont enfermées, suite à l'affaire de Meymac.

Manon hocha la tête pensivement. Elle était au courant de cet événement, des exécutions à la guillotine, de l'incarcération des filles d'Ambroise de Marsanges. Elle murmura :

— Diane... Marion... Elles ne me portent pas dans leur cœur et je dois reconnaître qu'elles ont des raisons pour cela. Elles n'ont jamais admis que je puisse éprouver pour leur père un sentiment sincère. Il était généreux avec moi — trop, sans doute — incapable d'un calcul, et moi je tâchais de lui rendre, en affection et en amour, l'équivalent de ses générosités. Quand tu reverras Diane et Marion, dis-leur... Et puis, non : ne leur dis rien. A quoi bon ?

Elle reprit, avec cette vivacité qui était un trait de son caractère :

— J'aimerais pourtant faire quelque chose pour ces malheureuses. Mais quoi ? On les a surprises en train de combattre contre les patriotes. Aujourd'hui, elles devraient avoir répondu de leurs actes avec Audin et ses complices. Qu'elles s'estiment satisfaites d'avoir été épargnées.

— Elles ne sont pas hors de danger. Selon Mme Brival, que j'ai rencontrée à Tulle, elles passeront devant le Tribunal révolutionnaire du département. Vous savez ce que cela signifie ?

— Certes... Certes..., soupira Manon. Il ouvre sur l'échafaud. C'est mon aide que tu es venu me demander, n'est-ce pas ?

Il opina et ajouta :

— Vous connaissez beaucoup de gens dans le district. Des gens influents. Alors, j'ai pensé...

Elle acheva de racler son emplâtre, posa ses mains à plat sur la coiffeuse et parut réfléchir intensément. Florent observait à la dérobée son profil un peu alourdi, mais encore joliment dessiné par un fil de lumière, sa poitrine généreuse à demi voilée d'un nuage de gaze. Il songeait avec émotion qu'il avait en face de lui l'égérie des patriotes d'Ussel, qui en avaient fait leur déesse Raison ; elle avait déjà paradé dans les fêtes civiques, trônant entre le maire et le président du club populaire, les seins nus, enveloppée d'une robe transparente, coiffée du bonnet rouge, un bouquet de fleurs et d'épis dans les bras, à ses pieds un groupe d'enfants vêtus de tuniques blanches. Les femmes d'Ussel la détestaient, l'appelant « l'Impudique », mais les hommes l'adoraient et voyaient en elle l'émanation d'une entité révolutionnaire qui donnait des ailes à leur imagination et une radieuse aura de confirmation à leurs idées.

— Eh bien, dit-elle brusquement, qu'attends-tu pour déjeuner ? Que tes brioches et ton café soient froids ? Et toi, Victoire, cesse de faire la bouche en cœur ! Ce garçon est trop jeune pour toi. Aide-moi plutôt à m'habiller. Je vais être en retard à la réception, et Jumel n'aime pas attendre. Florent, mon garçon, tourne-toi !

Florent obéit, attaqua les brioches fondantes et le café chaud. A leur odeur se mêlait un parfum de violette et de chair féminine qui le bouleversait. A plusieurs reprises, Victoire le frôla au passage, lui volant une bouchée de brioche ou une gorgée de café, s'excusant de ses privautés par une caresse et un sourire qui n'échappaient nullement à sa maîtresse.

— Tu peux te retourner, dit Manon.

Elle s'assit près de lui, prit ses mains entre les siennes, lui promit de parler à Jean-Charles Jumel des deux captives, se flattant d'obtenir, sinon leur libération, du moins une amélioration de leur sort. Elle ajouta :

— Attends mon retour. Tu es ici chez toi. Victoire se fera un plaisir de te tenir compagnie.

Il rougit, répondit en baissant les yeux qu'il devait partir, car il lui tardait de revoir ses maîtresses...

— Saint-Angel ? C'est à deux pas ! dit Manon en se levant. Viens coucher ici, la nuit prochaine. Tu seras mieux que dans ta carriole. Je te rendrai compte de ma démarche auprès de Jean-Charles. Tu pourras même peut-être le rencontrer, s'il accepte de dîner en tête à tête avec moi, en célibataire. Il a laissé à Tulle sa femme, cette godiche de Jeanne Peuch devenue la déesse Raison, mais qui, en fait de raison, en a autant qu'une perruche !

Elle pressa Florent contre sa poitrine, lui caressa les cheveux et lui glissa à l'oreille :

— Je m'occupe de ton affaire, mon chéri. A ce soir.

C'était lui, à n'en pas douter. L'imprudent...

Elles avaient commencé à s'endormir sur leur paillasse, serrées l'une contre l'autre, quand la sérénade avait commencé, discrète au point qu'il leur semblait tenir le premier fil d'un rêve. Le souffle suspendu, elles écoutaient cette musique nocturne qui semblait tomber des étoiles ou monter des étendues enneigées du plateau.

— C'est lui ! dit Marion. C'est Félicien ! Ça ne peut être que lui. Il est fou... Si le concierge et les gardes l'entendent, ils vont l'arrêter.

Elle se leva et, suivie de Diane, se dirigea à tâtons vers la fenêtre donnant sur la forêt. La nuit était si profonde qu'elles avaient du mal à distinguer les arbres du verger et le mur au-delà duquel commençait la montagne dont les crêtes se dessinaient confusément. Félicien devait se trouver au pied du mur d'enceinte, à l'extérieur. Enveloppées dans leur couverture, grelottantes de froid, elles écoutaient la frêle musique qui détaillait ses arabesques et, tantôt joyeuse, tantôt plaintive, semblait s'éteindre dans un murmure pour renaître comme une source, sans qu'elles puissent reconnaître une amorce de mélodie, quelque thème concerté. Les yeux clos, Marion se souvenait des mots qu'il lui avait dits à l'oreille, lors de la nuit tragique du puy Roudeix, alors qu'il se serrait contre elle pour la réchauffer. Il égrenait ses phrases comme s'il improvisait les paroles d'une chanson destinée à elle seule ; il avait cherché sa bouche, et elle ne la lui avait pas refusée. Elle n'avait jamais connu un homme et celui-ci la troublait, comme il avait naguère troublé Estelle ; s'ils avaient été seuls, elle lui aurait donné plus encore.

Elles revinrent se coucher, les yeux humides, le cœur léger. Cette musique leur disait d'espérer, qu'on les aimait et qu'on attendait leur délivrance.

— C'est pour toi qu'il est venu, dit Diane. Ce garçon t'aime d'amour, ma petite sœur.

Marion se serra contre elle et l'embrassa fiévreusement : elle ne savait pas si elle aimait Félicien, si elle l'aimait d'amour ; elle était comme devant une porte qui s'ouvrait lentement sur de la chaleur et de la lumière.

A peine avaient-elles achevé leur soupe de midi, un bruit de dispute retentit dans la cour, au seuil de l'escalier central. L'oreille collée à la porte, elles reconnurent la voix du gardien, répercutée en échos profonds. Il paraissait s'opposer à une visite : pour une Ursuline ? pour une aristocrate ? Elles n'auraient su le dire, mais une autre voix, qui était celle de Florent, s'éleva :

— Diane ! Marion ! C'est moi, Florent. On me refuse l'entrée.

Les visites étaient interdites pour les captives au secret, et elles étaient les seules, les autres étant libres de vaquer dans l'enceinte du château ; elles les regardaient courir dans le verger, sous leur fenêtre, jouer au volant ou à la balle, danser sur l'air de flûte dont jouait une jeune Ursuline. Pour elles, qui n'avaient pas le droit de communiquer avec quiconque, c'était le silence d'une cellule exiguë, qui avait été autrefois une cuisine aux murs léchés de suie, d'où suintaient encore des odeurs de graillon.

Marion voulut répondre à Florent, mais Diane l'obligea à se taire, de crainte des représailles. Une récente rébellion leur avait valu la privation de pain durant trois jours, avec la menace des fers et de la fosse en cas de récidive.

Quelques minutes plus tard, le gardien ouvrait leur porte, jetait dans la cellule un paquet et une lettre.

— J'aurais dû vous confisquer cet envoi, dit-il d'un ton rogue. Ce godelureau qui prétend se nommer Florent voulait à tout prix vous voir. S'il n'avait pas été aussi jeune, je l'aurais bouclé.

Diane se jeta sur la lettre. Elle lui donnait des nouvelles de Félix, relatait la mise sous séquestre, l'éviction du château, le repli sur la ferme du Pradeloux, annonçait la disparition de Louis-Amour que Sauviat avait travestie en désertion, faisait état des démarches de Mme Brival...

— Dieu soit loué ! soupira-t-elle. Ils sont moins malheureux que je le craignais.

— Le gardien a ouvert le paquet, constata Marion. Le bandit ! Il a dû faire main basse sur les provisions et sur l'argent. Il ne reste que des assignats. Cela nous permettra au moins de survivre quelques jours.

— Foutre de foutre ! gronda jovialement Jean-Charles Jumel, voilà un gaillard qui n'a pas froid au yeux et qui a la langue bien pendue. Par le Père Duchesne, mon saint patron, il attendrirait mon compère Lanot en personne, et même le bourreau !

Florent, atterré, se tassa dans son fauteuil pour se protéger de la bourrasque verbale. Jumel le dominait de sa haute taille, gesticulait en brandissant sa « trique patriotique » dont il ne se séparait pas plus que Jupiter de ses foudres. Le visage long et maigre, ombré d'une barbe mal rasée, à reflets bleus, paraissait surgir d'une scène de cauchemar, avec ses lèvres épaisses et ses yeux pétillants d'une intelligence diabolique. Un magnétisme maléfique émanait de sa personne toujours en mouvement et de son verbe de tribun populaire. Il paraissait se délecter de la terreur qu'il inspirait à cet adolescent dont les mains tremblaient sur la dentelle de l'accoudoir.

Face à ce sinistre histrion, Florent avait débité sa requête d'une traite, comme s'il l'avait apprise par cœur. Auparavant, Manon lui avait conseillé de ne pas provoquer son invité : c'était un homme redoutable et tout-puissant.

— Sacré garnement ! poursuivit Jumel. Le lait lui barbouille encore le museau et il veut refaire le monde ! Foutre de foutre ! Pour qui te prends-tu, chenapan ? Quelle idée de vouloir interrompre le cours de la justice souveraine ? Es-tu bon patriote, au moins ?

Florent lui montra la cocarde que Manon lui avait épinglée à la boutonnière et répondit d'une voix brisée :

— Je le suis ! Vive la République !

— Imposteur ! tonna Jumel. Bougre d'impertinent ! Si tu étais un vrai patriote, tu serais aux armées, en train de poursuivre ces culs blancs d'impériaux au lieu de te faire le défenseur de la contre-révolution. Graine de Vendéen !

Manon posa sa jolie main sur la manche de Jumel et intervint en riant :

— Voyons, Jean-Charles, Florent est encore un enfant. Cesse de le tourmenter et de jouer les croquemitaines. Si tous les conspirateurs étaient comme lui tu pourrais dormir sur tes deux oreilles.

Jumel bougonna, s'administra une généreuse prise de tabac, fit tonner des éternuements jupitériens et, se laissant tomber dans la bergère, grogna :

— Foutus solliciteurs ! J'en reçois une dizaine chaque jour. Ils viennent pleurer à ma porte comme si j'étais l'être suprême ou quelque fabricateur de miracles. Bon... Bon... Nous verrons ce que nous pouvons faire pour ces deux garces. Je ne te promets rien, mais Jumel, malgré les apparences, est un bon bougre. Allons, galopin, serre-moi la main et file dare-dare avant que je change d'avis !

— Merci, monsieur, bredouilla Florent. Vous êtes bien aimable.

— On m'appelle citoyen ! tonna Jumel. Tu entends, tête de bois, graine d'aristocrate ! Citoyen et pas monsieur. Et tout le monde doit me tutoyer, même des morveux de ton espèce.

Il éclata d'un rire torrentiel.

— Foutre de foutre ! Tu entends, Manon ? C'est bien la première fois qu'on me dit que je suis aimable...

Florent soupa à la cuisine en compagnie de Victoire qui allait et venait entre ses fourneaux et le petit salon où la table était dressée. Par la porte ouverte lui venaient les bribes d'une conversation animée, parfois tonitruante, lorsque le vicaire de l'évêque Joseph Brival y allait d'une de ses colères puissantes et ordurières.

Jumel parla longuement de la « grande ribote » qui, quelques mois auparavant, avait marqué l'échange de prisonniers politiques entre Tulle et Limoges où régnait son homologue, qu'il appelait « compère Lunette ». Transportés sous la pluie et le froid dans des charrettes découvertes, les malheureux avaient dû essuyer les injures et les lazzis de la populace, assister, en guise de bienvenue, dans chacune des villes, à des exécutions capitales. A Tulle, Jumel avait mené la farandole et allumé des feux de joie, s'arrêtant avec son collègue de Limoges pour boire dans tous les cabarets de la ville.

Il s'était mis en tête de passer la nuit avec Manon, mais elle le mit dehors, non sans quelques égards. Quand il eut pris congé, elle ouvrit la fenêtre et secoua son mouchoir pour dissiper les odeurs *sui generis* qui prolongeaient la présence de l'énergumène.

— Ce bonhomme est écœurant, dit-elle. Quand je pense qu'il a été l'ami de l'abbé Grégoire et du journaliste Hébert, rédacteur du *Père Duchesne*, je me dis que la Révolution est tombée bien bas alors qu'elle avait plané si haut. J'ai les oreilles rebattues de ses « bougre » et de ses « foutre » ! De plus, il boit comme un templier. Trois bouteilles de vin à lui tout seul... Si je ne l'avais pas invité à partir, il aurait attaqué la quatrième. Entendez-le frapper aux portes avec son gourdin et chanter ses chansons obscènes !

Elle demanda à Victoire de l'aider à se déshabiller tandis que Florent desservirait la table et ferait la vaisselle.

Pour avoir bu une demi-bouteille d'un vin corsé du bas pays et mangé plus que de coutume, Florent se sentait la tête lourde. Il s'acquitta néanmoins de sa tâche avec bonne humeur puis, ayant présenté ses civilités à son hôtesse, alla se coucher dans une soupente où la servante lui avait installé une paillasse.

Il venait à peine de s'endormir lorsque Victoire, une chandelle à la main, se glissa dans ses draps.

— Que fais-tu ? protesta-t-il. Tu n'as donc pas de lit ?

Elle ne put se retenir de rire de l'innocent.

— Si fait, mais il est froid, et le tien est chaud. Tu veux bien me réchauffer, dis ?

— Et si ta maîtresse nous surprenait ?

— Elle dort déjà et ne se réveillera qu'avec le jour. Je ne lui dirai rien, c'est promis. Te voilà rassuré ? D'ailleurs, que faisons-nous de mal ?

Il suffoqua en constatant qu'elle était nue lorsqu'elle se retourna pour souffler la chandelle. Il la reçut contre lui, frémissante, à la fois fraîche et moite, et respira avec délices dans son cou l'effluve d'un parfum qu'elle avait volé à sa maîtresse. Il aurait souhaité éviter son contact, mais le mur l'empêchait de reculer et elle le poussait à son extrême limite en se trémoussant, son petit derrière nerveux contre le ventre de Florent.

Elle se retourna brusquement, lui demanda si « c'était la première fois ». Il répondit par un « oui » timide, la questionna pour savoir si elle aussi... Elle pouffa, puis soupira :

— Oui, c'est la première fois... depuis hier.

Elle ajouta :

— Tu vas être sage et me laisser faire. Ça sera facile. Je constate que tu as de bonnes dispositions...

Lorsque Florent se leva, le lit était vide à ses côtés et Victoire était déjà à ses fourneaux, en train de préparer les déjeuners. L'odeur du café frais se mêlait au parfum opiacé de chair et de musc qu'elle avait laissé dans les draps. Il gardait un souvenir confus des événements de la nuit ; ils lui paraissaient s'extraire d'une tourbe de rêves agités qui se défaisaient comme des nuages traversés de fulgurances. « Ainsi, se disait-il, c'est cela qu'on appelle amour ! » Il lui restait de cette confusion d'étreintes, de désirs éclatés, de langueurs bienheureuses, un souvenir de plus en plus précis qu'il s'attachait, les yeux clos, à recomposer pour tâcher d'en déduire une cohérence qui le fuyait sans cesse : il n'admettait pas qu'il n'y eût pas de logique dans le plaisir, simplement un processus inéluctable qui, par un subtil crescendo, conduit à la délicieuse déchirure. Il lui importait peu d'être délivré d'une innocence qui ne l'avait guère tourmenté, d'avoir accès à un autre monde que celui, borné, de l'enfance. Il venait de découvrir une source à laquelle, il le devinait, il boirait souvent.

— Tu restes dîner ! décréta Manon. Ce que tu m'as dit de Louis-Amour m'a troublée. Je veux en avoir le cœur net et savoir s'il a vraiment déserté après s'être conduit courageusement. Je vais t'amener un nommé Vergne, que tout le monde ici connaît sous le nom de Tarabastout, lieutenant au troisième bataillon de la Corrèze, actuellement en permission. Il doit être au courant.

Manon revint peu avant midi en compagnie d'un colosse au verbe haut, à la moustache brûlée par le tabac, qui portait encore son uniforme de volontaire, avec une cocarde bien en évidence sur le chapeau. Assis en face de Florent, il tira une pipe d'Allemagne au fourneau en porcelaine, décoré de scènes rustiques, et se mit à fumer, renversé dans le fauteuil. Il dit d'une voix habituée au commandement, qu'il s'efforçait de rendre amicale :

— La citoyenne Troubady m'a informé de ton problème. J'ai bien connu le caporal Marsanges. Au début de la campagne, il était aussi courageux qu'un lapin de garenne. Pour le jardinage, d'accord ! Il faisait pousser des légumes dans les fossés de Landau pour le général « Ventre-à-terre », et il s'y entendait, le bougre. Mais pour la riflette, bernique ! La moindre pétarade le faisait détaler. Il a participé à deux ou trois de nos douze sorties contre les impériaux de Knoberzdorff. Fallait l'avoir à l'œil pour qu'il prenne pas la tangente. Faut dire aussi qu'il a pas volé ses galons de caporal : faire prisonnier un de ces jean-foutre de Condéens, et un lieutenant s'il te plaît, chapeau ! En le ramenant à la citadelle, on aurait dit qu'il revenait des champignons. Tranquille comme Baptiste, et pas fier ! Il s'est piqué au jeu, le bougre. Il était le premier à prendre son biscaïen pour courir aux remparts. Quand Hoche nous a débloqués, nous sommes restés quelques semaines de plus à Landau, et ensuite, en avant à travers le Palatinat, dans une demi-brigade sous les ordres de Treich et de Delmas. Nous avons chassé les Autrichiens de Schweigenheim, occupé Walsheim et Neusdorf, flanqué la pile aux Impériaux devant Spire et Mannheim. Mais là, mon garçon, notre compagnie est tombée sur un bec et nous y avons laissé des plumes. Le caporal Marsanges est resté dans une embuscade, blessé au bras, et fait prisonnier. Ça, je peux l'affirmer : je l'ai vu de mes propres yeux et je pourrai en témoigner. Ceux qui disent qu'il est passé à l'ennemi en ont menti ! Il était pas très causant, ce foutu ci-devant, pas porté sur la bouteille ni sur les femmes, mais, tu vois, je l'aimais bien.

— Savez-vous où il se trouve ? demanda Florent.

— Va savoir ! On dit que les patriotes prisonniers ont été embarqués pour les cinq cents diables : à Wessel, en Prusse, je crois bien. La guerre finie, tu le verras revenir avec le grade de sergent, quelques médailles en plus et quelques kilos de lard en moins.

Entre deux bouffées de sa pipe qui puait le tabac militaire, Tarabastout avalait une gorgée de vin et se torchait la moustache d'un revers de poignet. Il parla du siège interminable de Landau par les Impériaux : cent cinquante-quatre jours, ponctués de bombardements et d'attaques, toujours sur le qui-vive.

Tarabastout parla de Bellegarde, dont Florent et Manon entendaient le nom pour la première fois. C'est lui qui avait mis au pillage le château de ses maîtres, à Seilhac. Il avait un grain de folie. En apprenant la mort du roi, il s'était mis en tête d'aller délivrer la reine dans sa prison du Temple et de lui demander la main de la dauphine dont il était amoureux. Treich l'avait fait fusiller.

Le lieutenant Tarabastout se leva après avoir séché son troisième verre. Il en était à son premier jour de permission et il avait rendez-vous avec des amis autour d'une chopine.

— Citoyen lieutenant, dit Manon, tu rends un fameux service à mon protégé, mais ce serait mieux encore si tu pouvais nous faire un mot d'écrit pour certifier ton témoignage.

Tarabastout se frotta la moustache d'un air embarrassé et avoua qu'il ne savait pas écrire.

— Peu importe, dit Manon. Florent écrira pour toi et tu n'auras qu'à signer.

Florent rédigea et lut à haute voix le témoignage que le lieutenant approuva en hochant la tête. Il dessina d'un gros trait d'encre un T majuscule orné d'une petite fleur.

— Celui qui contestera ce témoignage, dit-il, tu me l'envoies. Si je ne sais pas écrire, je sais me servir de mes poings...

Il éclata de rire, pelota hardiment Manon qui le laissa faire, et ajouta :

— ... de mes mains aussi, citoyenne. Salut, fiston, et bonne chance !

La journée étant trop avancée après le départ du lieutenant, Manon décida Florent à rester encore une nuit chez elle. Elle n'eut aucune peine à le convaincre — il se sentait fondre de bonheur.

Lorsque sa maîtresse se fut retirée, Victoire lui dit :

— Cette fois, inutile de faire des manières. Nous coucherons dans mon lit. Ta paillasse est trop dure pour moi. Nous serons seuls. Ma maîtresse soupe en ville avec l'agent national Jos Redon, qu'on appelle « Marat ». Elle rentrera tard.

Ils firent une dînette d'amoureux, folâtrèrent dans la baignoire — un luxe que Manon devait à l'un de ses « protecteurs » — et restèrent un moment enlacés devant la fenêtre, à regarder en silence la neige tomber dans la clarté du réverbère. Une patrouille passa entre les sillons marqués par les roues des voitures, puis un groupe de noctambules ivres qui tanguaient en se tenant aux épaules, d'un bord à l'autre de la chaussée.

— Je croyais qu'on manquait de vin, à Ussel, dit Florent.

— On manque de tout, mais si tu fais briller un peu de métal au creux de ta main, tu as tout ce qui te fait plaisir. On emprisonne les fraudeurs une journée ou deux, on leur impose une amende, mais, une fois libérés, ils recommencent. Le petit peuple, lui, crève de faim. Si je n'apportais pas à ma famille les restes des repas, ce serait la famine. A l'hôpital, les vieux meurent comme des mouches et l'hospice est plein de mendiants.

Elle ajouta vivement en se plaquant contre lui :

— Oublions ça et allons nous coucher. J'ai envie de faire l'amour. Tu es un élève doué. Je sens que tu vas vite profiter de mes leçons.

Ils s'endormirent tard dans la nuit. La lumière d'une chandelle les réveilla. Manon se tenait debout au pied du lit, enveloppée de sa cape scintillante de neige.

— Eh bien, mes enfants, dit-elle en souriant, il semble que vous vous soyez donné du bon temps en mon absence...

— C'était pour nous réchauffer... bredouilla Florent.

Manon éclata de rire et Victoire lui fit écho.

— Ne t'excuse pas, dit-elle. Si vous êtes heureux ensemble, tant mieux. Ce n'est pas moi qui vous en tiendrai rigueur. Mes petits, si vous saviez comme vous êtes beaux... On dirait une couvée d'oisillons.

Victoire allait se lever pour aider sa maîtresse à se préparer pour la nuit. Manon la retint : elle le ferait seule. Elle les embrassa sur le front et disparut.

Victoire accompagna Florent jusqu'à la carriole, caressa l'encolure de Socrate, dont un voisin de Manon avait pris soin. Elle demanda à Florent s'il reviendrait. Il répondit :

— Dès que possible. Ta maîtresse m'a dit que je revienne quand je voudrais. Mais je ne veux pas abuser de son hospitalité et j'ai beaucoup à faire à Marsanges.

— Si tu ne reviens pas, j'irai moi-même te voir, et gare à toi !

En cours de route, Florent fit honneur aux victuailles que la servante avait déposées dans un petit panier d'osier, avec un billet écrit d'une main malhabile pour lui dire qu'elle l'aimait. Il n'aurait pu en dire autant, car elle ne lui avait donné que du plaisir ; l'amour ne prend naissance que dans l'épreuve, mais il ne le savait pas encore. En revanche, il se sentait une grosse passion pour le pain blanc et la brioche, dont il avait été si longtemps privé.

Mme Brival lui fit une scène lorsqu'il vint reprendre Félix. L'enfant était heureux avec elle ; il ne manquait de rien ; Flavie le menait en promenade deux fois par jour le long de la Corrèze ; les deux vieux chats ne le quittaient plus et se laissaient caresser par ses petites mains sans sortir leurs griffes. Alors, demandait Mme Brival, pourquoi le ramener dans le désert de Marsanges, lui faire subir les affres d'un interminable hiver, alors qu'à Tulle il ne manquait de rien ?

— Excusez-moi, madame, dit Florent, mais on me l'a confié, et je dois le reprendre.

— Il est constamment en danger, à Marsanges, avec cette brute jacobine de Sauviat !

— C'est ici qu'il est en danger, madame. Si les patriotes se mettaient dans l'idée de vous ramener en prison...

— Petit impertinent ! Sache que jamais mon fils ne le permettra ! Laisse-moi mon chérubin...

— Non, madame.

— Eh bien, essaie de me le prendre pour voir !

Malgré Flavie qui lui arrachait les vêtements au fur et à mesure qu'il les rassemblait, Florent se mit en devoir d'habiller Félix qui lui faisait fête et répétait :

— Socrate... Je veux Socrate et Angélique...

— Vous voyez, madame, dit Florent, Marsanges lui manque. Ne m'en veuillez pas ; je dois tenir ma promesse, mais je reviendrai bientôt.

Florent partit à l'aube pour la montagne et arriva au soir tombant, dans une splendide fête de nuages couleur de giroflée. Angélique avait entendu les grelots du collier et l'attendait sur le pas de la porte. Elle embrassa Félix avec effusion, l'examina comme s'il revenait d'un monde dangereux. Elle tendit les bras vers le château et dit simplement :

— Ils sont là.

Le portail était ouvert. Une charrette attelée de deux bœufs occupait le centre de la cour, encore chargée de meubles. Des lumières scintillaient aux fenêtres dont on avait poussé les volets.

Sur le seuil, Sauviat faisait des gestes ; on entendait sa voix qui donnait des ordres.

Il n'avait pas perdu de temps.

16.

L'AMIE DES DERNIERS JOURS

Été 1794 : Paris.

La nuit n'apportait qu'un semblant de fraîcheur, malgré les grands arbres et les espaces ouvrant sur des jardins fatigués par les ardeurs de l'été. Le soir tombé, les rumeurs changeaient de nature : elles se faisaient moins intenses, plus assourdies, comme si la ville s'enveloppait d'un drap pour s'endormir. Tout autour de la prison du Luxembourg, les immeubles jouaient aux montagnes, avec des pics, des vallées, des effets de neige lorsque, sur les toitures, apparaissait la lune. Chaque soir, leur souper achevé, les gardiens se réunissaient sous les fenêtres de la cellule occupée par Hyacinthe et ses codétenus ; ils posaient leurs piques contre le mur, s'asseyaient en compagnie du vieux concierge, Benoît, pour taper la carte autour de quelques chopines de vin et d'une chandelle.

Les nuits étaient calmes. Peu après le couvre-feu, des pas furtifs et des ombres discrètes animaient les couloirs tandis que les gardiens, ayant fumé leur dernière pipe et vidé un ultime godet, retrouvaient leur paillasse.

Éros menait la danse. Des relations nouées le jour trouvaient leur conclusion dans l'ombre des cellules. La prison était devenue un champ d'intrigues. De quoi parlait-on ? De complots contre la République, qui se tramaient en sourdine, de la fête de l'Être Suprême qui s'était déroulée sur le Champ-de-Mars, autour de l'arbre de la Liberté, devant cent mille Parisiens groupés face au grand prêtre Robespierre, de la mort de Cécile Renaud qui avait tenté d'assassiner le tyran... Ces événements perçaient les murs du Luxembourg comme des bruits venus d'une autre planète, et peu de détenus y étaient attentifs. On préférait papoter sur les rapports entre Mme de D... et M. de S..., sur Unetelle qui faisait des folies de son corps, ou sur tel autre qui payait fort cher les complaisances d'une hétaïre adolescente.

Hyacinthe ne se mêlait aux autres détenus que pour des parties de cartes qui pouvaient durer des nuits entières et se déroulaient dans un cabinet exigu, à l'insu des gardiens, qui, d'ailleurs, moyennant une obole, n'y trouvaient rien à redire.

Il se retrouvait dans un petit cercle de gens de bonne compagnie, des ci-devant pour la plupart, et souvent de grandes familles, auxquels se mêlaient parfois des femmes et un banquier nommé Worms, qui avait pris Hyacinthe en amitié. C'était pour Hyacinthe, avec la lecture des *Mémoires et aventures d'un homme de qualité,* de l'abbé Prévost, la seule distraction. Il gagnait ainsi l'argent qui lui permettait de payer les gardiens, sa subsistance et les cigares qu'il avait appris à fumer, plus par désœuvrement que par goût. Le reste de l'argent qu'il gagnait, il le laissait sur la table de jeu, et Worms en faisait souvent son profit.

Abandonné par sa femme qui avait demandé le divorce pour échapper à la prison, le banquier avait d'abord trouvé un refuge serein dans l'honorable maison de santé du Dr Belhomme, qui était en fait un lupanar toléré par le régime, certains membres corrompus de la police et du gouvernement y trouvant leur compte. Cet asile fermé à la suite d'une mesure de rigueur de la Convention, Worms avait connu la prison des Madelonnettes, faubourg du Temple, dont le concierge, un certain Vaubertrand, n'avait rien d'un cerbère : la vie y était douce ; on y jouait aux bouts-rimés, on y donnait des concerts en quatuor d'œuvres de Pleyel ; on recevait femme ou maîtresse. En revanche, la promiscuité avec les faux-monnayeurs — les « pailleux » — et des escrocs de toutes sortes, était insupportable au banquier. Aussi est-ce avec un soupir de soulagement qu'il avait appris, en même temps que la mise sous séquestre de ses biens, son transfert dans la plus « muscadine » des prisons : celle du Luxembourg ; elle était mieux fréquentée, encore que les pensionnaires en fussent recrutés parmi les plus méprisants et les plus ridicules des ci-devant, qui le traitaient comme un vulgaire valet.

Outre Hyacinthe, la cellule dans laquelle Worms avait échoué était occupée par deux autres prisonniers que l'on ne voyait qu'au souper, occupés qu'ils étaient, durant toute la journée, à jouer au ballon en complotant avec un mystérieux baron de Batz, quand ils ne courtisaient pas la veuve fortunée ou la demoiselle solitaire.

Hyacinthe avait considéré sans plaisir ce gros homme à moitié chauve, taciturne, vêtu d'un habit élégant mais fripé à la suite de ses pérégrinations involontaires, dans lequel il transpirait de façon abominable. Ils avaient mis, l'un et l'autre, du temps à nouer des relations confiantes. Worms recevait chaque jour ou presque la visite d'un ancien commis avec lequel, par habitude plus que par nécessité, il s'entretenait du cours de l'assignat, du numéraire, des valeurs mobilières, des subsistances, ainsi que des problèmes de change, de reports, de circulation fiduciaire, d'effets de commerce et d'effets publics. Le commis reparti, le banquier se retirait sur un coin de pelouse, à l'ombre d'un tilleul, pour se livrer à ses calculs dérisoires.

Hyacinthe s'assit un jour auprès de lui pour satisfaire sa curiosité. Worms lui montra les feuillets recouverts de chiffres, qu'il roulait et déroulait comme l'ange du Jugement.

— Sans les chiffres, dit-il, je suis un homme mort. Je sais que je finirai sur la guillotine, ce qui arrangera certains de mes créanciers, mais, avant de mourir, il faudra que je m'informe des cours de la Bourse. Cette passion, mon jeune ami, a nourri mon existence, et seule la mort pourra m'en délivrer. Vous, à ce que j'ai cru comprendre, c'est la lecture ?

— Une passion ? Certes non. Un simple passe-temps. J'aurais aimé lire Voltaire et Rousseau, mais je n'ai sous la main que les fadaises de l'abbé Prévost.

Ils firent quelques pas dans l'allée. Hyacinthe dit à son compagnon :

— Je vous ai vu ce matin parler avec Boyenval. Méfiez-vous : c'est une « basse mouche ». Il soutire aux détenus des confidences en vue de démontrer qu'il se trame un complot et de justifier éventuellement des mesures de représailles. Prenez garde aussi au porte-clés Vernet et à Beausire : ce sont ses complices, délateurs de profession.

— Merci, jeune homme, soupira le banquier. Vous me rendez un signalé service. Je suis d'un naturel naïf pour ce qui n'est pas l'argent.

Worms se laissa aller aux confidences. Il avoua qu'il avait, avant la Révolution, quelque peu agioté avec un ecclésiastique, l'abbé comte d'Espagnac (« un pays à vous, Marsanges : il est de Brive, en Corrèze »), ainsi qu'avec les ministres Calonne et Loménie, dans le cadre de la Compagnie des Indes. La Révolution ayant éclaté, d'Espagnac s'était mis à trafiquer nourriture et fournitures de guerre avec Dumouriez, en Belgique, ce qui lui avait valu d'être jeté en prison. Worms, son correspondant à Paris, avait accepté de participer à des opérations de plus grande envergure avec le baron de Batz qu'il retrouvait dans un entourage de jolies femmes et de parlementaires corrompus, à son ermitage de Charonne. En revanche, Worms avait refusé de tremper dans l'absurde conspiration de cet aventurier de Batz, visant à faire évader la reine. « Cette opération, dite “ conspiration des œillets ”, dit Worms, dégageait un drôle de relent... »

Autour d'eux, dans l'allée où ils cheminaient en devisant, des dames jouaient au volant, au diabolo, à l'émigrette[1] ou se promenaient sous leurs ombrelles.

— Si j'en suis là, malgré l'honnêteté que chacun me reconnaît, dit le banquier, ce n'est pas en raison de mes opinions, que j'ai toujours gardées prudemment par-devers moi. J'ai d'ailleurs en poche un certificat de civisme. Mais voilà : mes affaires étant prospères, j'avais amassé une fortune de deux cent mille livres et acquis quelques immeubles dans Paris. D'autre part, certains honorables Conventionnels et ministres ont trouvé astucieux d'éponger leurs dettes en fermant mon établissement. La fortune est considérée comme une tare. Barrère l'a dit : « Le commerce est usuraire, monarchique et contre-révolutionnaire. » On ne veut laisser subsister en France qu'une population de paysans et de soldats. La République, dit-on, n'a besoin ni de savants, ni de littérateurs ni d'artistes. C'est un crime que d'avoir du talent et de l'esprit ; vous êtes suspect si vous ne parlez pas le langage des « tape-dur » et des « tricoteuses ». Promenez-vous dans Paris avec un costume élégant et l'on vous couvrira de sarcasmes. Il faut, pour éviter les ennuis, apprendre les usages et porter les vêtements des galériens : carmagnole, bonnet rouge et sabots. C'est pourquoi, mon jeune ami, je n'éprouve aucune tristesse à me retrouver en prison, aussi « muscadine » soit-elle, et d'y vivre avec quelques personnes de bonne compagnie, comme vous. On aurait pu m'enfermer au Plessis ou à Bicêtre, avec pour compagnons des faussaires ou des criminels. Dieu soit loué ! ici on ne respire pas l'ordure. Pour être heureux, il ne me manque que mes registres et l'odeur de mon cabinet.

Sollicité par le banquier de raconter à son tour les conditions de son arrestation, Hyacinthe relata son odyssée, depuis les fastes du Palais-Royal. Il était l'heure de souper qu'ils bavardaient encore.

— Il est un nom que je vous souhaite de ne jamais entendre, dit

1. Ancêtre du yo-yo.

Hyacinthe : celui de « Conciergerie ». C'est là que siège le Tribunal révolutionnaire présidé par Fouquier-Tinville. Autant dire que ce lieu sinistre est l'antichambre de la mort.

— Ces centaines de cadavres de suppliciés, demanda le banquier, qu'en fait-on ? On dit que certains quartiers proches des cimetières commencent à puer et que l'on y vit sous la menace d'une épidémie.

— On les entasse dans des fosses communes, à Picpus et ailleurs. Paris devient un gigantesque charnier, et la Révolution devrait crever de cette pourriture s'il y a une justice divine. Le peuple se bouche les narines et commence à murmurer. Les exécutions ne font plus recette. Où est-il le temps où il fallait payer quatorze sous pour une place assise, sur les murs des Tuileries ? Pour nous, personne ne se déplacera.

Hyacinthe poursuivit d'un ton jovial :

— Monsieur Worms, je suis heureux de cet entretien. Nous allons le prolonger si vous voulez bien. Ce soir, vous êtes mon invité. Je ferai venir un poulet froid et une bouteille de bon vin.

— Vous êtes bien aimable, monsieur de Marsanges, mais j'ai pris l'habitude de me nourrir, comme Pythagore, de pain et d'eau claire. Il avait en plus les olives. Je souhaitais, au temps de ma liberté, perdre du poids. Voici mon vœu exaucé au-delà de toute espérance.

Christine de Montel n'avait pas vingt ans, mais on l'appelait « madame ». Cette chanoinesse encore dans sa fleur avait échoué à la prison du Luxembourg à la suite d'une longue odyssée de misère qui, à l'aube de la Terreur, l'avait jetée hors du monastère d' « En-bas », à Montmartre, pour la promener de refuges en prisons à travers la tempête de la Révolution. Cette barque frêle évoluait dans l'ombre d'un gros navire encalminé, dont les pires gros temps n'auraient pu tirer le moindre sursaut : l'abbesse, Mme de Montmartre.

La cellule qu'elles occupaient était voisine de celle de Hyacinthe ; on y faisait parfois brûler de l'encens, moins pour rappeler l'atmosphère des offices que pour dissiper les mauvaises odeurs, l'abbesse étant incontinente et pour ainsi dire grabataire. Marie-Louise de Montmorency-Laval, personne de haut lignage, avait connu l'époque folle où, sur la colline aux moulins, on donnait des feux d'artifice pour saluer les nouvelles venues, où l'on organisait des sauteries pour les officiers, où la crosse d'or massif au poing, elle bénissait les novices issues des plus grandes familles du royaume.

Hyacinthe prenait parfois plaisir à regarder Christine de Montel tricoter des chaussettes de laine pour l'abbesse qui avait toujours froid aux pieds, commenter pour elle les événements de la prison et de l'extérieur. Mme de Montmartre était aveugle et quasiment sourde, ce qui avait fait dire à l'accusateur public, au moment de son arrestation, qu'elle avait conspiré « sourdement et aveuglément » contre la République.

Un matin où la jeune chanoinesse cueillait quelques roses flétries dans le jardin pour l'abbesse, Hyacinthe l'aborda alors qu'elle suçait son pouce blessé par une épine.

— Je vais vous aider, dit-il. J'aime les roses, moi aussi.

Elle leva vers lui ses yeux couleur de morelle noire et un visage chiffonné qui semblait avoir perdu l'habitude du sourire. Petite, menue, coiffée d'une chevelure lisse et brune nouée sur la nuque par un ruban, elle ressemblait davantage à une servante qu'à une chanoinesse. Elle accepta d'un signe de tête.

— Trois ou quatre fleurs suffiront, monsieur, dit-elle. Pour Mme de Montmartre, seul compte le parfum. L'odorat est un des rares sens qui lui soient fidèles.

— Votre doigt... dit-il. Il saigne vraiment. Vous devriez prendre garde. On peut mourir d'une piqûre de rose.

— Je n'ai pas de mouchoir, mais c'est peu de chose. Ce n'est sûrement pas de cela que je mourrai.

Il sortit son mouchoir de sa poche, l'entortilla autour du pouce blessé.

— Merci, monsieur, dit-elle en rougissant. Je vous le rendrai demain, tout propre.

Le lendemain, alors qu'elle s'engageait dans le couloir menant à la fontaine, il l'arrêta au passage.

— Bonjour, monsieur, dit-elle. J'allais nettoyer votre mouchoir pour vous le rendre.

— Vous pouvez le garder, dit-il. J'en ai plusieurs.

Elle hésita à reprendre le mouchoir, accepta, le plaça dans sa ceinture. Il lui proposa d'aller cueillir quelques roses. Elle refusa.

— Pas tous les jours, monsieur. Demain, peut-être...

— Quel poète a écrit : « *Mignonne, allons voir si la rose...* »

— Pierre de Ronsard. Je connais ce poème par cœur. Il est très beau.

— Vous vous intéressez donc à la poésie ?

— Oui, monsieur. En ce moment, je suis en train de traduire *les*

Géorgiques de Virgile, bien que je n'aie guère le cœur à étudier ce genre d'ouvrage. J'ignore si j'aurai le temps de le terminer, avant...

— Taisez-vous ! dit-il en posant ses mains sur les frêles épaules de Christine. La Révolution ne guillotine pas les abbesses et les chanoinesses. Ne parlez plus jamais de la mort en ma présence, je vous prie. C'est d'ailleurs interdit. Vous me devez un gage.

Il ajouta, devant l'émotion qui empourprait les joues de Christine :

— Ne croyez pas à quelque fade galanterie de ma part. J'aimerais que vous me lisiez quelques passages du livre que vous traduisez. Ce n'est pas un gage trop sévère, vous voyez...

Elle sourit, rougit de nouveau. Elle ne pouvait rien décider sans demander son avis à Mme de Montmartre, mais cette requête ne lui paraissait pas saugrenue ou audacieuse. Ils firent quelques pas dans le couloir sous les regards narquois des prisonniers et des gardiens qui traînaient leurs sabots ferrés sur les dalles.

Elle accepta, en marchant, de lui raconter les événements qui l'avaient conduite à cette prison.

Dernière fille d'une famille nombreuse de Picardie que la Révolution avait fait éclater, elle avait été confiée au chapitre noble de l'abbaye de Montmartre, où elle avait prononcé des vœux simples ; elle récitait l'office. La Révolution les ayant chassées de leur établissement, les moniales s'étaient dispersées, certaines acceptant le serment civique, d'autres, les obstinées dont elle était, refusant le parjure et contraintes de disparaître. Une longue et périlleuse errance avait alors commencé pour l'abbesse et la chanoinesse qui refusait de la quitter. De bonnes âmes les avaient abritées ; des délateurs les avaient livrées au Comité de sûreté générale qui les avait jetées dans la prison de Saint-Lazare, puis au Luxembourg.

— Nous menions chez les lazaristes, dit Christine, une existence plus conforme à notre vocation et à nos ambitions. Nous acceptions nos épreuves : la faim, la promiscuité, les injures et les mauvais traitements comme un don de la Providence destiné à nous mettre à l'épreuve. Ici, la vie est trop facile. Sans la souffrance, nous ne sommes plus rien : perdues pour Dieu. Le plus navrant, c'est que nous acceptons cette condition privilégiée sans nous rebeller. Il est plus difficile de se défendre de la douceur des choses que d'accepter les sacrifices. Fort heureusement, le Seigneur veille et hâtera notre fin.

Il ne put réprimer un mouvement de colère.

— Je vous défends de désespérer, Christine.

Elle se rebiffa.

— Qui vous dit que je désespère ? S'il en était ainsi, croyez-vous que j'aurais le cœur de traduire Virgile ? Et puis, monsieur, je vous en conjure, ne m'appelez pas Christine, mais madame ou, si vous préférez, comtesse. Malgré les apparences, je suis encore en religion.

— Pardonnez-moi, madame ! Et moi qui allais vous proposer de m'appeler par mon prénom : Hyacinthe ! Je vous dois un aveu, mais ne le prenez pas en mauvaise part : depuis que je vous connais j'ai une féroce envie de vivre.

— N'en dites pas plus, monsieur. Je n'ai pas le droit de vous écouter et vos propos ne me font aucun bien.

— Nous reverrons-nous ?

— A moins d'être aveugle comme ma sainte mère ou de fermer les yeux, cela me semble inévitable.

Hyacinthe passa la journée à se morfondre.

Une première lettre d'Adélaïde, qui signait prudemment de ses initiales, lui apporta un précieux dérivatif. Elle avait pu quitter Paris avec un passeport en bonne et due forme et un certificat de civisme que son époux était parvenu à lui procurer. Malgré son déguisement de bourgeoise, elle avait été arrêtée et questionnée par les sectionnaires des Invalides au moment de prendre le coche d'eau qui la conduisait en Normandie. Elle lui disait que la vie était difficile sans lui ; il était sa dernière passion ; s'ils ne devaient plus se revoir, son existence serait achevée. Elle terminait sa lettre par un joli dessin de chaumière dans un cadre bocager. Le feuillet qu'il respira avait son parfum ; il l'embrassa et le glissa contre sa poitrine.

— Vous avez de la chance de recevoir des nouvelles, soupira Worms. Mon correspondant — ce commis qui venait chaque jour ou presque — renonce à me rendre visite sous prétexte qu'il est surveillé par la police. Me voilà pauvre comme Job, dépouillé même de mes illusions. Ce qu'il m'a dit, ce matin, n'est pas fait pour me réjouir : mon transfert à la Conciergerie ne serait qu'une question de jours.

— Il court beaucoup de rumeurs, dit Hyacinthe pour le rassurer, mais elles sont rarement fondées. Si j'en crois Boyenval, je suis moi-même en danger de transfert, et vous conviendrez que je ne m'en porte pas plus mal. S'il vous faut votre ration de nouvelles, les gazettes ne manquent pas. Demandez qu'on vous les prête.

— Ce n'est pas la même chose. Avec le refus de mon commis de me rendre visite, c'est un dernier lien avec le monde extérieur qui vient de se rompre. Je me sens seul comme un Samoyède sur sa banquise.

— Allons, secouez-vous et n'oubliez pas que vous avez en moi un ami. Nous irons faire une partie de cartes, cela vous changera les idées. Pour vous divertir, je vous montrerai quelques tours de tricherie.

L'après-midi, des sectionnaires vinrent réclamer des prisonniers pour la Conciergerie. Il y eut des cris, des effusions de larmes, des résistances désespérées. Quand le convoi se fut retiré, Hyacinthe bondit dans la cellule des moniales. Elles étaient toujours là. En voyant ses traits altérés, la chanoinesse s'étonna.

— J'ai craint, dit-il, que vous soyez de cette charrette. Dieu merci, il n'en est rien.

— Ne vous réjouissez pas trop vite : ce n'est que partie remise.

Elle ajouta :

— Mme de Montmartre aimerait vous parler. Entrez donc, monsieur.

Le parfum des roses se mêlait à celui de l'encens, qui achevait de brûler dans une coupelle, et à une odeur douceâtre, indéfinissable, un peu écœurante. Hyacinthe s'approcha lentement, s'assit sur l'escabeau que la jeune fille lui désignait, en face de l'abbesse qui occupait un large fauteuil de bois. Sous le simple fichu qui l'enveloppait, le visage large et gras, d'une blancheur d'ivoire, était parfaitement inexpressif ; les yeux morts fixaient le mur opposé ; emmitouflée d'une pèlerine noire malgré la chaleur, le corps adipeux se tassait sur lui-même, difforme, montagne de chair majestueuse sous la défroque roturière, figé dans une agonie immobile ; les mains étaient encore belles, nettes comme celles d'une statue, avec, à la dextre, une grosse agate joliment veinée et sertie d'or.

Christine fit signe au visiteur de baiser la main de l'abbesse, ce qu'il fit. Elle lui recommanda de parler distinctement, et le plus près possible de son oreille.

— Mon fils, dit Mme de Montmartre, je vous sais gré de vous intéresser au sort d'humbles servantes du Seigneur, à deux brebis promises au sacrifice. Nous sommes bien seules dans cette sentine de vices où chacun semble avoir oublié son salut éternel. Je n'en ressens aucune acrimonie. Pour les prisonniers, le plaisir est le compagnon des derniers jours, et il est plus séduisant que la religion. Pourquoi leur en voudrais-je ? Comment ceux qui ont consumé dans le péché la majeure partie de leur existence pourraient-ils se tourner vers Dieu lorsque leurs jours sont comptés sans paraître lâches et opportunistes ? De toute manière, ils ont rendez-vous avec Dieu au pied de l'échafaud.

La voix était agréable, bien timbrée, avec de petites fioritures aux entournures des phrases, comme une musique discrète. L'abbesse était pareille à ces statues d'Égypte qui, à l'aube, chantent leur hymne au soleil.

— Ma petite sœur, dit-elle, m'a fait part de votre désir de prendre connaissance de son travail. Vous vous intéressez donc aux poètes latins ?

— Une belle œuvre est une consolation, ma mère, dit Hyacinthe. Elle nous rapproche de la perfection des sentiments, et donc de Dieu.

— Alors, je ne puis vous refuser cette consolation. Ma petite sœur, avez-vous achevé la traduction du poème sur les abeilles que vous avez commencé à me lire ce matin ?

Elle avait presque achevé, mais elle avait encore besoin de la science de l'abbesse, car elle achoppait à certains termes.

— Vous me comblez ! dit Hyacinthe en faisant un demi-mensonge. Mon frère Louis-Amour et moi sommes passionnés par les abeilles. Nous avons des ruches sur le plateau de Millevaches, en Limousin.

Christine prit son cahier, l'ouvrit sur ses genoux et commença sa lecture d'une voix nette et forte :

— « *Il faut chercher pour les abeilles un endroit...* »

— C'est un « séjour » qu'il faut écrire, dit l'abbesse. Cela convient mieux pour les abeilles.

— « *... un séjour et une habitation d'où n'approchent pas les vents qui les empêchent de transporter chez elles leur butin...* »

Les yeux fermés, le souffle suspendu, Hyacinthe revoyait Louis-Amour arpentant à la belle saison les solitudes du Longeyroux, surveillant les allées et venues des travailleuses, agenouillé devant les ruches comme devant un tabernacle, évitant de faire des gestes brusques et de parler fort. Il disait : « Les abeilles me connaissent et m'aiment. Elles ont confiance en moi car elles savent que je ne leur ferai pas de mal... » Il aurait pu parler de ses « amies » durant des heures. Où était-il, à présent, Louis-Amour ? Où étaient François,

Diane et tous les autres ? Comment vivaient-ils, dans le bel été de Marsanges, ceux qui étaient restés au pays ?

Il constata qu'il n'avait pas suivi la lecture et qu'il pleurait. Christine, en s'interrompant, lui tendit le mouchoir qu'il lui avait donné la veille.

— Cela vous a-t-il plu ? demanda l'abbesse. Encore quelques corrections et cette traduction sera parfaite. Merci de l'avoir écoutée. Aimer les belles choses, c'est aimer Dieu. Revenez nous rendre visite quand vous voudrez. Vous serez toujours le bienvenu.

Dans la semaine qui suivit, Hyacinthe reçut deux nouvelles lettres d'Adélaïde, auxquelles il répondit en la priant de lui donner seulement, par précaution, des nouvelles de sa santé et d'envoyer les plis ouverts. Il lui parla avec effusion de Christine de Montel dont la rigueur et la pureté le fascinaient, et dont il rêvait de faire « son amie des derniers jours ». Il rêvait d'un « compagnonnage séraphique », ajoutait-il. Elle ne fut pas jalouse de cette liaison qui n'était pas une tocade et elle lui répondit : « *Mon ami, que l'amitié de cette enfant soit un baume pour ton cœur. S'il y a entre vous un peu plus que de l'amitié, que pourrais-je y trouver à redire ? Dans l'incertitude où tu es de ton sort, la moindre passion est bonne à prendre. Ne laisse rien échapper des joies de l'existence que le destin pourrait encore te ménager...* »

Plus que de l'amitié... Adélaïde le voyait déjà embarqué pour une nouvelle aventure, alors qu'il n'en était qu'à respirer les effluves d'une présence immatérielle.

Il lui répondit : « *Il est hasardeux de parler de sentiments entre Christine de Montel et moi. De liaison moins encore. Je n'arrive pas à imaginer son corps, et moins encore à le désirer. Cette fille est un ange. Comment pourrais-je m'éprendre d'un ange ? Le sybarite que je suis y répugne, mais, en même temps, souhaite s'abreuver à cette fontaine de pureté. De quelle étrange obsession suis-je l'objet, mon amie ? Est-ce le pressentiment de ma fin prochaine qui m'exonère des plaisirs vulgaires pour mieux me donner l'avant-goût du paradis ?* »

Un soir, à quelques jours de l'entrevue avec Mme de Montmartre, Christine et Hyacinthe se retrouvèrent sous un arbre du jardin : une faveur qu'il lui avait demandée, persuadé qu'elle la lui refuserait. Elle vint avec une chandelle et un cahier contenant une liasse de feuillets. Une légère ondée avait ravivé les odeurs de fleurs et de verdure, donné du brillant aux feuillages poussiéreux et rafraîchi l'atmosphère.

Il lui fit une place sur sa couverture, près de lui.

— J'allais me retirer, dit-il. J'ai pensé que vous aviez réfléchi et que vous ne viendriez pas.

— Et pourquoi donc ? répliqua-t-elle vivement. Ne vous l'avais-je pas promis ?

— Mme de Montmartre aurait pu vous l'interdire.

Elle parut se troubler, se débattre entre mensonge et vérité. Elle choisit de dire la vérité.

— Ma mère me l'aurait sûrement interdit. J'ai attendu qu'elle dorme pour sortir. Demain, je lui dirai tout et je ferai pénitence. Le mensonge m'est insupportable.

Elle poursuivit gaiement :

— J'ai beaucoup travaillé en trois jours. Ma traduction est presque achevée. J'en suis à la légende d'Aristée. Voulez-vous que je vous en lise quelques passages ?

Il n'osa lui avouer qu'il se moquait de Virgile, de cet Aristée dont il entendait le nom pour la première fois, que ce qu'il avait souhaité avant tout c'était sa présence, là, au cœur de la nuit. Sa présence et le son de sa voix. S'il le lui avait dit, il l'aurait perdue.

Sèche dans les relations banales, la voix de la petite chanoinesse prenait, dans la lecture de Virgile, un ton feutré, émollient, coloré, qui faisait de la moindre phrase une traduction séduisante de la réalité, donnait à la cadence une apparence de mélodie, faisait se lever sur les collines sèches et les bois profonds de l'Hellade un vertige d'odeurs.

Avant d'en avoir terminé avec la fable d'Aristée, Christine referma le cahier et soupira :

— Je sens que je vous ennuie. Restons-en là. Je vous dois la vérité à vous aussi, à vous surtout. J'avais envie de me retrouver seule avec vous, mais il me fallait un prétexte. Alors, Virgile...

— Ce bon Virgile ! Il m'ennuie, mais je l'adore.

Elle se laissa embrasser la main.

— Moi aussi, dit-il, j'avais très envie de vous revoir seule. Je n'ai pensé durant toute la journée qu'à ce rendez-vous. Ne vous méprenez pas sur mes intentions ! Je ne désire nullement vous séduire. Ni le temps ni le lieu ne sont propices à une telle entreprise. En d'autres circonstances, je n'aurais eu de cesse de vaincre vos réticences et de faire de vous ma maîtresse. Et là, maintenant, je n'aspire qu'à votre présence. Je ne me reconnais plus, moi pour qui les femmes n'ont été, à de rares exceptions près, que des compagnes de plaisir. Comment expliquez-vous cela ?

— Par la grâce. Ma mère vous l'a dit l'autre jour : Dieu est en vous, mais vous ne soupçonniez pas sa présence. J'ai la fatuité de penser que c'est moi qui vous l'ai révélée.

— Sans doute y a-t-il pénétré par effraction, mais ce n'est pas sa présence qui me transforme : c'est la vôtre, Christine.

Elle frémit en entendant son nom mais renonça à le sermonner : il y avait si longtemps qu'elle ne l'avait entendu et il faisait remonter en elle d'intenses images de bonheur.

— Je vous ai promis la vérité, dit-elle, et je vous la dois toute, quoi qu'il m'en coûte. J'ai suivi, depuis que nous nous connaissons, le chemin inverse du vôtre. Vous êtes venu vers moi du fond de vos turpitudes et moi du sommet de ma pureté. Nous sommes là tous deux, seuls, et vous ne pensez qu'à écouter ma voix, à sonder le fond de mon âme, alors que moi...

— Poursuivez, Christine. Que ressentez-vous ?

Elle se raidit, comme pour comprimer en elle une vérité qui l'oppressait.

— ... alors que moi j'ai envie que vous me serriez contre vous, que vous m'embrassiez, que vous me disiez à l'oreille les mots qu'on lit dans les romans interdits. Vous avez éveillé ma chair, Hyacinthe, et maintenant elle brûle.

Elle lui prit les mains, les porta à ses lèvres, les fit glisser contre son visage.

— Je vous aime, ajouta-t-elle. Si vous saviez comme je vous aime ! Demain, je dirai tout à ma mère. Elle m'imposera une pénitence, mais me pardonnera. Elle connaît le monde et ses pièges. L'aveu me sera léger, parce que je n'ai pas le sentiment d'avoir fauté contre la religion à laquelle je suis vouée. M'aimez-vous aussi, Hyacinthe ?

Il retira ses mains avec brusquerie.

— Je l'ignore, dit-il. Vous êtes dans l'état que je me refusais à moi-même ou que quelque chose en moi m'interdisait. Peut-être cette grâce dont vous parliez. Comprenez-moi, Christine : je n'ai pas envie de vous, mais d'être avec vous. Je ne sais si le désir pourrait naître un jour entre nous, mais je sais qu'il me plairait de partager votre existence.

Il lui prit le visage entre ses mains, murmura :

— Faisons-nous une promesse : si votre Dieu, auquel le cynique

que je suis ne croit guère, fait que nous soyons libres à la fin de nos épreuves, retrouvons-nous, jetons, vous votre habit, moi ma défroque de libertin et partageons tout. Êtes-vous prête à ce sacrifice ?

— J'y consens, dit-elle. Ce n'est pas être infidèle à Dieu que d'aimer dans le siècle, à condition d'être sincère. Dieu aime les cœurs purs.

Elle ajouta d'une voix fiévreuse :

— Embrassez-moi, mon ami, je vous en conjure. Embrassez-moi comme si j'étais votre épouse charnelle.

Elle souffla la chandelle et ils s'étreignirent en silence, mêlant leurs lèvres et leurs souffles. Il lui parla des deux amours qui avaient compté dans sa vie : celui de la petite prostituée, Estelle, morte il ne savait comment, loin de lui, sur le plateau de Millevaches, et celui d'Adélaïde, qui se survivait dans une belle amitié.

— Nous avons fait un long chemin pour venir l'un vers l'autre, dit-elle, mais nous nous sommes enfin rencontrés. Dieu veuille que nous ne nous quittions plus.

Dans les jours qui suivirent, le régime des prisonniers se durcit. Les nouvelles qui filtraient de l'extérieur, de plus en plus rares et incertaines, n'étaient guère rassurantes. La loi votée par la Convention à l'intention du tout-puissant Comité de salut public et du Tribunal révolutionnaire, laissait les pleins pouvoirs à ces deux organismes; ils décrétaient de suspiscion les citoyens qui avaient apparence de conspirateurs ou d'accapareurs, les menaient à la prison puis à la guillotine, dédaignant la plupart du temps de les entendre et de les faire assister par un avocat. Les exécutions se poursuivaient et s'accéléraient sur un tel rythme que l'odeur des charniers empestait de plus belle et que l'on avait jugé prudent de déplacer la guillotine et les lieux d'inhumation vers des endroits plus éloignés du centre de la capitale.

De nouveaux prisonniers affluaient au Luxembourg et dans les autres lieux de détention, encombraient les cellules et les jardins, s'entassaient dans les pas perdus. En un peu plus d'un mois, le couperet avait tranché près de mille quatre cents têtes, rien que dans Paris. « Elles tombent, ricanait Fouquier-Tinville, comme des ardoises. »

Redoutant des complots, les gardiens avaient reçu la consigne de fouiller les prisonniers, d'interdire les visites et la correspondance. La nourriture, qui était mauvaise, devint infecte et insuffisante.

Cette recrudescence de la Terreur était d'autant plus surprenante que les armées de la République triomphaient aux frontières du nord et de l'est. Jourdan battait Cobourg à Fleurus; Pichegru prenait Ostende; les Impériaux se retiraient vers Bruxelles sous les coups de boutoir de l'armée de Sambre-et-Meuse.

Worms, qui avait quelque idée de la situation par la lecture assidue des gazettes, prévoyait un véritable holocauste de suspects.

— Robespierre, expliquait-il, vit dans la hantise d'un complot destiné à ruiner son œuvre. Il veut épurer la Convention de tous les tièdes, mais aussi de tous ceux qui veulent aller plus loin encore dans la Terreur. Cette attitude équivoque le perdra. Ajoutez à cela la famine qui accable Paris et la haine de la province pour les représentants du peuple en mission. Cent livres en assignats ne valent plus que trente-quatre livres-or. On fait queue pour rien et on pille les boutiques. La guillotine est devenue un objet de répulsion pour le peuple.

Il reprenait :

— Ce que je ne comprends pas c'est comment ce pays ruiné, asservi, travaillé sans relâche par des rébellions, des complots, des conflits parlementaires, arrive à imposer sa loi aux armées de toute l'Europe!

Un matin de la mi-juillet, il vint, les traits altérés, à la rencontre de Hyacinthe qui cueillait des roses en compagnie de la jeune chanoinesse. Il prit les mains de son compagnon de cellule, le fixa d'un regard avivé par les larmes et lui dit :

— Mon ami, je viens vous faire mes adieux. Mon nom est sur la liste du jour. On me transfère à la Conciergerie. Sachez que votre amitié m'a été précieuse et que ma dernière pensée sera pour vous.

Ils s'étreignirent. Worms s'opposa à ce que Hyacinthe l'accompagnât jusqu'aux pas perdus où on l'attendait. Il n'y avait pas eu de procès; le Tribunal révolutionnaire, débordé, jugeait maintenant par groupes.

— Bientôt, dit Christine, ce sera mon tour, le vôtre peut-être. J'aimerais que nous partions ensemble.

Elle n'attendit pas longtemps. Le lendemain, on appelait les ci-devant Marie-Louise de Montmorency-Laval et Christine de Montel. Pour Hyacinthe, ce fut comme un trait de foudre. A l'énoncé de la nouvelle par Christine, il s'abattit sur sa paillasse et sombra dans une nuit profonde, brouillée de lueurs tragiques. Lorsqu'il reprit connaissance, Christine était près de lui et souriait.

— Je vous croyais plus courageux, dit-elle. Regardez : je ne pleure pas. Ma mère l'abbesse est aux anges. Vous l'entendez ? Elle chante des cantiques ! Allons, mon ami, reprenez-vous. Notre aventure aura été de courte durée, mais elle est la dernière joie de mon existence. Je me repens d'avoir souhaité que nous montions ensemble à l'échafaud. Quelque chose me dit que vous survivrez à cette hécatombe.

Elle lui secoua l'épaule.

— Eh bien, monsieur de Marsanges, vous ne dites rien ? Vous n'aurez pas un mot pour votre bien-aimée ?

Il voulut la prendre dans ses bras, mais elle le repoussa doucement.

— Non, mon ami. Ne nous laissons pas aller aux attendrissements. Ne m'accompagnez pas. Je ne suis pas sûre de pouvoir résister au désespoir, le moment venu de mourir. Lorsque le bourreau me couchera sur la planche, c'est à vous que je penserai, je vous le promets. A Dieu et à vous, mon amour.

Lâchement, il suivit le conseil de Christine et se recoucha, la gorge sèche, les oreilles bourdonnantes. Les cantiques de l'abbesse que l'on traînait péniblement le long du couloir décroissaient, mêlés au bruit sec des sabots, aux lamentations des prisonniers, aux injonctions brutales des gardiens pressés d'en finir. Un peu plus tard, quand la charrette eut disparu, Hyacinthe découvrit à son chevet le mouchoir où se marquaient encore des traces de sang, le cahier des *Géorgiques* et un billet griffonné d'une écriture hâtive et nerveuse : « *C'est le seul héritage que je vous lègue. Il n'en est pas de plus misérable : trois gouttes de sang mêlées à vos larmes, quelques pauvres feuillets... Cela suffira-t-il à vous faire souvenir de cette enfant que vous avez éveillée à l'amour et qui a succombé à la haine ? Adieu.* » Elle avait signé de son nom : « *Christine de Montel, ci-devant chanoinesse du couvent d'En-bas, à Montmartre, fidèle servante du Seigneur.* »

De nouveaux détenus étaient venus prendre, le jour même de leur départ, la place de Worms et des autres occupants de la cellule. Il y avait là un cardeur de laine un peu trop bavard, un perruquier un peu trop taciturne, un vieillard tremblotant et baveux, un petit nobliau qui jouait les muscadins et plaisantait avec les gardiens et un commis de boucherie. « D'entre tous, se disait Hyacinthe, quel est le mouton ? » Il y en avait un, certainement, comme parmi les prisonniers qui avaient précédé ce nouveau contingent. Tassé contre le mur, enfoncé dans sa peine, il ne répondait qu'évasivement ou pas du tout aux questions que les uns et les autres lui posaient sur le mode de vie de cette prison, si bien qu'on finit par croire qu'il était malade et par le laisser en paix.

Ils avaient été arrêtés, disaient-ils, sur dénonciation et pour des fautes vénielles : l'un avait déclaré, étant ivre, que la République était une garce ; un autre avait été trouvé porteur d'un pistolet devant le domicile d'un Conventionnel ; le troisième avait fait le coup de poing contre des sectionnaires ivres qui l'avaient pris à partie sur sa mauvaise mine ; le vieillard, lui, ignorait pourquoi il se trouvait là. C'étaient les mêmes délits, à peu de chose près, que pour la plupart de ceux qui venaient d'être livrés à Fouquier-Tinville et à la « veuve ».

On était à la mi-juillet, sur la fin du mois de messidor. Une chaleur brutale étreignait la ville qui ne commençait à vivre qu'à la nuit tombante. Parfois, on voyait passer dans le ciel des aérostats lumineux et multicolores, lents comme des cygnes, qui faisaient des grâces majestueuses avant de disparaître derrière la crête des immeubles.

Hyacinthe était assis sous un tilleul de l'allée, à même la pelouse, en train de lire la traduction de Virgile qui l'ennuyait, mais à travers laquelle il retrouvait la présence de Christine, quand une silhouette se dressa devant lui, entre ombre et soleil. Le détenu ôta son chapeau, dit : « Permettez ? » et s'assit.

— Citoyen Marsanges, dit le prisonnier, je n'ai pas le plaisir de te connaître. Nous sommes nombreux dans cette prison et n'avons guère le goût d'y nouer des relations, sachant combien elles seraient précaires. Mon nom est Laclos. Choderlos de Laclos. Vous connaissez mon frère.

Il parlait à voix basse en surveillant d'un regard furtif les promeneurs et en s'éventant avec son chapeau. Malgré la chaleur, il portait comme son frère un habit noir, une grosse cravate d'un blanc douteux, une minable petite perruque défrisée.

— As-tu des nouvelles de ton frère ? demanda Hyacinthe. J'ignore pour ma part ce qu'il est devenu.

— Il m'écrivait régulièrement jusqu'à ce que le régime de notre « pension » devienne ce qu'il est. Je le crois toujours détenu à Picpus, où il doit travailler à ses dossiers militaires. On ne l'inquiétera pas car il est utile au gouvernement et détient certains secrets compromettants pour quelques-uns de nos hommes politiques en vue. Il rédigeait la plupart des discours importants de Robespierre.

Hyacinthe ne put se retenir de rire.

— Je ne plaisante pas ! protesta Laclos. Si je te raconte cela, c'est que tu n'es pas une mouche.

— Pourquoi ton frère ne m'écrit-il pas ? Il doit pourtant savoir où me trouver.

— Il le sait, mais il sait aussi qu'avec les rumeurs de complots des prisons qui circulent, moins on se manifeste et plus on a des chances de s'en tirer. Sa femme m'a rendu visite récemment ; elle venait me porter des subsistances et des nouvelles. Elle avait un message à ton intention. Je résume : ne bouge pas le petit doigt, n'ouvre pas la bouche si ce n'est pour l'essentiel et n'écris à personne. Il se prépare une tourmente comme nous n'en avons jamais vu. Ceux qui survivront seront ceux qui auront su se faire oublier. Tant que Robespierre sera au pouvoir, tu ne risques rien.

Il ajouta en se levant, après avoir épousseté le fond de sa culotte :

— Tu ne m'as ni vu ni entendu. Oublie ma visite. Ne me salue pas si nous nous croisons. Regard bas et bouche cousue, c'est la consigne. Salut, citoyen, et bonne chance.

A trois jours de là, alors qu'il était occupé à sa toilette, Hyacinthe fut prévenu qu'il devait se préparer pour le grand départ. Il releva lentement la tête et se regarda blêmir dans le fragment de miroir fixé au mur. Membres tremblants et tempes bourdonnantes, une nausée aux lèvres, il s'accrocha des deux mains aux coins de la table pour ne pas s'effondrer. Peu courageux de nature, il répugnait à montrer sa faiblesse. « Souviens-toi de Christine, se dit-il. Elle est partie sans une larme, le sourire aux lèvres. Montre-toi digne d'elle. » Ce n'étaient que des mots et ils ne lui étaient d'aucun secours. L'entrevue avec le frère de Laclos lui revint à la mémoire : « Tant que Robespierre sera au pouvoir, tu ne risques rien. » Il était prêt, sur le moment, à croire à cette affirmation comme à un message de la Providence ; à présent il ne croyait plus à rien : Robespierre sévissait encore à la Convention.

La veille, dans une cellule voisine, il avait assisté à un spectacle qui lui avait donné des frissons. De jeunes nobles pris de boisson avaient improvisé une scène de mime à la lueur de chandelles posées à terre. Un jeune homme beau comme une fille, visage poudré, pommettes et lèvres fardées, évoquait par des attitudes apprêtées, des mines précieuses, la vie d'avant la tourmente révolutionnaire. Arrêté, jeté en prison, traîné dans un tribunal devant lequel gesticulait un accusateur public entièrement vêtu de noir, il s'entendit condamner à mort. La scène qui suivait était insoutenable : vêtu de sa culotte et de sa chemise, le jeune noble, mains liées dans le dos, recevait la bénédiction d'un prêtre et soudain, dans le silence pesant, s'abattit sur le lit en poussant un hurlement. Hyacinthe, revenu dans sa cellule, malade de peur, mit longtemps à s'endormir.

Le convoi composé d'une trentaine de détenus répartis dans trois charrettes, quitta le Luxembourg à la fin de la matinée, en direction de la Conciergerie.

Hyacinthe reconnut autour de lui un ci-devant duc de Noailles, un Cossé-Brissac, un d'Aguesseau, autant de personnages qu'il avait rencontrés au Palais-Royal. Ils étaient mêlés à des détenus de condition plus modeste.

Les charrettes roulaient à travers un Paris triste, sale, quasi désert à cause de la chaleur. On faisait queue aux portes des boulangeries, sous des ombrelles. Personne ne se retournait ; le passage des convois avait cessé d'être un spectacle, le « dépopulationnement » des prisons, comme on disait au tribunal, étant devenu un fait banal, sauf lorsqu'il s'y mêlait quelque personnage de première importance.

Par la cour de Mai donnant sur le boulevard du Palais, les prisonniers débouchèrent dans le greffe d'où, après une rapide vérification d'identité, ils furent conduits à leur lieu de détention. Pour y accéder, ils traversèrent un caravansérail immense et sombre où régnait une puanteur affreuse ; un bruit sourd, une lancinante clameur semblaient suinter des murailles et des voûtes, mêlés à des lamentations, aux cris des vendeurs de billets de loterie et de journaux, aux invites des prostituées, aux aboiements des chiens, aux annonces des marchands de boissons fraîches et aux lazzis des poissardes qui, assises sur de petits bancs, attendaient les nouvelles « fournées ». On entendait par instants, dans la salle d'audience, tonner une voix puissante : celle de l'accusateur public ou d'un de ses assesseurs.

Depuis le départ du Luxembourg, les prisonniers n'avaient pas échangé une parole ni même un regard. Une fois installés dans une immense salle voûtée avec toute la chiourme des autres détenus, Hyacinthe tenta de se rapprocher du duc de Noailles dont la famille, de vieille noblesse, avait ses racines au sud de la Corrèze. Le duc le rabroua :

— Jeune homme, j'ignore qui sont ces Marsanges dont vous

prétendez être, et je vous dirai franchement que je m'en fous, pour parler peuple. Ni vous ni moi ne reverrons notre domaine. Alors à quoi bon nous griser de nostalgies dérisoires ?

Dans la lumière blafarde, ce personnage ressemblait à un portrait de famille inachevé, par ses traits mous et sa perruque grisâtre. Hyacinthe n'insista pas, évita les autres, se débrouilla pour trouver une paillasse contre quelques livres en assignats qui lui restaient. Il goûta à peine à l'infâme brouet qu'on leur servit et dont un chien n'eût pas voulu, parlementa avec l'homme à la pique qui se tenait accoté contre une colonne en tirant sur sa bouffarde, afin de savoir à quelle heure avait lieu la promenade.

— Ici, répondit le gardien, tu n'es pas au Luxembourg. Les promenades se font dans les « voitures à Charlot » (je veux parler du bourreau, Charles Sanson). L'une d'elles t'amènera jusqu'à la place du Trône-Renversé où tu pourras baiser la « veuve ». Sois pas trop pressé, citoyen ! Ton tour viendra bien assez vite...

Hyacinthe se retira dans son coin, s'adossa contre la colonne sous laquelle il avait placé sa paillasse et son maigre bagage, et ouvrit sur ses genoux le cahier de Christine. Tout au long du trajet il avait songé qu'elle avait vu les mêmes rues, les mêmes maisons, la même foule indifférente, qu'elle avait subi la même promiscuité, respiré les mêmes miasmes, souffert la même angoisse.

Le gardien, qui ne l'avait pas quitté de l'œil, s'approcha, lui enleva le cahier des mains et le parcourut d'un œil morne.

— Ces écrits, dit-il, c'est quoi ?

— Des poèmes de Virgile.

— Ce Virgile ne me dit rien qui vaille. Ça pue la conspiration, tout ça. Virgile... Virgile... Nous avons à côté un autre écrivassier, un nommé André Chénier, qui est toujours en train d'écrire ses âneries. Si ton Virgile n'a pas encore été raccourci, il le sera sans tarder, foi de patriote ! En attendant ces écrits iront sur le bureau du citoyen accusateur public. Confisqués !

La rage au cœur, Hyacinthe le regarda partir avec le précieux dépôt.

— Jeune homme, dit le comte de Cossé-Brissac, vous avez commis une imprudence. La Révolution n'aime les écrivains et les poètes qu'à deux conditions : qu'ils soient serviles et médiocres. Quel que soit le prix que vous attachez à cet ouvrage, vous auriez dû — pardonnez-moi — le jeter aux tinettes. Désormais, il y a un nouveau motif de suspicion retenu contre vous.

— Et vous, monsieur le comte, dit Hyacinthe, de quoi vous accuse-t-on ?

— De m'appeler Cossé-Brissac et d'avoir des biens que l'on se hâtera de vendre à l'encan, si ce n'est déjà fait. Mais prenons garde. On nous observe.

La lecture du « journal du soir » était un moment bouleversant. Un magistrat à ceinture tricolore donnait lecture, dans la grande salle, de la liste des détenus dont le sort serait réglé le lendemain par le couperet. La voix, dans le silence oppressant, égrenait des noms. Hyacinthe entendit ceux de Noailles, de Cossé-Brissac, d'Aguesseau. Une boule d'angoisse au creux de la gorge, il attendit le sien, mais il ne vint pas. Autour de lui, des hommes pleuraient, s'agitaient fiévreusement, protestaient :

— De quoi m'accuse-t-on ? Je suis un bon patriote.

— Un acte d'accusation en blanc a suffi pour me condamner. Je vais écrire au président de la Convention !

— Mort aux tyrans ! Vive le roi Louis XVII !

« Une journée de grâce... », songea Hyacinthe en se laissant glisser le long de la colonne jusqu'à sa paillasse. Une journée à se morfondre, à écouter la rumeur d'enfer qui bourdonnait sous les voûtes, à regarder par les rares ouvertures les martinets tracer dans le ciel des images de liberté, à se torturer de récurrences fulgurantes où les visages de ses frères et de ses sœurs se mêlaient à ceux des femmes qu'il avait aimées, à regarder ces morts vivants qui l'entouraient graver leur nom sur les murs, à souhaiter, finalement, entendre le sien au « journal du soir »... Pour en finir.

Au troisième jour de sa détention à la Conciergerie, Hyacinthe subit l'interrogatoire de Fouquier-Tinville. Très vite, il dut admettre qu'il n'était rien, rien qu'un nom au milieu de milliers d'autres, un personnage sans la moindre importance, dont on avait hâte de se débarrasser pour faire place à un autre dans cette chiourme grouillante. Il comprit aussi qu'il ne fallait pas chercher à faire des phrases et à convaincre qui que ce soit, son sort étant décidé d'avance et la réquisition étant sans appel. S'il avait demandé un avocat on lui eût ri au nez et il n'aurait fait qu'aggraver son cas.

Fouquier-Tinville le regarda à peine. Il paraissait soucieux et las : vêtements fripés, épaules voûtées, démarche pesante, paupières rongées par les insomnies, la lueur des chandelles et l'abus du vin.

Hyacinthe Charles Marie, ci-devant vicomte de Marsanges, apprit qu'il était un conspirateur ennemi de la nation, complice des crimes du ci-devant prince Philippe d'Orléans et des émigrés, un pilier de lupanar et de tripot. Les jurés somnolaient ou regardaient d'un regard vide le plafond et les lambris.

Devinant que son sort était réglé, Hyacinthe tenta de protester pour réfuter globalement l'acte d'accusation et retarder le châtiment. Fouquier-Tinville le foudroya du regard et lâcha :

— Citoyen, la cause est entendue. A Sanson ! Au suivant...

Revenu à sa paillasse, Hyacinthe se sentait curieusement serein, détendu, comme délivré d'une oppression. Son corps s'était allégé, mais il avait du mal à faire fonctionner son esprit ; il était comme sur un nuage.

Après la lecture par le magistrat du « journal du soir », il parvint, en échange d'une bague en or — son dernier bien — à se faire servir un pain frais, une moitié de poulet et une bouteille de mauvais vin. Il soupa avec appétit, sombra dans un demi-sommeil agité de rêves et de cauchemars. A diverses reprises, il entendit, venant du dehors, des rumeurs de foule, des ordres militaires, des piétinements de patrouilles, tandis que des lueurs de torches et de lanternes balayaient le plafond.

Au petit jour, il se retrouva à sa toilette en compagnie d'un détenu dont il avait la veille, à diverses reprises, croisé le regard. Il lui semblait reconnaître un jeune journaliste d'il ne se souvenait plus quelle feuille, rencontré dans la salle de patience de Laclos, l'année précédente. Il paraissait avoir son âge et faisait partie de la même charrette à destination de l'échafaud.

— Citoyen Marsanges, dit le journaliste, je te reconnais. Qui aurait dit, lorsque nous nous sommes rencontrés au Palais-Égalité, que nous mourrions tous deux ensemble ? Ma faute est d'avoir protesté lorsque des sans-culottes sont venus saccager mon imprimerie. A en croire mes accusateurs, j'aurais dû les aider ! Et toi ?

— Oh, moi... Je suis l'objet d'une kyrielle d'accusations dont certaines, j'en ai conscience, sont fondées, mais qu'en d'autres temps je n'aurais payées que d'une peine de prison.

Hyacinthe ajouta :

— Crois-tu que ce soit pour ce matin ?

Le journaliste essuya son visage ruisselant avec son mouchoir. Il raconta qu'il n'avait pas fermé l'œil de la nuit et avait profité de l'absence de son gardien pour prendre un peu de mouvement à travers la prison. Il avait parcouru sans éveiller l'attention salles, couloirs et galeries, écouté aux portes, entendu des propos qui lui avaient mis du baume au cœur.

— Ça va très mal, dit-il. Déjà, les jours derniers, je sentais monter l'orage. Tous ces discours à la Convention, au Comité de sûreté, au Conseil général de la Commune, ces injures, ces menaces qu'on s'envoyait comme des gifles, tout cela sentait la débâcle du régime. La République est ébranlée comme un volcan qui va vomir sa lave. Ça pue le soufre. L'explosion est proche, si elle n'a pas déjà eu lieu. Qu'elle éclate aujourd'hui et nous sommes sauvés.

Ce qui s'était passé la veille et qu'il avait pu reconstituer par fragments au cours de sa nuit de veille, il l'expliqua à Hyacinthe.

A la tribune de la Convention, Robespierre, malade, aigri, avait lancé ses foudres : il réclamait une épuration des comités qui s'étaient dressés contre lui parce qu'il avait créé un corps de police destiné à concurrencer leur action et leur influence ; des députés ayant demandé qu'il nommât les traîtres qu'il voulait « épurer », Robespierre avait fait la sourde oreille. Il était allé donner lecture de son discours au club des Jacobins qui l'avait ovationné. La Commune et les sections étaient à ses côtés ; la Convention n'avait qu'à bien se tenir. Il voyait déjà les traîtres monter à l'échafaud...

— Mon avis, dit le journaliste, est que nous allons vivre une fameuse journée, une journée historique ! Souviens-toi de cette date : 9 thermidor ou, si tu préfères l'ancien style, 27 juillet.

Il poussa Hyacinthe vers une fenêtre, pointa le doigt vers la tour dite de César :

— Tu vois cette petite lumière ? C'est le logement de notre « ami », l'accusateur public. D'ordinaire, à cette heure-ci, il est en train d'expédier des innocents à Sanson. Aujourd'hui, il laisse opérer le président Dumas. Il doit craindre pour sa tête. Juste retour des choses...

— Tu crois qu'il y a un espoir pour nous ?

— Je ne crois que ce que je vois et ce que j'entends.

Ce qu'on voyait, c'était, dans la grande salle, dans les couloirs et les galeries que les détenus avaient envahis, une cavalcade de porteurs de piques, de magistrats, de secrétaires tenant des liasses de dossiers sous le bras : un défilé de fourmis affolées par le feu ; ce que l'on entendait, c'étaient des roulements de tambour, des grondements de canons sur le pavé, des vagues de tocsin qui s'emmêlaient au-dessus de la Seine dans la petite pluie du matin...

— Des bruits bien agréables à mon oreille, dit le journaliste. Nous allons vers une épreuve de force entre la Commune et la Convention. Le commandant de la Garde nationale, ce vieil ivrogne de Hanriot, qui est favorable à Robespierre, a été dégommé et remplacé par un individu douteux, prévaricateur notoire, Barras, ami de cet officier corse qui a repris Toulon aux Anglais : Bonaparte. Nous allons...

Blême d'angoisse, Hyacinthe l'interrompit :

— Écoute ! Les charrettes arrivent. C'est pour nous, j'en suis sûr.

— Non, mon ami, dit le journaliste en lui secouant le bras : ce sont les canons qui roulent vers l'Hôtel de Ville...

De toute la journée, Hyacinthe ne quitta pas d'une semelle le journaliste qui, animé d'une irrépressible bougeotte, cueillait des nouvelles ici et là, jusque dans le greffe encombré de nouveaux détenus dont on ne savait que faire. Il apprit ainsi que l'on venait d'exécuter la petite princesse de Monaco (la « femme Grimaldi ») et qu'elle avait poussé la coquetterie jusqu'à se farder avant de monter dans la « voiture à Charlot ».

Le drame allait crescendo sous le ciel bas qui pesait sur Paris.

En fin de matinée, Robespierre, armé de courage, s'était présenté de nouveau à la tribune de la Convention, peut-être, pensait-on, afin de révéler les noms des « traîtres », ainsi qu'on l'avait mis au défi de le faire. Le tumulte qu'avait déclenché sa présence, les violentes interpellations dont il avait fait l'objet, la sonnette du président l'avaient empêché de parler. Il avait compris, en revanche, ce que l'Assemblée réclamait : la mise hors la loi pour lui, son frère, ses amis Saint-Just, l'infirme Couthon, Le Bas, Hanriot et quelques autres. Un chant de mort qu'il connaissait bien.

Le journaliste avait appris la nouvelle en début d'après-midi, alors qu'il venait de partager un morceau de pain avec Hyacinthe en se cachant des autres condamnés qui n'avaient reçu aucune nourriture depuis plus d'une journée. Ils s'offrirent même une limonade à la buvette.

— Robespierre et ses complices, dit-il, ont été arrêtés et conduits dans plusieurs prisons qui ont refusé de les accueillir. Il doit être maintenant à l'Hôtel de Ville que les troupes de Barras menacent d'investir. Et voilà ! Le piège s'est refermé et l'histoire tourne une page.

— Crois-tu ? dit Hyacinthe. Si la Commune est en état d'insurrection, les sections, c'est-à-dire le peuple, vont prendre les armes et se porter au secours de Robespierre.

— Toutes les sections ne sont pas d'accord avec le tyran, dit le journaliste. Quoi qu'il en soit, il faut s'attendre à un beau vacarme !

Les fils du gigantesque imbroglio se mêlaient et se démêlaient dans la tête de Hyacinthe. Il se sentait comme isolé sur un rocher, au milieu d'une tempête, attendant qu'une vague de fond l'emporte. L'optimisme manifesté par son compagnon ne le rassurait guère. Quel que soit le vainqueur, il sortirait des événements de nouveaux bourreaux et de nouvelles victimes. Le journaliste haussait les épaules : tout allait changer ; l'horreur des massacres avait atteint un tel degré qu'il fallait bien que cela cessât.

Les nouvelles leur parvenaient par bribes, suivies de démentis, puis d'autres rumeurs. On affirmait que Robespierre nourrissait le projet d'épouser Madame Royale, la fille de Louis XVI, et d'accaparer par cette union le trône de France ! Un secrétaire du tribunal confirma que les prisonniers de la Convention avaient été délivrés par les troupes de la Commune insurrectionnelle et conduits à l'Hôtel de Ville à la fin de l'après-midi. Arrêté puis libéré, Hanriot faisait marcher la Garde nationale et deux cents canons sur les Tuileries où siégeait la Convention, mais il dut arrêter sa troupe sur un ordre du Comité de salut public désireux d'éviter un bain de sang.

Alors que le soir tombait, le journaliste, retour d'une tournée de prospection, rapportait une nouvelle de taille qui acheva d'abattre Hyacinthe : le président du Tribunal révolutionnaire, Dumas, avait envoyé vingt-deux condamnés à la guillotine. En revanche, il venait d'être arrêté, ainsi que Fouquier-Tinville.

— S'ils sont graciés, dit-il, c'est à désespérer du genre humain. Si j'étais en mesure de pouvoir m'exprimer dans mon journal, je pourrais en dire des choses ! Mais tout est là, dans ma tête, et je le dirai si elle ne tombe pas dans le panier de son.

A l'Hôtel de Ville, Robespierre pérorait sous la protection de plus de trois mille sectionnaires appelés au son du tocsin. Que pouvait-il bien raconter ? Quel parti allait-il prendre ? Allait-il céder à la Convention ou s'installer en tyran sur les ruines de la République ? Le soir tombait sous un plafond de nuages gris, et le tribun ne se décidait pas. En revanche, l'Assemblée ne restait pas inactive : elle votait la condamnation à mort pour les rebelles.

Tard dans la nuit, un sergent de la Garde nationale apporta des nouvelles à la Conciergerie : sous une pluie battante, les forces populaires qui avaient investi l'Hôtel de Ville pour protéger Robespierre et ses amis s'étaient défaites lentement devant les atermoiements du chef de l'insurrection. Il fut aisé aux troupes de Barras, parties des Tuileries et s'acheminant le long de la Seine dans un brouillard d'eau, de forcer les derniers défenseurs et de pénétrer dans l'Hôtel de Ville.

— C'en est fini des ennemis de la République, dit le sergent. Le tyran Robespierre a été blessé d'un coup de feu à la mâchoire et conduit dans la salle de la Sûreté. Son frère s'est fracturé le bassin en sautant d'une fenêtre. Couthon a dégringolé les escaliers dans sa voiture d'infirme et s'est blessé à la tête.

— Et Hanriot ? demanda le journaliste. Et Saint-Just ?

Hanriot était parvenu à s'enfuir. On l'avait retrouvé caché dans un égout d'où il avait fallu l'extraire sous la menace des baïonnettes, couvert de sang, un œil pendant sur sa joue. Quant à Saint-Just, il s'était laissé arrêter sans broncher.

— Demain, ajouta le sergent, vous aurez de la visite. Tous ces traîtres seront rassemblés ici, jugés et expédiés le jour même à la « lunette patriotique ». Citoyens, le glaive de la loi va s'abattre sur eux. Il n'y a pas de pardon pour les ennemis de la République.

Se souvenant de ce que lui avait dit le frère de Laclos — qu'il n'avait rien à redouter tant que Robespierre serait au pouvoir — Hyacinthe s'enquit de son sort. Le sergent lui toucha l'épaule et répondit en riant :

— La République est bonne fille, citoyen. Si tu n'as pas comploté contre elle, tu peux espérer t'en tirer.

— Et Fouquier-Tinville ? demanda le journaliste.

— Celui-là, dit le sergent en franchissant le seuil, il peut faire sa prière s'il ne l'a pas oubliée. En ce moment, il est en train d'écrire un mémoire pour sa défense, en faisant valoir qu'il n'a fait qu'obéir aux ordres.

Les consignes claquaient comme des coups de fouet : les prisonniers devaient regagner leur place et se tenir tranquilles ; au moindre mouvement, à la moindre rumeur, on sévirait. Des gardiens passèrent, la mine farouche, l'arme au poing, accompagnés de molosses, fouillèrent les prisonniers et leur bagage, raflèrent tous les objets métalliques qu'ils découvrirent : couteaux, ciseaux, mouchettes... Ils revinrent à plusieurs reprises, de plus en plus menaçants.

— Vermines ! s'écria un porte-clés, vous vous croyez libres ! Patience... La République n'a pas encore pardonné vos crimes et le « rasoir national » n'est pas encore émoussé...

Le journaliste tenta de rassurer Hyacinthe qui se voyait perdu et tremblait convulsivement : ces menaces n'étaient qu'une provocation destinée à effrayer les détenus.

Le reste de la nuit se passa dans un calme de cimetière. Par moments, la pluie lâchait par les ouvertures une haleine de printemps.

— Le volcan a vomi ses laves, dit le journaliste, alors que le jour blêmissait les murailles. Il va falloir veiller à s'en protéger.

17.

LES ÉPAVES OUBLIÉES

Printemps-été 1794 : Corrèze.

Les noires rafales du printemps n'avaient poussé vers Saint-Angel que des journées vides : grisaille et ennui.

Entre les immensités de l'Auvergne et les houles profondes de la Corrèze, l'église et le château perchés sur la butte dominant le village étaient devenus un lieu de non-être, un désert peuplé par des désespérées. Les prisons d'Ussel, réservées aux hommes, ne devaient pas connaître un tel marasme : autour d'elles, la ville bougeait, criait, chantait ; recevaient-ils des injures ou des quolibets ? c'était le signe qu'on ne les avait pas oubliés ; ils n'hésitaient pas, au risque d'être mis au secret, à interpeller les passants à travers les barreaux de leurs cellules. A Saint-Angel, pas une présence extérieure, si ce n'est celle, lointaine, anonyme, des bergers ou des paysans traînant leurs sabots sur le chemin du moulin ; pas une voix, si ce n'est celle du gardien, quand il daignait rompre la loi du silence.

Les froids de mars avaient été cruels aux détenues. Elles n'avaient pas de feu et une seule couverture chacune pour s'abriter la nuit. D'une cellule à l'autre, on entendait des toux sèches et des plaintes de délire. Faire sa toilette était impossible, l'eau demeurant gelée dans les brocs et parfois l'urine dans les pots. Peu de prisonnières échappèrent aux maux de poitrine qu'aggravait une nourriture insuffisante, la plupart ayant épuisé leur pécule et ne pouvant recevoir aucun secours de l'extérieur.

Diane faillit mourir. Plus robuste qu'elle et moins frileuse, Marion lui avait cédé sa propre couverture et une part de sa ration. Elle avait prévenu la femme du geôlier et avait obtenu, contre une bague en argent, une tisane chaude chaque jour pour sa sœur. Elle-même ne restait en vie que par un miracle de volonté.

Il y eut un début de rébellion, un matin, lorsque les prisonnières regroupées au rez-de-chaussée découvrirent le cadavre de l'une des leurs, emportée par le froid intense de la nuit. Ni Diane ni Marion n'en furent informées : elles attribuèrent la rumeur qui montait jusqu'à elles à une dispute, comme il en éclatait fréquemment.

Elles s'interrogeaient : qu'avaient fait Brival, Jumel, Pénières, Tarabastout ? Qu'attendait-on pour les conduire à Ussel et les juger ? S'était-on promis de les abandonner là jusqu'à ce qu'elles meurent d'inanition et d'ennui ? Aux questions qu'elles posaient inlassablement au porte-clés, il répondait par des haussements d'épaules. Un jour, il leur révéla que les jugements pour délits contre la République étaient désormais, de par la loi, du ressort du Tribunal révolutionnaire de Paris.

Elles furent presque heureuses de la nouvelle. Tout leur semblait préférable à cette claustration impitoyable, à cette solitude dans laquelle elles s'enlisaient. Certains soirs, au moindre propos mal interprété, ou sans raison apparente, elles sentaient un bouillon de colère monter en elles, distiller des aigreurs souterraines, susciter d'âpres querelles sans objet. Elles ressassaient de vieux griefs, cherchaient à découvrir leurs points vulnérables, leurs failles, leurs blessures secrètes et s'y acharnaient avec une sombre délectation, jusqu'à ce que l'une ou l'autre, ou toutes les deux ensemble, comprenant l'absurdité de leur querelle, s'embrassent et implorent leur pardon mutuel.

Les visites se firent rares. De tout l'hiver, Félicien ne vint que trois fois donner la sérénade sous leurs fenêtres ; il n'était pas revenu depuis deux mois, découragé sans doute par la longue route et la neige, incarcéré peut-être à la suite de la bataille du puy Roudeix.

Florent, lui, ne restait jamais un mois sans leur faire une visite aveugle et muette. Il se tenait dans une prairie en contrebas, sifflait pour se faire reconnaître, se livrait à des gesticulations auxquelles elles n'entendaient pas grand-chose, heureuses malgré tout qu'il se fût trouvé là, signe évident qu'on ne l'avait pas incarcéré ; il avait tenté de leur faire passer par l'intermédiaire du gardien, moyennant quelque argent en numéraire, un billet et de la nourriture, mais le cerbère avait menacé de le dénoncer au Comité de surveillance d'Ussel.

Elles crurent fondre de bonheur le jour où Florent, profitant d'une accalmie et d'un temps ensoleillé, amena Félix. L'enfant paraissait se porter à merveille ; Florent le laissa seul chevaucher Socrate, et il évolua, bien droit sur sa selle, autour de la prairie encore couverte d'une vieille neige. Ce jour-là, elles pleurèrent de joie, mais, le lendemain, elles sombraient de nouveau dans le désespoir : le jour leur parut plus sombre, l'ennui plus insondable, la solitude plus lourde à partager.

Le gardien, en leur portant la soupe de midi, leur dit :

— J'ai vu les manigances de votre valet, hier, dans le pré. Il a insisté pour vous faire passer un billet, mais le règlement m'a obligé à refuser une fois de plus. Il vous fait dire que tout va bien et de ne pas vous inquiéter. Bon appétit, citoyennes !

De Brival, toujours pas de nouvelles ; il était au cœur des guerres intestines de la Convention, tantôt menaçant, tantôt menacé, trop occupé de sa propre sécurité pour s'intéresser au sort des deux épaves oubliées sur les rives de la Révolution corrézienne ; il avait bien écrit une lettre en leur faveur à Lanot et à Jumel, mais les deux compères, le sachant dans une passe difficile, avaient fait la sourde oreille, de crainte de se compromettre. Les lettres de Mme Brival prenaient le chemin du Comité de surveillance du district et s'entassaient dans le dossier des suspectes.

— Brival, soupirait Diane, m'a bien déçue. C'est un ingrat, un égoïste et un poltron. Tout son courage, il le fait passer dans ses écrits. S'il n'était pas le père de mon enfant, je me serais définitivement détachée de ce fantoche. Jamais je n'ai tant regretté la mort de Lidon. Il était moins ambitieux que Brival, plus attentionné, plus généreux. Il aurait remué ciel et terre pour nous faire libérer.

Peu après Pâques, les recluses éprouvèrent une grande joie : la visite du comte Jean-Hyacinthe d'Ussel.

Évincé de l'armée révolutionnaire du fait de son état de ci-devant, il s'était retiré dans un de ses domaines du nord de la Corrèze, le Bech, près de Bort, où, l'année précédente, il avait enseigné à Florent les rudiments de l'agriculture et de l'élevage en montagne.

Sa réputation d'honnête homme, d'ancien maire d'Ussel, de commandant de la Garde nationale à sa création, de lieutenant-colonel de dragons, lui fit ouvrir la porte de la prison de Saint-Angel. Si le gardien s'y était opposé, il lui aurait, dit-il, « frotté les oreilles ».

— Vous ne pouvez savoir quelle joie vous nous faites, lui dit Diane. Durant tous ces mois d'hiver, nous n'avons vu pour ainsi dire que le visage du gardien, et Dieu sait qu'il n'inspire pas la gaieté. Soyez le bienvenu, monsieur le comte. Excusez-nous de n'avoir pas même une chaise à vous offrir.

— C'est à moi de m'excuser, dit-il, mais comment aurais-je pu imaginer qu'on vous avait emprisonnées sous je ne sais quel prétexte et que vous étiez au secret, dépourvues du nécessaire. C'est odieux !

Il avait un peu vieilli ; ses épaules s'étaient voûtées, ses traits altérés à la suite des dures campagnes de Flandre de l'année passée, mais il portait beau avec son habit de couleur sombre, très strict, ses bottes à revers bien cirées et la cravache qu'il tenait sous le bras. Il apparaissait aux deux détenues comme l'image irréelle surgie d'un monde qui leur semblait à jamais condamné.

— Je suis venu, dit-il en marchant de long en large, dès que j'ai appris votre incarcération, au cours d'un voyage à Ussel. Lorsque j'ai voulu en savoir plus, je me suis heurté à un mur. On me répétait que vous êtes des ennemies de la nation, des conspiratrices, des accapareuses. Un langage que je connais. Insister aurait été dangereux pour moi. Ces magistrats révolutionnaires jouent les petits-maîtres et les tyrans alors qu'ils ne sont bons qu'à cirer les parquets.

Il était passé par Marsanges. Sa surprise en voyant « cette brute de Sauviat » installée au château ! Il avait failli faire un esclandre. Dans la ferme du Pradeloux, la vie s'organisait tant bien que mal.

— Votre Florent, dit-il, est une petite merveille. Il veille sur Angélique et Félix comme sur sa propre famille, s'il en avait une. Il m'a chargé d'un message pour vous. Le voici. Faites-le disparaître après l'avoir lu. Le gardien ne doit pas le découvrir.

Le billet donnait des nouvelles de l'installation au Pradeloux, du troupeau de moutons amputé de quelques têtes pour permettre aux proscrits de survivre, des ruches, de la chèvre Rochette et de ses chevreaux, de Socrate... Au printemps, Florent amènerait Félix à Tulle, où il resterait un mois chez sa grand-mère. Il signait : « *Celui qui demeure votre très fidèle et très affectionné serviteur : Florent Jaumières.* »

— J'ai peu de temps à vous consacrer, dit M. d'Ussel, car je veux être au Bech avant la nuit, mais je reviendrai. Sachez seulement que vous prendrez vraisemblablement, l'été prochain, la route de Paris pour être jugées par le Tribunal révolutionnaire, qui a ramené tous les pouvoirs à lui. D'ici là, votre sort sera amélioré. J'y veillerai. Patientez et espérez. L'orage se déchaîne à Paris, et je ne serais pas surpris que les excès des « enragés » se retournent contre eux.

Il leur donna de l'argent en numéraire, en assurant que le gardien accepterait de leur fournir une nourriture différente de la pâtée de chien qu'on leur servait; elles auraient une couverture de plus chacune et seraient autorisées, chaque jour, à faire une brève promenade dans la cour.

— Ce porte-clés n'est pas un mauvais bougre, dit-il, mais il a peur que quelque diable à cocarde, quelque vilain coq emplumé de tricolore ne vienne lui faire la leçon et le boucler pour lui apprendre à respecter le règlement. Mais il n'est pire scrupule que ne puisse dissiper un peu de numéraire. Je lui ai graissé la patte et il m'a fait des courbettes comme devant un commissaire.

Diane lui sauta au cou.

— Vous êtes un magicien! dit-elle. Comment et quand pourrons-nous vous rendre toutes vos bontés?

M. d'Ussel lui embrassa la main, puis celle de Marion.

— Comment me remercier? dit-il. C'est simple : en restant en vie.

Elles allaient et venaient, s'arrêtaient pour respirer à pleine gorge, caresser l'herbe, cueillir une violette, s'allonger au soleil, sous l'œil narquois des autres détenues dont certaines — des nouvelles — n'avaient même pas supposé leur présence aux étages. Assises sur le mur d'enceinte, elles se gavaient d'air, de lumière, d'odeurs, laissaient leur regard dériver sur les forêts de chênes et de hêtres qui revêtaient leur robe d'été, sur le village dont les toits de chaume se nichaient de part et d'autre du grand chemin de Clermont.

C'était leur premier jour de semi-liberté; il y en eut beaucoup d'autres, jusqu'au jour où surgit le « diable à cocarde » dont avait parlé M. d'Ussel.

Moncourrier, commissaire enquêteur de la commission de la Société populaire, chargé de la visite des prisons, était taillé comme un bûcheron : visage long et abrupt, regard charbonneux. La pointe de son sabre traînait jusqu'à terre. Il parcourut le château-prison au pas de charge, grommelant, interrogeant les prisonnières, tandis que son secrétaire prenait des notes.

Il rendit visite à Diane et Marion dans leur cellule, s'étonna qu'elles n'eussent ni feu, ni table, ni chaise, renifla leur écuelle et fit la grimace.

— Citoyennes, dit-il, un convoi d'une cinquantaine de prisonniers partira de Tulle d'ici un mois. Vous serez du voyage. Désormais, suite à la loi de prairial et à la réforme des tribunaux, c'est le citoyen

Fouquier-Tinville qui aura votre dossier en main. Ce n'est pas un honneur qu'il vous fait. Je crains la plus grande sévérité de sa part. L'acte d'accusation dont j'ai pris connaissance est accablant. Dans la logique de la justice révolutionnaire, vous auriez dû monter sur l'échafaud avec les cinq autres condamnés de Meymac, mais, à notre époque, où est la logique ? Vous avez eu de la chance, mais aussi je pense quelque soutien en haut lieu. Salut, citoyennes !

Le soir même, elles avaient deux paillasses neuves et une ration de vin. Deux jours plus tard, elles retrouvaient leur terrain de promenade.

Au début de juillet, une voiture à deux colliers, entourée de quatre gendarmes, s'arrêta dans la cour du château. Il en sortit un commissaire à cocarde et à plumes tricolores qui tendit un ordre de réquisition au gardien.

Les « femmes Marsanges » étaient attendues à Tulle.

Leur bagage fut vite préparé, le Tribunal révolutionnaire leur interdisant d'emporter linge, vêtements de rechange, nourriture, les « honorables membres de l'avant-garde contre-révolutionnaire en Corrèze », comme on disait par dérision, devant être pourvus en cours de transfert. On entassa toutes les détenues dans des charrettes et le cortège pitoyable prit, sous un soleil accablant, la route de Tulle.

Lorsque le convoi, parvenu au chef-lieu, s'arrêta devant la prison du Séminaire, la ville était en émoi. A l'annonce qu'un fort contingent de détenues allait être conduit à la « boucherie de Robespierre », la foule s'était massée autour du bâtiment, des femmes surtout, la plupart silencieuses, certaines s'essuyant les yeux avec leur devantier. Pour parer à l'éventualité d'une émeute qui n'eut pas lieu, le chef de la Garde nationale avait fait croiser les baïonnettes.

Le lendemain, au petit jour, après une nuit passée à la dure et la distribution d'une soupe chaude, les prisonniers, hommes et femmes, furent conduits dans la cour, liés par le bras, deux à deux, avec un bracelet de fer, embarqués dans des charrettes découvertes. Malgré leurs protestations, Diane et Marion furent séparées.

De nouveau, la foule était là, devant les portes, plus dense encore que la veille, plus animée aussi. A la nouvelle que l'une des détenues s'était suicidée pour éviter la déportation, qu'elle « baignait dans son sang » et que, malgré son état, les gendarmes l'avaient portée dans l'une des charrettes, des cris éclatèrent dans la foule :

— Citoyennes, lança un des prisonniers, M. Melón du Pradou, ancien maire de Tulle, allez-vous laisser commettre cet acte barbare ? Cette pauvre créature perd son sang. Si elle part, elle n'a pas pour une heure à vivre !

— Non ! Non ! clamaient les femmes. Relâchez-la !

Un médecin parlementa avec le capitaine de gendarmerie Durand, chargé de convoyer les prisonniers, et parvint à le convaincre. On fit descendre la mourante qui fut reconduite à la prison, tandis que le commissaire s'écriait, face à la foule :

— Elle ne perd rien pour attendre. Il y aura d'autres convois.

On apprenait peu après qu'une autre détenue, plutôt que d'accepter de partir, s'était suicidée en sautant d'une fenêtre.

Après que les gardes et le peloton des gendarmes escorteurs eurent tracé un sillon dans la foule, le convoi quitta la ville entre deux masses de spectateurs silencieux qui, de la main, faisaient des signes d'amitié aux malheureux. Quelques excités lançaient des injures aux prisonniers, mais, menacés par la foule, ils ravalaient leur haine. Dans la charrette de Diane, une détenue, Mme d'Arlus, devenue soudain folle, se mit à entonner *la Carmagnole* et ne se tut que lorsqu'on eut atteint la route d'Uzerche. Dans cette ville, une vingtaine d'autres prisonniers attendaient le convoi, parmi lesquels des infirmes et des vieillards.

L'interminable voyage débutait sous un soleil ardent. Les prisonniers s'abritaient comme ils pouvaient sous des chapeaux de feuilles, tantôt debout, tantôt assis à tour de rôle, malades de chaleur, de soif et de faim, ballottés rudement contre les ridelles. Commissaire et conducteurs, en revanche, menaient grand train ; ils arrêtaient le convoi pour aller se désaltérer dans les cabarets et, chaque soir, faisaient halte dans une auberge autour d'un « fricot de la fraternité » qui durait une bonne partie de la nuit, tandis que les prisonniers parqués dans les écuries se contentaient d'une maigre soupe et d'un verre d'eau offerts par la municipalité de l'endroit.

Diane et Marion, avec la complicité de leurs codétenues — une fille de ferme, une couturière de Tulle, notamment — parvinrent à se retrouver aux étapes. La couturière, qui était cousine d'un des gendarmes du peloton, un nommé Mathieu, n'avait rien perdu de sa belle humeur ; elle papotait, chantait, passait d'un groupe à l'autre, entraînant avec elle Marion pour laquelle elle s'était prise de sympathie. Par son cousin Mathieu, elle apprit que le capitaine Durand et le chef du convoi, le citoyen Leblanc, peu pressés d'arriver à Paris, s'étaient entendus pour ralentir l'allure du convoi.

— Notre feuille de route, avait-il dit à sa protégée, ne porte pas la date de notre arrivée. C'est pourquoi l'on s'attarde à cueillir les marguerites, à passer du bon temps et à bambocher aux frais de la République. Sans compter qu'on touche de belles indemnités pour chaque jour de route, plus une prime de trois livres à la livraison du chargement. J'en connais même qui offrent le voyage gratis à leur dulcinée. On voit parfois des minois se montrer aux portières des voitures.

Il avait ajouté :

— Ça barde, à la Convention et dans les comités, et ça pourrait bien finir par une nouvelle révolution, ce qui arrangerait bien vos affaires.

— Merci, cousin. Tu es un bon garçon.

— Alors, fais-moi la bise, ma Gisèle.

Les jours passaient, interminables, sous des ciels chargés d'orages qui roulaient d'un bord à l'autre des plaines. Lavés par des ondées sauvages, les paysages mornes étaient de nouveau nets pour d'autres assauts de soleil.

Gisèle avait emprunté à son gendarme un jeu de cartes ; elle disputait avec Marion et d'autres compagnes, assises au fond de la charrette, sous un abri de branchages, de longues parties de piquet.

Mme d'Arlus se mêlait volontiers à elles. Elle avait fini par avouer qu'elle n'était pas folle, qu'elle n'avait chanté *la Carmagnole* au départ de Tulle que pour tenter de se faire exempter du voyage. Elle ne se consolait pas que son stratagème, à vrai dire assez simplet, eût échoué. Elle expliqua les raisons de sa détention : elle possédait dans la banlieue de Tulle, près du moulin de La Marque, un terrain convoité par le député de la Corrèze Lanot, qui souhaitait s'y faire construire une résidence ; elle avait toujours opposé à ses démarches un refus formel qu'elle avait payé de son incarcération, justifiée par un prétexte futile : cette obstinée déclarait à qui voulait l'entendre qu'elle ne céderait pas à un « bougre emplumé » même au pied de l'échafaud.

Le convoi fit halte à Châteauroux pour une journée entière. Le citoyen Leblanc fit distribuer une ration de nourriture supplémentaire aux détenus, ainsi que du linge de rechange.

— Leblanc, dit le gendarme Mathieu, est un bon bougre. Il donne quelquefois de la gueule et fait l'autoritaire, mais c'est pour la galerie. Je le connais bien : c'est un brave marchand de tissus de Tulle, sincère patriote et ennemi de l'injustice. S'il s'est porté candidat pour le voyage, c'est qu'il avait une idée derrière la tête.

— Puisque tu le connais si bien, répliquait la couturière, dis-lui de prendre un chemin de traverse et de nous laisser filer. Dans ce pays de forêts et d'étangs, ce serait bien le diable si l'on nous retrouvait.

Mathieu haussait les épaules, répondait :

— S'il était seul à décider, c'est ce qu'il aurait fait sans attendre, mais, déjà, quelques-uns lui reprochent de ralentir le train et d'être trop humain avec les prisonniers.

Peu avant Paris, au soir de l'ultime étape, Leblanc se distingua de nouveau. Pour dissiper l'angoisse des prisonniers, il offrit ce qu'il appela un « repas d'adieu ». Les ayant réunis, il leur parla avec des larmes dans la voix, les remercia de ne pas avoir compliqué sa tâche par des accès de mauvaise humeur et des rébellions qu'il aurait été contraint de réprimer.

— Citoyens, dit-il, nous voici au bout du chemin. Puisse ce repas que je vous offre au nom de la République vous mettre un peu de baume au cœur et vous faire oublier vos fatigues et vos souffrances. Vous êtes de braves gens, et je pourrais me porter garant les yeux fermés de la plupart d'entre vous. C'est pourquoi je souhaite que le Tribunal révolutionnaire et l'accusateur public se montrent cléments. Quant à moi, j'ai fait mon possible pour vous rendre le voyage moins pénible. Vous allez trouver un Paris bouleversé par de terribles remous, mais ces derniers peuvent vous être favorables.

— Eh bien, dit Mme d'Arlus, voilà un citoyen qui n'a pas froid aux yeux. Ce petit discours pourrait bien lui attirer des ennuis. Vous avez vu la tête de ses adjoints, conducteurs et gendarmes ? Il est mûr pour la guillotine, lui aussi...

Aux derniers feux du jour, dans la cour de l'auberge, les prisonniers délivrés de leurs fers se régalèrent d'un repas où rien ne leur fut mesuré.

— A la liberté ! s'écria Leblanc en se levant. A l'amitié ! A la Corrèze !

On porta toast sur toast, on se congratula, on fit bombance et l'on sentait courir à travers la nuit des frissons d'amitié.

Le convoi des Corréziens traversa la capitale en fin de matinée, sous une pluie tiède.

Les prisonniers contemplaient avec une surprise mêlée d'angoisse ces avenues interminables, ces bâtiments d'une hauteur fabuleuse, ces monuments majestueux, cette foule bigarrée. L'immensité de la ville surtout les fascinait. A travers les ridelles, ils la regardaient défiler, buvaient des yeux ce spectacle sans fin renouvelé, cherchaient à découvrir la guillotine sur toutes les places et Robespierre, Saint-Just, Couthon dans la foule, mais aucun des monstres qui hantaient la ville n'apparut.

A la Conciergerie, on les fit patienter dans une salle proche du greffe avant que le concierge, Richard, leur désignât un lieu de détention dans cette chiourme qui envahissait l'immense salle à colonnes, qui sentait la misère et la mort dans une lumière de crypte. Les hommes furent rassemblés près de la chapelle dite des Girondins, les femmes à droite, au-dessus de la salle de garde. On leur ôta leurs fers et on leur donna un demi-pain, moitié paille, moitié son.

Leblanc ne resta que peu de temps à la Conciergerie. Après avoir signé le registre d'écrou et présenté son rapport au greffe, en présence d'un commissaire, il se rendit aux Tuileries où la Convention siégeait dans une atmosphère chargée d'orages. On était le 8 thermidor et Robespierre se battait contre l'Assemblée et les comités.

Le chef du convoi demanda à voir son ami, le Conventionnel Louis Lafond, originaire de Beaulieu-sur-Dordogne, patriote pétri d'honnêteté civique et de modération, qui avait refusé, malgré les menaces de ses collègues, de voter la mort du roi, mais avait décrété en revanche celle du sinistre Carrier, responsable des noyades de Nantes.

— Si tu t'intéresses à la politique, lui dit Lafond, ne me lâche plus. Nous vivons des moments historiques. Lanot vient d'intervenir pour demander à son ami Robespierre de ne pas s'obstiner à garder le pouvoir, que la patrie honorerait son sacrifice. Sais-tu ce que Robespierre lui a répondu ? « Tais-toi, ivrogne ! »

Ils passèrent ensemble une nuit fiévreuse, à écouter gronder le

Paris de l'insurrection, geindre une ville malade, tomber une pluie lugubre. Les personnages qui sortaient de l'ombre autour d'eux avaient des visages de spectres et des allures de somnambules dans la lueur des chandelles qui passaient par vagues, lentement, comme dans un fond de mer. Ils n'avaient sommeil ni l'un ni l'autre et passèrent leur temps à boire, à fumer, à observer, à commenter en phrases brèves et fatiguées les allées et venues des personnages de cette tragédie dont seule l'aube semblait pouvoir dissiper les ombres.

Le lendemain, Leblanc, en livrant les dernières nouvelles aux prisonniers, les conjura de garder leur sang-froid et de ne pas exprimer leur impatience par des actes maladroits.

En dépit des événements, le Tribunal révolutionnaire siégeait sans désemparer ; la Terreur était encore active. Cette machine de mort fonctionnait contre toute logique, continuant à débiter des épaves humaines qui allaient s'entasser dans le greffe en attendant la prochaine charrette. Elle fonctionnait encore lorsqu'on apprit que Robespierre avait eu la mâchoire fracassée par un gendarme et qu'il allait monter à l'échafaud.

Leblanc fit signe à Diane et à Marion de le suivre dans un angle désert de la cour des femmes et leur dit en leur prenant les mains :

— Mes petites, j'ai une grande nouvelle à vous annoncer. Je viens de compulser le registre d'écrou. Votre frère Hyacinthe est toujours vivant. Il est ici, dans cette prison, à quelques pas de vous peut-être. J'ignore quel sort lui est réservé, mais j'ai bon espoir.

Il ajouta en soupirant :

— Cela risque de me coûter cher, mais je vais tenter de le retrouver et de vous réunir demain, tous les trois. Ne me demandez pas ce qui me pousse à vous rendre ce service. Je suis un bon révolutionnaire, mais j'ai le sens de la justice. Rien de ce dont on vous rend responsables ne devrait être retenu.

On vint les chercher à l'aube, avec quelques autres prisonniers arrivés comme eux de l'avant-veille, pour les conduire à un autre lieu de détention, dans un lointain quartier de la rive gauche, rue Saint-Jacques : la Prison-Égalité, ci-devant hôpital du Val-de-Grâce.

Paris s'éveillait dans la brume et le froid. Des coches d'eau, des péniches passaient dans la pénombre avec des appels de cornes de brume, des cris d'oiseaux blessés.

« Dans quelle ville avons-nous échoué ? songeait Diane. Que sont ces immeubles ? Qui sont ces gens dont on ne distingue pas le visage ? Vers quelle destination vont ces véhicules ? Et nous, nous qui ne sommes rien, deux grains de sable dans la tourmente, où nous mène-t-on ? Qu'y a-t-il de vrai dans cette fable que nous a contée Leblanc ? »

Elle mit ses mains sur ses oreilles : une prisonnière devenue folle ameutait les passants qui ne se retournaient même pas, dans le demi-jour, vers la charrette ; une autre luttait contre un gardien, persuadée qu'on les menait à l'échafaud, et Diane reconnut Gisèle dans cette furie qui s'accrochait aux ridelles pour tâcher de s'enfuir ; la citoyenne d'Arlus, accablée par la longue lutte qu'elle avait menée toute la nuit pour démontrer son innocence et refuser, une fois de plus, fièrement, de signer l'acte de vente de son domaine en échange de sa grâce, ne cessait, assise au fond de la charrette, de marmonner :

— J'ai refusé. Je préfère mourir. Mais, si le vent tourne, je lui ferai payer cher son obstination, au citoyen Lanot...

Le véhicule emprunta une ruelle au pavé défoncé, qui puait le rat crevé et les eaux sales, s'avança en cahotant à travers une place plantée d'un arbre mort dont les extrêmes branches accrochaient et retenaient des flocons de brume humide. L'endroit ressemblait à un cul-de-basse-fosse à ciel ouvert, un ciel de plomb où le jour ne parvenait pas à percer. Diane sentit contre la sienne la main de Marion et la retint.

— Leblanc... dit Diane. Je crois qu'il a menti. Nous allons mourir. J'en ai le pressentiment depuis que nous avons quitté la Conciergerie. Il doit y avoir une guillotine pas loin d'ici. Ce lieu sent la mort.

— Non, dit Marion, je crois que nous sommes sauvées.

Pourquoi les gardiens et les gendarmes qui encadraient la charrette refusaient-ils de répondre à leurs questions et même de les regarder ? Ils paraissaient attentifs seulement à prendre garde que leurs chevaux noirs évitent les excavations qui, de part et d'autre de la chaussée, s'ouvraient au pied des immeubles.

— Nous sommes arrivés, citoyennes, dit un gardien. Descendez !

Un autre cauchemar semblait prendre le relais de celui qu'elles avaient traversé la nuit passée. La pluie avait laissé des flaques noirâtres sur le sol jonché de débris de vieille vaisselle et de hardes informes. Une porte monumentale, bardée de ferrures rouillées, s'ouvrit dans un cri sur un long espace d'ombre, un tunnel au bout duquel s'agitait une lumière de torche. Diane et Marion n'eussent pas été autrement surprises de voir se dresser, dans la cour où elles allaient déboucher, la géométrie ardente et funèbre de la guillotine. Il n'y avait rien. Rien qu'un vieux chien qui tremblait en gémissant au pied d'une table à laquelle il était attaché, surmontée d'une panière débordante de bouteilles vides.

On sépara les prisonnières en plusieurs groupes, en silence. Diane et Marion restèrent seules, transies de froid, assommées d'insomnie et d'angoisse, devant une porte vitrée qui tardait à s'ouvrir. Assises à même le sol, contre le mur, blotties l'une contre l'autre, elles regardèrent le jour balayer dans un ramage immobile de lumière rose les dernières grisailles de la nuit, puis elles s'endormirent.

— Voulez-vous me suivre, je vous prie ?

Un homme se penchait sur elles, leur touchait l'épaule. Elles avaient dû dormir longtemps car il faisait plein jour à présent ; une tranche de soleil tendre illuminait les vitres du bâtiment d'en face.

Elles se levèrent, suivirent en titubant l'homme qui les précédait à travers la pénombre de couloirs qui paraissaient ne pas avoir de fin. De temps en temps, il se retournait pour vérifier leur présence. Il n'avait rien d'un geôlier ; on aurait plutôt dit un laquais, sans la livrée. Arrivé devant une petite porte à fronton de bois sculpté, il s'arrêta, ouvrit et murmura :

— Entrez. Attendez ici. Vous avez des sièges pour vous reposer, et du feu dans la cheminée. Ces messieurs ne tarderont guère.

— Ces « messieurs », dit Marion, qui sont-ils ? Que nous veut-on ?

L'homme s'inclina et se retira sans un mot.

La salle était spacieuse, haute de plafond, ornée de boiseries, de lambris bleu et or, mais vide de tout mobilier, hormis quelques sièges. Elles en approchèrent deux de la cheminée, s'y enfoncèrent et, baignées de chaleur et de silence, plongèrent de nouveau dans le sommeil.

Il pouvait être midi quand on leur secoua le bras. Un homme se tenait devant elles, entre les sièges et le feu qui n'était plus qu'un brasier à moitié mort. Leblanc. Un Leblanc souriant, détendu, jovial.

— Eh bien, mes petites, dit-il, nous pouvons dire que nous avons eu de la chance. Tout s'est passé comme je l'espérais, mieux encore même. Préparez-vous. Vous allez avoir de la visite. Il y a dans le cabinet, au fond de cette pièce, de quoi faire un peu de toilette. Vous en avez besoin. Vous y trouverez aussi du café chaud et de quoi déjeuner. Je reviens dans un moment. Je ne serai pas seul.

Peu de temps après, elles entendirent des voix et des bruits de pas venant du couloir qui aboutissait à la pièce qu'elles occupaient. Le « laquais » taciturne qui les avait guidées à leur arrivée parut de nouveau par la porte qu'il venait d'ouvrir, s'effaça en s'inclinant pour laisser passer les visiteurs. Derrière Leblanc, qui souriait mystérieusement, se présenta un nouveau prisonnier : un homme jeune encore, aux yeux battus de fatigue, à la chevelure terne, au visage noir de barbe, que l'on venait de libérer de ses liens car il se frottait encore le poignet. Il regarda les prisonnières et se détourna contre le mur pour pleurer.

— Eh bien, dit joyeusement Leblanc, vous ne reconnaissez pas votre frère ? A-t-il tant changé ?

A peine avait-il terminé qu'elles se jetaient contre Hyacinthe, le forçaient à se retourner, l'entouraient de leurs bras, l'embrassaient, lui caressaient le visage, riant et gémissant de plaisir à la fois, incapables de proférer une parole. Il s'écartait d'elle avec une douce violence, les regardait à travers ses larmes, les serrait de nouveau contre lui avec de petits cris qui ressemblaient à des plaintes.

— Vous... enfin ! Mes petites sœurs... mes chéries... vous... J'ai cru que je ne vous reverrais jamais.

Il leur entoura l'épaule de ses bras, les entraîna vers les sièges qu'ils rapprochèrent, reprit leurs mains en les embrassant. Il voulait savoir comment et pourquoi elles se trouvaient là, si elles avaient souffert...

— Ce serait trop long à te raconter, dit Diane. Tant d'événements se sont passés depuis ton départ de Marsanges.

Elles l'interrogèrent à leur tour, pressées de savoir ce qui l'avait conduit au pied de l'échafaud.

— Oh, moi, dit-il d'un air las, il semble qu'une fatalité m'ait poussé à braver la destinée, à me trouver là où je ne devais pas être, et que la Providence, au dernier moment, soit intervenue pour me sauver. Si j'avais été plus sage, c'est à Marsanges, au milieu de ma famille, que j'aurais dû rester, refuser l'attrait de la ville, me tenir en marge des événements de ce siècle, pour lesquels je ne suis pas fait. J'avais trop d'ambition et pas assez de jugeote. Voyez où cela mène...

Ils se levèrent, firent quelques pas à travers la pièce comme pour se prouver leur liberté de mouvement. Marion et Diane restaient accrochées à lui, redoutant qu'un nouveau courant pernicieux ne le leur arrachât.

C'est alors qu'elles aperçurent, dans l'embrasure d'une fenêtre, contre un chambranle décoré d'insignes républicains, un homme de haute taille, qui leur tournait le dos et qui parlait à voix basse avec Leblanc. Ils étaient à demi dissimulés derrière des rideaux de cretonne à rayures blanc et bleu, fripés et déchirés.

— Et maintenant, dit Marion, qu'allons-nous devenir ? Va-t-on de nouveau nous séparer après nous avoir réunis ?

— Je n'en sais pas plus que vous, soupira Hyacinthe. Tout a été si rapide durant ces dernières heures, si rapide et si prodigieux que j'ai de la peine à y croire et à imaginer ce qui pourra suivre. Tout ce que je puis vous dire, c'est que nous devons cette rencontre à une manière de complot. Sommes-nous libres ? Je l'ignore comme vous. Ni Leblanc ni Brival n'en savent davantage. Le complot dont je vous parlais, c'est eux qui l'ont ourdi, mais aussi quelques autres : Lafond, Pénières, Jean-Hyacinthe d'Ussel, qui sont intervenus en haut lieu.

Brival... Diane s'était efforcée, depuis leur départ de Saint-Angel, d'espérer que son intervention, au dernier moment, les sauverait, mais elle se disait, en arrivant à Paris, que c'était compter sans la paralysie des députés face à l'appareil monstrueux de la Terreur.

— Brival..., dit-elle. Est-ce bien lui qui...

Hyacinthe l'interrompit.

— Tu ne l'as donc pas reconnu. L'homme qui s'entretient avec Leblanc, c'est lui.

Stupéfaite, elle prononça son nom à haute voix et il se retourna pour venir vers elle. Elle se jeta contre lui, enfouit son visage dans son épaule, retrouva son parfum, la douceur de sa peau.

— Je suis heureux, dit-il, plus que tu ne peux l'imaginer. Vous êtes libres, tous les trois.

Il lui prit la main, l'entraîna vers la cour inondée de soleil, où ils firent quelques pas.

— Il a pu te sembler que je n'intervenais pas avec suffisamment de diligence. Pour toi et Marion, la prison était le moindre mal. J'ai eu connaissance de votre acte d'accusation et j'ai prié Pénières d'intervenir, depuis Tulle, pour vous épargner de suivre Audin et ses acolytes sur l'échafaud. Cette affaire de Meymac, quelle folie !

Elle haussa les épaules. C'était une longue histoire ; elle la lui raconterait. Brival fit quelques pas seul, revint vers elle. Son habit noir, d'une sobre élégance malgré quelques coquetteries à l'anglaise comme le chapeau rond qu'il tenait à la main, estompait l'embonpoint qui se dessinait sous le gilet de nankin rayé. Le parfum discret qui émanait de lui atténuait cet air d'autorité un peu prétentieuse qu'elle n'aimait guère mais qui devait séduire d'autres femmes. Il était rasé de frais ; un soupçon de poudre voilait sa lèvre supérieure.

— La prison, dit-il, quoi que vous ayez souffert, était le garant de votre sécurité. J'ai pensé à vous écrire quand j'ai appris votre détention à Saint-Angel, mais ma lettre aurait été interceptée, transmise au Comité de salut public. Entre les mains de ces brutes de Lanot, de Jumel ou de Roux-Fazillac, le commissaire du gouvernement en mission, elle aurait été inefficace pour vous et dangereuse pour moi. En revanche, je n'aurais pas supporté sans réagir l'annonce de votre condamnation à la peine capitale. J'étais décidé à remettre en jeu mon mandat de député pour vous sauver. Je suis intervenu auprès du président du tribunal, Dumas, afin qu'il vous témoigne quelque égard. Cette démarche eût été inutile, il y a seulement quelques jours. Après la chute de Robespierre, la chose est devenue possible.

Il la fit asseoir sur un banc, lui prit les mains et lui demanda de lui parler de Félix. Il s'inquiétait de savoir si la ressemblance avec son père, qu'il avait cru déceler, se confirmait.

— Ta mère, dit-elle, prétend qu'il est ton portrait vivant, mais tu sais comment sont les vieilles dames... Florent lui a confié Félix pour un mois. Elle doit être folle de joie. Je crains qu'elle ne le gâte.

De François, Brival n'avait aucune nouvelle ; il ne le portait pas dans son cœur, lui reprochant de s'être laissé entraîner, par faiblesse plus que par conviction, dans l'aventure de l'émigration avec cette tribu de contre-révolutionnaires notoires : les Pradel de Lamase. Il avait appris par Treich-Desfarges, devenu général, que Louis-Amour était bel et bien prisonnier des Prussiens.

— Qu'allons-nous devenir ? demanda Diane. Et que fera-t-on de tous ces braves gens de la Corrèze qu'on a envoyés au Tribunal révolutionnaire ?

— Je l'ignore, mais je crois savoir qu'ils seront maintenus quelque temps prisonniers avant d'être reconduits dans leurs foyers. Les derniers événements se sont déroulés d'une façon si rapide et si brutale que tout est chambardé et la justice remise en question. Chacun, et moi le premier, qui étais l'ami de Robespierre, ignore s'il sera demain encore en vie.

Il promena son regard autour de lui. La chaleur commençait à envahir la cour encadrée de bâtiments sombres et majestueux, qui semblaient se dissoudre lentement dans l'incandescence de cette fin d'été.

— Cet instant restera dans mon cœur, dit Brival en embrassant les mains de Diane. Il me rappelle nos journées de Marsanges, l'odeur des moissons. Je n'ai rien oublié.

Elle répondit avec un triste sourire :

— Marsanges... Les meilleures terres du domaine ne nous appartiennent plus. Sauviat s'en est rendu acquéreur. Nous ne possédons plus qu'une ferme à demi ruinée et quelques arpents de lande sur lesquels nous ne pourrons pas vivre.

Il reprit avec vivacité :

— La Révolution a atteint le creux de l'abîme. Peu à peu, nous allons retrouver l'air et la lumière, la justice et la liberté.

Il l'embrassa, lui promit que, désormais, grâce à ses instances et à celles de Leblanc, Hyacinthe et ses deux sœurs demeureraient à la Prison-Égalité, avec comme unique consigne de ne pas en sortir, pour leur sécurité. Ils n'auraient rien à craindre et seraient pourvus du nécessaire.

Brival ajouta avec un sourire :

— Ce sera votre Purgatoire. Je viendrai vous voir chaque fois que cela me sera possible, pour m'assurer qu'on vous traite bien, que vous êtes libres de circuler à l'intérieur de cet établissement.

Il se leva, entraîna Diane vers le couloir menant à leur chambre, en lui tenant la main comme il aimait le faire sur les sentiers de Marsanges. Demain, il leur apporterait des vêtements neufs, des objets de toilette, de la nourriture.

— Et maintenant, dit-il, une obligation pénible m'attend. J'en ai le cœur remué par avance, mais c'est un moment important de notre histoire et je ne puis m'y dérober : je vais voir tomber la tête du tyran...

TABLE DES MATIÈRES

OUVRAGES DE MICHEL PEYRAMAURE

Grand prix de la Société des Gens de Lettres
et prix Alexandre Dumas
pour l'ensemble de son œuvre.

Paradis entre quatre murs (Laffont).
Le Bal des ribauds (Laffont).
Les Lions d'Aquitaine (Laffont, prix Limousin-Périgord).
Divine Cléopâtre (Laffont, collection « Couleurs du temps passé »).
Dieu m'attend à Médina (Laffont, collection « Couleurs du temps passé »).
L'Aigle des deux royaumes (Laffont, collection « Couleurs du temps passé »).
Les Dieux de plume (Presses de la Cité, prix des Vikings).
Les Cendrillons de Monaco (Laffont, collection « L'Amour et la Couronne »).
La Caverne magique (La Fille des grandes plaines) (Laffont, prix de l'Académie du Périgord).
Le Retable (Laffont).
Le Chevalier de Paradis (Casterman, collection « Palme d'or »).
L'Œil arraché (Laffont).
Le Limousin (Solar ; Solarama).
L'Auberge de la mort (Pygmalion).
La Passion cathare : 1. Les Fils de l'orgueil (Laffont).
2. Les Citadelles ardentes (Laffont).
3. La Tête du dragon (Laffont).
La Lumière et la Boue : 1. Quand surgira l'étoile Absinthe (Laffont).
2. L'Empire des fous (Laffont).
3. Les Roses de fer (Laffont, prix de la ville de Bordeaux).
L'Orange de Noël (Laffont, prix du salon du Livre de Beauchamp).
Le Printemps des pierres (Laffont).
Les Montagnes du jour (« Les Monédières »). Préface de Daniel Borzeix.
Les Empires de cendre : 1. Les Portes de Gergovie (Laffont).
2. La Chair et le Bronze (Laffont).
3. La Porte noire (Laffont).
La Division maudite (Laffont).
La Passion Béatrice (Laffont).
Les dames de Marsanges (Laffont).

Pour la jeunesse
Éd. Robert Laffont (collection « Plein Vent »)

La Vallée des mammouths (Grand Prix des Treize).
Les Colosses de Carthage.
Cordillère interdite.
Nous irons décrocher les nuages.

Éditions de luxe

Amour du Limousin (illustrations de J.-B. Valadié), Plaisir du Livre, Paris. Réédition (1986) aux éditions Fanlac, à Périgueux.
Èves du monde (illustrations de J.-B. Valadié), Art Media, Paris.
Brive, commentaires sur des gravures de Pierre Courtois, éd. R. Moreau, Brive.
La vie en Limousin (texte pour des photos de Pierre Batillot, éd. « Les Monédières »).

Achevé d'imprimer le 9 févriër 1989
sur presse CAMERON
dans les ateliers de la S.E.P.C.
à Saint-Amand-Montrond (Cher)
pour le compte des éditions Robert Laffont
6, place Saint-Sulpice, 75279 Paris Cedex 06

Dépôt légal : février 1989.
N° d'édition : 31540. N° d'impression : 6638-2315.

[illegible]
[illegible]